U0577956

# 列朝詩集

第九册

〔清〕錢謙益 撰集
許逸民 林淑敏 點校

中華書局

# 列朝詩集目録

## 丁集第八

## 丁集第九

吕山人時臣二十七首

黄山人克晦四十一首

## 丁集第十

## 丁集第十一

馮尚書琦三十八首

# 列朝詩集丁集第八

## 陸少卿師道一十一首

師道字子傳，長洲人。嘉靖戊戌進士，授工部主事，改禮部儀制。以母病告歸侍養，年尚未三十也。杜門却掃二十五年。嘉靖末，用薦起南祠部，遷膳部郎，改尚寶司少卿。穆廟初，病不任拜起，予告歸。貧益甚，至鬻衣以給饘粥。又六年而卒。子傳自儀部歸，已負重名，文待詔方里居，北面稱弟子，手抄典籍積數千卷，丹鉛儼然。善詩，工小楷古隸，傍曉繪事，人謂待詔四絶，不減趙吴興，子傳約略似待詔，而風尚標置亦相亞云。吴門前輩，自子傳、道復以迄於王伯穀、居士貞之流，皆及文待詔之門，上下其論議，師承其風範，風流儒雅，彬彬可觀，遺風餘緒，至今猶在人間，未可謂五世而斬也。何元朗云：「衡山先生在翰林，大爲姚明山、楊方城所窘。時昌言於衆曰：『我衙門不是畫院，乃容畫匠處此！』惟黄泰泉、馬西玄、陳石亭與相得酬唱甚歡。二人只會中狀元，更無餘物。衡山數公，長在天地間，今世豈更有道着姚淶、楊維聰者耶？」快哉斯言！百歲而後，猶可以興起也。

## 鴛鴦曲

雙鴛並雙翼，雙宿復雙飛。清漣動雙浴，明月照雙歸。雙浦沈雙影，雙花拂雙頸。眠沙雙夢同，渡渚雙心警。雙去雙來處，雙游雙戲時。雙起隨雙鷺，雙立視雙魚。雙舟舉雙槳，雙蓮礙雙榜。應有無雙人，願逐雙鴛往。

## 張烈婦

嘉定張烈婦，嫁汪生之子。汪之母與群惡少亂，烈婦耻之。姑怒，謀令一人强亂烈婦，烈婦不從，殺之。余友歸熙甫高其節行，紀其事，請余作詩。

抱璧置泥塗，皎然質不涅。菖蒲九節花，雖死常流芬。十三學裁衣，十六誦詩書。十七婦道成，十八爲君妻。君家本富貴，家累千金資。大艑建高檣，商販名四馳。高門安亭里，公姥相共居。升堂見公姥，稱婦好容儀。置酒大設樂，四座争喧豗。黄衫少年子，緑幘侯家奴。謔浪間調笑，踞坐氣何粗。阿姑召新婦：「出見勿遲遲。耳箸瑟瑟環，頭簪辟寒犀。步摇九威鳳，跳脱兩文螭。濃妝勿草草，傅粉更施朱。貴客握瓊玖，待汝繫羅襦。」新婦口不言，中心自思惟：「少長父母側，不令見男兒。今在舅姑傍，内外豈有殊。赳赳諸少年，何用見妾爲？」妝成更却坐，抑首故徘徊。諸客不自得，恨恨各自歸。入門不數月，數數見所私。人語何嘈嘈，朋至何施施。出入閨闥間，戚施與籧篨。目成更耳語，無復避尊卑。新婦心内傷，掩面淚雙垂。往昔辭家日，母命一從姑。姑今既若此，稟命將何如。入室問客子：「彼人知阿誰？何大無禮節，來共阿姑嬉。」客子答新婦：「通家卿勿疑。出入有何嫌，卿勿煩言詞。」中冓不可道，雄狐來綏綏。阿姑昨入浴，邀客解裙裾。提湯見並裸，新婦大驚啼。徒跣走歸家，見母一何悲：「父母擇婚時，胡不惜門楣。奔奔鶉有偶，彊彊鵲有妃。關關雎翼並，翩翩鳦羽齊。豈無清白門，棄之道路隅。少小聽姆訓，貞節自操持。十三學裁衣，十六誦詩書。十七婦道成，十八爲人妻。舉動循禮法，許身秦羅敷。阿姑既失行，賤妾蒙其污。願歸供養母，苦辛長不辭。令勿蕭艾叢，一變蘭與芝。勿令瓦礫場，得混瑾與瑜。」阿母見女言，捶胸大悲摧：「嫁女爲永畢，不意有崎嶇。且住勿遽去，姑應有改圖。」姑阿見婦去，含怒來致詞：「待汝意不薄，早歸勿越趄。一聽汝言語，謝客掩重闈。勿使他人言，婦姑有參差。」阿女白阿母：「我姑意已回。子婦無令人，阿姑誠善慈。」穿我嫁時服，乘我去時車。入門謝阿姑：「數月太區區。願姑永謝客，恩義兩不虧。」低頭語客子：「君當謹内治。閉門畜獰犬，慎勿納狂徒。告翁少飲酒，飲酒恐非宜。」阿翁聞婦言，沈醉口嗚嗚。客子聞婦言，對母言囁嚅。阿姑聞婦言，懊惱與榜笞。狂子聞婦言，咄咄怒且嗤：「吾豈爲嫗少，吾豈爲嫗姝。枯楊反生華，艾猳定婁豬。所爲酒食謀，金珠資贈遺。彼雄既昏昏，彼雛亦蚩蚩。婦也獨不順，爪爪生怨咨。况婦誠大佳，玉雪爲肌膚。修眉淡楊柳，纖手瑩柔荑。皓齒瓠犀粲，笑臉芙容披。頭上玉燕釵，倭髻綰青絲。腰間金鳳裙，雲霞生履綦。誠復與之狎，豈不少且姝。濁水一同流，姑婦兩不訾。金多得好婦，此生足歡娱。彼自謂獨清，何不汩以泥。彼自謂獨醒，何不醊以醨。」作計告阿姑：「爾婦太癡愚。須令入我計，庶不爾瑕疵。」阿姑即聽許：「卿其善爲謀。」謂婦速織帨：「吾將遺可兒。」新婦白阿姑：「可兒實人奴。妾豈爲奴織，慎勿相輕詒。」阿姑慚且怒，誓言同其污。令子遠書獄，留婦守空帷。登樓飲狂子，接坐共歌呼。酒酣錯履舄，命婦前捧巵。婦怒不肯應，從步去不回。佻達定相侮，起攫頭上梳。新婦泣且詈，還之意脂韋。梳既污奴手，豈復可親膚。寸折擲之地，不復顧踟躕。狂子頗自失，阿姑心無涯。召客與共浴，縱客入中閨。羅帷忽自開，直犯千金軀。新婦呼且罵，抗拒力不遺。舉杵奮擊撞，脱走去莫追。自傷潔白身，動使行露濡。十三學裁衣，十六誦詩書。十七婦道成，十八爲人妻。舉動循禮法，許身秦羅敷。阿姑竟相負，豈復用生爲！早得歸黄泉，我身幸無虧。慟哭自投地，力竭四體墮。綿綿氣欲絶，冥冥神已離。阿姑因作念，此可使人知？不如滅其口，快意勝決疽。爲食召諸少，縶縛加羈縻。前行操雙斧，後行袖金椎。翕霍斧交下，縱擊椎並揮。婦痛願即死，不願更須臾：「奴何不剸刃，使我頸不殊！」可憐金石貞，竟死椎斧餘。飄風東南來，縱火將焚尸。皇天爲反風，尸重不可移。鄰里覺相報，官府爲窮治。阿姑始自悔，回罵諸屠沽：「我家何負若，陷我於罪羅。」相攜入囹圄，不得辭刑誅。縣門大道邊，赫赫烈婦祠。先是三日前，祠中出靈威。鼓聲夜闐闐，烈火炎炎飛。婦死三日後，仿佛廟中趨。高行合祀典，有司表門閭。俎豆禮常嚴，青史名不渝。垂誠後世人，完名當若兹。

## 玉女潭題贈吏史部恭甫

玉陽古洞天，名是神仙宅。因君地始顯，令人思俱逸。玉岡繞鸞鵠，雲莊藝芝朮。修廊俯大觀，列卦開玄室。虹橋迴隔凡，蓍臺静研《易》。生明抱弦月，澄觀披雲物。玉虚奠其中，别館竦而翼。門前萬梅竹，葱蒨麗綿密。琅玕群玉山，環佩藐姑射。想當經始時，頗極位置力。探妙溯邃初，選勝窮搜剔。爰建玉清祠，實表上真迹。禪棲儼大士，仙寓藹羽客。岧嶢玄真閣，杳眇古佛窟。招邀緇素流，迴移造化德。疏幽美石露，翦莽珍木出。導澗龍馬呈，芟林鳳麟集。青騍張果繫，白羖初平叱。踞獅與馴象，殊狀各異質。巍碣訝天成，承霤雨欲滴。盤玉擁琳琅，期仙望踞舄。宴處超然宇，徙倚瑶臺側。坐對芙容城，一一青可摘。杯浮縹緲峰，太湖翠如拭。琪樹挺瓊枝，獨本蘖維十。幽洞俯靈木，三株原自一。飛雲被綺鬱，採藥路詰屈。豈無鸞苓者，欲往迷所適。巒嶂妙連絡，草樹相蓊鬱。迴岩上盤互，側錦厓四塞。中爲玉女潭，靈源澄水碧。陰壑天倒開，蒼蒼疑正色。月魄墮深谷，寶氣浮瑟瑟。石梁亘清漢，龍鼻吸金液。伏流轉地中，萬壓争灌射。翠微玉一泓，淵凝瑩沈寂。稍下瀉爲湍，瓊樹上蒙冪。輪囷壽千載，扶疏影百尺。曲碕可浮觴，廣蔭不見日。嶼遠始迤逶，峽束遽奔突。虬鼉奮相角，贔屭怒方勃。盤渦車輪轉，溯湃雷霆擊。飛橋沸萬玉，砥柱中流屹。西行得龍湫，崩厓雷斧劈。渟渟湛碧琳，峭壁潄金骨。娟娟浄如染，杳杳深莫測。懸舟浮空明，俯首度逼仄。中虚别有天，外視似無域。井氣上通幹，陽光下容隙。嘗觀蝘蜓游，知有髯羊蟄。厓顛虚竅存，猶蜕蜿蜒迹。靈髻矯玉柱，瑩帶流漦白。其旁洞鷃駈，三折互斷闔。恍遊君山陽，由唐履其閾。牖通水犀靈，屋偃龍藏辟。天碑矗峥嶸，净槃舒的沓。穿石倚撑拄，飛瀾迴蕩激。嵌空垂地肺，溢洑交泉脉。右盤青牛峽，紫氣紛可挹。朝日照金晶，岩下光奕奕。仰捫瑰寶羅，奇怪不可識。方坻環玉流，圓折數珠瓅。赴壑急於奔，緣厓亂如織。鐘竇聲始洪，喤喤音孔翕。回陽勢忽旋，怒湧歸潮入。安行孰爲達，逆卷竟誰扼。磯頭止青鳥，如欲對以臆。玄津示吐咽，一氣妙呼吸。吾因灌輸理，悟彼蒼生術。眷兹靈異境，信與塵凡隔。歷世絙勝絶，一發邁古昔。蓬萊豈在遠，桃源邇可即。我來竭幽興，遊覽盡微賾。森奇目屢奪，惝怳神如失。初來即忘歸，欲去更遐歷。君本謫仙人，名猶在緑籍，帝命主兹山，功成有申錫。吾聞白玉京，官府足衆職。不如且住世，逍遥領泉石。願携金光草，長共爾遊息。

## 昌公房看牡丹歌

嘗聞樂府牡丹芳春來，一城人若狂。我今日日被花惱，毋乃花淫如洛陽。吴中三月花如綺，百品千名鬬奇靡。名園往往平泉莊，禪宫處處西明寺。我今曳杖登武丘，昌公精舍花枝柔。動如迎笑静若醉，頰白腮紅名玉樓。此花初移得春淺，六寸圓開天女面。對花一飲三百杯，醉裏題詩寫花片。沈家白花涅不緇，三花相亞玉交枝。何郎膩粉拭香汗，虢國新妝淡掃眉。主人開筵浮大白，爲花傳神贈賓客。輕綃颯颯欲飄香，琪樹盈盈轉生色。酣酒爲言興未已，邀看石佛千頭紫。衣色相鮮繡佛前，天芬似入祇林裏。初來一朶如傾杯，坐久數花相次開。花神好客向客笑，不用臨風羯鼓催。三日看花花轉靚，未似潘園稱最盛。中庭一樹丈五高，碧瓦雕檐錦叢映。西齋亦是玉樓春，數之二百花色匀。壽安紅與細葉紫，更有異種誇東鄰。越羅蜀錦看不足，艷裏明妝貯金屋。身如遊蜂繞花戲，月明還向花房宿。也知天意自憐人，但令到處花枝新。况逢晴景與佳侣，狂吟爛醉令經旬。人生歡樂能幾許，百病千愁更風雨。安得年年似此遊，作歌且紀千花譜。

## 張公洞

女媧補天餘碨壘，積之厚地藏精靈。五色久閟真宰怒，地莫敢愛開雷霆。光通覆盂徹深杳，竇啟寶櫝窺晶熒。入門下視氣莫測，但見島嶼浮滄溟。既登香臺景始合，恍若象緯羅天庭。仰看懸乳詭萬狀，金膏水碧琅玕青。雲垂霞起各璀璨，珊瑚玉樹何亭亭。四垂峭壁下空洞，曲房便室盤瓏玲。中間萬石儼離立，高下向背殊其形。有如靈山散花會，五百大衆來傳經。又如天吴鬬海若，四目九首紛猙獰。嵯峨上矗涌寶刹，迤靡旁轉舒連屏。巍冠正弁侍天闕，芙蓉菡萏排寒汀。遠看紺緑似塗堊，細視刻鏤疑模型。因應造化幻狡獪，自是元氣初泓渟。更聞石狀在深黑，仙田丹竈居沈冥。乃知仙客煉五石，故遺神功開六丁。采時靈液尚流地，至今餘乳能延齡。褰衣即欲進危磴，弱足猶阻探幽扃。劃然長嘯且歸去，他年來草新宫銘。

## 善權洞

善卷讓位尋丹丘，逍遥居此巖之幽。玉山寶房開瑰麗，茅茨土階寧足留。重巖磅礴啓三洞，下爲邃室高爲樓。樓疑蜃氣化成闕，丹青繚繞虹霓浮。室是白龍潛作藏，含精祗寶多琳鏐。中隆旁殺若覆鬲，氣蒸乳滴同懸旒。瑶缸璧拱互照映，交楣復壁相連句。樓中百獸恣騰擲，怒猊渴虎凌飛虬。亭亭玉柱貫當軸，狂怪未散掣其鈎。鹽堆皛皛米崇廩，仙田作畝誰所穫。室邃九門邃且敞，下受玉液流金溝。飛流噴薄走户下，笙鏞間作交鳴球。瀦爲尾閭深莫渡，龍宅南隩司陳收。搜珍抉寶横充溢，飯鍘食篹誠堪羞。此公騎龍果安在，我欲御風從之遊。靈仙洞府足長往，下視濁世真蜉蝣。

## 洞山 用張之象韻。

洞山虚中高揭脣，白石齒齒排爲齦。引吸波浪氣吐吞，張吻露腭何鱗皴。我疑巨鰲踞而蹲，噍物未合口流津。人言中穹如覆盆，我畏其舌不可捫。蕩舟强與闖其門，但見玉液涵靈根。進穿石骨窺嶺崙，更訝鰲首承崑崙。柱支軸貫維厚坤，仰看宇覆爛若銀。卿雲一色紋魚鱗，引手歷歷捫星辰。俯扣洞房深九闉，中有神物雲晝屯。欲往探之路苦湮，川祇山鬼司其閽。何年有路通人神，往與一醉桃花春。

## 石城曲題採蓮圖

秦淮水緑芙蓉明，玄武湖邊煙艇横。香風翠袖暮雲亂，落日新妝紅浪驚。城隅濠曲歌聲起，却寄愁心棹謳裏。恨不相携桃葉渡，心知同在長干住。須臾花冥鳳凰臺，帝闕回看錦作堆。明月各隨珠佩去，白鷗獨送綵舟回。蓮蒲紅衣秋露濕，桂林金粟秋風急。相逢江上採蓮人，回橈猶向花間立。帝京曾憶看花行，畫裏今瞻雲錦城。十年漁舸滄州卧，羞對紅蕖白髮生。

## 八月十六日同文太史諸公登郊臺觴治平寺竹下待月行春橋夜泛胥門作

闔閭城西佳山水，況復秋清風日美。百斛遊船穩於屋，錦帆瑶席空明裏。黄山西轉古横塘，五塢雲深盤上方。飛橋連跨石湖口，螭影相銜明鏡旁。夕陽把酒郊臺上，峰色湖光迴相向。表裏河山憶伯圖，透迤巒嶺開行障。白雲裊裊紫薇村，湖光蕩薄入瑶樽。夕霏掩隱梵王閣，松徑行穿山寺門。山僧不歸鐘磬隔，桐竹虚堂翠光射。疏影低摇醽醁寒，玉人笑倚琅玕碧。可憐落日情依依，空林棲鳥催人歸。蘭舟不解惜清夜，坐待圓景升宵暉。胡牀醉劇金鰲背，徙倚憑欄酒頻酹。薄雲灝氣互吐吞，坐看東天尚蒙昧。須臾光射靈虚宫，玉盤飛出滄海東。金波奕奕掣千電，彩雲皎皎騰雙虹。時時清漢微氛度，隱隱冰輪馳薄霧。掩抑徘徊未全露，靳取清光照歸路。畫鷁翩翩凌廣寒，俯看碧浪躍銀丸。百花洲邊花色晝，花中樓閣明朱欄。此時杯行何足數，歌聲遏雲酒如雨。庾公長嘯興不淺，阮籍沈酣狂欲舞。莫愁露濕紫綺裘，月光常隨青翰舟。君不見胥門抉目郊臺圮，何不清宵秉燭遊。

## 晚過治平

修竹藏精舍，香林繞化城。窗中九峰秀，門外五湖平。緑樹涼雲合，丹楓夕照明。祇緣山太静，易得感秋聲。

## 秋夜獨坐

寂寂復寥寥，寒燈掛環堵。犬吠何處村，蟲喧今夜雨。

# 白陽山人陳淳六首

淳字道復，後以字行，字復父，吴人。父以可，世家郡之姚湖，富而有文，與文徵仲交。道復少師徵仲，天才秀發，書畫師米南宫、叔明、子久，尤好寫生，一花半葉，淡墨欹斜，非畫工可及也。詩取適意，不求工。其集出俗子搜訪，丹猥不足觀。仲子栝，飲酒縱誕，有竹林之習，畫亦放浪不俗。

## 東園四首嘉靖庚寅夏秋作

懶拙無能事，獨棲聊自存。竹扉低近水，花徑曲通園。老婢强供爨，愚兒日應門。今古多爾爾，何處向人言。

舉世争趨進，誰能事息機。窮來猶不悟，老去漸知非。骨肉貧招棄，交遊懶致稀。衰年須却步，自識此心微。

運命生多蹇，羈窮老自勝。行藏如逐客，況味一枯僧。久病醫難治，長貧盗亦憎。旁人訝長嘯，錯比是孫登。

獨酌林皋下，厭厭不計籌。似能添野興，還可慰羈愁。月色十分好，蟲聲一片秋。壁間何物在，寒氣隱吴鈎。

### 聞鳥

重重煙樹鎖招提，野客來尋路不迷。才過板橋塵土隔，落花無數鳥争啼。

### 遊越

吴淞江上放船時，秋色撩人不自知。行到萬松山下坐，潮聲先在隔林西。

## 彭布衣年二十五首

年字孔嘉，長洲人。長身玉立。少磊落，嗜讀書。書法宗顔、歐，其名亞於文待詔。家徒壁立，所交多賢豪長者，不肯一言於乞。人有所饋，雖升斗粟，非文字交，峻辭若浼，卒以貧死。有《隆池山樵集》。

## 奉同衡翁太史諸公遊子慎山四首

仙路披林入，星橋接漢通。蒲萄新緑漲，螮蝀欲飛虹。海鶴鳴花外，山鷄舞鏡中。清商移小部，明月幾回同。

飛檻凌丹嶠，雕軒俯碧漪。晴峰浮倒影，煙柳漾輕絲。翡翠低還掠，鴛鴦住不疑。接䍦何必整，綸釣許相隨。

始覺花源近，還經藥畹深。石狀留醒酒，玉洞待鳴琴。復徑迷難出，穿雲不易尋。只應餘凍雪，六月自陰森。

峰色含青黛，池光叠翠紋。浴沂修故事，祓禊枉賢群。絮暖魚吹雪，香飄蝶墜雲。石欄春晝永，碧砌午風薰。

## 晚過横塘

輕棹乘朝霽，飛樓渡石梁。山容明罨畫，天影静滄浪。燕拂柳絲弱，鶯啼花氣香。春光正韶麗，况復古横塘。

## 大石

陽山青不斷，陰壑路疑窮。鰲蝀凌松杪，驂騑歷桂叢。隔雲分野緑，穿月逗中空。勝絶流孤賞，疏鐘殷梵宮。

## 祠部五臺陸公請告歸省却寄

欲事空王賦遂初，道心如水浄涵虚。歸航更挾浮杯侣，輕橐惟裝譯貝書。帶月携琴投野寺，乘風看竹訪幽居。秋蔬春茗供談笑，謝客高情白社餘。

## 叔平山居

一曲溪山似輞川，天開幽境與棲禪。堤分柳浪煙中遠，峰矗芙蓉水上妍。不斷香風吹寶殿，有時花雨墜珠筵。還憐假榻清秋夜，數盡漁燈廢客眠。

## 次韻魯望於公瑕宅觀舞有贈

晚風吹拂暑烟收，曲宴重開醉客留。竹外雲來疑昨夢，花前月出浣新愁。驚鴻妙舞情偏逸，雛鳳嬌歌韻轉悠。綺席瑶屏圍叠嶂，恍然身在閬風樓。

## 庚戌秋書事八首

江南楓落雁初還，塞北霜飛久折綿。敢望旌旗臨細柳，早聞烽火達甘泉。關門自失居庸險，斧鉞宜專制閫權。于石當年曾破虜，只今勳業許誰先。

六鎮防秋車騎多，總戎游擊往來過。鎖兵未報屯田策，獻捷虛傳奏凱歌。幕下太官供玉饌，邊頭羸卒抱霜戈。遼軍豈異田橫士，好問投醪事若何。

百萬通倉國計存，勤王兵甲急宜屯。廟堂每忽安邊略，故虜方驕入塞魂。白草自肥南牧馬，黃河不斷北來猿。彎弧欲射旄頭落，藿食猶慚遠帝閽。

月滿胡天殺氣凝，建牙吹角漢家營。五陵霜露松楸近，千里風塵輦轂驚。累日未傳青海箭，何人爲掃黑山兵。朱門金穴笙歌沸，野哭那聞動地聲。

閑厩徒焚廿四坊，錦雲花隊向來亡。渥窪未見收天馬，朔易無聞貢白狼。此日朝廷思李牧，他時文簿抑陳湯。運籌急爲攄長策，鞭撻還須盡犬羊。

內苑期仙拱穆清，上玄齋祭福群生。貂蟬夕拜趨三殿，貔虎晨嚴衛九城。淝水却思安石在，涇陽遥望子儀行。折衝尊俎真能事，夙夜諸公答聖明。

漢皇神武即周宣，百伐長驅瀚海殘。信有嫖姚辭甲第，不妨通利築星壇。輪臺詔下蒼生慰，馬邑誅先白骨寒。千載中興元不異，佇看丕烈頌桓桓。

楚客傷秋意未闌，白雲黄菊晚相看。江湖自足蛟龍卧，粱稻方謀燕雀安。北望星辰愁倚劍，南來消息愧投竿。濁醪漫向船頭醉，追逐輕鷗下碧湍。

## 題衡翁扇頭小楷書秋聲賦

碧梧庭院露華清，一葉翻階鶴夢驚。緑髮方瞳玉堂客，蠅頭燈下寫秋聲。

## 艷情爲靈墟二首

桃花寶扇擁檀郎，翡翠輕裾熨麝香。爲怕羊車穿市窄，青驪自控紫遊韁。

十三曾識賣珠名，幾度春風醉舞塵。昨日鬭鷄長樂觀，文園偷訪愛琴人。

## 庭前香櫞花日遇雨口占二首

林徑無人盡日閒，幽禽時弄語關關。胡牀坐對斜陽影，詠得禽言一破顔。

雨壓喬柯覆短檐，緑陰深處枕書眠。繁花十日風吹散，猶有殘英落砌鮮。

## 上元病居篠川存山玉田賓山携酒妓過訪

銀瓶緑酒掛香車，遥過城東宋玉家。一笑相歡不辭醉，爲憐明月在梅花。

## 對月寄壺梁

天街霜月夜迢迢，淮浦金波蕩畫橋。才子行吟《青玉案》，仙人吹和紫瓊簫。

## 雨後

洞底泉聲谷口聞，望中峰色杳難分。欲尋雨後金芝草，更踏前峰半濕雲。

# 陸教諭之裘一十八首

之裘字象孫，太倉人，參政容之孫，評事伸之子。胚胎前光，少負才藻，有志經世，不欲以書生自命。嘗稱張子厚以書謁范希文，欲結客取洮西大同之變，著論嗤柄國者，以爲援手可定，頗爲里中兒所嗤，弗恤也。王元美《明詩評序》云：「余稍長，從學官習章句。有陸秀才之裘能詩，高自許可，鄉先生自迪功而下弗論也。即席染翰輒數番，多粗舛不純。又聞吴下彭年秀才名，彭故文氏家言也。之裘有詩曰《南門仲子集》。好爲散詞，有云『本是箇英雄漢，差排做窮秀才。』其感慨託寄如此。」

# 賊平

波浪兼天寇盜窮，將軍乘勝奏膚功。三年戎馬關河月，不及狼山一夜風。

## 書事三首

齊魯縱横豺虎群，天王親拜大將軍。牙旂直捲狼山雪，金印還瞻鳳闕雲。
嚴寒朔漠草争凋，萬乘遥臨冰雪消。天馬追風齊八駿，彤弓弦月落雙雕。
樓船載日下江南，吹鳳鳴鼉御酒酣。吴花十月迎黄幄，隋柳千秋映錦帆。

## 辛巳志喜二首

金符宵捧肅公卿，玉輦晨移望帝京。花迓御旃連漢苑，雲隨仙仗自襄城。天顔正位河山重，宫旨收簾日月明。一統共瞻新政美，四垂從此罷塵驚。
龍飛虎變仰光輝，九御親承制作垂。祀輅旂明崇廟典，經筵燭晃肅朝儀。長春寶樹千花獻，太液祥雲五色移。環海車書皇帝有，安州不製《大風》詞。

## 黄雀兒

黄雀兒，無食我穀，家中有釜，縣裏有斛。黄雀兒，爾胡不仁，朝食我穀，暮食我穀，東家無網羅，西舍無粘竿，南村無弓箭，北鄰無彈丸，家人爲汝辛苦不得閒。黄雀兒，莫欺人，城中小兒利汝肥，捕汝日暮鬻市門。黄雀兒莫飽食，飽食身漸肥，東飛化爲蛤。

## 春日有懷

二月憑高思渺茫，吴門樹轉緑波長。青簾畫舫移春色，重閣飛樓動日光。鴻雁去邊秦苑字，梅花落處漢宫妝。鄉關苦憶他鄉客，況爾他鄉憶故鄉。

## 白茅夫

海風飄，乾雪揚。民何役，白茅塘。荷鍤别爺娘，唤婦與阿郎：「我行爾莫憂，官府須有錢與糧。」出門行雪中，手足皺欲紅。塘上千夫長，日夜催作工。不畏見司空，但畏見郎中。郎中不愛錢。小杖大杖愁殺儂。人回寄聲語我妻：「莫使爺娘知。官府自有糧，我腹常忍饑。」妻聞大哥去，寄聲語我夫：「西家無閑丁，雇人東鑿河。日費五十錢，淚下機頭梭。少壯有餘力，莫怨開河役。若使吴田肥，何妨一人瘠。」請看西方征戍兒，天寒月黑胡風吹。

## 贈梁五兄

太常畫品稱絶俗，海外皆傳夏公竹。房櫳有女十五人，蘭佩雲鬟總如玉。夫人賢德婦中英，伯夏乃是夫人生。尚寶當年閲諸女，獨指伯夏勞經營。公爲元娥擇佳婿，盧氏一男才敻異。便卜良期使委禽，弱冠盧卿果登第。拜官刑部臨斬人，斷元號躍趨其身。大驚構疾棄結髮，始信袁公相入神。紅顔寡婦悲秋早，苔積空閨葉堪掃。緑窗自泣啼烏夕，青鏡那窺舞鸞曉。嫁時生女在盧門，贅得梁賢生外孫。才高却遭世俗忌，移家避謗東西奔。湖山舍館從人假，賣藥談詩無識者。舊友空存顧相公，新親豈盡王司馬。吾母之母吴公妻，伯娥異母還同禰。若從夏氏論親戚，我與梁兄何所殊。即今暫寄胥門屋，西山日映横塘緑。名園主人予婦翁，停橈月下來三宿。梁兄牀頭無一錢，呼兒具食雲松邊。明燈滑幾寫香茗，長文短賦陳佳篇。嗟哉丈夫胡太息，古來屈事誰能直。眼前將相幾興衰，風塵莫問樊侯憶。

## 陸義姑姊歌

陸義姑姊女中不可無，少年嫁爲蔣氏婦，夫亡抱子夜泣衡山烏。有弟天下選，給事留上都。抗章斥宰相，叩頭伏閤當天衢。龍幃覽書宰相罷。給事亦謫蠻滇隅。弟妻忽云没，弟在萬里途。室中何所有，男女遺兩孤。高堂胡夫人，眸昏但悲呼。義君聞之語：「其子今日之責，非我其誰乎？汝謹守爾室，我往撫二雛。」誰謂寡姑老，存亡甘與俱。日提歲鞠勝己子，侄亦相親忘母徂。弟遷縣令歸繾綣，義君促弟宜疾驅：「家有而姊在，行行慎無虞。」弟無内顧憂，遂無兼程趨。三年上書賜完璧，二雛壯長明雙珠。衣奩盡出義君手，日日縫紉到西晡。一朝婚嫁畢，復歸蔣氏從兒居。弟率男若女，長跪親捧壺：「願我姑姊百千壽，花前看舞紅氍毹。」卓哉陸家好兄弟，交游冠佩多名儒。共聞義君賢，入門皆嘆吁。吁嗟乎弟有義姊，侄有義姑，嘉名籍，流東吴。魯婦人，李文姬。釵布中，真丈夫。陸義君，斯人徒。金閨太史儻見采，知予義姑姊歌良不誣。

## 花朝張太學西園小集

雨霽名園春事芳，闌臺小集暮行觴。愆期肯使花神笑，縱飲誰嗔草聖狂。入坐微風含楚佩，照人明月墮胡牀。行歌亦有穿雲調，隔水遥傳《陌上桑》。

## 庚子紀事

南沙頑夫不滿千，恃險攫貨争魚鹽。椎牛殺狗亦耕種，黄蘆白葦波連天。海濱耆豪利兼取，逞技獻謀官府前。喜功憂變守臣職，撫召不聽心煩煎。兵舟閲送文武吏，炎秋直薄南沙邊。諸軍相猜不相協，遇賊出鬬戈矛捐。披帆擊鼓各歸縣，騰訛道路歡相傳。誰爲贋書揭都市，臺司受誣盜亦冤。南畿咫尺路非邈，惜無一人能照姦。稱王命將何等語，鳳樓疏入驚雲旃。重華震怒遣使者，械繫失事諸官員。紅顔白髮哭相送，秋風淚滋西郭阡。夏曹薦出總兵者，幕府聊分邊將權。擁來邳兒半降盜，提兵過市同饑鳶。群愚心知罪難免，始從華屋搜金錢。璜涇市上换殘衲，吴淞江頭焚戍船。阻攔朝防豼虎出，吹擊夜惱蛟龍眠。我師揚舲復停泊，欲出不出期頻愆。太倉孤城上官滿，騎兵劍客相喧闐。家家月黑宵鳴柝，巷巷風寒朝執鞭。霜臺按節問武帥，今日舉事何迍邅。群盗廿舟無帶甲，官軍百艘多控弦。江郊犒師萬石饋，州門賞士千金縣。戎衣戰器等山積，嗟爾虎牙胡敢然。夜分蓐食曉出海，賊舟一字遮津連。將軍拜呼駕五槳，蜑夫感激争相先。人生自古有天幸，巨海浪静如平川。龍須火槍雜羽箭，騰煙迷目衣皆穿。紛紛溺水急鈎取，斬首二百班師還。金珠銜艫喜誇捷，小教場中開舞筵。將軍懷家乞返轡，御史不從持益堅。昨朝逋寇半猶在，巢穴未入功非全。人奴誘賊殺酋長，牙旂夜報風翩翩。宫祠刑尸若兒戲，刳剥淋灕談笑間。登□遍村晝縱火，老稚婦女殘刀鋋。官牌下令要生縛，十無三四隨拘攣。臺司揭榜戒驕横，受降釋枉哀危顛。南軍囊輕北軍重，獵較豈是轅門偏。捷書遥聞九重喜，玉旨急下飛華韉。守臣除罪各加俸，相國亦賜宫羅鮮。鯨濤餘孽竄絶域，願還海縣民同編。移文此輩早投槊，沿江戍兒歸扣舷。儒臣祇知贊畫寄，殷勤屢乞芻蕘言。真情自來幾人達，湖海只應慚昔賢。三沙誰獻暫安策，民開義塾軍屯田。魚鹽禁弛戰鬭息，坐令斥堠銷烽煙。村村鷄犬映花柳，婚嫁締結朱陳緣。鳴琴提壺變習俗，瘡痍疾困從兹痊。書生作賦紀平海，嘉靖時逢庚子年。玉堂太史訪邊事，予詞合入穹碑鐫。

## 聞邊報旁午五首

燕京書札到吴天，總謂胡兵異昔年。聖主河山同日月，公卿那得議南遷。

雲暗風高塞雁呼，鐵矛誰御紫雕弧。何棟久陳千里策，許論①曾畫九邊圖。

太原城下虜兵屯，報騎飛書日夜奔。克罕遥稱諸部長，吉囊還號小王孫。

當年胡馬入秋來，今歲南侵不肯回。數種鐵衣三十萬，角弓馳騁拂雲開。

群胡燒入雁門關，輿疾丁璋戰獨艱②。可惜五千貔虎士，黄沙不見一人還。

① 原注：「論，平聲。」

② 原注：「雁門副總兵。」

## 岳山人岱四十一首

岱字東伯，先世以軍功隸蘇州衛，至其父始好讀書，辟草堂於陽山，去滸市可數里，花木翳然，修竹萬挺。東伯結隱其中，山房依白龍塢，自稱秦餘山人。又以系出相臺，號漳餘子。中年出遊恒、岱諸嶽，泛大江，覽留都名勝，渡濤江，訪豐南禺於四明，歷覽天姥、天台、雁宕、武夷、匡廬而返，遂不復出。性狷介，不妄與人交。能詩善畫，少時題畫，有「杏臉因桃識，蛾眉借柳看」之句，爲時所稱。作

《詠懷》詩九十六篇，其自序以爲「時序之變遷，人事之遭迕，悲愁喜樂，古怨今情，以至贊大功，稱盛美，紬人倫，追舊雨，情動于中，言形於外，所謂物失其平，鳴有以焉爾。」嘉、隆之間，古學漸遠，吴士爭以浮華相尚，如東伯之《詠懷》，可謂有志者也。

## 詠懷七首

塗山會諸侯，萬國呈玉帛。河精授圖讖，開導由積石。洪水勢方割，底定於震澤。神功敷宇宙，厥民得稼穡。恭惟我太祖，天授神聖德。神文邁三五，聖武靖南北。唐宋豈無君，中原受胡厄。禮樂今再新，臣黎返故宅。誓雪百王耻，乾坤重開闢。黄帝殄蚩尤，周武誅紂逆。二帝不足言，千古功無極。徵文並《禹謨》，億萬膺天歷。

郊外春風寒，寒梅花正吐。尋花繞樹行，南枝漸三五。茅齋寂無事，酒力微消午。石徑稀往來，樵夫及漁父。依依班荆坐，款款桑麻語。歸鴻起荒陂，黄雲映農扈。仿佛村樹中，布穀聲催婦。新年擬豐稔，處處鳴社鼓。徘徊不能去，暮色延平楚。

西北有佳人，被服雲霓裳。高樓切紫微，輔衛開兩廂。天厨挾女史，華蓋蔭文昌。吾欲往從之，内屏天路長。窮棲在山澤，左右藝蘭芳。玄泉醉我心，崇桂蔭我堂。南林狎鸞鷟，北礀采圭璋。富貴來何遲，年鬢生秋霜。

楚歌發中堂，非爲取樂方。魯酒湛金罍，殷憂不可忘。志士苦日短，愚夫矜夜長。明燈灼綺羅，廣席列芬芳。彈絃奏清曲，攜手醉徜徉。但惜嫵婉情，年鬢生秋霜。不見蟪蛄暮，嘆此蜉蝣裳。我昔遊燕冀，道逢邊戍子。問子何方來，言從北海涘。陰山雪迷人，冰澌生馬尾。虜騎縱復横，夾陣石與矢。主師多謀猷，帳下盡猛士。封侯在偶然，轉戰何當已。軍中多約束，浩蕩返鄉里。青山具區中，謂是甪里村。漢代四老人，避秦卧松雲。白石砥如席，道邊起高墳。不見採芝客，千載留清芬。出能安漢嗣，歸復棲石門。奇功不受賞，拂衣返吾真。我來訪幽蘭，清風繞林根。山中耕植流，安知非子孫。平生好雲山，圖繪乃游藝。筆吐造化心，狀此雲巒勢。變幻侔神功，頃刻呈地志。煙霞出膏肓，肺腑流蒼翠。虚無起遥岑，杳冥藏遠樹。溪橋過山村，迥隔人間世。往來盡漁樵，荒塗少輪駟。茅舍多清風，仙者時遊戲。萬户與千金，此樂誠不翅。憂懷若冰釋，不知老將至。因思伏犧畫，當令鬼神忌。

壬子元日

北庭多芳草，秀色連深谷。歲新景亦新，原野散晴淑。林日出東岩，萋萋照幽緑。節候感春禽，鳴聲在喬木。田父占五行，憂旱驗鷄卜。去秋繁備邊，誅求罄井屋。戎馬生於郊，豪士多約束。聖主身宵旰，晏然矢歸簸。徵兵四百萬，詎乏九年蓄。邇聞俘虜酋，詭遇恐非福。野老事石田，拙耕在守腹。師貞丈人吉，無咎慎莧陸。

## 武陵精舍六首

紫燕銜青泥，湖南事東作。一犁衡嶽雨，細逐桃花落。婦子餉田歸，平皋煙漠漠。湖南春雨

白石何累累，流水亦復急。茅茨對夕暉，敝笋待鮮食。曬翅滿漁梁，鸕鷀與鸂鶒。河洑漁梁

雨過落花深，春眠懶無事。起望西山雲，不見山中寺。日高忽聞鐘，驚散雲峰翠。西山烟寺

可憐武陵溪，本自仙源水。漁舟昔因緣，未盡巖壑美。石門今已迷，月照千峰裏。桃溪夜月

鷗飛江上雪，雪覆江邊竹。扁舟不可渡，遠望迷川陸。漁父暮歸來，蓑衣滿珠玉。竹灣雪艇

烏歸山日落，石壁開返照。餘霞赤城標，復映臨海嶠。披襟坐春臺，幽懷發孤嘯。金霞夕照

## 出萬年寺逾嶺下澗觀仙人趧石道中奇勝遂至浦口

櫛發下屋巒，回望孤雲巘。嶺際熠東光，雲中樹莫辨。清旦聞哀蝯，澗谷知深淺。谿壑多悲風，颯颯林葉捲。紛紛勞應接，行行得奇選。百降復千升，既出還似返。始謂盡崎嶔，旋更得平衍。凄凄樹含霜，燦燦花雲罥。孤懷欲誰語，世慮忽已遣。逶迤石成群，奔馳若可轉。洑流深叵測，山徑益迂緬。雖令素心洽，忍見僕夫喘。浦口下歸舟，川途日晼晚。

## 秦王捲衣

秦宮春霧香，秦苑亂春芳。秦王寵侍妾，親自捲衣裳。花蹙黄金縷，風生綺繡香。試看垂兩袖，一舞答君王。

## 從軍曲

逐虜燕支塞，屯兵木葉山。秋風生馬足，明月在刃環。小豹隨身後，飛鴻落掌間。封侯取金印，生入玉門關。

## 折楊柳

垂柳掛江頭，朝朝上綺樓。折來無遠使，遊子在邊州。雨送參差淚，花飛歷亂愁。蛾眉空悵望，翠葉易逢秋。

## 東飛伯勞歌

東飛伯勞西飛燕，玉關巫峽難相見。春時寄書人不歸，秋風一夕繞羅帷。鳴絃寫怨感孤凰，含愁下機懷七襄。熠耀宵行穿落葉，瑣窗爍爍流斜月。風樓螭水聲未終，日照深閨衣淚紅。

## 舞劍行

君不見山人平生一寶劍，匣中提出三尺練。寒光射目雪不如，草堂白晝驚飛電。吾祖隨天逐胡虜，屯軍黑松陣雲苦。成功策勳仗此物，七十二漠何英武。十聖承平久不用，四海風塵猶澒洞。靜聽常因風雨鳴，深藏恐逐蛟龍動。枯魚之宴無樂方，爲君起舞當斜陽。左右迴旋還自翼，變擊爲刺隨低昂。黄子翩翩出介胄，吾忝忠武爲其後。二家文武世不替，况與吾家各親厚。舞罷悲歌薊門曲，薊門柔桑眼中緑。嗚呼！丈夫四十未封侯，何事日日銜杯劍應哭。

## 新笋歌

滿林黄鳥不勝啼，林下新笋與人齊。春風閉門走山兎，白晝露滴驚竹鷄。雨中三日春已過，又近石牀添幾箇。競將頭角向青雲，不管階前緑苔破。

## 贈程自邑

天都山人與我别，遥指荆襄鼓蘭楫。訪古直上黄花川，思歸懶出明月峽。吴苑逢君碧草春，竹林高卧少情親。平生唯有三杯酒，十載重看萬里人。

## 陸郡伯談永平作盧龍曲贈之

自古盧龍郡，聞君説永平。風高孤竹國，雪暗五花城。女直秋輸馬，將軍夜發營。地偏桃李後，四月始聞鶯。

## 癸未八月一日至山居

別業諧新迹，林廬返故情。竹添秋徑密，花先早窗明。地遠千家市，山啼八月鶯。尋源從稚子，石澗繞門清。

## 龍母祠

石瀨淺淺山木蒼，五湖祠廟接瀟湘。靈衣珠佩無消息，桂棟蘭橑有夕陽。白酒土人來禱旱，絳幃玉女對焚香。季春歲歲龍歸異，千古風雲近草堂。

## 暮秋遊眺

千里秋風雙眺目，孤懷落日共悠然。村居繚繞寒原外，人鳥縱横夕徑前。山寺紫煙盤曲磴，石梁黄葉擁流泉。比因病肺時行藥，物色幽鮮一可憐。

## 落日

讀書竟日衡門中，起眺落日西南峰。烏趨返照向東嶺，雁急暮寒鳴北風。修竹浮浮結暝翠，疏花瑟瑟餘小紅。秋山鐘磬清耳目，石林隱約青蓮宫。

## 金陵

金陵王氣斗牛間，西下岷江鎖北關。真主旌旗來泗上，孝陵弓劍閟鍾山。烏龍水落芙蓉冷，翠柳樓空夜月間。遲暮未消游俠意，秋風匹馬鬢絲斑。

## 邗溝

隋皇昔日錦帆遊，吴楚分疆是此溝。兩岸煙花迷賈客，萬家楊柳掛新秋。北瞻燕闕三千里，西望金陵十四樓。淮海岷江都會地，繁華雄盛故揚州。

## 征南二首

總戎雲鳥肅風翔，司馬兵符出未央。春去旌旄臨海甸，雪消兵馬向蠻方。漢家漠漠堯封遠，天子瞳瞳舜日光。不道野人憂戰伐，月明江漢鬢蒼蒼。

安南易姓舊相仍，封錫還應到海濱。萬里版圖曾郡邑，殊方小醜亦君臣。炎風毒霧熕諸將，翠羽明珠入紫宸。想見乞降矜面縛，天威此日轉陽春。

## 題畫

暮色起郊墟，牛羊識歸路。牧童無枕簟，但鋪明月卧。

## 聽歌

能使新聲入舊詞，秋風江上夕陽時。曉來定有花含淚，莫向尊前唱柳枝。

## 重題華山圖自嘲

覽畫俄驚十四年，墨痕山色故依然。醉鄉蓬島知何處，酒量詩懷只似前。

## 送客歸盧氏

吴門飛雪正紛紛，酒暖紅樓此送君。歸時射雁如相憶，熊耳山高隔暮雲。

## 山中寄張子言

獨坐空山思五陵，丁香花發又逢春。燈前欲共平生話，月落松窗夢故人。

## 桃花圖

竹林深處有桃花，一半臨風一半遮。尚憶春來三日醉，曉煙疏雨卧山家。

## 悼樂工劉淮

曾隨正德年中駕，親見昭陽殿裏花。燕趙悲歌何處覓，旅魂飄泊楚天涯。

## 春盡

山間石徑少年行，飛盡桃花津水平。只有草庵春不去，短垣修竹自流鶯。

## 秋夜

春日青山看碧桃，秋風落葉又江皋。無端忽作封侯夢，却是牀頭掛寶刀。

## 畫

過雨溪山秋色新，攜琴還有竹林人。僧房細繞巖前路，紅葉隨風打角巾。

# 附見　今雨瑶華一十四人

岳岱撰《今雨瑶華序》曰：「岱家世戎勳，豈諳藻筆，躬耕之暇，竊慕古人驅馳六義之途，不忘詠歌之道，遂叨藝苑見稱，詞林不棄。縉紳先生下交白屋，林丘高逸道合素風，或千里而命駕，或三徑以爲鄰，或以忘年訂好，或以講討昵親，仕隱存没，凡一十四人，并能發揮造化之微，吐納風雲之氣，綺縟燦焕，珠璧圓融，故其灑翰託寄，對酒賡和，欣合怨離，緣情體物，投我篋笥，積歲成多。嘉靖戊戌之冬，岱歸山居，撿閲緘素，手録成編，略加揀選，又各贊述其才妙，命爲《今雨瑶華》，所謂德音不忘，良有以也。明年嘉靖己亥秋七月廿有七日謹序。」

崑崙山人張詩①　五嶽山人黄省曾②

憨泉山人袁昭暘　雨舟王濟

時川姜龍　桃谷陸俸

陽山湯儒　石川張寰③

大石山人顧元慶　謝湖袁褧
嵩山徐伯虬　九嵕顧聞④
少溪王延陵　青門山人沈仕

①原注：「别見丙集。」
②原注：「别見丙集。」
③原注：「字允清，崑山人。仕至通政司參議。紀遊詩數十卷，未録。」
④原注：「子孟林，附見。」

## 袁昭暘 三首

岳岱曰：「窮賤易安，幽居無悶，篤意盛唐，詞旨清美。」

### 同陸明府過陽山訪漳河岳山人

泛舟入西山，炎景照南陸。梅霖歇崇岡，積潤含林麓。挈徒過修坂，訪友臻空谷。川薄陽已微，烟霏忽叢竹。石竇注清泠，雲蘿覆岩屋。庖人饋鮮鯉，童子進鼎餗。翰墨情所投，令人發深穆。兹會難再洽，艮趾蘭堂宿。

## 詠陽山草堂竹贈漳河岳山人

草堂正倚陽山曲，裊裊琅玕澗水潯。風塢簿辭同蘚碧，雲林梢長接空陰。雨晴簾捲秋如許，日午開尊暑不侵。過客留連盤石坐，求羊應許更攀尋。

## 寄友客北都

高卧滄洲驚歲晚，幽棲白晝自閑情。山中麋鹿逢人慣，樹底鷗鳧戲浪輕。修竹蒼蒼風閣倚，浮雲片片野堂明。故人冀北傷千里，忽聽關河朔雁聲。

# 王濟一首《宫詞》三首

濟字伯雨，烏程人。以貲爲横州判官。富而好客，與劉南垣、孫太初、張允清結峴山社。所居有長吟閣、寶峴樓，圖史鼎彝，奪目充棟。顧元慶《詩話》稱其人物高遠，奉養雅潔，録其《宫詞》三首。岳岱云：「善託今辭，邀歸古意。若和《宫詞》，王建難稱獨步矣。」

## 宫詞三首

駕幸長春二鼓時，提燈馳報疾如飛。上房供奉忙多少，才試龍牀布地衣。

昨日閩中進荔枝，君王親受幸龍池。先將并蒂承金盒，密賜修儀盡不知。

錦標奪得有誰争，跪向君王自報名。宣索宫花親自插，連呼萬歲兩三聲。

## 遊碧巖和石川韻碧巖碧弁之中峰也

歷覽碧巖勝，只疑塵境無。煙巒浄流翠，晴瀑白跳珠。隱約瞻天姥，冥濛見太湖。丹青誰把筆，相對寫新圖。

## 姜龍二首

龍字□□，太倉人。官至副使。岳岱曰：「天挺命世，學無偏擅。政理精詳，神明愷悌。握兵南徼，文身歸德。民立生祠，人稱韓、范。國之利器，考槃在阿。故其縱志名山，英懷遠託，巖情谷趣，聊寓聲詩。殆猶神龍出淵，風雲自異；璞玉爲器，瑚璉俱珍。」

## 登天湖山

天湖臺殿迴，鳥路出人寰。佛遠無新供，僧閒自古顔。寒泉生石井，垂蔦翳松關。不緣殘照斂，唱詠未言還。

## 登上天竺閣

欹閣倚危巔，疏鐘破暝煙。澗回遥帶合，峰抱翠濤連。無復容塵地，剛餘看月天。想應風雨夜，枯坐更通玄。

# 陸俸六首

俸，仕至郡守。岳岱曰：「蚤登仕用，無暇篇章。晚就操觚，遂超多士。靈心夙構，穎悟居多，朝夕苦吟，已收時論。蓋能守約少陵之方，博施唐人之作者也。」

## 酬劉子古鏡

古鏡不自惜，遥兼千里音。懸之照肝膽，奚啻雙南金。圓質凝精光，螭盤古銘深。明月入我懷，聊復理吾簪。與君别幾時，鬢髮雪已盈。冉冉悲年暮，悠悠空陸沉。願言保不缺，報君久要心。

## 至陽山訪岳山人

訪爾陽山曲，迢迢丘壑重。青冥恣遐矚，麋鹿伴孤蹤。高枕低雲嶠，疏林度遠鐘。徑餘重九菊，門倚兩三松。避地霧中隱，鳴琴竹下逢。夜長思共醉，老去願相從。魏闕無今想，仙風自可宗。因思沉湎者，役役爾何庸。

## 舍弟山亭

谷鳥喚人啼，山人過竹西。樹高將宿鳳，江霽欲生霓。徑暖鶯花日，風和燕子泥。莫辭尊酒暮，煙□□相思。

## 早春園居

魏闕天今遠，陶園歲復新。杖藜吾獨往，芳草正懷人。雪意頻催酒，鶯啼漸入春。聖朝多雨露，江畔老微臣。

## 送友遊武夷

秋來天外結幽期，一月看山到武夷。石壁負舟仙去後，天風吹袂獨吟時。花深九曲煙霞寂，月出千峰猿鳥悲。我亦江湖從孟浪，聞君長往不勝思。

## 除夕

病抛簪紱風塵外，老愧詩名五十聞。華髮漸看青鏡曉，草堂重伴碧山雲。春歸柳岸啼新鳥，歲晚江村帶夕曛。獨酌椒花燃柏子，閉門空自嘆離群。

## 湯儒一首

儒爲諸生。子盤，應鄉薦，復姓袁氏。父子各有集。岳岱曰：「言論温温，豐儀潔雅。妙通玄學，好托禪門。洞庭玄墓之山，清齋獨宿；堯峰四飛之頂，累月彌旬。藹然交遊，無深無淺；山林之妙，罕睹其人。昌穀貴其討論，我輩珍其情性。其於製作，奚待余言。」

## 玉階怨

朱甍螢影度，璧月綺疏流。牛女年年會，玉階今夜愁。

# 顧元慶三首

元慶字大有，長洲人。家近許市，兄弟多織嗇治產，山人獨以圖書自娱，自經史以至叢説，多所纂述。所居曰顧家青山，在大石左麓，山中有勝迹八，自爲之記。名其堂曰夷白，藏書萬卷，擇其善本刻之，署曰「陽山顧氏文房」。王伯穀往訪之，年七十五猶吟對不倦。岳岱曰：「隱居草莽，無局促之憂；好歷名山，盡逍遥之樂。詞貴省潔，意尚真古，雖靖節田家之言，浩然江湖之句，時代雖遠，旨趣相符爾。」

## 甘露寺

絶壁倚江濆，千峰帶夕曛。斷岡餘王氣，古鑊隱雷文。滄海風煙接，高城鼓角聞。上方蕭索盡，一塔出塵氛。

## 獻花巖

共討花巖勝，雲霄肘腋傍。牛峰雙角短，天塹一支長。松殿秋陰肅，經堂雨葉黄。物華更娟静，時序近重陽。

## 山齋誦見寄之作有懷漳河

忽憶漳河子，居然有道風。一尊黄葉下，數口緑雲中。鴻鵠心同遠，巖丘興不窮。新詩開大雅，莫惜寄郵筒。

## 袁　褧一首

褧字尚之，永之之兄也。與永之俱爲胡孝思所知，累試不利，壹意汲古。家有石磬齋，蔡九逵爲之記，藏宋刻書，裝潢讎勘並稱善本，摹刻行世，士林重之。年近八十而没。岳岱曰：「風儀秀朗，才情超遠，業雖科目，志則清真。齋居晏然，閒遊山水。文鄙近習，典雅清夷。翰墨瀟灑，林丘鬱映。其于友于禄食，寡望洋之憂；世俗趨卑，蔑隨波之態。詳其詩品，德必有言。」

## 田家

誰言田家樂，所樂亦豈常。耕斂稍不給，豐歉復相當。五月了蠶事，十月登稻粱。所入不償用，閒少實多忙。營營事公私，勞苦過即忘。歲功已告畢，蠟社聚一方。酌酒宰鷄豚，鼓腹坐山陽。寧知朱門内，晝夜羅酒漿。貧富在所遭，苦樂難較量。

# 徐伯虬二首

伯虬字子久，昌穀之子也。嘉靖乙酉舉於鄉，未仕而卒。岳岱曰：「家尚箕裘，才兼瑜瑾，凡有體裁，莫不源委。况其所得，允合衆長，靡珍綺錯之能，無傷真致之雅，昌穀之文風，斯不墜者矣。」

## 同九㝡顧子訪漳河岳山人

多君棲鄭圃，玄室白雲陰。此日逢迎處，高天倚樹吟。竹香明幌静，山色暮簾深。相送情無限，餘音碧水琴。

## 甲午元日

瑶極青陽獻，璇宫紫氣氲。晴光千嶂合，陽脉百泉分。門戟開黄道，臺書得慶雲。青歸江柳染，紅入圃梅芬。花頌回三朔，糕盤□五辛。春杯吹緑酒，不遣瘁顔醺。

# 顧聞 一十首

聞字行之，吴邑之周山人也。嘉靖中，有聲公車間，不第以死。岳岱曰：「才華瑋麗，鋪叙豐長，究其所歸，靡不有自。至於染翰，人稱並美。」子孟林，字山甫，少即棄諸生，隱居食力，耿介絶俗，獨與里人陸舒枝爲詩友。王伯穀序其詩云：「山當具區之浸，環堵之室，朝雲夕霞，前榮垂蘿，後户掛瀑，兒荷鋤，妻緶纑，羹藜飯糗，晏如也。」行之號九嵕山人，山甫自稱兀然先生，父子各有集。

## 同徐子過岳山人

愛爾中林静，鶯啼下碧除。風清徐稚榻，花映鄴侯書。簾際涼露切，城陰夏木虚。論文竟西日，片片落瓊琚。

## 和岳子嵩山草堂宴集

緑樹覆滄浪，高齋敞夕陽。鳥殊聞法曲，花故憶明妝。碧酒銜風急，清琴拂水長。況逢巖壑侶，同醉白雲傍。

## 折楊柳

芳草接金堤，垂楊緑更齊。夕絮離天遠，春絲别霧迷。曲中青鏡改，愁畔紫騮嘶。紅樓嘆少婦，腸斷玉關西。

## 採蓮曲二首

蘭舟終日漾蓮溪，少女如花錦袖低。含笑折來流水畔，紅妝兩兩鏡中啼。

岸上金羈白馬郎，溪邊紅粉斷人腸。臨風背摘雙頭蕊，笑入荷花萬點妝。

## 晚

岸幘秋堂小，臨流暮雨清。群峰傾鳥背，落葉帶溪聲。林日高低下，川虹斷續明。棹歌何處發，應是採蓮行。

## 清明日過楊村

楊柳蔽楊村，桃花古渡昏。清明猶作客，白日正銷魂。天地催時序，關河仗酒尊。何爲千里夢，一夜落吴門。

## 夜泊崔鎮聞笛

雲落清河夜，天横片月凉。江樓莫吹笛，明日更山陽。

## 南歸道中二首

草長花飛客路長，扁舟今日渡山陽。笛聲吹落黄河月，淮北淮南總斷腸。

高天淮水澹悠悠，南向春江日夜流。極目煙花傷客思，金堤明月是揚州。

## 附見　顧孟林二首

## 夜飲王中丞元美宅

與君湖海各棲遲，一夕相逢酒百巵。醉後不知何以别，醒來唯記月明時。

## 鍾山人昔曾被役西方暇日爲予説所見因書以贈之

聞君昔日過凉州，千里黄河一曲流。曾見西山遮虜塞，雲間孤戍爲防秋。

# 王延陵 四首

延陵字子永，文恪公季子。以父蔭爲中書舍人，風流好事，有秦川貴公子之風。早歲城居，與皇甫子循、張幼于結社，有《春社編》。詩曰《王中舍集》。遊戲丹青，亦有可觀。岳岱曰：「蔭補清要，弗習紈綺。雅尚山居。刻意長吟。宦遊南北，歷覽山川。雅思清詞，珠輝雲泄。高明日造，至止難窮。」

## 滄洲漫興

沙白柳陰薄，潮平舟楫輕。天開雲錦麗，人傍日華行。鷄犬村墟午，鷗鳬杜若晴。金尊開欲撫，回首憶神京。

## 王太史張比部同登翠微閣

石磴千盤轉，山樓百尺餘。窗虚雲自入，春暖柳將舒。玉斝浮金液，雕欄俯碧虚。叨陪太史宴，辭賦愧璠璵。

## 虎丘分詠得浮圖

寶塔倚秋穹，珠林望彩虹。雲噓網户白，日落綺疏紅。鈴語振天外，龍光盤壑中。不有九霄陟，能令五藴空。

## 洪光寺同崑崙山人

洪光高閣杳林端，繚繞雙過錦繡鞍。曉日乍開仙闕曙，春雲猶弄上方寒。窗中猿墮青天影，樹裏人行赤玉欄。已分息機甘晏寂，長安風霧任漫漫。

# 沈仕三首

仕字子登，自號青門山人，杭州人。岳岱曰：「身本貴介，志則清真。野服山中，浪遊海外。新篇雅調，遠邇齊稱。翰墨丹青，兼能遊藝。」王道思序其詩云：「予聞沈青門於顧東橋，以爲江湖詩人第一流也。今年冬，訪予海上，盡出其詩卷。觀其樂府古詞雜詠遊適之作，至於覽觀京都，恭睹今上制度禮樂之巨盛，擬議應制，形容功德，頌美摭華，麗而有則，蓋君故少司寇省庵公之子，習其家學，窺國家之光而講中外政俗之變，非生於窘寠崛側者比也。君恂恂恭敕，風致藹然，邊關諸詩，意氣激發，溢於聲律之外，豈其濩落無用，雖託以爲佚，而雄心俠氣猶不能自釋耶？」

## 村居春日

柳堰迷丹日，蓬扉啓緑煙。人間啼鳥外，興劇落花前。野色連三徑，山光滿四筵。鷫鷞隨可解，堪作酒家錢。

## 雲庄久客川中江上偶懷

風吹山色不生雲，日照澄江散綺文。空憶巴陵三月酒，鷓鴣啼處一逢君。

## 出　塞

符傳出葡萄，星郎上郡豪。五營分貝胄，萬騎擁辟旄。野日寒如月，河冰聚若刀。凶門隨命鑿，仗勝有龍韜。

# 王較書穉登二百首

穉登字伯穀，先世江陰人，移居吴門。十歲爲詩，長而駿發，雕香刻翠，名滿吴會間。嘉靖甲子，北游太學，汝南公方執政，閣試「瓶中紫牡丹」詩，伯穀有「色借相君袍上紫，香分太極殿中煙」之句，汝南賞嘆擊節，呼詞館諸公，數之曰：「公等以詩文爲職業，能道得王秀才十四字耶？」引入爲記室，較書秘閣，將令以布衣領史事，不果而罷。汝南卒，無子，伯穀渡江往哭其墓。丁卯復遊長安。華亭當國，頗修姚張之怨，客或戒伯穀毋自白袁公門人，伯穀謝曰：「馮驩、任安，彼何人哉！」刻《燕市》、《客越》二集，備書其事，所以志也。伯穀爲人，通明開美，妙於書及篆隸，好交遊，善結納，譚論娓娓，移日分夜，聽者靡靡忘倦。吴門自文待詔殁後，風雅之道未有所歸，伯穀振華啟秀，嘘枯吹生，擅詞翰之席者三十餘年。閩粵之人過吴門者，雖賈胡窮子，必踏門求一見，乞其片縑尺素，然後去。中少師以元相里居，晚年頗交相推重，軒車造門，賓從填咽，兩家巷陌，殊不相下。伯穀奬引寒素，敦篤故舊。王弇州殁。其仲子士驌，中蜚語連染繫獄，伯穀傾身援救，有古人風義，不但以文彩見重也。伯穀少子留，字亦房，有儁才，將刻其全集，會病卒不果。曹能始攜歸閩中，未知已刊行否。余年及壯，伯穀猶健飯，數相聞而不往謁。昔王弇州自言，少時與文待詔周旋，而意殊不滿，壯年爲作傳，可當一懺悔文。余當世而失伯穀，其悔有甚於弇州。録其詩，徬徨太息，不勝中郎虎賁之感，又恨無弇州之筆補此闕陷也。

## 鳳樓行 以下《晋陵集》。

鳳樓翼翼開天居，故老相傳百載餘。過客遥看黄幄座，侍臣長奉紫泥書。碧窗齊臨石睥睨，朱棟或畫金龍魚。嗚呼成祖勞開創，金扉翠牖何雄壯。八聖龍飛撫御牀，千官虎拜瞻仙仗。今皇有道如先皇，垂衣日日開明堂。祝融胡爲太亡賴，炎火頃刻令飛揚。雷霆雲雨尚不息，人力何以施剛强。玉陛千尋碎如雪，千人萬人争吐舌。大内深嚴孰敢窺，九陌惟聞棟梁折。蓬萊雙闕中天起，射日雕甍倏然毁。白頭内監難走藏，紅顔宫女多焚死。御柳宫花赤焰中，金輿玉座寒灰裏。古今災變那有常，成湯旱魃堯洪水。天意由來本至仁，朝廷豈乏皋夔臣。即今修省行何政，旅客心勞日問人。

## 觀潮歌

丙辰閏七月初吉，孟瀆江邊潮水赤。寒波帶雨打空城，高浪如山排巨石。山田旱熯不可救，山人荷鋤惟種豆。游魚忽入豆花中，江裏黿鼉近人吼。隔岸不聞鷄犬聲，前村盡説蛟龍鬥。白頭田父向人語，不見江潮大如許。門前堤上種柳樹，潮痕深淺能記取。去年堤石未沉沙，今日柳枝齊拂水。蒼煙黑霧黯不收，吁嗟身世如浮漚。牀頭水鳴得赤鯉，檻上雲生飛白鷗。卧楂人力不可運，眼中倏忽隨波流。魚舟葉葉争鼎沸，踏浪高歌似平地。北客初聞忽膽驚，南人坐對猶兒戲。我聞錢塘之潮天下無，素車白馬相喧呼。鐵箭如沙射江滸，錢王當日真雄圖。書生白首老牖下，只尺不辨越與吴。嗚呼！只尺不辨越與吴，酒酣耳熱歌烏烏。不能三江即五湖，轍中之鮒胡爲乎？

## 寶鏡篇

舒生寶鏡草堂前，錦囊入手明月圓。雪光輝輝照肝膽，流蘇風颺朱繩縣。青銅千歲化玄玉，聲如金磬清悠然。龍文不斷細如髮，天吴海若紛糾纏。夏王九鼎鑄神怪，無乃祖此相流傳。徐君愛鏡如愛劍，胡僧海客求識面。玉匣時時風雨鳴，翠奩忽忽蛟龍戰。嗚呼人事豈有常，徐君白骨煙荒凉。此鏡舒生買歸越，轉展胡乃登斯堂。摩挲反覆辨世代，未必秦漢將無唐。唐人筆勢仿佛晋，蠅頭小字題其傍。或隨龍馭蒙葬地，玉魚金碗同深藏。不然妃后殉紅粉，斷岡落日埋清光。秦園漢寢今誰識，騏驎石馬眠荆棘。耕人拾此意茫昧，青錢斗粟輕棄擲。流傳吾意任來去，神物不受相秘惜。嵩高少室山萬重，秋風桃竹訪赤松。寒輝繫肘照幽壑，魑魅不敢窺塵容。亦愁變化不可測，豐城神劍終爲龍。

## 海夷八首　嘉靖甲寅。

長洲茂苑只空名，休道吴王錦繡城。粉堞雲昏朱雀幟，黄金日調水犀兵。夕烽看憶桃花色，戍角聽疑玉笛聲。伍相祠前斜日裏，土人鷄黍祝昇平。

玉山前歲困倭夷，今日華亭更可悲。沙月如冰凋白羽，海煙爲霧暗朱旗。石頭已道朝烽合，揚子仍愁暮角吹。財賦東南憂不細，廟謨何以定安危。

吴王城外石湖邊，雲白山青花滿煙。却憶中丞持鉞過，自驅猛士滅倭年。白虹貫日天文動，金字班師國計偏。鳥盡弓藏千古事，野人臨水淚潸然。

隋帝巡遊伯業亡，邗溝流水月蒼蒼。錦帆一去知何處，翠柳千屯自曉霜。江漢風塵多兎窟，維揚豪傑盡龍驤。可憐仗劍唐司馬，良翰天教翊聖皇。

金陵亦是開基地，虎踞龍盤舊業存。先帝寢園猶白鹿，功臣甲第自朱門。冶城煙壘秋風肅，淮水金鐃片月昏。太傅元勳藏上册，肯令妖祲近中原。

五溪戎卒本諸蠻，木弩銅機出萬山。鐵騎悠悠屯海上，黄金日日出民間。爾曹荒服元亡賴，此日王師獨厚顔。頭白土官龍跋扈，玳筵紅粉不知還。

任公瘦骨氣蕭蕭，亂後雕弓却在腰。銅柱未曾標馬援，玉門早已入班超。孤身去國心應折，群盜經時氣轉驕。聞道墨縗重奉詔，佩刀騎馬答清朝。

錢塘雄盛比姑蘇，宋室南遷是帝都。處士梅花經戰馬，美人楊柳失棲烏。翠華輦路雲俱斷，白馬潮聲海半枯。惟有將軍青冢樹，枝枝南向野鶯呼。

## 無題五首

一朵千金泣露斜，簾櫳難護幕難遮。吴王城上同看月，伍相江邊獨浣紗。楊柳名爲離别樹，芙蓉號作斷腸花。舊時鄰舍俱新主，莫辨東鄰是宋家。昔日吹簫鳳下來，如今鳳去只荒臺。劍分安得重歸匣，水覆難教再上杯。倩酒禁愁何日醉，待花消恨幾時開。無情最是窗間雨，吹入空牀生緑苔。自從抱瑟入朱門，新寵安能易舊恩。明裏開顔暗流淚，面前行樂背消魂。梅花見説渾無色，鸚䳇傳來不肯言。知在闌干第幾曲，青天何處覓崑崙。芙蓉江上露淒淒，楊柳樓前月影低。燕入朱門藏不見，馬過花巷憶還嘶。藕絲無力終愁斷，萍葉隨流不肯齊。信有銀河千萬里，人間隔斷路東西。玉釵中斷兩鴛鴦，繡枕平分半海棠。戲擲櫻桃奩尚在，學吹楊柳笛還藏。紅顔夢裏將爲石，青鬢愁中易作霜。錦字消磨鴻雁絶，門前只尺是衡陽。

## 古意四首 以下《金昌集》。

珊瑚秀海底，海人涉中流。曾不盈尺寸，采采無遺留。瑣細安足珍，空勞使者求。煌煌十尺枝，燦燦若靈虬。根生龍窟中，鐵網不能投。千年龍一飛，滄波與之浮。奇寶出世間，東序陳天球。河圖及銀甕，赤刀以爲儔。尺寸終棄捐，輕擲如蚍蜉。不能飾楣楯，安足登冕旒。昔爲盤中珍，今焉遺道周。

檻虎不垂頭，籠鶴不委翼。兔爰雉耿介，牛順而羊逆。梧桐茂高陵，檉柳主下隰。物性各有託，焉得相變易。渭川玉波澄，涇河泥滓流。爲水本同源，清濁不相侔。悠悠孺子歌，宣尼爲遲留。

桓桓班生志，矯矯龍虎姿。朝爲白面生，夕建交龍旂。繁星麗匕首，四馬穹廬馳。蕭蕭玉門關，胡笳不敢吹。靈鵲化金印，紫綬腰間垂。天子封公侯，舉世稱男兒。嗟嗟揚子雲，骨若柔桑枝。不能一鷄縛，焉能斬郅支。奇書滿腹中，不值修文時。白首《太玄經》，命也復何爲。千金兩吴鈎，秋水爲銛鋒。人血釁其上，寶鍔明芙蓉。割魚千萬里，不得屠一龍。屠龍豈不能，惜哉委塵埃。析薪刈青松，棄置良足哀。一旦成銷折，不能斷青苔。英雄困平世，伊管乃凡才。

## 聽查八十彈琵琶

查翁琵琶天下聞，奇妙不數康崑崙。六月虚堂發清響，泉鳴木落浮雲昏。人言琵琶出胡族，君今彈之戛哀玉。邊雨夜裂交河冰，朔風秋折穹廬竹。沙漠呼鷹雪未乾，混同吹角波新緑。繁聲亂指隔屋聽，賀蘭秋高山霧青。冒頓按歌嬌學鳥，燕支奏樂碎如星。蕭蕭楊柳落羌管，滴滴蒲柳瀉玉瓶。有時閒緩未促柱，谷幽人寂風泠泠。我聞桑門段和尚，此技從來稱絶倡。寥寥曠代法不傳，清江白月空惆悵。紅簫玉笛清可憐，君言聽之如蜩蟬。十八盧陽遇鐘二，尋師不惜黄金錢。藝成彈向錦筵上，商哀羽烈悲青天。長安繡陌知名遍，春風夜醉芙蓉院。翠黛人人乞譜傳，朱門日日開尊燕。司馬青衫淚泣珠，明君紫塞沙吹面。秋色侵衣鐵撥消，寒煙濕指檀槽變。古來能事惟貴精，一藝可以垂芳名。山陽三弄桓伊笛，緱嶺千年王晉笙。君今此曲掩前古，恍惚變化真希聲。余也江湖好奇士，挾策走馬咸陽京。正逢天子射蛟日，奇文落落無所成。學書學劍白日暮，短裘高帽吴王城。願從君受調指法，燒燈夜讀

《琵琶行》。

## 夢君篇贈黄丈淳父

童君秀骨青厓開，蟠胸大壑藏風雷。沈郎嘐嘐號狂士，古心清氣空塵埃。明珠翠羽盡奇寶，二子落落非凡才。空堂日暮發遐想，建安數子千年上。嗚呼王者久不作，大雅由來稱絶響。國朝博士真天人，靈芝煌煌發土壤。墓門荆棘祠廟荒，後來作者江夏黄。知君十載未識面，雲霞秀句今方見。黄鐘玉磬音調絶，嶷然獨立靈光殿。瑶華入手海霧濕，夕陽無人風颯颯。孤城鳴蛩燈火暗，破屋翠蘿山鬼泣。君今名重天下聞，躬耕不就劉將軍。桃花茅屋長洲苑，閉門枕席生浮雲。青袍耻逐路傍子，擊木狂歌鳥獸群。嗟嗟，圖南九萬須我輩，槍榆赤鷃安足云。童君長嘯沈郎去，偃卧松牀即夢君。

## 過方丈園亭

舊别雪鱗鱗，重來及仲春。馬能穿緑竹，鶴亦認烏巾。山沼松舟小，春茶石竈新。鹿門堪避俗，他日願爲鄰。

## 寄方子時二首

之子卧幽谷，相過歲暮時。呼童穿馬澗，貰酒出龍池。生事惟樵斧，年光有鬢絲。梅花開儻遍，鷄黍不須期。

避人成獨往，一室謝喧囂。泉近書聲碎，山深酒價高。千峰對茅屋，終日聽松濤。五畝瓜園地，躬耕莫憚勞。

## 龍母廟

松塢石林林，秋風萬壑陰。泉清塵客耳，花照定僧心。龍去野祠破，鳥啼山竹深。蒼生饑渴甚，朝夕望爲霖。

## 雲泉庵聽僧吹笛

吹笛破山翠，蕭蕭夜壑停。一聲杯上雨，萬感鬢前星。斷續音成梵，多羅曲是經。雖無楊柳落，棲怨不堪聽。

## 白丈自杭州歸要遊天池

桃花零落盡，遊賞與君同。僧住松聲裏，鶯啼石壁中。巖光晴處紫，池色晚來空。莫把琵琶奏，尊前有白公。

## 虎丘寺看妓人走馬

駿馬龍駒種，佳人燕子身。馳驅下夕坂，險絕太驚人。血是蹄間汗，香爲鬢裏塵。解鞍慵不語，遊子替傷神。

## 陳僉憲園林

十畝瓜園地，因之早掛冠。衣裳竹裏翠，門巷雨中寒。夕鳥留歸聽，秋花耐醉看。多君下榻意，不忍負餘歡。

## 天池看月

禪心何處是，窗裏石蓮峰。池黑松千片，崖深月一重。山光寒客劍，霜氣入僧鐘。憐取嫦娥意，清輝照病容。

## 任公祠

蕭蕭遺像鎖荒祠，尚憶孤身百戰時。諸葛事繁那得久，留侯貌弱到今疑。絳帷香氣衣冠暗，石棟斜陽薜荔垂。曾是當時騎馬地，煙中往往見旌旗。

## 癸亥元日

殘臘陰陰雨滿城，今朝元日是新晴。酒樓日凍南山雪，柳岸天寒遠墅鶯。寶劍千金五陵俠，銀筝一柱十年情。從來王粲多流落，問舍求田只未成。

## 新春感事

信有清風不厭貧，吹簾入幌轉相親。紅顔薄命空流水，緑酒多情似故人。服藥難辭星入鬢，閉門長與竹爲鄰。黄金散盡真堪惜，前日新知是陌塵。

## 種　豆

庭下秋風草欲平，年饑種豆緑陰成。白花青蔓高於屋，夜夜寒蟲金石聲。

## 華陽洞 采真篇。

百畝丹厓秀玉屏，山深日暗晝冥冥。黄冠指路香先入，蠟炬穿雲火半青。仙家白鹿行千里，洞口青天似一星。安得真人開石壁，雲中鷄犬洞中聽。

## 看梅過玄墓山中二首 以下梅花什。

人似梅花瘦，舟如蘭葉長。青山十畝白，流水一春香。種密人難入，開齊夜有光。苔枝容我折，野老不嗔狂。

橋外花開日，分明雪作圖。不將他樹雜，未有一家無。多處半青嶂，香時過太湖。濁醪元易得，市遠亦須沽。

## 湖上梅花歌四首

家家山色對春湖，日日春風聽鷓鴣。門前楊柳藏魚市，屋上梅花當地租。

山煙山雨白氤氳，梅蕊梅花濕不分。渾似高樓吹笛罷，半隨流水半爲雲。

虎山橋外水如煙，雨暗湖昏不繫船。此地人家無玉曆，梅花開日是新年。

聞道湖中是兩梅，盡山千種一時開。估客片帆春雨裏，載將香氣過湖來。

## 支硎寺看梅聽僧家吹笛

梅引何郎興，山餘支遁名。寒泉似隴水，僧笛學羌聲。一雨花林寂，無人山殿清。年年二三月，繁麗不堪行。

## 天平道中看梅呈陸丈

新春日日雨霏霏，雨後尋春願不違。花近翠微苔作樹，人行香徑雪生衣。折從野岸俱無主，開入僧家盡掩扉。誰似丈人能好事，衝風踏凍不言歸。

## 附見　河南陸承憲看梅原倡三首

### 約王子看梅

梅花動山意，野客不勝情。長夜思瓊樹，青春懷友生。雨中開欲盡，風處落能輕。即遣山陰棹，還同雪裏行。

### 夜過沈子起邀去看梅

湖光已微綠，梅萼亦多時。一月僧高卧，滿城人未知。恐消枝上雪，故作雨前期。莫道休文病，蘭橈清夜移。

## 湖上梅花

不獨山中有，還從湖上偏。全將雪嶂影，倒盡玉湖天。花落鷗群亂，香浮雨氣鮮。山僧開閣坐，相對一蕭然。

## 新秋飲顧汝所齋中夜歸作 以下《燕市集》，嘉靖甲子。

青槐樹樹煙，客舍苑墻邊。羸馬飲秋雨，短衣行暮天。芙蓉思故國，蟋蟀感流年。何事長相見，歸來又惘然。

## 奉答汝南公

平津閣上夜題詩，繡牘親裁與項斯。字比宫雲俱五色，情將禁柳共千絲。袖中攜出香偏入，馬上看時月故隨。自是陽春元寡和，莫言寒屋報書遲。

## 雨中寄顧汝和舍人

花間小雨濕衣輕，夜半思君隔鳳城。尚食宫監邀翰墨，射聲校尉識書名。齋廬西畔濡毫待，香案前頭捧硯行。漢武若言封禪事，茂陵今已著書成。

## 答袁相公問病二首

斜風斜雨竹房寒，雲裏蓬萊枕上看。愁過一春容鬢改，吟成五字帶圍寬。書生薄命元同妾，丞相憐才不論官。泣向青天懷烈士，古來惟有報恩難。

形骸土木佛燈前，黄閣情深有夢牽。喘似吴牛初見月，瘦如遼鶴不衝天。詩題半作逃禪偈，酒價都爲買藥錢。知己未酬徒骨立，一生孤負佩龍泉。

## 將遊甬東王青州伯仲見過作 以下《客越志》，嘉靖丙寅。

主人出門去，客子入門來。主人爲客留，若下花前開。借問客謂誰，東海王青州。一雙明月珠，夜照滄溟流。人言王家太戇直，灌夫醉駡程不識。我謂王家無世情，孔融爾汝禰正平。烈士肝腸鐵一片，安能盡逐時人面。時人面好心如雲，白衣蒼狗須臾變。問我馬何白，問我車何素。知君兄弟有心者，我爲悲辛述其故。前年射策遊都下，腰佩蒯緱騎瘦馬。黑裘半敝難造人，朱門欲謁無知者。汝南相公識我早，握手交歡盡傾倒。此日郗超真再生，當時項斯何足道。吟成五字愈頭風，奏罷一篇稱麗藻。尋常未遇不自憐，及至相逢方覺好。傾都聞知聲嘖嘖，紫闥金門皆接席。殿中薦作校書生，橋上推爲題柱客。刀環築開司隸門，馬蹄闌入金吾宅。灞陵醉尉不敢呵，半夜彈箏洛陽陌。從來人事有變遷，從來結交無百年。我既還家相公没，長齋繡佛學逃禪。貝樹爲庵深巷裏，芙蓉起塔小堂前。翟公門第寒如水，薛公賓客散如煙。千金寶劍何人是，一束生芻若箇邊。今朝絮酒兼炙鷄，明日千山與萬溪。别君不是無雙淚，留向陳蕃墓上啼。

## 宗將軍戰場歌十首

宗將軍名禮，關中人。官游擊將軍，驍騰善戰，約束士伍有古名將之風。徐海入犯，提兵扼皂林，阮中丞在桐城嬰城自守，將軍以無援戰没。朝廷贈官官其子。有司立廟戰場，榜曰：「忠魂」。戲下士能談故侯將略，往往爲之雪涕，以此人知其得士心也。

月黑耕人語，隔河見白馬。知是精靈歸，來向廟門下。
河邊枯髑髏，金鏃射爲窟。入時何太深，碎骨始得出。
圍中鼠雀盡，城裏日傳飡。爲鬼已滅賊，何時滅賀蘭。
本謂江南樂，佩刀居帳下。漁陽飲飛士，無一生還者。
將軍空血戰，中丞深閉門。桐鄉城北路，流水没孤屯。
故劍不可收，姓名刻劍匣。瑟瑟白楊根，虚空葬金甲。
射盡白羽箭，戰士不肯去。春來草痕赤，舊日留血處。
有家全募士，無骨可封侯。負却生時相，班超是虎頭。
結髮爲飛騎，相從霍冠軍。征南諸將士，枯骨論功勳。

沙場大黄弩，將軍在時射。賊人得之驚，一挽一百石。

## 舟中與建初話舊

十載行藏半未齊，聞君論舊益凄凄。汗從何晏朱衣試，書覓羊欣白練題。歌是《竹枝》容易和，淚成珠子不輕啼。干將已是徐君劍，明日偏舟下剡溪。

## 石門曲三首

採桑復採桑，蠶長桑葉齊。妾住石門東，郎住石門西。

蠶成桑葉空，門前青䕺長。一半織郎衣，一半結魚網。

賣絲家復貧，哭解紅羅襦。將絲貫妾淚，可得作明珠。

## 塘棲

水闊雨溟溟，飛帆去不停。人聲兩厓斷，魚市一江腥。雲已辭吴白，山初到越青。侯生數行淚，千里弔玄經。

## 錢塘夜泊

孤舟三日雨淙淙，夜泊錢家舊建邦。桑過石門青拂枕，水經醺李黛含窗。六橋花盡休携酒，五月潮平好渡江。此去報恩慚烈士，匣中龍劍氣難降。

## 送陸丈移官海豐丞

官舍有餘清，無言政未成。頭從湖上白，水在橐中輕。過魯無魚食，歸吴借馬行。簿書期儻暇，一問濟南生。

## 李舍人孤山草堂坐雨

笋輿行過斷橋來，樓上銀罌水上開。白鳥數行猶似鶴，青山五月已無梅。雨昏不辨絲千縷，湖緑渾疑酒一杯。幾欲題詩題未得，舍人元是謫仙才。

## 贈顧杭州貞叔

才高誰識顧君平，身着青袍世所輕。楊柳不曾湖上看，芙蓉元在幕中生。馬頭雲斷家山色，官舍潮連夜雨聲。流水白雲心盡折，丈夫辛苦爲微名。

## 紫陽庵丁真人祠

丹壑斷人行，琪花洞裏生。亂厓兼地破，群象逐峰成。一石一雲氣，無松無水聲。丁生化鶴處，蜕骨不勝情。

麻城丘太守齊雲有「一樹一花色，無時無鳥聲」之句，生平以爲獨絶，不知其本於伯穀也。

## 會稽道中

江東名郡古無雙，處處青山照玉缸。竹箭一流明客枕，芙蓉兩岸夾船窗。清猿夏斷稽山廟，急雨朝平孝女江。此地何須嘆淪落，買臣頭白始爲邦。

## 哭袁相公二首

淚痕如雪薦生芻，千里風塵酒一壺。伯道遺孤安得有，中郎少女亦曾無。麒麟乍刻惟新冢，烏烏空啼是別雛。生事蕭蕭何必問，坂田磽石半無租。

鶴飛蟬蜕總成塵，欲報明珠未得伸。山上杜鵑花是鳥，墓前翁仲石爲人。黄腸詔出東園賜，白骨家餘南巷貧。爲問翟公門下士，死生誰箇見情真？

## 雨中同諸君遊東錢湖

亂厓層壑水粼粼，一見漁舟一問津。修竹到門雲裏寺，流泉入袖雨中人。地從南渡多遺恨，湖比西家亦效顰。酒似鵝黄人似玉，不須深嘆客途貧。

## 平望夜泊四首

魚鱗成石量，桑葉論斤賣。珍重絲網難，家家月中曬。
雨多楊梅爛，青筐滿山市。兒女當夕飡，嫣然口唇紫。
月下壓酒聲，將船繫楊柳。明日到家近，不須沽一斗。
店傍栽紫薇，顔色鬥江霞。我家庭下樹，歸日正開花。

## 還家作

遊子江東倦行役，還家登堂草盈尺。花枝三樹四樹紅，頭髮一絲半絲白。囊中猶自有殘錢，盡買楊梅飽食眠。門外幸無騎馬客，清香細雨佛燈前。

## 贈翟丈四首　以下《燕市後集》，隆慶丁卯。

翟公方得意，結客何紛紛。冠蓋填巷中，一一皆青雲。芳蘭雖被鋤，未嘗易清芬。胡爲平生交，落落不相聞。門外寡轍迹，暮雀空成群。昔亦一翟公，今亦一翟公。世情如浮雲，朝異夕不同。路傍桃與李，芳非競春風。不如南山柏，青青歲寒中。

英雄不可測，屈伸隨其時。以彼英雄人，亦俟英雄知。白龍爲魚服，群魚反見嗤。君昔處東海，浮沉人不言。翩翩遊帝京，賓從多華軒。五侯奉下風，七貴皆掃門。黄金白玉璧，贈者不爲恩。璧以前爲壽，金以置酒樽。

君懷一片心，皎如春江月。推心置人腹，安得有胡越。雙鍔雌雄龍，報恩未出匣。季布誠小諾，朱家非大俠。我昔遊燕山，丞相禮爲賓。世皆重丞相，非重幕中人。今來丞相亡，相棄如飄塵。惟君重意氣，不改平生親。悠悠世上交，焉知雷與陳。

長安多青樓，月出吹笙竽。上有倡家婦，下有酒家胡。十五十六人，雙雙笑當壚。齊姬善擊鞠，燕姬善摴蒲。左挾外黄女，右擁邯鄲姝。美玉不爲白，胭脂不爲朱。天然芙蓉花，顔色與世殊。與君各青鬢，及時爲歡娱。安能局促行，學彼轅下駒。

## 志哀寄吴氏二首

翾翾枝間雀，譙譙委道傍。上爲鵂鸖啄，下爲螻蟻傷。仁者過其側，拾之歸青箱。飼以黄金花，五内皆馨香。瘡痍日以平，羽毛日以長。朝棲主人門，夕宿主人堂。此雀銜玉環，將以報主人。一朝嬰世難，主人歸黄壥。徘徊空庭間，肝腸多苦辛。擾擾行路子，此情安可陳。

鷹鸇擊衆鳥，衆鳥無能爲。胡然墜蓬藋，自損風雲姿。雖稱六羽翮，零落何所施。蜂蠆小有毒，螫人人不知。昔爲衆鳥畏，今爲衆鳥欺。即言覆其巢，又已攫其兒。覆巢猶且可，攫子當如何。哀哀三黄口，泣血紛滂沱。好生上帝德，無乃傷天和。誰爲訴九閽，三面去網羅。

## 碧雲寺月出贈朱十六短歌

燕山一片月，夜照白蓮花。千里萬里同爲客，三人五人齊憶家。與君俱是悠悠者，意氣相逢不相下。平原俠士能鬬鷄，邯鄲才人堪换馬。明星落木亂紛紛，同向山中卧白雲。秋風乍起黄花塞，明月初生青草墳。齊門彈瑟相知少，漢庭執戟郎官小。漸離築傍流水立，干將劍上青虹繞。才子風流多落魄，青樓狹邪善諧謔。趙玉刻就箜篌柱，蜀繪裂作鞦韆索。禪燈繡佛夜厭厭，半醉能歌阿鵲鹽。朱公大笑黄金盡，三十青衫一孝廉。

## 送孫明府之崇明

昔年芸歌侶，鳧舃向南征。官俸魚租入，衙齋蜃氣成。問程看日出，到海聽鷄鳴。地僻無官長，何須束帶迎。

## 送王和仲歸吴門

三載都門客，秋風憶故山。楚雲裝共薄，燕草鬢同斑。歌逐無魚斷，身隨一雁還。祇應留滯者，别淚易潺湲。

## 駕幸太學恭述

璧水鈞天樂，橋門鹵簿車。秋風清道早，朝雨灑塵疏。檢禮惟行菜，談經亦墜魚。不知稽古士，獻納更何如。

## 迎春日集華光禄齋中

椒盤出五辛，下馬拂黄塵。千里周南客，明朝漢苑春。草生將去路，花待欲歸人。君有陶潛禄，猶勝季子貧。

## 元日都門看早朝二首

春日滿皇都，春雲乍有無。五更齊玉佩，萬户共桃符。天出臨軒語，山當繞殿呼。欲知王會禮，先問漢鴻臚。

萬國盡朝宗，天門發鼓鐘。樓成五巇鵲，闕是兩芙蓉。賦待凌雲薦，書堪計日傭。不如隨仗馬，猶得近飛龍。

## 十三日看燈市

香氣與人煙，紛紛俠少年。花過樓外看，燈出市中懸。若箇春無怨，誰家夜可憐。可知愛惜月，趁未十分圓①。

① 原注：「集本云『不知人共月，能到幾時圓』。」

## 碧雲寺泉上酌酒與朱十六

雲中流下不勝清，石瀨濺濺只自平。宛轉浮杯人不醉，潺湲到枕夢難成。分厨已足千僧汲，出寺能爲十里聲。同是黄塵騎馬客，與君相對濯冠纓。

## 聞警

交河十月水潺潺，虜騎秋高過黑山。六郡平時元近塞，一夫誰箇可當關。雲中太守須重起，日逐賢王未肯還。空抱平胡二三策，書生無計謁龍顏。

## 出塞

幕前旗鼓殿前分，笛裏梅花處處聞。秦地護羌諸校尉，漢家出塞五將軍。祁連山下烽如月，無定河邊陣是雲。爲問朔方豪傑士，幾人年少立功勳？

## 贈徐舍人

嗟君何事獨沾裳，聞着烏啼黯自傷。池上薇花空浸月，堂前萱草不禁霜。燕山雪作愁時鬢，楚水猿爲客裏腸。見説王裒廬墓處，滿林衰柏淚痕蒼。

## 湖上

鸂鶒荷葉滿秋煙，太液滹沱處處連。碧浪半湖雖似鏡，銀鞍十里不如船。堤同隋苑能栽柳，歌欠吴姬憶採蓮。不爲無魚思故國，他鄉風物本凄然。

## 下第□書懷呈納言姜公

鳳城簫鼓夢中聞，天上人間自此分。鄉路三千俱是水，世情一半不如雲。郢人歌後非無曲，冀馬空來尚有群。君在漢廷司獻納，肯因流落薦雄文。

## 至日懷諸太史陪祀南郊

圜丘馳道草芊芊，曠典重逢御極年。聖壽長如南至日，皇恩高似北溟天。葭灰應氣迎鄒律，松籟含風入舜弦。最羨翰林供奉客，揮毫先進慶雲篇。

## 寄蔣長康

十五年前傅粉妝，家家持果擲潘郎。不知别後顔如土，即恐秋來鬢有霜。夜奏鳳凰調蜀女，朝圖蛺蝶學滕王。如今不及當時事，客散呼鷹竹滿堂。

## 袁相國故居訪李孝甫太僕

魚文匕首不離身，馬踏長安市裏塵。重過楊家舊亭子，深悲侯氏老門人。朱欄易主花無色，青眼逢君酒可親。同是中郎琴畔客，一般憔悴各沾巾。

## 思歸寄皇甫司勳

射策上書俱不遇，秋風夜夜夢歸吳。花憐觀裏無多樹，柳憶門前第幾株。趙女怨爲廝養婦，魯生羞傍叔孫儒。惟君青眼能如舊，不笑終軍手裏繻。

## 玉皇閣對雪懷黄丈淳父

雪後登樓興未賒，仙人香案掛寒霞。帝京初曉渾如玉，宫樹先春已着花。人意喜時消作水，馬蹄行處踏爲沙。黄公壚畔新醅緑，遊子如何不憶家。

## 長安立春日

城上高樓五鳳凰，春雲春日轉年芳。鏤金作勝家家帖，剪彩爲花樹樹妝。太液池中波早緑，昭陽殿裏柳先黄。隴梅消息無人寄，斷盡江南思婦腸。

## 贈翟德甫

長鋏年年意若何，及時行樂肯蹉跎。往來朱邸風流甚，出入青樓薄幸多。桃葉可憐江上渡，柳枝如怨笛中歌。黄金未盡容顔在，莫問門前雀可羅。

## 正月十六夜長安步月簡朱少傅

少年場上立黄昏，一片歸心不可言。月到今宵微有魄，人從何處正消魂。桃花騎出胡名馬，竹葉攜來魯上尊。只隔一重燈影裏，布衣那敢扣朱門。

## 清明日韋莊送朱在明南歸

清明對酒共天涯，欲贈龍泉轉自嗟。送別消魂惟柳色，笑人歸去是桃花。園林一曲仍韋氏，兄弟多才比謝家。可惜卞和懷白璧，青衫濕盡出京華。

## 送吴中丞之金陵

建業青山是帝都，暫勞開府握軍符。花間朱鷺鐃歌曲，江上黄龍水陣圖。玉節中丞新蕩寇，樓船諸將舊平吴。不知燕子磯前地，容得陳琳草檄無？

## 弘教寺三首

先朝行殿作禪宫，黄屋青山本是空。聞道一人曾駐蹕，山僧不敢住當中。

内家金像出蓬萊，千葉蓮花玉作臺。試向白毫光裏看，聖人前世是如來。

宣皇在日寺新成，萬乘親來寺裏行。芳草也知無玉輦，秋風秋雨滿階生。

## 望湖亭

亭邊楊柳水邊花，落日行人正憶家。不及江南湖上寺，木蘭舟裏載琵琶。

## 訪董述夫不遇

扣户無人問四鄰，蕭然木榻滿黄塵。知君只在長安市，畫得燕山賣與人。

## 長安春雪曲五首

春風吹雪下桑乾，添得城中一夜寒。巇鵲樓高消不盡，長安街上馬頭看。
一半秦聲半楚聲，秦娥調瑟楚娥箏。鳳凰城里家家雪，但是紅樓凍不成。
御柳黄絲未滿條，宫花紅蕊不勝嬌。至尊看雪開温室，親賜昭儀壁上椒。
暖玉琵琶寒玉膚，一般如雪映羅襦。抱來只選《陽春》曲，彈作盤中大小珠。
勒寒桃李未成蹊，啄雪流鶯已自啼。進得貂裘渾不着，聖人春日賜征西。

## 題董生春山障子贈朱金吾

董生留我子雲亭，畫盡春山酒未醒。贈與侯家金屋裏，美人筵上鬬眉青。

## 都下寒食

騎馬尋春春尚遲，東風空自向人吹。燕王城裏千株柳，寒食來看未有絲。

## 昔者行贈别姜祭酒先生 以下《青雀集》，隆慶丁卯、戊辰。

昔者薄遊燕王都，燕人買駿皆買圖。汝南袁公善相骨，稱我一匹桃花駒。是時先帝論封禪，焚香日坐蓬萊殿。二三元老書不停，記室豎儒供筆硯。袁公手内金花箋，口召王生生不前。安知徐福三山事，但憶蘇秦二頃田。我欲東歸勸我留，滿牀詩草盡見投。見時醉操銀不律，雌黄燦熳珊瑚鈎。以兹感激國士知，新舊存亡不可移。季札匣中鏌鋣劍，脱掛徐君墳樹枝。浮雲世態那堪説，衆人聞之皆不悦。謝傅西州春草深，羊曇涕淚空成雪。贈刀人，結襪子。可憐貧時交，一生與一死。召公已死周公嗔，道傍之言未必真，馮驩不去反見忌，天下盡諱爲門人。宗伯中丞本愛才，乍聞此語亦徘徊。惟君知我有心者，肝腸傾倒無所猜。校書舊物許薦我，君縱殷勤我不□。《子虚》欲奏雖未成，知己難忘楊意情。長安國門同日出，我歸金閶君石城。璧水曾經黄屋坐，祭酒胡牀尚虚左。苜蓿先生三數公，桃李門人千百個。紛紛入貲同舍生，春秋俱服左丘明。君行未可輕此輩，萬一中間有馬卿。

## 奉寄太師成國朱公二十八韻

先帝垂衣久，元公翼戴長。宵鑪明月殿，曉衛白雲房。賜馬行長樂，看花宿未央。常陪五時祀，獨奉萬年觴。出入鈎陳側，馳驅太乙傍。幾株温室樹，廿載御罏香。不離芙蓉苑，頻經蕙草芳。列管分虎旅，對陛和龍章。劍履還家遡，頭鬚下直蒼。佩圖朝少主，讀策感今皇。舊抱弓如月，重添戟是霜。首先迎玉輅，身自掃明堂。金匱山河誓，丹霄日月光。太師姜吕望，尚父郭汾陽。爵已無前列，班惟有末行。豈徒居紫闥，兼以業青箱。虞令稱書監，穰侯號智囊。十經歸甲乙，百氏屬低昂。僕本蓬蒿士，蕭然薜荔裳。上書三寸舌，丁第九回腸。鸜鵒爲時忌，蛟龍且自藏。人嗔杜甫傲，公許禰衡狂。惜别歌楊柳，臨岐贈鷫鸘。星辰從此隔，雲漢永相望。魚腹何迢遞，鴻飛亦渺茫。渡淮尋漂母，入楚問韓王。裘重蘇秦辱，金空陸賈裝。不知麟閣上，可更憶滄浪。

## 渡江寄吴氏伯仲

煙中流水曉潺潺，揚子津頭雨一灣。霑袖成斑皆客淚，隔江如黛是家山。欲探子母羞錢篋，未卜雌雄泣劍環。寄語吴郎三玉樹，莫因裘敝笑人還。

## 十六夜孤山看月歌四首

白頭田父出當年，寺下江深水拍天。滄海自從成陸後，禪宫漸與月宫連。
揚州西望隔滄波，花下樓臺月下歌。好借清光騎鶴去，買將紅袖鬭嫦娥。
江上浮嵐半有無，輕煙淡蕩月糢糊。彭郎隔水休相唤，别是人間一小姑。
千頃寒波看月生，半江微暗半江明。山僧手種門前樹，記得潮痕與樹平。

## 席上贈故曹太史家歌姬

東山昔伴謝公游，一曲能傾十二樓。今夜佛燈禪榻畔，路傍相逐按《梁州》。

## 十三夜蓮蓉湖與周錫臣張鳴教對月有懷安茂卿

仙侣相攜醉玉缸，暮山浮黛水淙淙。何人不賞中秋閏，幾度能逢八月雙。雲裏聞歌聲隔寺，花間吹笛手臨窗。芙蓉泣露紅芳早，欲寄佳人奈涉江。

## 溪上步月簡秦方伯胡侍御

如海侯門路不通，溪流寂寂霧蒙蒙。誰家客許花間入，何處樽能月下空。敲散彩雲鐘隔水，吹殘玉漏笛臨風。南樓酒伴東山侶，半憶庾公半謝公。

## 十八夜得黄六秀才都下書以前中秋十三夜發

一紙千金手自裁，片鴻遥託渡江來。祇應不隔嫦娥面，月裏封題月裏開。

## 冷泉亭 以下《竹箭篇》諸帙，皆萬曆初年作。

暮瀑浮花急，春流飲鹿渾。潺湲一片雨，終日在山門。

## 張伯雨墓

一杯蟬蜕瘞寒雲，天上神仙地上墳。香骨化爲遼海鶴，華陽洞口侍茅君。

## 重渡錢塘

十年孤客再浮江，點點丹楓映酒缸。佩劍尚餘虹一半，寄書安得鯉成雙。

宋朝園寢雲爲殿，越國浮屠樹作幢。斜日西陵煙火亂，暮山無數滿船窗。

## 錢王祠

玉帶龍衣貌宛然，朱門碧殿暮湖邊。行人下馬看碑字，高柳藏鴉拂廟壖。禾黍故都州十四，波濤殘岸弩三千。傷心一片厓山地，月色潮聲更可憐。

## 過車廄袁相國故宅

寒江無浪似魚鱗，千舫迎潮泊水濱。落木蕭蕭車廄晚，亂鴉飛上舊平津①。

① 原注：「公孫弘平津閣，劉屈氂廢爲車廄。」

## 謁袁文榮公祠堂

雲中煙火映荒祠，遺像蕭條入拜疑。馬策扣門惟有淚，雀羅張户不勝悲。山光夜暗圍棋墅，海色寒埋掛劍枝。千載何人能下士，斷腸空憶鄭當時。

## 贈袁七秘書志乘起居相國夫人

手持封事上明光，暫捧潘輿侍北堂。黄閣夫人稱孟母，紫薇仙吏識田郎。葡萄好釀樽中緑，萱草能消鏡裏霜。路隔雲階難入拜，獨憐身賤愧張蒼。

## 楊伯翼贈日本刀歌

楊郎手持一匣霜，贈我拂拭生寒芒。鉛刀紛紛空滿目，君與此皆鍔魚腸。南金换却東夷鐵，上帶倭奴髑髏血。血未曾消刃未平，皎若蓮花浸秋月。燈前細看覷鶺鋒，入手還疑蛟與龍。門外湖深恐飛去，朱繩夜縛青芙蓉。苔花斕斑土花紫，白虹沉沉卧寒水。歸家不惜十年磨，他日還能報知己。

## 玉女潭二首　以下《荆溪疏》。

丹嶂金吾鑿，寒潭玉女名。面嵐成畫閣，架霧起雕楹。開牖通花影，疏泉納澗聲。此中堪避世，何用罥朝纓。

霞宫瞰緑水，云是洗頭盆。華表開山徑，金鋪飾洞門。鳥聲含瀑布，虎迹印松壇。根上祠官去，先皇奠璧存。

## 龍　湫

石潭寒水翠如苔，日暮搴蘿俯澗隈。投綆漫言浮海出，蕩舟剛及隔巖回。泉飛暗作千山瀑，龍去先從二月雷。不飲何須愁笑客，桃花洞口未曾開。

## 天窟洞史金吾新開

碧落初開日，丹厓始鑿年。有山皆是洞，無石不通泉。扶壞成空谷，雕林作漏天。桃花栽尚短，未滿一溪煙。

## 阮將軍龍杖歌 以下皆萬曆間晚年之作。

七尺天臺藤，千年石梁雪。夭矯欲飛騰，支離半鱗甲。樵柯斫出空巖下，風雷晝鳴鬼嘯夜。曳處常疑雲霧生，植來猶恐猿猱掛。將軍家居南巷中，一篋《陰符》四壁空。何人贈此作扶老，青鞋白帢隨春風。春風策入花源去，仙人正傍桃花住。晴嵐撲衣瀑繞牀，鶴巢生觳芝成樹。廉頗能挽弓三石，充國平羌負奇畫。何爲將軍負杖行，不佩寶刀持畫戟。馮唐老去未逢時，立馬轅門弄柳絲。鄰雨滴殘魚服箭，窗風吹裂螯弧旗。雀羅當門印辭肘，坐嘆紅顏成白首。三百青錢杖上挑，黄公壚頭醉春酒。神物從來盡有靈，延津曾見躍青萍。何必葛陂方化去，只今已作老龍吟。

## 袁生行贈袁孟逸

袁生袁生，爾何玩世愛學嚴君平。藏名在卜肆，朝取撲滿錢，夕抱鴟夷醉，朱門招之謝弗往，西寺東鄰留且住。已將白象即心調，更借青蓮爲法喻。有時落筆珠璣吐，蒼兕驚啼老蛟舞。狂來不減禰正平，何物小兒楊德祖。自言身是大羅仙，醉倒玉皇香案前。手翻案上金爐火，謫在人間六十年。後身還憶前身事，長與曲蘖爲因緣。我欲就生卜，一卜在黄屋。流烏飛入昭陽殿，萬户千門鬼夜哭。再卜鴨緑江，東夷蕞爾邦。海内徵兵日虚耗，未見黄幡一片降。三卜闔閭城，狐鼠何縱横。讓王至德日以遠，營營滿耳青蠅聲。生聞我言雙眼白，吉凶不肯談《周易》。長鯨一呼三斗空，走上碧桃吹玉笛。吹下飛花滿地紅，醉後高眠當茵席。呼童覓枕夢遊仙，牀頭尚有支機石。

## 寄袁南寧

九疑何處是，書託雁西征。鬼俗從鷄卜，夷風慣象耕。青山行路盡，白髮到官生。銅柱君應見，功名在晚成。

## 集周公瑕齋中

偶訪徵君宅，梅花覆酒香。杖將鳩作刻，書與蠹俱藏。北海賓盈座，南朝寺隔墻。還同耆舊傳，龐德在襄陽。

## 送錢象先遊楚

七夕仍佳節，三湘乍遠遊。猿啼巫峽夜，人到渚宫秋。作客隨鷗鷺，離家望女牛。所嗟王粲老，不得共依劉。

## 虎丘訪居士貞

芳日俄逢谷，空山未見花。因過處士宅，宛是野僧家。古井春無水，衡門晚帶霞。釜魚君莫嘆，卜歲正盈車。

## 乙未人日對雪簡沈從先

春陰寂寂最堪憐，人日登樓雪皎然。不肯共消唯白髮，且留相映有青氈。桃花玉勒看山騎，蘭葉銀筝載酒船。笑殺洛陽袁處士，閉門終日只高眠。

## 七夕悼亡答錢象先

兩度穿針賦悼亡，新詩讀罷重彷徨。樓空秖嘆蛛交網，河斷難教鵲作梁。淚化去年衣上血，愁添今夕鬢中霜。流黄月冷機紗寂，空使詞人嘆七襄。

## 重遊武林

十年不踏西泠路，此度重遊感舊時。楊柳忽驚枝盡老，芙蓉應笑客來遲。敲門月下僧猶在，載酒亭中鶴未知。明日南屏山麓寺，壁間還覓舊題詩。

## 錢象先移居

三年並舍接清言，一日移家避俗喧。僦廡橋邊真隱士，射潮江上舊王孫。垂簾柳不遮鄰巷，蓋瓦藤才隔對門。此去墻東元咫尺，相過莫厭倒芳樽。

## 送曹能始進士北上

風流藴藉更才華，年少成名乍起家。銀瓮青絲吴市酒，竹爐紗帽建溪茶。車同潘令人人果，筆似江郎夜夜花。去覓江東二三子，帝京明月醉琵琶。

## 贈大行詔使封夷

口奉天言下玉京，滄溟萬里是王程。衣裳盡帶魚龍氣，鼓吹皆含波浪聲。漢使樓船疑蜃吐，夷王宫殿駕鰲成。胡商海客如相問，但説中朝税法輕。

## 雪後留徐茂吴宿齋中

空齋佛火夜悠悠，殘雪松間曉尚留。樽緑敢言開北海，榻陳聊得下南州。蘭芳當户寧爲艾，鷹鷙逢春未化鳩。明日與君同跨馬，要離墓下問吴鈎。

## 贈長洲蔡明府

廿年京洛羡飛騰，此地重逢不負丞。走馬泥塗朝帶雪，棲鴉官舍晚如冰。橋邊烏鵲非銀漢，塢内桃花隔武陵。一枕黄粱俱莫問，君依遷客我依僧。

## 雪中梅花

二月春光雪尚飄，看梅獨坐思無聊。銀花亂綴難分蕚，玉樹交加莫辨條。粉似傅來客易褪，香偏留却不同消。一般飛入妝臺裏，獨讓殘英點額嬌。

## 寄萬伯修經略朝鮮

中丞秉鉞賦東征，鴨緑秋潮飲馬行。十致半鍾遼海粟，百無一練越營兵。邦傳箕子期恢復，亂比公孫待削平。若説屯田能却敵，向來方略在金城。

## 不渡錢塘簡屠長卿

東望錢塘去路賒，鄞山鄞水隔天涯。非關雪夜空回棹，其奈炎蒸苦憶家。短鬢烏蠻簪茉莉，輕衫白袴繡桃花。採蓮亦有江南女，何用扁舟渡若耶。

## 庚子除夕

紛紛祀竈與禳田，共送殘年祝有年。零雨一冬無半寸，濁流五斗直三錢。黄金盡地難充貢，白骨如山尚戍邊。怪殺虚堂兒女輩，邀人守歲惱人眠。

## 辛丑元日

凍柳寒梅旱未舒，大風無乃發吾廬。春柈安得青絲菜，歲酒唯供赤尾魚。槐里直臣空折檻，平津丞相未懸車①。聖人欲賜臨軒策，誰上當年賈誼書。

① 原注：「謂趙蘭谿。」

## 除夕袁令君齋中

衙齋寂寂五辛盤，老樹空庭雪片寒。歲月速如將去客，風煙淡比乍辭官。投林羽幸離樊苦，縱壑鱗今樂網寬。紅燭也隨人惜別，當筵流淚不曾乾。

## 送黎惟敬還嶺南時有夷警

乘風五兩未從容，惜别休言路幾重。青草毒如炎海瘴，火雲奇似博羅峰。司農豈惜江南旱，歸客唯愁嶺外烽。牀上蒯緱君莫問，沉埋不是舊芙蓉。

## 寄大司空應城李公

澤蘭江芷負幽期，匕首難酬國士知。山簡醉來能上馬，謝安歸去但圍棊。楚天雲雨皆成夢，湘水峰巒半可疑。誰共習家池上燕，銅鞮一曲酒淋灕。

## 重過朱在明家

東風淡蕩木蘭舟，花月春江幾度遊。望處只疑爲隔岸，到時誰識是中流。燃燈照海非牛渚，列炬薫天學蜃樓。車轄不投賓亦住，緑樽紅袖醉箜篌。

## 送蔣都護入蜀

瞿塘峽口水初生，都護樓船入蜀行。地到益州皆沃野，營開賨叟盡雄兵。干雲鳥道三千里，掛樹猿啼一兩聲。欲卜封侯何日事，成都市上問君平。

## 送陳道源參軍偕計甥野臣北上

王事驅馳又入燕，一杯昌獨當離筵。金輸少府逾千鎰，官守參軍及九年。渡海旌旗留樂浪，薰天宫殿失甘泉。入朝不藉王生對，似舅名甥爾最賢。

## 贈劉汝臨

劉郎才思長卿看，帝里風光駐馬鞍。村過杏花春酒緑，磯登燕子暮江寒。潮平桃葉同衣帶，雨熟琵琶似彈丸。歸去稽山當仲夏，園林竹箭長千竿。

## 答孫文融中丞時自遼陽歸

客星尚未入文昌，先寄雙魚到草堂。試問夷邦江鴨緑，何如鄉社酒鵝黄。要盟未固同城下，作舍難成是道傍。誰識邊臣心最苦，青銅鏡裏鬢如霜。

## 題梅客生中丞平朔方卷

靈武名高御史驄，更勞開府住雲中。美人學舞魚腸劍，厮養能彎象弭弓。城下已無胡飲馬，帳前安用客和戎。不知今日麒麟閣，誰是西征第一功。

## 寄問歐楨伯後人

五柳先生舊業荒，菊松雖在壑無光。夜臺安得傳雙鯉，春水聊馮問五羊。未識何人銘有道，已知生子勝中郎。欲將匣裏魚腸劍，解去孤墳掛白楊。

## 吴參軍雨中過池上君方以互市之雲中

小池風雨故人逢，釀得春寒酒盞空。忽漫一官辭闕下，暫隨諸將入雲中。斜陽芻秣驅胡馬，終歲金繒出漢宫。女樂何時頒魏絳，太平天子正和戎。

## 送華晋民入南雍

才子擔簦指舊京，垂楊繫馬聽新鶯。隔江山入長干寺，帶雨潮添建業城。絳帳傳經秦博士，布衣游俠魯諸生。春江花月清淮夜，知醉誰家雁柱箏。

## 張婿歸自都門喜賦

蘼蕪何必怨王孫，千里驅馳慰倚門。馬角未生身却返，魚腸無恙舌猶存。平津客散當年閣，泌水池荒貴主園。坦腹細談京俗事，松風消盡酒盈樽。

## 答王大吉自武林北上

新詩字字比瓊瑶，池上相過破寂寥。微雨不消吴市暑，疏松如帶浙江潮。吹笙尚憶前身事，結襪空思往哲遥。京洛故人如問訊，梁鴻猶住伯通橋。

## 中秋日送錢象先遊豫章

西風征雁不堪聞，病裏題詩忍送君。月與離樽今夜滿，秋將行色一時分。匡廬木落山如黛，彭蠡霜寒水似雲。公子西園賓客盛，好陪飛蓋共論文。

## 宣城友人移居白下

南朝山色近移家，朱雀橋通路狹斜。宛水月從江樹出，敬亭雲被苑墻遮。横舟渡口尋桃葉，沽酒村邊問杏花。聞道章臺街畔柳，不堪繫馬只藏鴉。

## 答佘宗漢 宗漢與余今年皆七十。

題詩千里問桑蓬，青雀西來信忽通。郢客陽春元和寡，絳人甲子偶相同。麒麟莫道生偏晚，鸚鵡争誇老更工。曾赴瑶池春燕否，蟠桃可及荔枝紅？

## 答寧夏黄中丞唯尚

靈武妖氛掃未清，十年狐鼠尚縱横。中丞杖鉞新開府，驕虜新笳莫近城。帳下幾人能草檄，秋來無處不屯兵。君王欲識邊臣苦，一夜清霜繞鬢生。

## 寄張心湛天師

青鳥音書久寂寥，霓旌去入鳳城遥。身披一品麟衣坐，手捧三公象簡朝。長樂花深容曳履，未央月出許吹簫。不須更上蓬萊頌，清静無爲祝帝堯。

## 寄李本寧于鄜延

關榆未緑柳才舒，使者行邊雪片疏。回紇十年頻貢馬，龜兹一部動隨車。過秦人惜才空老，詛楚時聞禍漸除。寂寂寥寥人似舊，不須重問子雲居。

## 戊申元日

枕上俄聞春鳥鳴，新年强起懶逢迎。樽前故舊凋零盡，鏡裏形骸老病成。仰面絶纓齊贅婿，裸身撾鼓漢狂生。如今無復當時態，佛榻禪燈遠俗情。

## 送徐惟和還閩兼寄惟起

未把并州作故鄉，送君重與賦河梁。吴宫蟠蟀方啼月，越國芙蓉未着霜。賓從琴樽忘逆旅，弟兄漁獵憶鄰莊。還家且説西堂夢，細擘黄柑薦酒嘗。

## 林純卿卜居西湖

藏書湖上屋三間，松映軒窗竹映關。引鶴過橋看雪去，送僧歸寺帶雲還。輕紅荔子家千里，疏影梅花一水灣。和靖高風今已遠，後人猶得住孤山。

## 七十初度漫賦二十六韻

憶上蓬萊殿，曾讎石室書。史臣陪出入，丞相借吹噓。故國歸來早，長安不可居。爲園棲曲巷，種柳拂清渠。西縣琴聲近，南鄰樹影疏。庭馴得食鳥，池躍放生魚。抱膝吟《梁父》，無心賦《子虚》。鄙人荆五羖，醒士楚三閭。白鳥相忘久，青蠅肯舍諸。淺衷同樸滿，傲骨類籧篨。漢紀偷桃舊，豳風剥棗初。秋山當幾席，春酒滿園廬。大斗勞爲壽，新詩賴起予。自慚同襪綫，何以報璠璵。浚邑千旄騎，燉煌鐘鼓車。高僧遺巾拂，名妓進衣裾。丹指楓將變，黄知菊漸舒。何當饗敝帚，不可賴耕鋤。花落從堆積，雲來不掃除。每開池上酌，頻摘雨中蔬。王猛貧捫虱，公孫老牧猪。隕霜嗟獄氣，蔽日憤刑餘。殿上誰扳檻，屏前罷引琚。終朝遊汗漫，豈但夢華胥。中聖曾無計，求仙焉所如，桃花流水渡，願作武陵漁。

## 茉莉曲六首

贛州船子兩頭尖，茉莉初來價便添。公子豪華錢不惜，買花只揀樹齊簷。

花船盡泊虎丘山，夜宿娼樓醉不還。時想簸錢輸小妓，朝來隔水喚烏蠻。

滿籠如雪叫攔街，喚起青樓十二釵。繡篋裝錢下樓買，隔簾斜露鳳頭鞋。

烏銀白鑷紫磨金，斫出纖纖茉莉簪。斜插女阿鵶髻，晚妝朝月拜深深。

賣花傖父笑吳兒，一本千錢亦太痴。儂在廣州城裏住，家家茉莉盡編籬。

章江茉莉貢江蘭，夾竹桃花不耐寒。三種盡非吳地產，一年一度買來看。

## 王德操被盜唁以二絶

月黑村空夜半時，操戈暴客苦相追。也知不但因胠篋，欲乞蕭蕭暮雨詩。

窗外梅花惱客眠，偷兒横索賃春錢。王家舊物休將去，留取青青一片氈。

## 重經孟河

舊遊會見築城時，城下家家種柳枝。試看柳枯心半蠹，争教人老鬢無絲。

## 立冬

秋風吹盡舊庭柯，黄葉丹楓客裏過。一點禪燈半輪月，今宵寒較昨宵多。

## 送項仲融遊金陵三首

長板橋頭聽曲聲，徐娘雖老尚多情。門前車馬無人問，自按《梁州》促柱箏。

石頭城下看春潮，天塹長江萬里遥。漁人網得沉江鎖，猶似當年鐵未消。

鍾山弓劍似橋山，一去龍髯不可攀。高帝在時親放鹿，金牌歷歷在中間。

## 西夏凱歌四首

聖人親御鳳凰樓，太白旗懸叛將頭。十道使臣持露布，春風一日滿神州。

胡沙如雪月如冰，白骨棱棱幾十層。血污髑髏將化碧，不知誰作黨中丞。

捷書朝報夏酋平，十萬狂倭夕膽驚。聞説九重方赫怒，東邊莫築受降城。

詔賜田租墨未乾，誅夷頓失主恩寬。一朝罷却軍興費，四海瘡痍動地歡。

## 黄浦夜泊

黄浦灘頭水拍天，寒城如霧柳如煙。月沉未沉魚觸網，潮來欲來人放船。

## 題唐伯虎烹茶圖爲喻正之太守三首

太守風流嗜酪奴，行春常帶煮茶圖。圖中傲吏依稀似，紗帽籠頭對竹爐。
靈源洞口採旗槍，五馬來乘穀雨嘗。從此端明茶譜上，又添新品緑雲香。
伏龍十里盡香風，正近吾家別墅東。他日干旄能見訪，休將水厄笑王濛。

## 雜　言

凍雲寒樹曉糢糊，水上樓臺似畫圖。紅袖誰家乘小艇，捲簾看雪過鴛湖。

## 曹山人子念五首

子念字以新，太倉人。元美之甥，所謂「近體歌行酷似其舅」者也。爲人倜儻，重然諾，有河朔俠士之風。元美殁，移居吴門，蕭然窮巷，門無雜賓，與王伯穀先後卒。

## 除夕袁中郎縣齋守歲

江左平疇白浪遥，賃春空寓伯通橋。蓬門歲計羞藜糝，花縣春情惜柳條。梳髮鏡中霜易輮，寄愁天上雪難消。流光不爲浮生住，挑盡寒燈夜倍迢。

## 少年行二首

六郡良家三輔豪，千金鞍馬百金刀。也知侯印尋常事，不分秋來太白高。

長安兄弟舊知名，半是期門半射聲。醉就胡姬壚畔宿，明朝齊赴受降城。

## 哭舅氏元美先生二首

好客千金舊橐捐，晚來翻結賣文緣。不知湖海褒衣士，更向何人索酒錢。

潯陽千里恨春潮，一去麻姑信息遥。華表縱教歸白鶴，也應城市半蕭條。

## 居布衣節六十七首

節字士貞，吴人。少從文待詔游，學其書畫，待詔之門人未能或先也。家故隸織局，織監孫隆聞其名，召見，不肯往，孫怒，坐以逋帑拘繫，破家，僦居半塘，數椽蕭然。所與交，多山人衲子，落落寡諧，每過辰未舉火，吟嘯自若也。年六十，以窮死。詩名《牧豕集》。王德操少從士貞學詩，得其手稿。吴門史生，亦有繕寫殘帙。余合而録之。士貞畫法簡遠，有宋人之風，畫家多稱之，而未有知其能詩者。往與孟陽録其題畫一詩甚佳，今不可復得矣。

## 夢遊仙四首 戊寅二月廿二夜。

水精小殿玉勾闌，鯨甲風生隨處看。四面簾垂常不夜，六銖衣着豈知寒。翠衿鳥語如鸚鵡，紅樹花開似牡丹。報道雙成娘子到，麻姑有信問平安。

一緘雲札早相邀，去聽嬴家弄玉簫。臺倚鳳皇花不謝，車將翡翠路非遥。夜珠似水鮫人淚，春服如冰織女綃。薤酒千杯未成醉，赤闌橋外上秋潮。

一葉悠悠太華蓮，近來弱水亦勝船。春寒不上三珠樹，海氣嘗生五色煙。金鳳矮箋邀翰墨，赤龍小輦載神仙。自從曼倩偷桃後，花已重開今幾年。

朱樓翠閣碧桃花，花底春雲擁路斜。藍水有田皆種玉，赤城無樹不飛霞。佩環猶自憐交甫，條脱何緣贈緑華。惆悵劉郎易歸去，重來何處覓胡麻。

## 雨後過雲公問茶事

雨洗千山出，氤氳緑滿空。開門飛燕子，吹面落花風。野色行人外，經聲流水中。因來問茶事，不覺過雲東。

## 半塘寺一上人小樓

何處聞清磬，春雲度半塘。茶香連小院，桃影帶修廊。不染蓮花浄，閒貪佛日長。晚山如有意，飛翠滿繩牀。

## 送汪公鷺重遊塞上

才子亦弓裘，重爲萬里遊。頗諳區脱語，未飲月支頭。雪上黄雲色，沙中暮角愁。功名少年事，塞草易爲秋。

## 秋日

槿花委露渚蓮愁，無復紅妝蕩小舟。濃淡雲山堪入畫，蕭閑門徑自宜秋。當時載酒人如鶴，昨夜吹簫月滿樓。鴻雁欲來江欲冷，白蘋風起思悠悠。

## 子建自楚歸過訪

湘君廟下鷓鴣啼，芳草王孫去路迷。春水看消巴蜀雪，桃花遊遍武陵溪。朝雲夢裏江南路，風雨燈前夜半鷄。歸到故園秋未能，一尊還唱白銅鞮。

## 洵美瀕行携歌姬過山中言别阻雨不赴因簡以詩

公子臨行出翠鬟，新歌能解唱陽關。不嫌杜牧三觥後，生怕周郎一顧間。紈扇芙蓉隔秋水，枕屏雲雨自青山。燭花影裏銀筝畔，誰見驚鴻向月還。

## 聽雨遣懷二首

琴樽几杖静柴門，抱甕忘機老灌園。不遇曾聞七十説，出關空著五千言。高雲暮色霜前雁，獨樹孤煙原上村。零落楚蘭愁未採，一江風雨泣秋魂。

一番秋事老芙蕖，蕭颯寒生暮雨餘。村巷犬聲如吠豹，鄰家燈影有歸漁。重陽酒熟萸初紫，五柳霜清葉未疏。賣賦虚名吾豈有，向來多病似相如。

## 無題簡洵美

緑鬢欹墮翠蛾愁，蠟燭高燒花滿樓。簫起玉臺雙引鳳，星迴銀漢一牽牛。茱萸匣裏常藏月，豆蔻枝頭不作秋。昨日江楓吹葉紫，横塘無復採蓮舟。

## 暮歸書事

竹溪蘿徑自幽清，片片山衣細靄生。薄暮園廬半煙火，高原禾黍正秋晴。遥看緑酒懸帘賣，未辨青錢挂杖行。新月柴門牛背笛，滃雲紅樹總詩情。

## 雨夜聞雁

缸斜寒照竹，山静雨圍牀。雁到秋如許，人愁夜未央。江天將隻影，霜信過重陽。小夢知何處，三湘煙水長。

## 簡克承丈

臨頓東頭水竹居，路人盡識隱君廬。墨香小研磨銅雀，芸草殘編辟蠹魚。白首尚玄猶自苦，黄花對酒近何如。青山盡有蕭閑事，欲寄芭蕉不可書。

## 無題四首戲呈孝甫子建

高樓月色白于霜，晝枕屏寒夜未央。織女機絲隔河漢，娥皇竹淚滿瀟湘。雙飛自託雲中鵠，一曲空彈《陌上桑》。妒女津頭潮不到，江流却似九迴腸。

玉椷消息滯天涯，零落銀箏雁柱斜。羅襪無塵生雒水，春雲有夢到章華。曉星明處疑爲月，霜葉紅時認作花。人説莫愁吾不信，石城何路問伊家。

塞鴻聲斷草蟲啼，銀燭熏籠坐不辭。蛺蝶畫羅捐扇日，鴛鴦裁綺授衣時。秦家樹上烏棲早，韓椽墻邊月到遲。黛緑暗銷人去遠，章臺無柳鬭雙眉。

蘭燈光裏織流黄，斷續柔絲斷續腸。不恨紫槽常抱月，最憐緑綺解求凰。屏風自隔春雲熱，海水新添夜漏長。宋玉多才能作賦，至今人説夢高唐。

## 對酒

三杯莫惜瘦顔酡，百歲其如半去何。煉盡少年風月在，剩留餘事病愁多。滄江倦客新黄髮，空谷佳人舊翠蛾。竺國蓬山那可問，醉鄉深處且婆娑。

## 鄰農以麥飯菜羹見餉

來粦作飯菜爲羹，慚愧山農餉我情。一飽年來非易得，五湖無地可躬耕。

## 歲暮山村二首

清霜紅日滿高林，煙火蕭疏灌莽深。欲和楚吟無《白雪》，能生壯色少黄金。嘗饑俊鶻呼風過，不雨寒雲起夕陰。何事悲歡却成疾，如灰已冷少年心。

落木寒雲知幾重，枇杷花下鹿麋蹤。家貧伏臘猶無計，山静朝昏惟有鐘。雨雪短衣凋薜荔，風塵長劍暗芙蓉。悠然抱膝歌《梁甫》，伊吕之間是卧龍。

## 對　雪

老樹荒村鳥雀稀，隔溪茅屋午煙微。黄雲壓地門深閉，積雪滿山樵未歸。一樹梅花閒覓句，十年湖海嘆無衣。釣魚却憶披蓑客，小艇寒江興不違。

## 舟行書事

滄江無數白鷗群，欹枕漁歌杳杳聞。斷港淺浮消雪水，薄陰微斂護霜雲。鷄鳴漸覺人家近，木落遥看浦漵分。茶竈筆牀舟一葉，布帆影裏見斜曛。

## 舟中夢後月明江清悵然有懷

月吐青山夜四更，夢迴酒醒正寒生。滿空霜色白於雪，繞枕江流細有聲。蠶繭紙新教寫字，龍香火暖聽吹笙。少年場上春遊騎，葑水桃花舊日情。

## 宿道院

解橐神仙宅，青蘿小洞房。何人識紫氣，無夢熟黄粱。牀拂如雲石，簾飛似水霜。不知寒漏永，消盡讀經香。

## 初春書事戊寅

青蘿小屋緑莎墻，臘後梅花已試香。一斗東鄰買桑落，千金北客問干將。讀書研破魚生釜，卧雪齋虚月到牀。欲識溪頭春幾許，新波新柳似鵝黄。

## 楓橋夜泊

漁火宿江村，何人識此情。變名張儉老，去國蔡雍輕。獨樹橋頭雨，寒鐘夜半聲。春洲有歸雁，無那暗魂驚。

## 酒次與吴文學

對酒無言興盡還，豆花棚下有青山。明朝欲釣鱸魚去，君若來時恐未閒。

## 病中口占

年年抱病足中秋，明月無緣酒有仇。幾兩阮宣新蠟屐，一篷魯望舊操舟。飛鴻閣外山如畫，斫鱠亭前水自流。料得此時相憶者，冷猿獨鶴與馴鷗。

## 秋來未登寺閣病中想見其景物幽勝詩簡一開士

閣鎖空寥秋未攀，風煙宛在畫圖間。澹霞斜日半紅色，濕翠空雲初齊山。落雁沙頭孤笛起，採菱渡口一舟還。欲扶殘病來看月，莫遣知寮早上關。

## 壬午元旦

鐘鼓高城送臘徂，雲霞曙色上桃符。日隨歲月開三始，春與鶯花到五湖。借宅南山非捷徑，對人故態是狂奴。依然舊識東風面，柳眼青青向酒壚。

## 雨中簡王德操

有美烏衣秀，神情朗復疏。能爲《魯靈賦》，善拓會稽書。江雨鈎簾暮，梨花對酒初。詩成猶未寫，待子問何如。

## 過陸華甫西溪草堂

烏目山頭客，銅官住十年。藝蘭春滿畹，種秫雨連田。鴨鬭溪西草，茶飄竹外煙。陰陰門柳色，不隔渡頭船。

## 姚山人攜酒同過陸園看梅花

十畮芳園傍水涯，藥闌莎徑抱山斜。緑瓷小甕攜春酒，烏角高巾對玉花。漠漠暗香留月色，蕭蕭白髮醉年華。如何甫里天隨宅，却是西湖處士家。

## 穀日感懷

穀日條風喜及晴，東皋南隴已春生。少從劍客游三輔，老傍田家卜五行。衣食有端終歲計，江山信美故園情。蹉跎十畝桑陰地，慚愧花林鳥勸耕。

## 無題二首

坐倚熏籠火尚温，鐘鳴高閣又黄昏。梅花雪後門半掩，豆蔻枝頭月一痕。漫説傾城豈顔色，曾聞化石是精魂。寄君茶碾湘江竹，猶有娥皇淚點存。

力薄慵梳十八鬟，夢回誰與説雙鸞。鵝兒酒嫩堪成醉，雲母屏凉不障寒。芳草都從行處長，春山豈是畫時殘。金魚箋紙回文句，昨夜燈前仔細看。

## 春寒

重樓燕子隔天涯，五柳陰疏未聚鴉。十日春寒淹雨雪，幾番風信到梨花。横塘水長聽鶯處，小巷泥深賣酒家。多少朱門咽絃管，沉香火底按琵琶。

## 夢後作

酒醒天涯春幾分，緑琴惆悵昔年聞。海棠無信作寒食，夢雨何心入斷雲。石竹短襦留半臂，秋香小字記雙文。潯陽江上潮難到，此夜花前忽見君。

## 春晴書見

金羈芳草去翩翩，王謝兒郎美少年。雨水已過正月後，鶯花不隔短筇前。春雲擬黛山千叠，畫閣籠煙柳半天。燕子未來寒食遠，誰家庭院試鞦韆。

## 有懷湖上張文學

冷落湖頭白鳥期，青蓮艇子去遲遲。柳應拂水今幾尺，杏已開花可滿枝。病起故人誰載酒，春來何處最宜詩。欲知雨後千山色，總似張郎新畫眉。

## 春日有懷

柴門春水浴沙鳧，裊裊垂楊短短蒲。花勒淺寒迎燕子，雨將新緑入蘼蕪。焚魚學士誰招隱，放鶴仙人不可呼。欲聽黄鸝過橋去，隔煙小鳥喚提壺。

## 春晝

泥香江暖燕來時，紅白花深桃李枝。草色一簾門半掩，卧看雙蝶趁遊絲。

## 春寒

春欲分時寒更深，闌風伏雨晝陰陰。不通燕子重簾閉，憔悴花枝病酒心。

## 新晴寺閣

苦潦愁霖思不禁，偶梯香閣出叢林。酒旗巷陌桃花遍，燕子人家春水深。獨鳥自飛吴苑樹，千山不盡楚江陰。清明已近芳菲日，鼓角偏傷遲暮心。

## 晚晴簡姚伯容

曲薄斜扉帶遠林，鵓鳩啼徹晝陰陰。雨催春色二分過，水長桃花十尺深。江上片帆斜日影，天涯芳草踏青心。料君閉户焚香處，道性知來爲聽琴①。

① 原注：「唐姚合詩：『聽琴知道性。』」

## 寄秦侍御

寥落芳時卧病情，閉門草色唤愁生。鶯花春老青山雨，鼓角風高鐵甕城。劍氣却從何處吐，鷄聲偏向夢中驚。西臺御史能無意，想見臨觴醉不成。

## 春暮睡起

避俗年來聊避喧，移家猶未問桃源。雨晴門巷皆山色，花落春衣半酒痕。身在江湖誰是客，心空夢幻已忘言。遊絲柳絮偏無賴，遍逐東風去繞村。

## 王雅適久居金陵過訪山中因贈

春遍天涯芳草多，王孫裘馬意如何。鬌鬟山好初收雨，羅綺江平暮不波。韋曲花前千日醉，杜鵑聲裏片帆過。秋清擬泛秦淮月，與爾同聽《玉樹》歌。

## 雨　中

習性未能忘，攤書日滿牀。四鄰分樹色，一徑借溪光。聽雨支高枕，下簾留晚香。蕭閒生意在，庭草過人長。

## 仲夏閒居

樹底柴門不浪開，松釵竹粉半青苔。緑分田水新栽稻，黄入園林已熟梅。小艇送僧籠鶴去，片雲載雨過湖來。夕陽山好詩難就，夜合花前費討裁。

## 新秋雨後夜坐

山螢一點拂衣流，茉莉花開香暗浮。河漢影斜初過雨，井桐凉墮已迎秋。玉笙小院當年月，紈扇長門昨夜愁。惆悵瑶芳易凋謝，美人何處獨登樓。

## 秋日書懷寄吴惟範

十年握手愧君知，澒洞風塵鬢已絲，元叔倚門終骯髒，長卿慢世自棲遲。過河獨抱枯魚泣，斫地空歌老驥詩。隴首雲飛秋色起，江湖又是雁來時。

## 秋日早起

蟲聲半掩蓽門空，短髮朝來不受風。日出山光落衣桁，雨餘秋色在梧桐。蹉跎海嶽孤筇外，荏苒年華一鏡中。萬事浮雲多變滅，莫將衰淚泣途窮。

## 中甫過齋中烹茗清談試筆寫圖因題其上三首

落盡花藤澗水香，松風如水晝初長。幽人自是山中相，鶴氅黄冠坐夕陽。

蓮社疏鐘報曉晴，青山落日映江明。一番紅紫春歸後，新緑如雲繞徑生。

滿城車馬看春忙，君獨攜琴顧草堂。我亦興來扶病坐，鼠須閒吮墨花香

## 吴門春遊曲四首

濠上花深翡翠樓，樓前白月湧江流。香風兩岸笙歌合，夜夜燒燈照客舟。
禁煙將近暖風微，桃李陰陰燕子飛。好向西虹遊墅去，薄羅小扇夾紗衣。
春江花月滿春煙，夜夜琵琶宿畫船。城上烏啼霜又落，紫檀槽暖不成眠。
誰家年少恣春遊，翠幄朱旗三櫓舟。齊唱棹歌江似沸，黄鶯啼殺不回頭。

## 歲　暮

凄凄風色緊，鷄犬静柴門。田野無它事，溪山有此村。暮寒深白屋，鄰語近黄昏。且復篝燈坐，空憐齒髪存。

## 雪中再送玄揩

金昌西望即天涯，寒滿扁舟去路賒。瓜步沙頭莫回首，一江風雪似楊花。

## 重題自畫小景贈戴子文去畫時四十年矣

點染青山四十年，寸縑不改舊風煙。散人漫竊江湖號，未買松江一釣船。

# 張舉人鳳翼四首

鳳翼字伯起，長洲人。與其弟獻翼幼于、燕翼叔貽，並有才名。吴人語曰：「前有四皇，後有三張。」伯起、叔貽皆舉鄉薦，幼于困國學。叔貽蚤死，而伯起老於公車，年八十餘乃終。伯起善書，晚年不事干請，鬻書以自給。好度曲，爲新聲，所著《紅拂記》，梨園子弟皆歌之。伯起與余從祖春池府君同舉嘉靖甲子。余弱冠，與二三少年銜酒闌入其家宴，酒闌燭灺，伯起具賓主，身行酒炙，執手問訊，其言藹如，先進風流，至今憂可思也。

## 西苑志感

芙蓉别殿未央西，爐氣晨飄雉尾齊。出洛神龜將寶籙，銜花馴鹿繞金閨。近臣拾翠供玄草，使者乘驄訪碧鷄。一自六龍天上去，幾回清禁改璇題。

梨　花

重門寂寂鎖香雲，雨滴空階坐夜分。老去微之風調在，折來何處與雙文。

題　柳

千絲千樹拂天津，三起三眠出上林。何似小桃低曲處，一枝斜覆玉窗深。

北苑懷歸

帝里春深淑氣遲，天街無路踏香泥。逢人客坐三分話，到處官衙一局棋。叔夜不堪徒自遣，馬卿多病欲何之。歸時若遇高陽侶，有酒如澠醉肯辭。

## 劉僉事鳳五首

鳳字子威，長洲人。嘉靖庚戌進士，起家推官，拜監察御史，左遷興化府推官，陞河南按察司僉事。罷歸，以老壽卒於家。子威博覽群籍，苦心鉤索，著騷賦古文數十萬言，觀者驚其繁富，憚其奥僻，相與駭掉栗眩，望洋而嘆，以爲古之振奇人也。嘗試爲之解駁疏通，一再尋繹，肌劈理解，已而索然不見其所有矣。余嘗得子威所誦讀遺書，觀其丹鉛，考索大概，於篇中擿句，於句中擿字，而所擿之字自一字至數字而止，如唐人所謂碎金薈蕞者耳。其有所撰述也，累僻字而成句，字稍夷更刺僻字以蓋之；累奥句而成篇，句稍順更摭奥句以竄之。而字之有訓故，句之有點讀，篇之有段落，固茫如也。飣餖堆積，晦昧詰屈，求如近代之江亶爰、李滄溟且不可得，而况於古人乎？韓子曰「降而不能乃剽賊」，子威其剽賊之最下者與？子威前後集計數百卷。厥後有華亭馮時可者，字元成，萬曆間進士，官至副使，其學問尤爲卑靡，踳駁補綴，刻集流傳，吴中名士循聲贊誦，奉之壇坫之上，碑版誌傳，騰涌海内二十餘年，少年詆訶弇州大函獻媚江陵之語，晚而以文佣乞，稍知文義者無不嘔噦。雲間選明詩者，以元成配子威，夷考其生平，則又子威之重儓也。近代詩文别集汗牛充棟，其有名彰徹而不見採録者，元成其眉目也，故表而出之。

## 十五夜月

明月炤滄海，清輝盈此時。似規流素魄，持粉儷新姿。波瀉淪河影，榆寒露鵲枝。與君同萬里，無那獨含思。

## 昭臺怨二首

妾意憐芳樹，君恩疏桂宫。夢迴清瑟斷，燕去畫梁空。慢臉羞鉛翠，顰蛾减黛紅。瑣闈花半落，盡日閉春風。

玉輿行幸絶，朱陛暗青苔。不分恩成故，猶持寵自猜。薄寒生碧霧，流葉下丹臺。唾井終捐棄，清塵豈重回。

## 芙蓉樓送客

醉酒高樓此別君，袖中萱草惜斜曛。月明水上如相憶，寄取瀟湘數片雲。

## 和夜上受降城聞笛

北斗低垂掛戍樓，黄河不逐月西流。一聲長笛衝沙起，散作邊人萬里愁。

## 魏同知學禮五首

學禮字季朗，長洲人。爲諸生，才名籍甚。劉子威以博學自負，一見心折，敦禮爲子弟師，與共唱酬，合刻其詩曰《比玉集》。以歲貢除潤州訓導，擢國子學正，詔刻十三經注疏，委以較讎，陞廣平府同知。罷歸，僑寓荆溪，年七十八卒。季朗詩名因子威而起，南皮李時遠評《比玉集》云：「季朗詞鋒甚鋭，當勝子威一籌。」識者以爲知言。

## 春思曲

别意落凄枝，閒懷寫愁葉。緘怨投素鱗，銜情卷故篋。誤嫁游俠郎，棄置薄命妾。香縷羅衣襞不開，玉搖寶釵寒自疊。衾將空半冷鴛鴦，夢逐飄飖拆胡蝶。川長不得渡，春花驚已暮。爲嘆朱顔不待秋，獨持皓齒終成妒。舞腰倚柱裛啼妝，歌頰低燈望歸路。魂飛在他鄉，掩袂泣河梁。笛邊聞《折柳》，琴裏咽《求凰》。紛心墮鏡紅已歇，芳願消花弱自傷。明月兩懸思，黄沙孤斷腸。飲馬長城窟，結客少年場。每命湘靈鼓瑶瑟，復聞秦女卷衣裳。故情摇落空流水，哀鴻單宿湘蒲裏。始從木末送芙蓉，又見溪旁候桃李。桃李映人清，芙蓉摘未成。青松委蘿蔓，白露掩蕪城。蕪城一去三千里，蘿蔓秋寒殊未已。盤龍寶鏡網蜘蛛，孔雀金屏隔羅綺。金屏寶鏡不可期，孔雀盤龍有所思。迢遞關河吹暮雪，蕭條庭户起凉飇。漢王臺前花似繡，隋家堤畔柳如絲。已遣輕車迎日逐，更驅梟騎斬屠耆。李廣軍中無部伍，昭君馬上作閼氏。年年邊徼休乘障，處處鐃歌聽凱辭，但使金微長息戰，與君朝夕共鶼麋。

## 昭臺怨二首

翠袖辭金殿，青苔閉紫宫。香寒羅帳曉，春歇玉階空。艷態消花上，悲情落管中。君王恩未薄，妾夢向來同。

别館芙蓉暗，閒房翡翠寒。漏催千夜盡，宫鎖一春殘。芳歲驚流水，容華泣楚蘭。誰憐愁坐意，新月在樓端。

### 和章憲副艷詩

翠館雲樓花欲晴，新妝初就曉鸞驚。莫愁艇子知何處，露濕衣香到月明。

### 採蓮曲

煙中一葉採蓮舟，兩岸香風正早秋。瞥見江南明月上，玉簫吹斷紫雲愁。

## 章副使美中三首

美中字道華，常熟人。其父徙吴，家石湖之傍。九歲能屬文。嘉靖丁未進士，除大理評事，擢江西按察司僉事，五載，遷廣西参議，副使四川塡松潘，投劾歸里，將召用而卒。身後衣不盈篋，錢不滿鏹，惟圖書數卷，里人稱之。子士雅，字循之，萬曆己丑進士，知嘉善縣，有惠政，歷官工部郎中。父子皆能詩，道華與皇甫子循、王元美善，而循之授《毛詩》於魏季朗。王伯穀叙其詩，以爲季朗工六朝，道華工初唐，而循之兼之。父子之集，皆張幼于所撰定也。

## 早發湘潭

淩晨陟平麓，野色眷行旅。娟娟千林花，猶含夜來雨。山深雲不流，春去禽自語。景物各有適，吾道豈踽踽。

## 暮相思

征帆日已遠，回波不相待。暝色孤峰來，故鄉何處在。日淡墟裏煙，雲盡天邊海。如何暮相思，坐令鬢容改。

## 毗陵道中遇司勳皇甫子循舟有詩相貽奉答

三月輕風桃李陰，春城吹入客愁深。扁舟未逐五湖去，華髮空隨雙鬢侵。芳草東歸故園色，江流北轉逐臣心。煙波日暮知何處，天畔疏峰相對吟。

## 章工部士雅八首

### 紀懷二首

鳥聲啼散一簾花，遥憶春風怨歲華。何事半生能薄幸，緑楊深處即爲家。

江城二月客衣單，况是春風十日寒。東國梅花吹欲盡，不須横笛倚朱欄。

### 春晚二首

春望亦堪憐，平蕪遠接天。不禁雙燕子，飛出落花前。

春雨過前溪，垂楊樹樹低。緑窗人不語，惟有曉鶯啼。

### 柳枝詞

長淮渡頭楊柳春，長淮市上酒旗新。繫船沽酒折楊柳，還是去年西渡人。

### 秋雨

秋雨秋風入暮天，愁心獨與片帆懸。總教作客非千里，堪笑爲郎已六年。蘆葉半黄風破岸，稻花全白水平田。棲遲歲月憐今昔，《梁父》孤吟倍黯然。

## 憶小園花事

天南人去二三月，小苑花飛五六枝。孤閣自開巢乳燕，疏簾不捲駐遊絲。園蔬未作愁中供，芳草還虚夢裏詩。最憶東鄰夜吹笛，一聲遥在月明時。

## 别思

東方千騎去如雲，最有羅敷念使君。曉鏡疏花看寂寞，夜香明月坐氤氲。門前細雨新桃浪，陌上和風舊燕群。莫道朝來無錦字，落紅飛處半迴文。

# 顧副使大典八首

大典字道行，吴江人。隆慶戊辰進士，授會稽教諭，遷處州推官。當内遷，乞爲南稽勳郎中，僉事山東，以副使提學福建，坐吏議罷歸。家有諧賞園、清音閣，亭池佳勝。妙解音律，自按紅牙度曲，今松陵多畜聲伎，其遺風也。

## 閨思

朝日斜照户，垂楊低拂牀。新篁未解籜，幽蘭已謝芳。桑蛾齊繞樹，海燕競窺梁。玉箸流殘粉，金爐冷夕香。羅衾空有夢，無信往遼陽。

## 渡黄河

疲馬日投北，間關意若何。星霜催短鬢，風雨渡長河。遠道逢人少，歸心入夢多。未能逃世網，微尚竟蹉跎。

## 舟夜憶郡齋眺閣

舟移澤國暮煙長，望入滄波思渺茫。遥憶郡齋清絶處，萬山孤閣夜焚香。

## 九月十七夜與周國雍話舊

霜滿蒹葭月滿地，斷煙疏樹影參差。天涯莫道相逢易，昨歲今宵是别離。

## 梅下吹笛

紅筵緑酒撲寒香，樹樹梅花壓粉墻。忽見玉鱗飛夜月，自吹長笛坐胡牀。

## 沈少卿席上有贈

曾向毗陵怨別離，十年重見不勝悲。相看共有江州淚，濕盡青衫是此時。

## 閒居雜興

坐來黄葉滿漁磯，小閣疏燈對掩扉。竹覆古墻經雨暗，夜分時復見螢飛。

## 重登虎丘

劍壑秋風起暮煙，寒泉落木自依然。翻因解組重來日，悔別青山二十年。

# 周秀才天球六首

天球字公瑕，長洲人。爲諸生，篤志古學，善大小篆隸行草，從文待詔遊，待詔賞異之。待詔殁，豐碑大碣，皆出公瑕手。隆慶中，遊長安，燕集唱酬之作，一時詞客皆爲讓坐，而詩名頗爲書法所掩。胡應麟《詩藪》盛稱其《觀象臺》諸作，以爲絶倫。大率聲調雄壯，規摹王、李，去吴中風雅遠矣。

## 北歸客至述懷

脱迹風塵少自寬，對君杯酒話更闌。去天尺五終非近，行路尋常總是難。解佩尚餘孤劍在，探囊不問一錢看。泰階星斗時時合，綵筆於今未易乾。

## 金陵七夕贈皇甫司動

片雨明河拭，雙星閣道臨。論歡天上别，驚候旅中深。夕吹催飛藿，商聲動早碪。城南倦遊客，同折此時心。

## 鬬鷄圖

英年曾入鬬鷄場，金距狸膏事已荒。惟有雄心忘未得，披圖猶自問低昂。

## 中秋長干曲三首

内橋南走是長干，十里平鋪白玉寒。踏盡馬蹄塵不動，半窗明月此中看。

花燈百隊走兒童，盡道仙娥降月中。縱是霓裳看不見，白毫光裏度香風。
玉笙低引紫簫長，不許商音斷客腸。聽到月斜才入破，飛來七十二鴛鴦。

## 錢處士穀一首

穀字叔寶，少孤貧失學，迨壯始知讀書，家無典籍，遊文待詔門下，日取架上書讀之，以其餘功點染水墨，得沈氏之法。晚葺故廬，讀書其中，聞有異書，雖病必强起，匍匐借觀，手自抄寫，幾於充棟，窮日夜校勘，至老不衰。嘗編《續吴都文粹》若干卷。性頗勁直，不能容人，一介不苟，燒香洗硯，悠然自得，有吴中先民之風。子允治，字功甫，貧而好學。酷似其父，年八十餘，隆冬病瘍，映日鈔書，薄暮不止。功甫殁，無子，其遺書皆散去，自是吴中文獻無可訪問，先輩讀書種子絶矣。功甫詩篇甚富，應酬泛濫，頗不欲傳於後，余深知其意，故不録焉。

### 題畫雜花

淡白輕黄各鬬奇，嫩紅殷紫總芳菲。上林春色原無賴，不斷生香惹客衣。

## 陸處士治〔一〕四首

治字叔平，吴人。少年爲俠游，長而束修自好，種菊支硎之傍，自守泊如也。工寫生，得徐、黄遺意。山水喜仿宋人，而時出己意。爲王元美臨王安道圖四十幅，奇峭削成，與安道相上下。又與元美遊兩洞庭，畫洞庭十六景，元美稱其上逼李、郭、馬、夏，而下勿論也。晚年貧甚，有貴官子因所知某以畫請，作數幅答之，其人厚具贄幣以謝，叔平曰：「吾爲所知，非爲貧也。」立却之。叔平畫，請之而强必不可得，不請之乃或可得。年八十餘而卒。詩亦有秀句可誦。

〔一〕「處士」，原刻卷首目録作「布衣」。

### 仕女觀流水小景

銀塘秋水玉娟娟，霜葉漂紅去渺然。幾欲題詩寄遼海，只應流水到君邊。

### 倦繡

洞房深鎖碧窗紗，玉樹階前護翠霞。移得繡牀渾不倚，金針愁刺並頭花。

## 張左虞過訪漫答

學稼甘吾老，看花喜客留。鶴鳴童錯應，鶯語伎先酬。山水將身隱，圖書足卧遊。君家雙玉劍，尚在匣中不？

## 畫丫蘭

玉戟棱棱應節分，枝枝柔玉紉香雲。凝妝擬待三更月，露染生綃六幅裙。

# 張山人本〔一〕二首

本字斯植，吴之東洞庭山人。王文恪以退傳家居，從學古文。嘗讀書福濟觀，賦九月梅花詩，都元敬見而使人禍之，斯植方正襟夜誦，元敬就之晤語。賦詩贈之。晚自號五湖漫士。黄淳父、張幼于共定其詩，陸子傳爲之傳。

〔一〕「山人」，原刻卷首目録作「布衣」。

## 秋夜登閶門城樓

月白三吴晚，風清八月秋。芙蓉照江國，蟋蟀上城樓。海思飛雲亂，鄉心落葉愁。忽聞黄鶴笛，清夜重淹留。

## 山齋秋夜

洞庭秋清夜何寂，蓬鬢蕭蕭楓葉村。白雲滿几月在牖，碧水浮階花映門。袖中野況空詩草，醉裏家山污酒痕。牢落空江誰弔古，靈胥還有未招魂。

# 顧隱士祖辰九首

祖辰字子武，長洲人。祖蘭，弘治戊午鄉舉。令樂安、於潛二縣。歸隱吴之臨頓里，有地數弓，竹木翳然，結隱二十餘年，清風穆如也。蘭子德育，家貧好學，手録幾數千卷。子武襲祖父餘風，老屋三間，破榻竹几，庭中古樹一株，雜花數本，間作小詩及畫，不以示人，自娱而已。臨頓爲陸魯望故里，其中多名藍蕭寺，風日晴美，步屧過從，僧徒好事者掃地折花以候其至，至必留連移日，亦終不就人一飯也。文閣學文起作《吴中先賢小記》，特表子武，謂可繼邢量、杜瓊之後云。

## 閒步

僻徑無車馬，沿流看捕魚。斷橋疏雨過，古木春風餘。片語款鄰曲，孤懷仍索居。悠然真意在，花竹傲窗虛。

## 夜步

黄昏門未掩，偃蹇倚孤松。正見水中月，遥聞風外鐘。村虚春寂寂，煙遠樹重重。只覺幽懷愜，微吟送短笻。

## 獨立

久病江湖老，長依七尺笻。年光變燕雀，巖壑自雲松。獨立深遐思，微吟遲晚容。鄰翁隔春水，貰酒漫相從。

## 晚步

風疏門柳薄，日落暝煙濃。向樹鳥群亂，隔溪山數重。病閑吟短句，衰怯倚枯笻。更有幽深意，寒流來暮鐘。

## 雨過有懷山中素友

雨過一天碧，風來滿鬢涼。餘酣消枕簟，長病積年光。静愛蛛絲巧，閒多燕子忙。有懷賦招隱，叢桂小山芳。

## 雨後酌鄰翁

江平新雨過，林闕晚山微。采緑仍驅牧，看雲方掩扉。因知農事暇，遠貰村醪歸。秉燭招比鄰，相酌願無違。

## 客去夜坐

鳥宿門前樹，嵐沉水上山。忽聞鄰犬吠，知是漁舟還。老病青畦廢，長貧白首閒。意中人去遠，寂寞道書間。

## 病中有懷周二韜叔

向夕開窗坐，檀欒竹色多。清虚酬破研，閑寂養沉疴。山遠嵐將暝，春殘鶯懶過。長安有遊子，何處醉顔酡。

## 晚過題潤泉山房

翠微支遁隱，新構習清虚。施食來山鳥，翻經擊木魚。花傾知景夕，月上屬凉初。肯借一椽隙，相容半榻於。

# 梁太學辰魚五首

辰魚字伯龍，崑山人。以例貢爲太學生。身長八尺，有奇虬鬚，虎顴。好輕俠，善度曲，囀侯發響，聲出金石。崑有魏良輔者，造曲律世，所謂崑山腔者自良輔始，而伯龍獨得其傳。著《浣紗傳奇》，梨園子弟喜歌之。儻蕩好遊，足跡遍吴、楚間，欲北走邊塞，南極滇雲，盡覽天下名勝，不果而卒。同里王伯稠贈詩云：「達人貴愉生，焉顧一世譏。伯龍慕伯輿，徇情良似痴。彩毫吐艷曲，燁若春葩開。斗酒清夜歌，白頭擁吴姬。家無儋石儲，出外年少隨。玄暉愛推奬，此道今所稀。」

## 屈原廟

寒雲掩映廟堂門，旅客秋來薦水蘩。山鬼暗吹青殿火，靈兒晝舞白霓幡。龍輿已逐蜂頭夢，魚腹空埋水底魂。斑竹叢叢雜芳杜，鷓鴣飛處欲黄昏。

## 采石磯弔李太白

停橈磯下奠椒觴，草木猶聞翰墨香。飛燕已辭青瑣闥，長鯨自上白雲鄉。他年有夢遊天姥，此夕無魂到夜郎。西望長安漫惆悵，金鑾春殿久荒涼。

## 紈扇

朝來兩蛺蝶，分宿花房雨。紈扇亦多情，拂爾雙飛去。

## 贈王卿

絳羅裙軟醉榴花，午夜高樓月倍嘉。曲罷暗香人不識，半槽餘暖在琵琶。

## 蘇蕙

淚痕點滴錦花浮，幾載拋梭織未休。願得璇圖似夫婿，殘絲斷處認回頭。

## 陸文組二首

文組字子纂，姑蘇人。

### 子夜歌

染蘗作儂衾，持冰置儂枕。城烏夜夜啼，苦寒不成寢。

### 美人寄書

秋夢無憑客路遥，尺書封寄恨迢迢。吴綾不及桃花紙，顔色都從别後消。

## 朱太學承爵二首

承爵字子儋，江陰人。有《存餘堂詩話》。自署盤石山樵。

### 落花詩次文徵仲韻二首

雨雨風風太慘情，眼前紅白霎時盈。騣尋紫燕穿香户，寂寞紅鵑哭錦城。短夢一場春事散，好懷三月客愁輕。明朝急就東園醉，試取殘詩補得成。

少婦含情半自傷，有丹疑可駐春光。樽前好事風前影，雨底殘脂淚底妝。倩此落霞烘老圃，趁他飛絮繞横塘。珠簾錦瑟南朝怨，樂府誰翻字字香。

## 陳山人鳳四首

鳳字羽伯，無錫人。父周，仕河南参政。羽伯讀書習隱，嘗月夜掛琴松間，調所馴山猿，得詩擁膝自吟，聲與猿嘯相應。性好結客，父黨王問以下，無不造門。子以忠，字貞甫，以鄉舉仕光州守，爲王承父、顧益卿之友，以豪俠聞於時。同時南都有陳少参鳳者，亦字羽伯，詩列於别卷。

### 花園子

當年内苑花如綺，萬樹紅雲日邊倚。監使惟承巡幸歡，誅求那惜花園子。别有朱門令尤急，緑衣怒叱青衣執。春風慘慘白日寒，愁把花枝對花泣。祇今聖主罷遊畋，詔書屢却黄龍船。歲時雖有上林役，種植還堪助衣食。君不見玄明宫少陽院，秋雨霏霏秋草遍。

## 勾曲道中早行

京國秋風急，驅車還曉行。石林清露滴，野水白煙生。逾坂遲童僕，問程稱弟兄。丹霞開曙色，前館正鷄聲。

## 江　上

長風吹古堞，落木下滄波。孤月動寒幌，暮煙生碧蘿。客懷聞雁急，人語入村多。又宿秋江上，依然舊釣蓑。

## 雨中客至

新水柴門漲碧沙，孤村煙樹隱漁家。客來湖上偏逢雨，春到江南又見花。沽酒隔鄰傳小瓮，打魚深夜出枯槎。浮生莫遣浮名誤，醉裏還驚兩鬢華。

# 趙秀才綱二首

綱字希大，無錫人。幼聰穎，嗜酒，能詩。二十九歲而亡。《寄洛陽李秀才》二十字，黄勉之見而嘆曰：「入唐人詩中，未易辨也。」

## 寄洛陽李五秀才

未得吴公薦，空憐賈誼才。年年三月裏，相憶看花來。

## 西郊

山關啓翠微，霜鐘自晨夕。花裏一僧來，泠泠振金策。

# 徐定夫一首

定夫字士安，海鹽人。有《蛩吟稿》。

## 唐詞

禁門秋草雨中生，睡醒芙蓉小帳清。幾日内庭宣唤少，紫薇花底學吹笙。

## 范　言五首

言字孔嘉，秀水人。有《菁陽集》。

### 渡排市

馬怯千村雨，帆開五兩風。江山淹去住，踪跡任西東。樹深哀猿裏，孤城畫角中。自深羈旅思，寧爲酒杯空。

### 逆浪船

君不見李廣難封侯，黄楊厄閏年。黄楊厄閏短復短，白頭李廣徒稱賢。又不見章臺柳枝高拂輦，今日青青明日剪。淮陰金印大如斗，鳥盡弓藏烹獵狗。檣烏高揚白馬馳，中流失瓠知不知。前途利鈍吾何有，請君試酌松陵酒。

### 酬賈實齋憲副

水暖躍春魚，山晴照客居。菰蒲淮水際，松檜漢年餘。酒熟雲安市，田荒鄴下渠。嬌兒勝筆研，塗抹老夫書。

湖上

誰開湖上閣，獨對晚來曛。鶯語排花出，潮聲帶雨分。遥看鄰牧散，閒與海鷗群。自笑江干老，悠然卧白雲。

畫眉

寶髻蓬松錦帳垂，曉晴慵起鬭花枝。濃妝未必能承寵，何事幽禽唤畫眉。

## 徐後一首

嘉靖中餘杭詩人，作《西湖聞笛》詩，一時傳之。

西湖聞笛

月白霜寒客夢醒，笛聲迴出柳洲亭。莫教吹過孤山去，風裏梅花不耐聽。

## 吴舉人世忠五首

世忠字元孝，歙人。嘉靖壬子鄉薦。王寅曰：「元孝詩渾厚典實，雕彩不遺，若《夏霖行》，不徒譎奇意有所託。《歌風臺》亦凛然有生氣，『不是金盤一擲人』、『一揮暈散天邊月』，又皆盛唐稀句也。」

### 夏霖行

女媧之墓波面懸，無人力補東南天。雷公玉女不知天已漏，復鳴天鼓大笑於帝前。江翻海倒地無軸，六鰲飛上層霄顛。遂令萬姓赤子爲魚鱉，三山五嶽俱迴旋。郡國嗷嗷訴愁苦，九龍九龍爾無侮。吾欲誅九龍，醢之充我一杯脯。大聲叫帝閽，又恐閽者怒。心知事不濟，反鎖卧環堵。即今一月仍滂沱，太陰猶離畢之阿。農人預愁耳生禾，百草爛死詎足多。豐年之望已蹉跎，霖乎霖乎奈爾何！

### 歌風臺

君王晝游日，壯士俱錦衣。猶憐沛父老，争睹漢旌旗。湯沐開新邑，風雲懾舊威。祇應千歲後，魂繞故鄉飛。

## 從軍行二首

呼白新誇好手身，望塵星散漁陽濱。亦知賭勝輕七尺，不是金盤一擲人。

圍合孤城勢已危，少年膽氣更輸誰。一揮暈散天邊月，知是漁陽豪俠兒。

## 送方二敬之北遊

新製貂裘稱體輕，試裝寶劍已雄鳴。黄河至後無舟渡，獨跨驊騮冰上行。

# 唐汝龍二首

汝龍字起潛，歙人。其《窮居感懷》詩云：「憶昔垂髫白玉堂，先人退食教文章。」蓋守之學士之子也。

## 賦得美人鬬百草

結伴蕩春思，啼鶯裊緑枝。分行拾瑶卉，列坐盛光儀。作態抽莖疾，含嬌出葉遲。衆中嬴一算，花下獨揚眉。

## 贈樊三

楊家長矛法入神，傳向關西爾獨真。萬朵梨花飛月暈，東吴敵手未逢人。

# 孫良器二首

良器字貢甫，休寧人。王寅曰：「貢甫詩才清思暢，早遊吴興，即有名縉紳間。《過姑蘇》一首，言簡意微，辭離在目，讀之不覺悽然，真盛唐流響也。」

## 擬薄帷鑒明月

暈瀉深閨影，帷中悵獨眠。隔簾鈎並曲，入手鏡俱圓。初疑含薄霧，翻似拂輕煙。離别經秋暮，盈虧自歲年。

## 過姑蘇有感

東吴城外盡烽煙，百姓流移半在船。爲問秋風舊來雁，稻粱今有幾家田。

## 范如珪一首

珪字文瑞，休寧人。

### 江上

江上西風雨復晴，菰蒲深處釣絲輕。何人隔岸吹長笛，楊柳秋江一夜生。

## 吴錦一首

錦字有中，休寧人。

### 贈查叟

曾逐鍾生侍武皇，賜絃扈從獵長楊。歸來兩鬢紛如雪，曲曲新聲總斷腸。

## 鄭玄撫一首

玄撫字思祈，號梧野，歙人。

### 湖上贈美人

琵琶新曲轉聲遲，停棹中流日暮時。細雨可憐紅袖濕，愁雲偏惹翠眉垂。

## 汪日夢二首

王寅曰：「人不貴名，詩豈在富。若『妖狐行野碓，風葉滿春臼』，自越常情，零璧可寶也。」

### 秋　閨

秋風望關塞，征夫何日歸。新凉抛紈扇，沈憂減裙圍。鴻雁西北來，哀哀乞寒衣。裁縫宵獨坐，紅燭對清輝。

## 山行

澗道散寒流，衡沙漫田畝。妖狐行野碓，風葉滿春臼。

## 詹斗文二首

斗文字玄象，歙人。王寅曰：「玄象恃才縱横，不暇程度。苟有從入，便見稱奇。若《天上謡》恨猶世間人道天上事，然已氣離煙火，思結雲霄，誦之泠然不覺高舉。」

## 天上謡

千尺仙臺冰玉軒，雲中鷄犬寂無喧。桂花渾白如人世，露濕霓裳冷不翻。

## 寄張淑

艷舞嬌歌張淑家，相思相隔海東涯。齊王城下尋常見，笑折楊枝雪白花。

## 邵山人正己二首

正己字格之，休寧人。以製墨名於世，所謂邵青邱者也。

### 銅雀臺

寂寂銅臺望，飄飄繐帳懸。君王遺令日，是妾斷腸年。舞影傷羅綺，歌聲咽管絃。西陵松柏冷，日夕鎖寒煙。

### 宫詞

月轉梧桐夜漸闌，長門寂寞覺秋寒。臨風欲奏相思曲，抱得琵琶不忍彈。

## 李山人敏三首

敏字功甫，休寧人。號浮邱山人。與陳有守、汪淮共撰《新安詩集》。王仲房曰：「功甫詩切事嚴偶，五言律多有可誦。若『窗間樹鷄栅，籬落曬牛衣』，宛然山居之風，前未道及。」

## 送金景茂之鳳陽

驄馬紫絲韁，征人向鳳陽。天形入淮泗，樹勢引濠梁。古亳元湯業，新豐本漢鄉。皇陵瞻王氣，盤鬱一蒼蒼。

## 題流口吴逸人山居

巖泉鳴翠微，流口舊漁磯。市遠修琴去，雲深採藥歸。窗扉樹鷄栅，籬落曬牛衣。世事無心理，長鑱老蕨薇。

## 春曉

草閣臨春浦，蓬扉驚曙鴉。水明殘夜月，雲傍隔溪花。

## 陳山人有守二首

有守字達甫，休寧人。王仲房曰：「達甫弱冠從親宦長平，一見常評事倫，歸而詩名遂起。岳墓，今人詠者雖多，多落凡品。若『西湖莽埋没，中土日銷沉。五國杜鵑夢，千城都護吟』，典實老蒼，高出凡品。」

## 岳墓

過廟仍瞻墓，寒林氣鬱森。西湖莽埋没，中土日銷沈。五國杜鵑夢，千城都護吟。未須追古憤，延佇重傷心。

## 秋日過大雲寺

出郭躡雲岑，祇園淡午陰。林疏風葉下，壇窈雨花深。石室僧初定，金堂梵欲沉。寥寥方外趣，殊了去來心。

# 汪太學淮 四首

淮字禹乂，休寧人。本富家，以諸生入貲爲國子生。好稱詩，家遂中圮。其論詩，苦愛仲長統『乘雲無轡，騁風無足』之語，以爲詩家風軌，殆非俗流也。」

## 紫騮馬四解

誰家白面郎，跨下紫騮馬。踋跋踏落花，驕嘶緑楊下。
黄金絡馬首，白玉作馬鞭。盤旋不肯去，墻外看鞦韆。
繡襪空中起，湘裙風外飛。倒垂倭墮髻，妒殺路傍兒。
爲問馬上郎，墻高復幾許？海青不上天，那得天鵝去。

# 列朝詩集丁集第九

## 崑崙山人王叔承一百四十三首

叔承，初名光胤，以字行，更字承父，晚更字子幻，吴江人。少孤，受博士業，以好古謝去。食貧，贅婦家，爲婦翁所逐，不予一錢，乃攜婦奉母，而貧益甚。所善商生爲承父謀曰：「吾聞趙王賢而好客，謝榛、鄭若庸皆在幸舍，我曹可以曳裾往乎？」乃治裝偕之鄴，鄭已先爲承父言於王。承父問，知王雖好客，客見必蒲伏長跽稱主臣，弗屑也。會商生病死，葬之銅雀臺下。東之齊、魯，北入燕，客淮南少師所，使草應制祝釐之作，承父謝弗能，日從相君直所，得縱觀西苑南内之勝，作漢宫數十曲，流聞禁中。而以其間與吴興范伯楨、海陵顧益卿、梁溪陳貞父，胡原荆定交於公車，承父皆弟畜之，相與悲歌縱酒，訪問燕市酒人遺跡。相君有所撰述，使人物色之，往往醉卧壚中，欠伸弗肯應。久之，乃謝歸。母好奉佛，承父亦奉佛，弗能戒酒，詭其母曰：「佛所謂米汁也。」原荆以御史拜杖歸，縱遊吴越名山水，作前後《吴越遊》，已赴益卿於閩，作《荔子編》，還過貞甫於楚，作《楚遊編》。益卿開府漁陽，又要之塞上，作《嶽遊編》而歸。遂不復出，年六十五而卒。承父有酒德，飲可一石，客或戲謂：「君貌類胡僧，多笑而好飲，豈布袋和尚分身耶？」少多狹邪之遊，曲宴新聲，雜擁柔曼。竟酒無所狎昵。原荆、貞父、伯楨先後物故，經紀其喪，卵翼其子姓，有古人之誼。王太倉元馭亦布衣交也。再召，當事有三王並封之議，承父遺書數千言，謂當引大義，以去就力争，不當依違兩端，負主恩而幸物望，太倉亦嘆服焉。承父爲詩，豪宕莽蒼，天才爛發，最爲王元美兄弟所推。敬美序其詩，以爲「太初讓其精，俞謝遜其兼。七言歌行，頃刻數百千言，可喜可愕，種種變幻，真能以牛溲馬渤爲藥餌，嘻笑怒駡爲文章」，蓋其兄弟間之論如此。然元美作五子詩，不及承父，僅居四十子之一而已。承父序卓澂甫之詩曰：「詩衰於宋、元，北地起而復古，一代摩擬之格，此其創矣。歷下一變，鍛煉淘洗，脱凡腐而尚精麗，然才情聲律未極變化，故用豪句構壯字自高，或晦而雜疊，複而致厭，始多宗之，後且避之也。弇州與歷下同名而異用，又變而博大僻遠，汪洋磅礴，無所不出入，安究其底，則死骨未寒，非之者過於慕之者矣。」承父之持論若此，何怪乎弇州實應且憎，陽浮慕之而實不與乎？雖然，承父之不爲眇君子者幾希矣。

## 宫詞一百首并序録五十首

昔王仲初作《宫詞》百首，乃其後王禹玉擬之。蓋仲初實與宦官相善，而禹玉司北門直，故二子寫唐宋宫中情景縹緲如畫，然風格稍稍降矣。夫詞家不以多寡爲盛衰，王少伯古宫詞不數首。而穠雅俊逸，真遺響千春。余自華陽禮茅君還，月夜入蘭陵桃花園，適桃花萬樹盛開，氤氲花月，醉傾流霞，宛然漢宫春色也。余故客遊長安，念禁庭事非山謡所宜，則聊掇故宫流澤殘芳竟，點染落成此卷，命吴姬倚酒歌之。回首吾諸王，其蘩東家之施者耶？吴郡王叔承書。

二八佳人三五宵，仙風隨幸廣陵橋。分明記得《霓裳曲》，春夢微茫月影遥。
紫翠陰陰鬬草堤，柳風淡蕩舞衣吹。衆中獨有宜男草，赢得金釵百子池。
柳外鞦韆拂綺樓，舞闌初解翠雲裘。玉鞭夜踏桃花馬，萬朵銀燈照打球。
别苑東風報牡丹，傳宣曉出望春門。惜芳却覆黄羅帕，護取花玉待至尊。
碧塵縷縷暗香溝，湘簟空牀螢火流。梧葉一窗眠未得，月明秋水聽《凉州》。
入宫新拜大長秋，歌舞平陽夜不休。一曲春聲低按拍，御前飛墜玉搔頭。
敕下天題法曲新，書生賦奏太平春。雕盤紅裊宫花朵，賜與傳臚第一人。
何處文星動帝廬，却憐狗監薦相如。漢王親御蓬萊殿，夜半燒燈讀《子虚》。
十五傳歌隸太常，壽陽公主教新妝。朝來試弄琅玕笛，零落梅花玳瑁牀。
曙色參差楊柳東，額頭花片點新紅。思君夢落巫山雨，怪底黄門問守宫。
緑雲細草濕紅巾，御酒傾霞欲醉春。試奏教坊新羯鼓，内園初賽百花神。
桃花飛雨膩青堤，萬馬驕嘶錦障泥。袚罷温泉仙蹕晚，綵雲狼籍霸陵西。
枌榆春社鬬鷄回，鄠杜朱旂夾道開。寒食宫愁消未盡，夜棋彈過水晶臺。
太平天子獵長楊，羽騎千群曉臂蒼。金簇雕弓親射虎，擊鮮先賜月氏王。

碧眼胡兒細剪毛，大宛寶馬貢天槽。殿前却奏長城曲，苜蓿秋風紫燕驕。
櫻桃才熟報君王，萬點嬌含紫玉漿。未及寢園春薦去，沉香亭北已先嘗。
桑子青青雨壓枝，宮蠶老盡簇銀絲。侍兒擘破雙蛾繭，腸斷西窗有所思。
紫燕雙飛花雨香，青泥春老墮雕梁。不知天外烏衣國，可似宮中別恨長。
氤氳水殿蕩朝陽，夜漲桃花錦水香。珍鳥千行看不禁，自將金彈打鴛鴦。
枝頭點點送纖霞，翠閣臨春鎖麗華。十月冰霜滿京國，宮人争唱《後庭花》。
玉漏聲寒夜色虚，按殘宮籍幸來疏。當時御輦迎歡日，曾向芭蕉葉上書。
聖人嘉禮詔親農，萬國元年開景龍。内侍半天傳玉册，百花深處見昭容。
掖庭清曉降神仙，争賀青陽太子箋。報出閤門分内賜，滿朝皆得洗兒錢。
江南江北錦帆來，妾自商歌妾自哀。百曲迷樓春不住，楊花飄蕩李花開。
複道冥冥繡户扃，燈花落盡曙烟青。春寒肯怨鸞衾薄，暗拂朱簾望小星。
六院諸姨獻寶新，天家生日幸宜春。鳳衫噀熨薔薇露，曉進龍牀喜稱身。
上巳春回太液池，天青水碧晚妝遲。一痕初月垂芳樹，學得纖纖新黛眉。
盈盈紅玉晚妝新，静倚菱花自寫真。一片青霞生襪底，滿宮傳是洛妃神。
山色移青入畫眉，綺疏春旭寄幽思。蜀藤新進松花紙，臨出曹娥江上碑。
西清環佩水泠泠，片月初生雲母屏。却遇玉真公主到，碧螢飛照蕊珠經。

宮草平階擁淚痕，檐禽浙浙送黃昏。君王豈是并州估，明月梨花獨掩門。

漢王擊筑慕邊勳，妾抱箜篌歌塞雲。莫遣玉關消息斷，儂家況有衛將軍。

夜深刀尺燭花殷，九月邊衣詔内頒。不合題詩落寒絮，宮愁傳遍玉門關。

風流陣罷更迷藏，偷入離宮伏御牀。却向紫薇深處覓，眼花搴着聖人裳。

天上仙源水暗流，漫題佳句落金溝。憑誰拾取新紅葉，萬種閨情一片秋。

梨園歌斷萬花天，風雨寒鈴憶舊筵。怪得人間傳秘曲，江南春老李龜年。

寶馬圖開雕錦鞍，殿前揮灑汗飛丹。婕妤手捧將軍賜，玉甲光摇瑪瑙盤。

深宮窈窕斷人煙，春去春來只自憐。共説髫時花底樂，遊郎無數看鞦韆。

長生秋殿夜焚香，暗語盟心禮法王。手録藏經還自窾，阿環親爲李三郎。

傀儡那能識幸姬，含情流盼向天帷。也知歌舞偏憐色，何事君王怒偃師。

卿雲縹緲覆長安，仙仗凌霄頌百官。芝草忽生涵德殿，昭儀捧出侍臣看。

一見君王認未真，依稀聊記夢中身。閑窗試作丹青像，阿監驚看拜聖人。

朝元閣上翠煙横，太乙壇前白露明。曾侍上皇供法曲，蹋歌猶帶步虚聲。

學士風流女秘書，五姬更進尚宮除。君王莫得虚臨幸，妾在彤幃注起居。

絡緯啼秋梧月深，碧紗描粉繡觀音。女僧聞作盂蘭會，乞假中元施寶簪。

一拜昭容便直廬，絲綸窈窕自唐虞。十年獨視通天草，綵筆含春落璽書。

長宵無奈玉牀寒，結得中宫姊妹歡。暗贈流蘇雙鳳帶，叮嚀莫遣外家看。
家本邯鄲歌舞仙，龍袍從獵並金韉。玉顔恰與天顔似，忽誤將軍跪馬前。
詔點伶官又采詩，譜翻奇調學來遲。新詞半是龍標尉，舞向歌前合《柘枝》。
入宫猶自服胡麻，一尺紅綃寫《法華》。落盡苑花空是色，藕絲輕履踏春霞。

## 金山

鼋宅龍宫紫氣驕，壯游南北倚青霄。蜀江萬里來春水，吴嶼千尋帶暮潮。夾岸帆檣揚子渡，隔天雲樹廣陵橋。臨流無限風塵思，濁酒林灘劍影摇。

## 渡江望金焦憶往歲與商任叔陸伯玉遊兹來陸歸商死矣感而有述

忽破風塵夢，凄然感舊遊。山川來往處，生先别離愁。沙雁青斜照，江豚黑上游。乾坤汝南北，無限此生浮。

## 貞父漁大魚未得得一獐烹之戲爲短歌

陳家小獐鹿無角，細草長林春濯濯。魚乎未來汝登俎，頭顱作羹蹄作脯。兒童休笑余不仁，仙家日日烹麒麟。漁人獵人何賢否，浮生生死不自有。吁嗟乎大魚，揚鬐獐授首。

## 過陳濟之精舍看寫山水圖忽聽糟牀酒聲便敲青螺佐飲成醉

山家壓酒聲涓涓，有如細雨鳴春泉。入門聽此發酣興，何須響落宫商絃。玉缸新碧洗盞試，青螺擊破江頭鮮。山人酒酣不自奈，胸中丘壑飛生縑。近來山水沈周好，人物頗稱吴小仙。二生老死汝少年，古道肯取時人憐。眼前木石渠固小，天下豈少名山川。糟牀有酒酬知己，畫成换米换秫米。

## 述歸

離家四五載，骨肉多猜疑。生還不自分，忽如夢與迷。小兒不識父，大兒驚我歸。妻子怨離别，笑言仍嗟咨。此别未爲久，何得生酸悲。明朝事行役，爲余備晨炊。

## 上巳日吴野人烹蟹及吴化父兄弟宴集

前溪雨足溪水新，夜漲桃花三尺春。三月三日日初麗，浮玉流觴驕醉人。偶過楊柳橋西宅，魚罾蟹簖當門立。船頭活蟹紫堪擘，重欲滿斤闊逾尺。主人藏蟹真得宜，急流之下青籠垂。日飼稻子數百穗，楓落直過桃花時。蜀椒吴鹽落碪細，寶刀香膩春葱絲。雄者白肪白於玉，圓臍剖出黄金脂。主人有蟹不賣錢，但逢嘉客留斟酌。持螯豈慕尚方珍，長對杜康呼郭索。

## 金山江天閣漫興三首

揚子橋横落日明，瓜洲天白晚潮生。海雲忽到金山寺，江氣遥吞鐵甕城。

島外漁歌斷水煙，隔江唤過打魚船。鰣魚出網鮮猶活，笑擲船頭三百錢。

天塹悠悠爾奈何，大江南北自滄波。壯懷莫遣神龍笑，千古斜陽釣艇多。

## 箜篌引

公無渡河，河不公惜。黄河猶可，奈此河伯。

## 少年行

千金寶劍萬金裝，笑擲胡姬緑酒牀。醉躍紫騮呼俠客，東風吹入鬬鷄場。

## 鳴玉園雜景二首

山童報新水，没到櫻桃樹。雙飛跋扈魚，衝散落花去。

魚扈。

鴝鵒洗清泉，細眼開春曉。金魚吹墨花，黑却浮萍草。

硯洗。

## 答陳濟之雪中見寄

暮雪摇空江，美人隔煙水。門外寄書人，蘆花裹雙鯉。

## 丁卯元日有感却寄范伯楨

仙班無乃侍臣哀，龍去攀髯竟莫回。誰復草書封泰嶽，可堪遺詔惜輪臺。百年忽有河山變，萬國重瞻日月開。春到定逢新禮樂，周南憐汝滯蒿萊。

## 江　謡

政有何苦，視虎爲甚。婦人之言，孔子輕信。代王即天位，半賜今年租。縣官勤歲課，殺人如斬茶。謂虎有牙，不破我家。謂虎有毒，不食我穀。麒麟鳳凰，頌天濟濟。願我皇帝陛下壽萬紀，小人雖生亦螻蟻。

## 雨中與范伯楨登常照寺飲其弟仲昭書舍

山雨飛花訪謝連，新詩細草佛燈前。前身記是維摩詰，手把醍醐坐白蓮。

## 荆溪遊櫻桃園

珠林光萬點，紅亂野園芳。艷奪桃花彩，甘驕荔子漿。女翻雙腕白，鶯溜一衣黄。問是誰家勝，江東顧辟疆。

## 石湖小天台同陸生施生兄弟

石橋流水碧生凉，潭樹垂陰百尺長。一片晚霞生谷口，羽衣如在赤城梁。

## 濟之怪余久歸賦雜言解嘲二首

白彎含閨怨，吴蠶五月空。但知桑葉緑，不識茜花紅。

梁鴻無好興，歸及采桑時。愧汝張京兆，朝朝畫翠眉。

## 金陵覽古

南北乾坤壯此行，西風走馬石頭城。三吴往事秋濤急，六代新愁暮雨生。龍虎只今餘王氣，江山千里護神京。請看豐鎬艱難地，回首園陵無限情。

## 遊觀音巖燕子磯因感梁王達磨故事

觀音高閣迥巖扉，客酒憑陵燕子磯。山帶石城孤寺立，潮平江國亂帆飛。故宫木葉空金碗，荒渡蘆花失寶衣。我亦乘風欲西逝，少林秋老白雲歸。

## 仲昭約明歲遊天台雁蕩先以逍遥衣見贈作張公善權二洞歌酬之

范生有約登翠微，天台雁蕩余當歸。山中鶴翎墮仙氅，秋風贈我逍遥衣。衣作逍遥遊，歌酬縹緲句。江帆昨泛東西九，洞府微茫在煙樹。張公乘驢出溟渤，青山迸作神仙宅。幽徑杳相迷，顛崖險如閾。七日混沌開，千年人世隔。一竅深懸窈窕天，萬奇亂鬬玲瓏石。藥田丹竈苔花深，石牀冷卧閒雲白。西峰玉女歡相招，采芝濯足春潭碧。人生有足何輕棄，要與乾坤覓靈異。放歌醉踏荆溪船，乘興還遊善卷寺。澗飛白霧蛟龍巢，柱燒玄火雷霆字。探地窟，凌穹蒼，徘徊兩洞，百骸顛狂。秀乳結丹碧，寶玉揚輝光。下有千丈嵯峨之絶壑，鳴泉百道争赴兮，忽如漢兵十萬走趙壁。上有瞰空倚天之陡巖，谽谺而陰森兮，恍如層宫複道秦阿房。老蝠爲仙石爲燕，山靈玉手褰衣裳。野人衣袂煙霞結，勝遊瑰瑋憑誰泄。苕川小范同我袍，白縑裁寄湖州雪。幽盟更訂琅玕竹，得吴望越心難足。劉郎夢落赤城梁，謝生詩映龍湫瀑。草鞋布襪枯木瓢，身騎鳳凰吹紫簫。武林二月桃花雨，月明夜渡錢塘潮。

## 董節婦

董節婦，姓袁氏，江西吉安之永豐人也。年二十而夫死。以姑在，不從死，許身以節，事其姑良孝。正德中，閩寇寇永豐，婦及姑被執，婦固萬死不可辱矣，又持其姑哀泣請死，求賊生之。會夫之兄董鳳求賊生其母，亦哀泣請死。賊義之，皆得生去。同執者金生親見之云。余友人胡滓爲縣永豐，胡則胡節婦子也。故誦節婦事甚詳。節婦有遺腹子，已殤。殤子名行仁，節婦孫矣。婦今年八十有六，行仁走千里來吴會，乞贈言爲大母壽。吾知壽非大母心也，賦《董節婦》。然胡永豐又曰：「有劉某妻羅氏者，駡賊投井而死。」蓋同時矣。

閩酋昔寇永豐縣，董家袁婦遭兵亂。不惟全節全其姑，萬刃交前顔不變。夫之母，寧獨死。夫之兄，又請死。豈曰婦人慚，孝子悲，辭鬼神，懾烈氣，金石開。婦求生姑子生母，一時争死天所哀。至情感賊賊斂手，誰其見之金秀才。董節婦，節孝兩難及。二十守寡逾八十，寒江凍雪孤筠立。有孫千里來乞文，告余往事青袍濕。駡賊投井死亦奇，當時更有劉家妻。

## 雨中看垂絲海棠

江花低拂座，窈窕雨中枝。濕翠籠芳樹，嬌紅裊碧絲。驪山清祓處，越水浣紗時。可奈風前態，迷春映酒巵。

## 自錢塘由富春桐江抵七里灘同范仲昭

嗚榔曉發錢塘江，波開緑酒浮春缸。江風吹帆三百里，青山片片隨船窗。山頭掛天根插水，兩岸陰森那可已。遊郎如坐綵雲來，人家盡住瑶屏裏。三江煙樹嗟空闊，誰道龍中更奇絶。陡巖嵐翠寒撲肌，拂手藤花灑香雪。荆扉女兒揚茜裙，映柳窺人半明滅。山樹酒價不用錢，笑減青粳沽竹葉。風波相遇皆行邁，死生肯付乾坤外。采芝昨上桐君廬，占星又宿嚴陵瀨。

## 吴江舟中賦得秋懷四首

千古殘碑見渚沙，闔閭山碧帶枯槎。錦城煙雨迷王國，江市笙歌半酒家。墓冷要離寧有劍，館空西子尚餘花。壯懷回首吴歈發，胥水天寒散暮鴉。

龍關波浪接天浮，憶昨江帆過石頭。上國雲霞高廟晚，亂山松柏孝陵秋。幾朝大政從新主，百戰奇功失故侯。試向鎬京探往事，乾坤何得動閒愁。

禮樂重開氣象新，可堪詞客轉思蓴。先王信有神明策，此日能無老大臣。水溢河渠勞餉饋，兵荒隴畝泣煙塵。安危早慰蒼生望，萬頃蘆花卧釣綸。

受降城下槖駝群，幕府屯田杳不聞。三輔干戈消白骨，九秋烽火暗黄雲。邊疆竟爾堪憂國，往昔何人議戰勳。休道朔方元保障，健兒猶哭李將軍。

## 席上陳稚登抱幼弟桂郎向余看月

陳郎諳父執，往往誦余詩。抱弟燈前舞，調人學語時。笑看明月桂，知是寧馨兒。若有羊家練，淋漓醉墨遺。

## 贈別益嗟

往時慕遊俠，尚友追昔賢。乃兹頗超逸，舉世同所天。况我肝膽交，惜別能無憐。余歸向吴會，君行入幽燕。烹蓴膾鱸魚，白馬西翩翩。揮手各有期，江水聞此言。

## 席上戲贈益卿幼子虎兒

怪是虎頭癡，生兒復虎兒。三年聲壯偉，一尺骨權奇。見客能觴酒，搴余問草詩。風塵來燕領，爾輩已堪疑。

## 鐵笛歌有序

陳生楫家本武昌，始祖以開國功官海上。祖有鐵笛，名鐵龍，失之且二百年矣。有客自海上持來，生解裘贖之，制古聲冽，因沽酒弄《梅花調》，余歌焉。

武昌老笛名鐵龍，洪武之間來浙東。江湖萬里忽相失，當時哭死陳家翁。流落人間二百秋，蒼龍化去青天愁。子孫累世覓宗器，漢家寶劍周天球。或言檇李豪家得，夜夜龍光射南極。十年空費陳生心，購問慚無萬金直。一朝海客持相换，生脱貂裘婦釵釧。合浦重歸明月珠，精魂似識先人面。太古琅玕輕欲折，孔竅參差頭尾裂。丹砂錯落水銀花，苔痕蝕盡并州鐵。薄如藤紙枯如木，燈前三弄秋聲蹙。萬點梅花瀟席寒，夜半空山扣哀玉。羌兒虎踞鳴塞鴻，怪蛟人立吹煙竹。憶昔汝祖浮洞庭，瀟湘片月開黄陵。純陽真人坐黄鶴，漢江緑酒傾瑶瓶。飄然將笛下東海，鐵龍聲斷江風腥。汝今與笛竟何適，楚水吴山愁客星。汝祖從戰鄱陽瀆，佩刀曾佐高皇勳。嘆汝飄零把孤笛，丹青竟作曹將軍。半生我亦懷青蘋，袖來不用生龍鱗。不如黄鶴樓前换酒聽吹笛，與君醉殺湘江春。

## 風雨泛太湖宿松陵長橋漫興

群飛鷗鷺逐鵁鶄，予亦揚帆赴杳冥。灑鬢湖風寒氣白，打船春雨浪花青。水邊萬樹來江縣，雲裏雙峰出洞庭。七十二橋燈火亂，野煙沽酒宿漁汀。

## 曉過八坼

殘星點點照船明，敲石寒爐曙火生。推枕坐看江市過，夢中聽得賣魚聲。

## 宿絲溪

鶯啼花落過江南，溪上人家盡浴蠶。無奈羅敷春欲老，隔桑紅袖把青籃。

## 同謝水部陳山人遊虎丘王進士贈華蕩酒與高家惠泉伯仲也

鵝肫蕩口好荼蘼，朗秀嬌人醉玉姿。却似鑒湖秋月白，紗浣石上見西施。

## 王元美分守浙西書來謂烏程酒濁如涇水黑若油也戲爲解嘲

試問烏程第一芻，醉仙翻作酒家羞。三千年上探星海，未必黄河是濁流。

## 竹枝詞十二首

月出江頭半掩門，待郎不至又黄昏。夜深忽聽巴渝曲，起剔殘燈酒尚温。

白帝城高秋月明，黄牛灘急暮潮生。送君萬水千山去，獨自聽猿到五更。

一從蕩子客長干，怕説風波五百灘。忽接家書心暗喜，更於封外寫平安。

陰陰桃李晚妝遲，萬里橋頭叫子規。拜月歸來人語静，金釵失在竹廊西。

青桑老盡茜花開，新婦看蠶婆不來。織得西川宫樣錦，機頭先與小姑裁。

楊柳青青酒店門，阿郎吹火妾開樽。千金賣得文章去，不記當時犢鼻褌。
蘭橈小小葉爲船，蕩漾紅妝下錦川。淚落清波君不見，秋風吹老並頭蓮。
生年十五棹能開，那怕瞿唐灩澦堆。郎今曬網桃花渡，奴把鮮魚換酒來。
點點流螢送落花，春風寂寞斷琵琶。人來寄與菖蒲葉，説是成都造紙家。
白鹽生井火生畬，女子行商男作家。撞布紅衫來換米，滿頭都插杜鵑花。
緑酒娟娟白玉瓶，酴醿花發語猩猩。《竹枝》歌斷人無那，十二峰頭暮雨青。
避人低語卜金錢，侵曉焚香拜佛前。見説嘉陵江水惡，莫教風浪打郎船。

## 俠遊行

手搏仇心血滿杯，胡姬送酒菊花開。朔風吹過飛龍馬，弟在藍田射虎來。

## 西湖歌

蘇小墳西是妾家，門前都種白蓮花。郎來好認當壚處，石上瑶琴覆落霞。

## 爛溪採珠歌

隆慶戊辰，夏秋時，江南大旱，又毒熱，人多熱死。則吾鄉爛溪蚌産珠焉。有徑寸夜光者，有五色圓走盤者。農漁雜採，日數十百人，賣可累千金，爲作是歌。

吴江之東雙𤄃溪，日南合浦不足奇。採來溪蚌大於斗，明珠歷歷開光輝。炯如銀河墮片月，群星錯落流璇璣。緑珠含笑胡僧嘆，走盤五色西摩尼。遂令長溪作寶市，競抛禾黍穿沙泥。老漁泅波似野獺，兒童出没猶鸕鷀。豈無一人二人死，藏珠剖腹心相宜。粒珠可换米百斛，朝耕夕耨良苦爲。是歲山西天雨黍，隴西地震山崩移。江南大旱珠豈無，金多穀少寧充饑。愚民易愚哲人懼，笑倚斜陽坐溪樹。莫得良農半化漁，明年蜆蛤皆堪慮。

## 二范携酒過集周野人桂花下看陳生作畫

畫得苕溪歌小山，青青叢桂灑松關。春來有酒還招隱，萬片桃花水一灣。

## 揚州歌四首

二十四橋邊，當壚誰可憐。妝成窺容坐，不奈數青錢。

東家女十三，西家女十五。夜半搴娘啼，嫁與并州估。

羅衣束素雲，繡履裹纖玉。低回不自前，含嬌滅華燭。

大艑銀萬箱，廣場鹽萬廩。峨峨虬髯商，日簇紅兒飲。

## 晚渡西湖

西湖宜晚渡，趁得採蓮船。越女嬌吴客，搴衣再索錢。

## 月夜宿西湖大佛頭寺

秋湖皎皎月泠泠，聽罷漁歌酒欲醒。試問秦皇放船處，白雲深鎖佛頭青。

## 清明日遊新城觀音祠

一百六日春正濃，江村片水桃花通。蘭橈雙飛柳底滅，船頭細草摇輕紅。女郎祠前美人集，驕春粉黛花神泣。小姑倚嫂姊將妹，佛香惹袖朝雲濕。競舍金釵鑄善財，笑打流鶯映花立。等閒傾盡吴兒國，玉驄彷佛酒無色。百年日日宜清明，昨日無端送寒食。眼前色界非非天，煙花夢斷空遺鈿。青原寡婦哭何事，日暮東風吹紙錢。

## 賦得武夷君送陸無從遊閩中

武夷之君家青山，采芝長嘯煙霞間。當時共赴幔亭宴，琪花惹袖秋斑斑。三月東風又送汝，青青楊柳西湖雨。人生此别不易逢，千里尋仙作孤旅。一尊灑碧錢塘江，片帆掃白嚴陵渚。三十六峰如見君，應問王生醉何許。洞天石扇多異書，字法定與人間殊。明年遲余九曲水，談玄酌酒焚枯魚。

## 新涼

新涼樹杪來，風色動銜杯。簷晚蜓蜻掛，籬蜻蛺蝶迴。一溪秋水到，滿屋豆花開。無限江南意，吴歌醉懶裁。

## 雨後雜興三首

秋雨欲浮村，青螺上牀脚。日出過東鄰，船頭繫籬落。

野水平溪橋，波翻蓼花亂。斫竹編青籃，門前開蟹籪。

溪娃逐晚涼，雙雙戲檐底。笑入豆花棚，燒燈尋絡緯。

## 送吴子化北遊因簡童子鳴山人胡原荆御史

廣陵潮頭磨寶刀，落日正懸楊子橋。椎牛置酒賽河伯，白虹當座開青霄。一杯萬里行色驕，虎頭將軍髯紫毛。彈鋏金精嘯生火，酣歌忽指欃槍高。書生能筆又能箭，誰堪巧飾人前面。陰山六月馬走冰，俠氣淋灕心一片。玉鞍斜掛單于頭，血花亂灑青袍茜。行行盡棄雕蟲藝，駿骨還應向燕冀。壯君慷慨十三篇，老我沈冥五千字。聲詩字學俱微茫，男兒白手爲侯王。君不見郭汾陽，生平著書曾幾行。笑談將相動自得，道與古聖參徜徉。北征倘見胡御史，傳聲勿事詞人章。言官豈無經國疏，驊騮伯樂方康莊。天子垂衣御春殿，相公努力當乾綱。此時定容直臣口，願思大體無狷狂。呼韓稽顙亦難恃，烽煙或報胡塵黄。匡衡劉向總憂國，可宜魏絳宜陳湯。相逢燕市醉懷合，若論邊塞先廟廊。燕山青青易水緑，有人更唱蕭蕭曲。蒼顔怪頷賣文者，便是當年高擊築。黄金臺下胡姬家，壚頭舊典王生服。我亦嘗嗤廣武軍，竪子英雄猶在目。諸君此去功名成，問余多恐黄粱熟。

## 俠香亭是要離專諸梁鴻葬處爲周公瑕賦

闔閭城頭垂白雲，周家亭子當斜曛。後有專諸墓，前有要離墳。梁鴻客冢落其畔，斷碑荒草愁氤氲。雄心不朽地自爛，俠骨生香天欲焚。灑酒澆青天，燒紙問白骨。名呼千年鬼，應聲如咄咄。往事忽在前，怒立頭上髮。江風飛劍魚噴刀，王僚慶忌如吹毛。誰言南人太孺子，吴門氣奪秦關高。出關先生五噫去，春米却慕延陵豪。主人知客亦已晚，死同劍俠埋蓬蒿。今日亭長生相逢，擊鮮置酒非伯通。當年三子我誰是，著書學劍皆成空。壁魚浪蝕五車字，純鈎血死秋芙蓉。行將變名姓，吴市酣冥冥。君無擅聲價，日寫《黄庭經》。不如鏟却退筆冢，酒花春滿荼蘼青。君不見尊前俠香吹不了，太玄寂寞成都亭。

## 月夜晉陵酒家

晉陵明月酒家胡，百斛荼䕷不論沽。可道江南春色早，美人十四已當壚。

## 荆溪雜曲四首

東西二九夾孤城，一點人煙雙鏡青。試覓長橋斬蛟處，草花生燐晚風腥。

女墻開遍白薔薇，蘿葉藤花鳥亂飛。耐可銅官復離墨，滿城山色照人衣。

賣殘竹菌笋還來，收罷蘭花蕙又開。但使山田饒秫米，何妨虎迹遍莓苔。

郎爲茶客走江淮，虎窟留儂賣野柴。怪底客多茶去少，紅衫典却又銀釵。

## 冰出吴江

臘去三朝雪，春來十日冰。棹鳴寒玉破，舟白浪花凝。客夢天無際，人煙樹幾層。吴江沙月暝，雁影落漁燈。

## 有調

相思迴夢入青扉，隔夜紅綃月色微。巫峽行雲含雨出，章臺折柳帶春歸。䰀開鏡裏新沾黛，笑拂牀頭舊舞衣。怪得鶯鶯憔悴死，鴛鴦花下又雙飛。

## 君不見茗川席上戲贈晉陵朱說書

君不見蘇秦無賴子，開口風濤吞萬里。只爲家無二頃田，播亂乾坤鬬群蟻。張儀大笑世亦傾，妻子休愁舌未死。朱生有口亦不塵，千古舊事翻爲新。掀唇擊掌變態盡，能令人喜能令顰。劉項興亡在頃刻，唤來野鬼皆生人。棚頭傀儡影中戲，英雄一往誰復真。君不見羅生《水滸傳》，史才别逞文輝爛。草莽雄心不自成，指點罡星灑江漢。馬遷丘明走筆端，神機顛倒莊周幻。滑稽玩世天所嗔，語落蘆花秋夢斷。太史弄奇《左傳》浮，達人往往疑《春秋》。土中髑髏難自辨，霜寒草白蟲啾啾。男兒有眼不如瞽，無端信書被書苦，秦火微茫隔荒楚。稗官國史争頡頏，回首黄粱猶在釜。堯囚舜篡然不然，齊東野人歷歷數。玉帝閻羅老無力，白日人間縱妖蠱。撫劍四顧餘不平，且把葡萄聽《水滸》。

## 王元方見寄家繡達磨作

王家閨繡通仙靈，飛針走綫驚丹青。渡江達磨更奇絶，五文細灑朱衣明。蘆花一枝帶煙色，拳胡蹙蹙懸雙睛。晴光熒熒衣欲舉，左看右看皆如生。草堂忽墮綵雲片，秋空突降西天僧。飄足江心破江水，回首雙峰夾騾尾。生平好佛失真佛，咄哉粱王真餓鬼。佛家變化不可測，一絲半縷皆靈宅。陡覺神遊葱嶺天，依然影落嵩山壁。

## 黑雪行苦旱遣悶

去冬地動雪五尺，中有黑花灑如墨。春來陰霾晝爲夕，雪霰淋灕雷電逼。識者已知今日災，連年苦水旱復來。農時竟月無滴雨，愁窮四海愁三台。量田督課造苛法，等閒瀝盡蒼生血。禍根雖斷冤未開，毒沴燒空山斗裂。驂乘猶然能赤族。郿塢金珠散空谷。折檻諸君歸且官，傷哉不起劉安福。死多枉殺生不生，願調和氣迴昇平。眼前得失倏已見，當權可不憐動名。千秋事掛閭閻評。短歌擊天鼓，天澤何時普。枯槔響千村，青苗落焦釜。人言旱荒悲，還勝水荒苦。水荒猶有草可食，水荒猶有魚堪罟。十家九家空若焚，筋骨脂膏填赤土。欲質無衣債無主，富兒有米不能買。此其何時急舊逋，酷逾亢陽猛於虎。拋却火浣衫，爲把龍鬚麈。憑誰吐絲綸，憑誰作霖雨。安得甘霖蠲詔相并來，盡使枯氓醉天府。醉天府，歌且舞。吁嗟嗟，誰父母。

## 看梅後從太湖出吳江歸爛溪一路桃花盛開口占紀興

千巖古樹幾浮槎，數盡寒英起暮霞。百曲清溪歸亦好，五湖春水徧桃春。

## 上巳日將入西湖看桃花道遇風雨返舟溪上時左虞亦阻洞庭梨花之興却簡

雨絲吹緑漲湖天，狼籍花期逗酒船。莫笑桃源春水斷，梨花也失洞庭煙。

## 范伯楨仲昭兄弟失西湖桃花之約口占寄惱

才看蕊綻又花開，轉眼飛英墮酒杯。苕水菁山亦無賴，東風不送故人來。

## 月夜下桐江聞孤雁

煙月滿江漁火寒，一聲孤雁下蘆灘。隔天總有家書到，水碧山青不耐看。

## 巴西估悼同行劉客

巴西估，嗟何苦。大妻生大兒，隨娘住隴西。小兒隨小娘，巴西爺自將。八月賣茯苓，攜兒下金陵。痁痢六月歸，埋骨蕪湖汀。爺年六十九，兒年十三四。不知異母兒，肯念同爺弟。買棺不必貴，買貴傷兒財。費少用或多，剪紙燒錢灰。魂靈報汝母，先歸灩澦堆。兒歸來，兒歸來。

## 風雨過鄱陽湖口望大孤廬山

亂山爲縣鎖長江，江口湖開萬頃蒼。湖上孤峰鏡中黛，楚風吹雨一船凉。

## 石鼓歌

嗚呼！倉頡莽千古，即生史籀亦塵土。太學之東孔廟門，何得乾坤留石鼓。奇珍歲久魂離魄，古文斷落增艱澀。野禽剥蘚枯皮蒼，山蟲蝕土朽骨白。日照猶看星斗移，雨來恐有龍蛇出。當年此鼓流陳倉，駱駝欲載周文章。貴如郜鼎宜在廟，祭酒却謂韓生狂。後遭鄭餘稍顯異，宋家始能歸大梁。黄金填字石所醜，靖康離亂鼓北走。埋没胡塵二百年，或落農家春作臼。文皇有意置城均，敕使鬼神永訶守。我曾捫讀慨夙懷，長揖宣尼灑杯酒。周宣昔狩岐陽時，籀文爛漫天王辭。石鼓隱見不可測，佛龕遺字争傳奇。大篆分流及蔡氏，作者日下江河畢。嶧山火迸秦王石，世間墨本空棗梨。鍾王亦似涉靡麗，忽瞻石鼓興慚悲。時乎通變聖不免，工正我吾皆其微。但願君王重吉甫，朝廷再樹中興碑①。

①原注：「石鼓文『工』作『鐵』、『我』作『遊』。」

## 震澤普濟寺觀古檜歌

沙門老樹驚奇崛，四百年來青未歇。氣交古佛通精靈，命落殘碑題歲月。皮爲黛石根爲鐵，琥珀爲脂玉爲節。曲柯倒紐上下錯，尖梢反揥東西掣。扶疏入畫畫不成，苔痕膩鎖雷神結。雨餘細葉浮煙出，新枝舊枝宛相齕。飛天仙女生緑毛，墮地驪龍蜕蒼骨。西方雙樹何時分，婆娑獨立南江濆。寒色虚摇五湖月，清陰薄灑諸天雲。忽漫星槎過笠澤，酣歌樹底流光碧。秦亡争笑大夫松，蜀破空憐丞相柏。信是僧家佛日長，貝葉曇花幻今昔。昔者火燒闕里檜，仲尼寂寞斯文墜。今來風擊虞山枝，言游慘澹文章廢。儒林喬木奈如許，野寺孤根聊酹汝。

## 采石矶弔太白

插江采石三千尺，何處蒼苔酣李白。乘風夜上金陵船，宫錦袍明浪花赤。天子將袍覆酒仙，沈香亭下百花前。幸臣脱靴紫貂眦，貴妃捧硯青娥憐。詞成投筆六宫羡，教坊回首新聲傳。一斗百篇猶未半，零落風騷走江漢。夜郎逐客潯陽囚，一片青山魂爛漫。山頭問月呼蒼旻，笑傲萬古空無人。古人既往君亦去，杯中舊月年年新。古今一明月，大化同精靈。人間傳羽蜕，天上縣才名。椒漿酹君還自傾，釣磯采采如飛鯨。安知太白不在此，江東忽見長庚星。

## 汨羅潭弔屈原

楚山迸斷楚水寒，靈均死作青琅玕。酒星西墮弔冤魄，白雲亂點秋江蘭。蘭花嬌掇湘夫人，竹枝細奏雲中君。吴鈎拂潭潭噴雪，碧空孤雁流斜曛。衡嶽爲几，洞庭爲杯。羞鵬釀酒，三酹楚材。霞開薜荔蘿欲落，月出芙蓉魂忽來。鸞車翠旌颯如雨，星冠玉衣姣猶女。女嬃揚靈宋玉嘯，慘澹《離騷》映江渚。含悲投我辛夷簪，北斗迴杓振南吕。蒼梧冥冥帝何許，鬼火青青髑髏語。上官子蘭生不人，荆王客死飄遊塵。孤臣荒冢是魚腹，明珠怒發驪龍鱗。逆鱗難批光易暈，七竅之心翻自殉。魍魎狐狸何代無，萬古蒼天不堪問。自君騷破瀟湘天，詞人哀怨無窮年。文章爛漫與寂寞，蠹魚螢火浮殘編。功名千態空言久，二儀七曜更相壽。獄中易亦窮愁書，六經晚激東歸叟。揚雄賦《反騷》，徐卿復反反。是非靡定端，盡付葡萄醆。君也獨醒吾獨醉，遠遊且學神仙蜕。醉來一曲《滄浪歌》，天公其奈漁郎何。

## 東海遊仙歌簡王學士元馭王中丞元美

曇陽仙子王家姑，幼從節烈參虚無。七年服氣絶煙火，玉樓明月寒冰壺。精光射天天欲坼，列宿群真自相迫。憑虚密諦五千言，語落天香翠綃隔。座上非時荔子紅，空中當晝霓裳白。一朝丹就扶桑曉，海東家近蓬萊島。左持星劍右揮麈，芙蓉之冠簪七寶。靈蛇故繞飛昇臺，仿佛茅龍與青鳥。歌成混沌謝蜉蝣，吹斷琅璈人世小。丹霞一縷通紫京，瑶華雙頰桃花明。九月九日金母宴，西池使者迎飛瓊。手辭萬衆灑然去，青蓮擁蜕秋蟬輕。是時余坐蒼龍嶺，獨鶴横空見仙影。黄菊杯摇赤羽幢，知是天台籍新遈。玉堂學士本仙吏，恠得金閨出靈異。女且開班玉帝宫，眼底英雄齊奪氣。仙機縹渺人不聞，秘訣乃授琅琊君。文章信有神仙骨，漆園傲吏才如雲。許碏謫地爲酒狂，狂余落魄希蒙莊。采真方寸成丘壑，五嶽真形醉裏藏。自從子晉緱山後，往往仙人喜姓王。縹緲仙機何不有，笑倩琅琊問南斗。

方平昨得麻姑書，五百年來别未久。它時相見崑崙巔，滄海桑田幾重九。希夷先生只好睡，東方小兒善盗酒。

## 胡馬來

胡馬來，我馬回，胡馬何驕我馬頹。我弓不及弦，我衣不皇甲。白梃足撻汝，何用兵與鎩。不戰屈人理或有，血光夜照居庸口。朝廷旰食天子憂，漫謂將軍屯細柳。不願交河冰，胡馬不得行。但願陰山雪，胡馬不得越。滄浪之天寧可知，胡歌滿地胡兒歸。得胡一首金五十，得胡十首官三秩。民間嘩言功未真，死者既死誰爲惜。封侯在命不在勳，衛青李廣皆徒云。君不見尹吉甫、仲山甫，爾外門，我内户。魏相任何人，而師而田不足武。胡馬來，勿復啼，沙黄草白江日西。

# 附見　顧戎政養謙一首

養謙字益卿，南通州人。嘉靖乙丑進士。以右都御史總督薊遼，召任戎政。戊戌七月，病卒，贈兵部尚書。益卿倜儻任俠，以邊才自負。爲薊遼兵備，巡行至一小堡，從卒百餘人，虜大入，薄墻下，益卿命大開堡門，張黄蓋坐城樓下，爲指麾調遣狀，虜疑有伏，引去。其膽智如此。與承父諸人爲意氣之交，兄事承父，老而益虔。萬曆中，海内縉紳稱倜儻雄駿者，以益卿爲首。

## 遼陽行寄王子幻

八月遼陽北風烈，萬樹秋濤捲黄葉。青天凈洗浮雲空，朔漠一掃胡塵滅。幾回回首江南遊，題詩却憶三年别。三年别君音信稀，故人念余余更切。吴江雙鯉到來頻，遼東孤鶴南飛絶。客路年年楊柳枝，笛聲處處關山月。關山月明長相思，楊柳枝青不堪折。神通已會千古心，對面徒多一腔血。此意昔年曾告君，世上交情豈堪説。丈夫須爲汗漫遊，怪爾區區守吴越。渤海銀魚一尺鮮，閭山白雪千尋結。貔貅轉戰陣雲黄，麋鹿成群獵火熱。厨中況多薏苡尊，浮來色映蓮花鐵。獻技胡兒弓力强，侑觴胡婦笳聲咽。思君共飲夢悠悠，安得君生兩飛翼。

## 沈記室明臣一百三十二首

明臣字嘉則，鄞縣人。少爲博士弟子，數奇不偶。胡少保宗憲督師平倭，偕徐渭文長辟置幕府。少保豁達好士，微有酒失，善嫚駡，嘉則嶽嶽不少阿，唯少保遥望見爲起立。嘗宴將士爛柯山上，酒酣樂作，請爲《鐃歌》十章，援筆立就，釃酒高吟，至「狹巷短兵相接處，殺人如草不聞聲」，少保起捋其鬚曰：「何物沈生，雄快乃爾？」命刻石置山上。少保死，請室中，嘉則走哭墓下。持所爲誄遍告士大夫，頌其冤狀。已而挾筴走湖海，往來吴、楚、閩、粤間，年七十餘死於里中。先後歌詩七千餘首，今之行於世者爲《豐對樓詩選》，凡四千餘首。萬曆間，山人布衣豪於詩者，吴門王伯穀、松陵王承父及嘉則三人爲最。王元美繼二李之後，狎主詞盟，引同調，抑異己，謝茂秦故社中老宿，有違言於歷下，則合從以擯之，用以立鏄示威，海内詞人有不入其門墻，不奉其壇壝者，其能自立者亦鮮矣。伯穀才名故與烏衣馬糞相頡頏，承父早多貴遊，嘉則晚依宗衮三人者其聲勢皆足以自豪。元美與之雅，故在異同離合之間，夷三君於四十子，而登胡元瑞於末五子，雖未能一切抹摋，其用意軒輊猶前志也。徐文長獨深憤之，自引傲僻，窮老以死，終不入其牢籠，於論謝榛詩見志焉。去之八十餘年，詞場之隆替盛衰，作者之風氣上下，歷歷可以指數，識者亦可以論世云。

## 前溪曲五首

林塘何處好，獨有前溪路。笑語隔花聞，歌聲連水度。

歌舞向前溪，前溪明月裏。莫道春夜長，春光似流水。

春水前溪長，春雲緑樹齊。門前車馬散，正及曙烏啼。

前溪浣紗去，花落污春泥。騎馬儂邊過，見郎頭自低。

汲水向前溪，空瓶儂自提。郎家溪上住，只是隔東西。

## 子夜四時歌

東風吹月出，照見妾家樓。蕩子從戎去，邊霜尚滿頭。
河漢青天轉，空房丹鳥飛。汗從郎背拭，香時隔年衣。
桂影團團月，芙蓉葉葉霜。擣衣過夜半，幾日廢流黄。
凍折銀瓶水，塵枯寶瑟絃。非關妾無夢，妾夜幾曾眠。

## 楊白花

漫天無奈白楊花，何處飛來入帝家。清夜踏歌愁似海，月明宫樹但棲鴉。

## 閨怨

鏡中容貌本如花，内裏分明敢自誇。一夜爲春憔悴盡，莫令終日廢鉛華。

## 春怨

獨抱琵琶西向秦，誰憐妾是斷腸人。東風吹緑新楊柳，嫁得蕭郎已過春。

## 宫詞二首

晚涼風度玉池香，看盡歸鴉入建章。妾貌不如蓮樣好，莫將明鏡比寒塘。

緑滿南園桑葉肥，風光欲盡柳花飛。妾生不及吴蠶死，留得春絲上衮衣。

## 閨　思

花滿汀洲燕子飛，緑楊微雨畫樓西。殷勤寄語傷春鳥，莫近郎君行處啼。

## 遊　女　曲

逸態嬌姿襲蘭麝，宫前風柳腰肢借，翠盤流雪珠衣卸。珠衣卸，歸曲房。憐夜短，惜春長。

## 採蓮曲六首

生長江南慣採蓮，棹歌聲裏鬬嬋娟。十三十四年相亞，覆額低眉各可憐。

荷葉蓮枝水面齊，採花歸去夕陽低。緑蕪一道分南北，猶有歌聲繞大堤。

少女明妝出採蓮，雙頭並蔕獨心憐。不知金釧何時墮，空手來歸意惘然。

白面紅妝二八春，藏羞不肯過東鄰。偶從緑水橋邊去，誰道荷花妒殺人。

月照波紋似鴨頭，一船雙槳蕩中流。採蓮不道羅裙濕，歸曬雕欄夜不收。
妾在江東郎在西，採香曾到若耶溪。同行女伴低頭説，淚染新紅白疊衣。

## 採蓮童曲

小童玉不如，手攀荷葉嬉。鴛鴦驚起去，花下女兒知。

## 春閨曲

半晌開門舉步遲，東風吹柳亂絲絲。年來難説宫中事，却道西施不畫眉。

## 勸君杯

玳瑁釵頭金鳳低，淺黄衫子剪銀泥。麗玉寒香方二八，倚市招郎兩相睼。逢花採之須及新，莫待花殘空怨春。人生有酒不肯醉，醒者何曾獨千歲。勸君堂上且銜杯，春去一年才得回。

## 雲閣薄邊功三首

大將曉臨戎，偏裨夜報功。自矜文字貴，不重虜塵空。
坐籌紆廟略，立道是邊機。但拜封候印，何曾着鐵衣。

虜漢不交兵，都言化理平。正逢丞相怒，不敢報軍情。

## 少年遊

少年裘馬騁春遊，直指金鞭過五侯。緑水桃花臨廣岸，畫欄楊柳壓青樓。

## 少年行

寶馬驕嘶引少年，青絲穿地鐵連錢。錦街十二春風起，吹得楊花滿繡韉。

## 夏夜曲

月白金鋪水閣開，夜凉星漢在瑶臺。佳人自度《前溪曲》，聲入荷花風裏來。

## 凱歌

銜枚夜度五千兵，密領軍符號令明。狹巷短兵相接處，殺人如草不聞聲

## 蘇州曲

闔廬城外木蘭舟，朝泛横塘暮虎丘。三萬六千容易過，人生只合住蘇州。

## 緑衣

緑衣公子莫驚猜，挾彈驚過戲馬臺。寄語東風休著力，瓊花依舊不曾開。

## 前艷曲二首

翠被憑誰携鄂渚，巫山空自説行雲。若將花比君顔色，花爲東風減十分。

靈和殿柳欲三眠，吹盡東風未著綿。張緒不來腸已斷，小樓無賴夕陽前。

## 湘水巫雲曲

湘江之水巫山雲，朝暮相思那得分。渺渺高堂怨巫女，斑斑楚竹恨湘君。湘君巫女知何處，水中月色煙中樹。只解春來幻作花，不解花飛没春路。陽臺故道竟微茫，黄陵古廟久荒凉。鴛鴦錦水偏齊翼，鸚鵡芳洲空斷腸。斷腸復斷腸，問君苦不苦？解珮江邊憶楚妃，採蓮渡口思交甫。草色如天染緑塵，楊花似雪撲青蘋。水爲帝子眼中淚，雲是襄王夢裏人。夢裏眼中俱不見，非烟非霧猶相眷。十二峰頭畫不成，三湘七澤俱流遍。採得蘋花不自由，更何人共木蘭舟。曲終歌罷誰無淚，水遠山長空獨愁。煙波盡日浩空津，明月當天天邊屬玉雙雙起，茜紅裙色誰家女？欲言不言來不來，雲不成雲雨不雨。鷓鴣啼破九嶷天，似鏡新。疇能良夜偏忘夜，若雲逢春不怨春。怨春愁夜何時歇，歲歲春魂化啼蟖。

王孫泣斷蒼梧月。

## 蕭皋别業竹枝詞十首

越江春水緑如羅，雙女祠前發棹歌。大宅北郊横鮑守，野橋南渡接陳婆。
青黄梅氣暖涼天，紅白花開正種田。燕子巢邊泥帶水，鵓鴣聲裏雨如煙。
田小三郎唱得工，七姊妹花開欲紅。林静三更鶻鵃月，溪腥一陣鸕鷀風。
門前竹大笋成笆，江上潮來草没沙。村童探鷇緑楊樹，野艇撈魚紫楝花。
東村西村姑惡啼，家家麥熟黄雲齊。春蠶作繭桑園緑，睡起日斜聞竹鷄。
雨過高田水落溝，瓦橋魚上柳梢頭。梅子青酸鹽似雪，櫻桃紅熟酒如油。
呼雛逐婦總堪憐，時雨時晴各一天。厨割小鮮來海市，菜添新饌出江田。
烏桕紅紅生稚葉，紫蘭茁茁吐新苗。龍須緑折風前笋，鳳尾青添雨後蕉。
園中高樹鳥分窠，門外小池錢貼荷。曉散烏鴉千點細，晚歸白路一行多。
麥葉蟶肥客可餐，楝花鱭熟子盈盤。家家𦙶磨聲初發，四月江村有薄寒。

## 若耶詞

嫣然越女勝荷花，蕩漾輕舟過若耶。紅藕牽絲風欲斷，緑楊撩影日初斜。

## 采香謡

吴姬十五采紅香，幾陣風飄羅帶長。蓮子池頭青簇簇，低飛只恐礙鴛鴦。

## 夏宫樂

卧起丹綃晝漏遲，傳宣又作納凉期。微風桂樹千秋殿，明月荷花百子池。

## 曹氏姑

尊前相見重咨嗟，江上芙蓉幾度花。記得春風吹緑鬢，小桃籬畔是君家。

## 西湖採蓴曲二首

西湖蓴菜勝東吴，三月春波緑滿湖。新樣越羅裁窄袖，着來人説似羅敷。

十八郎君二八娘，採蓴相見手生香。妾未嫁人郎未娶，倩誰和作兩鴛鴦。

## 報恩人二首

泥書才報白頭親，又向黄沙作逐臣。身未拜官先上疏，如君真是報恩人。

臨風一讀淚千行，底事封書大慨慷。海草茫茫邊月白，不知何地賜投荒。

## 子夜歌三首

一曲春風《子夜歌》，相望只是隔銀河。梁間片月盈盈水，不照郎君照妾多。

兩曲紅綾《子夜歌》，鴛鴦夢醒較誰多。合歡不是裁縫狹，織女機頭少一梭。

三曲行雲《子夜歌》，不禁朝暮眼前多。雙星合處偷看月，到得儂邊没絳河。

## 遊張公洞

昨日遊善卷，已謂天下無山川。今遊張公洞，千驚萬怪疑爲夢。嗟我壯心欲與山争雄，大肆筆力天無功。乃今欲著一語不可得，始知天地之勝唯有兹山鐘。我昔探禹穴，又曾躡武夷。武夷峻削禹穴古，那如此洞幽而奇。張道陵，奈爾何，何年到此騎青騾。我今呼爾問踪跡，爾去人間爾誰識。丹爐無火石牀寒，唯有空山萬拳石。萬拳之石何累累，幻形變態將胡爲。造物無以顯靈異，故此劇戲令人疑。山靈欲絙絙不得，天公爲之驅霹靂。一斧勢破神鬼愁，遂令萬古青霞坼。巨闕前開後通竇，暗中一綫青天漏。離奇詭怪萬狀陳，寶藏龍宫與天鬭。兩崖欹仄愁攀援，側身却走脚在肩。谽谺崒嵂亂撑拄，把炬自照行難前。石色黝然堆古漆，膩滑十步九步失。乍驚墮落千仞坑，又詫飛騰九天窟。燎滅燈昏只尺迷，萬轉千盤無路出。丹砂夜照鬼燈紅，自有乾坤無白日。劃然一隙通天明，羅列萬户排層城。

頓足大叫舌不縮，是誰槌碎瓊樓傾。長廊飛來駕巨鼇，修檐掀突欹朱楹。横撑直竪互糾結，纏綿雜沓皆相成。玉柱墮地不到尺，瑶棟插天懸半壁。寂若閒門閉落花，鬧如綺户迎仙客。險逼重關鎮華夷，嚴同帥府森戈戟。石乳緑結千年苔，又如五色蓮花開。佛手拏雲不可摘，玉芽迸笋何人栽。蜂房簇擁參差向，短者五尺長者丈。低張白玉雲母屏，高搴素錦芙蓉嶂。盤盂積水寒玉膏，掬之洗眼明秋毫。恨無金丹煉紫石，出門空嘆朱顔凋。吁嗟乎！平生之性嗜登陟，兹遊信足償吾癖。一掛萬漏不敢辭，聊著狂言作遊籍。只恐五嶽之高徒在青雲中，猛然欲去無長風。不如坐石投壺唤玉女，把酒一醉酬張公。

## 送吕山人中父

與君同庚復同里，四十五年才識爾。相見翻憐在異鄉，相親頓覺如弟兄。君家脊颾忘急難，我家堂前紫荆死。一言一哭一聲悲，君淚如珠我如水。即今别我去何方，自言只在乾坤裏。乾坤茫茫海嶽長，那得扶摇大鵬起。昔年嘗走齊魯間，紫霞高冠白雲履。兔園上客比鄒枚，長揖侯王傲天子。俠骨能令壯士香，高懷可使狂生耻。酒酣詞賦欲凌雲，墨客騷人盡披靡。歌聲振落太山雲，夜半登巔脱雙屣。醉擊秦王無字碑，長嘯大呼呼曰你。你是秦人爾汝稱，漫駡祖龍何有耳。君乎豈是浪遊人，墮地何慚射弧矢。豪傑生身天地間，只合從天任驅使。乃今落魄不逢時，豈肯低眉窺指視。我今沽酒對君歡，莫謂無能報知己。

## 孫禹錫溪上雙藤歌　溪在虞山之北，名曰藤溪。

溪上古藤如許大，不但一株且兩個。蒼皮萬尺病蛟纏，白骨千尋老龍蜕。正值新春未作花，斜盤亂結蔓如瓜。牽黄裊緑蚓不解，走隙穿虚蛇入窠。圈環紐玦無不有，徽索纏綿紛左右。低從九地飲黄泉，高入五雲吸天酒。根强五石甕盤泥，枝聯千手佛攀梯。霧蓊碧油幢蓋密，風開翠幌洞門低。仙人宛矣乘風御，公子遥張青錦駐。花繁葉族鱗鬣獰，風雨初來欲飛去。奇柯忽引上青天，綵繩牢綰堪鞦韆。夕陽静照百戲舞，紫絲步障流春煙。丹霜夜染楓林下，赤虬巧向秋空掛。我欲據此彈箜篌，人不敢窺山鬼怕。最愛水邊連理樹，夜深曾有仙姬遇。桃花不見武陵津，昔日相逢竟何處。

## 上灘行

新安新定江水連，三百六十灘在天。新都縹緲高若懸，上灘三老分青錢。雇值百丈牽紫煙，狼牙虎鋸刀劍全。巨者利齒小亦拳，雪浪濺人雷迸船。篙師著篙篙欲千，一尺一步寸莫前。白日欲黑眼欲穿，啼猿斷壁聞哀絃。誰家獨住青嶂邊，十月花開紅可憐，一聲鷄叫層雲巔。

## 大樹村劉氏少婦打虎行

潤州城南山簇簇，四月麥黄桑柘緑。大樹村頭劉氏居，短墻幽院參差屋。曉炊未罷日始高，卒地猛虎來咆哮。老小出門盡驚走，犬亦吠虎聲嗥嗥。虎聞犬聲急轉步，一口斃之如搏兔。欲從虎口奪狗還，老嫗抱孫逢虎怒。劉家少婦奪老姑，氣猛視虎如匹雛。手提鋼叉刺虎目，虎血濺面紅糢糊。昨從大樹村前走，少婦滌埸猶髽首。弱體孱然花不如，徐家女子劉松婦。

## 虎丘看月行

中秋看月何處好，除却十洲與三島。東南勝事説蘇州，最好從來是虎丘。虎丘十里遥連郭，錯落青山盡樓閣。千年霸氣劍池寒，一片清光水晶薄。通國如狂歌舞來，木蘭載酒笙鏞作。男女雜坐生夜光，香風舄履吹交錯。歌吹香風真可憐，三三五五各成筵。千人坐滿千人坐，千頃雲浮千頃煙。月華未冷羅衣濕，白露如珠白蓮泣。《白苧歌》終《子夜》興，《烏棲曲》緩《烏啼》急。姣童似玉紫英悲，艷女如花韓重思。千秋死魄還生氣，一夜香魂枯骨知。香魂死魄知何處，明月在天人在地。天上人間一種情，桂花合結相思樹。嫦娥亦是獨眠人，牛女年年一問津。誰家少婦今宵裏，搗盡寒砧秋復春？

## 何處

何處放船好，水深雲欲低。流澌莎草上，落日布帆西。雨脚只在樹，鷗飛不過溪。買魚炊白飯，醉聽嶺猿啼。

## 越中

樂遊何處好，最愛越中山。人坐午溪寂，鳥眠秋水間。雲横獨樹上，雨在數峰間。欲作蘇門嘯，蒼茫不可攀。

## 偶題

何事西王母，東來謁聖君。仙燈懸鳳髓，天馬照龍文。甜雪嵊州貢，雕鐘茀澤聞。一時行樂處，千古恨浮雲。

## 抗首

抗首望西秦，朝廷急用人。玉關疏控扼，紫塞隔荆榛。痛昔《籌邊賦》①，憐君侍從臣。誰爲謝安石，談笑浄胡塵。

① 原注：「嘉靖間，嚴相當國，國事日非，邊事日弛。錦衣衛經歷沈煉有《籌邊賦》，語甚覈而畫甚精，用是爲嚴相所殺。後益不修，而致王崇古高相市馬之議，謂虜款塞有順義王之封。乃今則敗盟而順義王火落亦大來犯順事，蓋不知所終云。」

## 除夕從子箕仲自燕回有作

歲自今宵盡，人從萬里歸。凄凉存舊業，嗚邑對春暉。雨似添殘淚，同將浣故衣。相看吾與汝，悲喜數年違。

## 渡峽江

雨後趨官渡，春陰野望迷。江渾諸水聚，雲雜亂山低。濕樹鶯猶困，風酸馬自嘶。王孫行處草，無奈故萋萋。

## 張二吉父袁九齡秀才攜酒至吴山館

桂館諸峰上，蘭樽二妙來。大江開夕照，陰磴積秋苔。蟬響流風急，蟲聲隱月哀。所嗟人散後，鄉夢只東回。

## 野泊

野泊投村店，人煙聚一沙。月摇江作練，霜落樹生花。近海吴天盡，穿溪泖路斜。流年與流水，應自笑無家。

## 過巢湖

臘月湖波穩，乾坤自混茫。煙霜彌四澤，水氣隱三光。盡日聞漁鼓，高雲辨雁行。孤舟兼晚歲，去路總他鄉。

## 過高郵作

淮海路茫茫，扁舟出大荒。孤城三面水，寒日五湖霜。波漫官堤白，煙浮野戍黄。片帆何處客，千里傍他鄉。

## 行樂

行樂湖南樹，清陰爲颯然。微風荷葉上，乳燕杖藜前。草合幽人路，花深病客天。所知良可待，獨往信孤烟。

## 尋僧

久卧知交絶，尋僧出野行。岸花紛委露，溪竹半侵萍。力倦逢人歇，林昏到寺明。小橋斜處立，波與夕陽平。

## 訪金二子坤

茅屋蕭蕭晚，秋陽照土墻。豆花初帶莢，杞子未經霜。原憲非君病，琴張是我狂。相逢只長揖，一笑據胡牀。

## 秋　深

今歲氣殊暖，秋深黄葉無。雲常蒸遠嶠，天只到平蕪。月不憐人老，風難與病蘇。臞然山澤骨，蚤已要人扶。

## 至日馬子喬宅分來字邦憲病不與

百年能幾聚，至日且銜杯。江郭連深霧，庭花見小梅。書雲詞客坐，添綫美人來。却憶同心病，難將笑口開。

## 送王博士之括蒼

握手送王郎，之官向括蒼。青山連閩路，流水下錢唐。春葉迷衙舍，秋猿雜講堂。坐看嵐氣滴，日出浣衣裳。

## 送張丞繐赴睦下邑

君向嚴陵去，雲移面舫低。驛程疏雨外，山色大江西。訟簡知花落，官閑聽鳥啼。却忘身是吏，隨意坐青溪。

## 别　母

老母三年病，兒仍千里行。秋風吹地冷，山月照霜明。未别淚先下，問歸難應聲。厨頭有新婦，數可問藜羹。

## 寄方三十國華

棲棲布衣者，誰拂帝京塵。獻賦干明主，微言諷大臣。雖云不得意，已作有名人。何不攜妻子，歸耕海上春。

## 送周象賢赴襄國左史

送君芳草路，落日且徘徊。倚相元官楚，襄王故愛才。地當巫峽盡，天入漢江回。莫學長沙傅，湘累弔不回。

## 兹遊

山水平生願，兹遊亦偶逢。溪清石五色，山轉路千重。片雨孤峰入，餘霞衆壑濃。灘聲風浩浩，花氣草茸茸。波動將崩石，雲浮不盡松。瀨船牽月上，水碓雜雲舂。宿傍魚龍窟，行隨虎豹踪。同行攜鄭老，日遣畫芙蓉。

## 木客謡

月黑山精嘯，林深木客哀。聖人常御宇，土木未爲災。卜洛安元鼎，居中控八垓。農窺王室起，士識帝宮巍。阿殿凋秦力，章華浚楚才。滁陽蒿作柱，崿谷樹搜材。錦柏葱巒出，香瓊暗海來。鬼工輸大巧，神力逞奇才。木理雕龍製，梁文紫鳳裁。壁璫風自觸，簾錦燕空猜。複道山河盡，觚棱日月迴。鈴聲聞百里，塔影掛三台。井幹天爲半，昆明海欲回。遊宫宵避月，飛殿晝行雷。浴散胭脂水，香飄寶屑埃。池荷夜舒發，室鏡火齊開。不道越兵至，誰憐楚炬灰。高明鬼自闞，綺麗禍先媒。勿亟爲靈沼，中人罷露臺。堯椽元不斫，禹室固卑哉。

## 梁王臺

日落梁王臺，臺空映江水。江水流不流，只在鐘聲裏。

## 舟雨

溪行日日晴，孤雲忽然起。獨坐水聲中，不知篷上雨。

## 江夜

起坐並汀花，空江月自華。一帆深夜渡，分月過前沙。

## 春盡日劉道士房

偶逢春盡日，飲酒到斜陽。再過丹房裏，青山酒更香。

## 江曙

曙光初破水，穆穆見江波。小艇穿花入，因知浦溆多。

## 謁于肅愍公墓

空山下馬謁荒墳，寢廟豐碑禮數尊。敢信不移鐘鼎日，便忘歸賜鐲鏤恩。松楸永絙孤臣骨，天地長依九廟魂。門户誰憐房杜少，守祠聞説有雲孫。

## 登明州郡城樓

縹渺高樓倚日曛，萬山寒色大江分。横天中斷疑爲雨，截海東來半是雲。老尉亭侵龍女廟，官奴城對鮑郎墳。登臨細數前朝事，謂有黄晟領冠軍。

## 偶泊胥江同君房懷古作

胥江漁火夜磷磷，歌罷《吴趨》亦愴神。廢苑空洲長是水，屧廊無草不知春。滿城明月烏啼樹，一市秋風鶴引人。古往今來唯有恨，暮山青靄自嶙峋。

## 瓊樓

天上瓊樓十二闌，莫將容易比人間。風生漢帝延涼殿，日落吴王銷夏灣。羽磬遥浮瀛海至，鳳笙輕度縩雲間。南威在御西施醉，先捲珠簾待月還。

## 搔首

今古浮生亦自憐，中原搔首望祁連。長城北繞千秋塞，大夏西開萬里天。碣石宫前鹽作海，玉門關外酒爲泉。秦皇漢武元英傑，莫道年年但戍邊。

## 歌風臺

漢帝初平四海回，《大風歌》激楚聲哀。彭城王氣千年足，芒碭寒雲萬里開。父老只知亭長去，山河都屬沛公來。故鄉歡飲無多日，泗水依然繞舊臺。

## 長卿明府具樓船泛泖登塔同開之吉士履善長史事在己卯七月望日二首

白鵠乘風浩蕩前，錦帆飛處坐青天。綵虹跨海驚橋斷，寶塔沉雲吒水懸。龍睡未深生晝雨，鷄聲忽起破秋煙。黄茅隱約青林外，半是流亡歸種田。

中流歌吹藹紛紛，水底魚龍不敢聞。笛里梅先明月落，帆前山與夕陽分。溪茗晝濕空江雨，寺柳晴摇別殿雲。譜謔不妨沉醉後，曲終錯唤小馮君。

## 楊花三首

連臂歌殘楊白花，恨它飛去向天涯。漂零幾處王孫路，惆悵無人帝子家。小雨旗亭沾馬濕，夕陽江郭送帆斜。樓臺側畔休穿過，黏着蛛絲空怨嗟。

隨風飄泊轉霏微，似雪輕盈妒落暉。倦蝶欲憑香夢杳，遊絲空逐斷魂飛。化萍雨後魚鱗細，糝徑苔前燕嘴肥。最是傷心三月暮，長途客淚共沾衣。

廢苑荒城古道邊，輕如野鳥渺如煙。無風亦自漫空轉，有月應須鬬露妍。謝女謾來空詠雪，少陵何事却憎綿。飄飄欲託人間世，其奈東皇不受憐。

### 中秋夕夢中得句醒而足之

無端秋思枕前滋，夢落青溪白石祠。去路似從桃葉渡，和歌多是《竹枝詞》①。蘚碑字蝕無人讀，廢井銘存有客知。幽事最多難記得，緑波深處美人期。

① 原注：「夢中句。」

### 重過錢子愚園中用壁間韻　四月廿八日。

重來却怪舊遊稀，緑滿郊原杏子肥。翠幄晴驕微雨色，青溪陰借夕陽輝。花藏數蝶驚人散，燕領雙雛傍客歸。一夜鄉心生白髮，越王臺下杜鵑飛。

### 江　上

林間江上絶風塵，自向支離笑此身。坐石任它蒼蘚涴，閉門時許白雲鄰。一枝秋色聊當座，萬里青山不寄人。管領乾坤閒日月，杖藜高過小烏巾。

## 顧仲方園中留别同張玄超莫雲卿殷無美分冬字

片帆東去水溶溶，敝盡春袍憶舊冬。知己天涯幾行淚，鄰僧江上數聲鐘。到家楊柳當三月，别處芙蓉是九峰。爲汝相留猶未發，燭花今夜故重重。

## 從大司馬胡公過睦州道中即事呈徐文長記室

孤城全在翠微間，九叠屏風繞郡環。紅樹作花欹粉堞，白雲如畫寫青山。戴村人共秋空遠，嚴瀨潮隨暮雨還。自笑無才趨幕府，也從車騎得乘閒。

## 宿福山港候發

戈船一片壓江流，候曉乘風快遠遊。古戍荻花千浦月，荒城楊柳數家秋。傷心戰地風前草，極目飛鴻海上洲。何處笛聲當夜起，軍中行樂似邊州。

## 中峰寺

樓閣翠微間，鐘聲白雲裏。尋僧秋日遲，落葉行數里。

## 送人之南都二首

金陵曾向酒家眠，十五當壚不數錢。紅版橋頭明月色，娟娟猶在玉釵前。
疏疏秋雨秣陵寒，白露初高葉未丹。欲寄愁心無處着，濕君衫袖到長干。

## 萬曆五年春有獻五色鸚鵡者詔入之恭賦二首

日南遥憶隴天長，丹喙能言五色裳。玉殿雕籠新詔入，西宫愁殺雪衣娘。
日御文華説五經，鳥言雖巧未曾聽。長廊上苑東風裏，寂寂無聲對畫屏。

## 瀟湘夜雨

九疑山色望來空，客夢家山夜雨中。無奈鷓鴣啼到曉，黄陵廟口落花風。

## 洞庭秋月

木落天青萬里波，洞庭秋色月明多。不知何路長沙去，只唱三洲估客歌。

## 漁村夕照

不知誰唱《白銅鞮》，楊柳村過即大堤。欸乃一聲風斷續，打魚人背夕陽西。

## 吕生吹笛作此别

倦倚繩牀月上遲，自將横竹向予吹。秋深楊柳不堪折，况復明朝欲别時。

## 過崑山

桃花楊柳共西灣，曾唱菱歌帶月還。春色茫茫今莫問，滿城煙雨過崑山。

## 歸鴉

歸鴉數點晚霞鮮，近接平蕪遠接天。記得小舟雙掛席，闔廬城外酒樓前。

## 泖上

秋深泖上一經過，蟹舍魚罾處處多。野屋無煙空緑樹，夜風天畔響寒波。

## 黄山懷仲房

碧山霜月負吹笙，流水空爲石上聲。白髮茫茫竟何事，逢人莫遣説長生。

## 武陵莊

青精作飯紫蒓羹，飽後微吟水上行。不道空山曾有寺，隔溪風送午鐘聲。

## 山陰道士乞書

笑予不是右軍書，書罷無鵝意自疏。賣扇橋頭逢酒伴，王婆店裏炙枯魚。

## 青溪

窈窕青溪盡日尋，雨收風歇翠沉沉。一雙燕子翻花出，始覺人家住隔林。

## 夜坐懷顧益卿按察

高雲南去夜郎低，萬里秋風過五溪。玉笛不吹江水緑，美人猶在月明西。

## 寄題長干美人趙昭陽之作

輕盈掌上艷陽新，再睹昭陽殿裏人。誰説六朝金粉盡，一身當得秣陵春。

## 語兒溪

春風來過御兒溪，野雉低飛麥浪齊。一片桑麻天氣緑，養蠶時節鷓鴣啼。

## 靈巖山

響屧廊空香徑微，千年往迹故應非。青山花草斜陽下，唯見殘僧曬衲衣。

## 過文長故業作

水蓮巷口夕陽斜，細雨東風濕杏花。酬字堂前雙燕子，不知今日屬誰家。

# 吕山人時臣二十七首

時臣字中父，鄞縣人。早歲稱詩，先於沈嘉則。避讎遠遊，歷齊、梁、燕、趙間十年，客食諸王門下。旅寓章丘，與李伯華論詩詞，伯華曰：「詩必唐，詞必元。」在章歷三時，詩詞大變。至青州，客衡藩，衡莊王愛其詩，爲刻《甬東野人稿》。晚客沈藩，沈宣王禮之，亞于謝榛。年七十，客死河南涉縣。魯王孫中立序其詩曰：「山人鶴骨癯癯，若出衣表。貞介廉潔，不妄交，不苟取，故爲諸王侯所重。」

## 李太常伯華江上草堂雪夜出妓彈琵琶

北風吹雪晝易昏，樹深竹密江上村。紅燈照席不知夜，忽有遠客驚叩門。繫馬登堂不問姓，不顧傍人即坐定。座中舉目皆英豪，主人呼出鄭櫻桃。紅絲裊地毾㲪暖，簾額紛香落鳳毛。大小忽雷手中出，須臾翻作鬱輪袍。媚臉斜凝新病眼，一曲低回黄金槽。衆客聞之各掩淚，潯陽此夜我先醉。天涯海角用此心，古人意氣輕黄金。瞥然上馬出門去，酒酣寒極天將曙。

## 邵伯值四十舍弟陪臣

井邑遭兵燹，移家近馬湖。黄巾餘黨在，白髮故人無。親老仍多病，田荒不及租。他鄉今夜月，相對話窮途。

## 寄俞八介甫讀書處

夢寐殊方外，相思澤國邊。山沈於毒霧，天落在平川。橘柚連書舍，鸕鷀滿釣船。五年常憶爾，多病似今年。

## 崛㠑山寺

群公愛黄髮，攜我入空明。拂座星流影，聞鐘鳥禁聲。僧從虎穴出，天與石梯平。一浩荒千劫，吾將放此生。

## 李郡丞邀同胡文學遊山莊和韻

風巾飄不定，重上去時樓。蒼鼠翻詩橐，青蟲墮酒甌。苦吟還掉臂，扶醉欲平頭。世道吾無補，何因用著愁。

## 八月十六夜邀兆和民服民孝元叔乘潦泛月

雨歇秋方静，扶攜上塌船。共憐今夕好，不減昨宵圓。絶潦渾無地，除山盡是天。清光溢心眦，傾賞愈丁年。

## 答唐太守久雨見懷韻

忽忽年來事，悽悽老後懷。鳥歸巢斷木，蟻出漏空階。吾道偏宜懶，江河不可排。秋風一雨歇，山色滿虚齋。

## 木峰舊業寄諸族兄

歲暮寒山下，溪田久廢耕。亂烏驚日出，猛虎傍人行。蜃島蠻夷雜，鮫潭冬夏鳴。林窗讀書處，清夜鬼談兵。

## 夜懷

起來喧不減，策策凉風生。月暗蟲聲裏，人孤樹影中。南埏寒尚早，北地候難同。想到鄞江上，秋花滿舊叢。

## 次李大參韻留别

河北中秋盡，江南九月歸。草深藏虎穴，潮滿上魚磯。田舍舂新稻，山妻補舊衣。到家貧自得，莫怪與君違。

## 舟次西華

雁過停舟處，徘徊野色遲。城根流水抱，岸角斷橋垂。煙集棲塒鳥，風寒牧馬陂。豈堪今夜宿，短笛隔船吹。

## 伏枕舟中作

楚魂招不得，哀怨此中多。纖月回頭失，疏星伏枕過。榜人吹宿燎，曙犬吠驚波。毒霧塞江海，勸公無渡河。

## 夜　行

小僕兼疲馬，荒荒獨夜行。滄江愁我處，流水斷腸聲。雁語知臨浦，煙光似近城。不知何地宿，無月又三更。

## 留別謝少府子魯

木落見中州，遥連白帝愁。黄河臨斷岸，明月上孤舟。作客已多歲，還家又暮秋。思君西下日，寒葉滿江流。

## 到家苦雨寄城中諸友

歲晏兼貧病，歸心詎可論。寒潮冰下咽，饑雀雨中翻。野徑蒼苔合，山窗白晝昏。還家已十日，愁絶舊柴門。

## 江上懷峨嵋道者兼寄空塵山人

長生無術煉黄金，書劍俱忘不廢琴。入夜幾迴天馬走，臨流一曲《水龍吟》。秋生鶴骨年年病，月到峨嵋夜夜心。未得從師度黄石，萬家霜葉越江深。

## 舟中冬夜寄馮明府汝行

歲事驚心一葉過，不知客夢夜如何。卧聞群雁鳴沙磧，起看層冰冪野河。洛下帆檣淮水盡，舟中言語楚人多。此時别有傷離處，腸斷南船商女歌。

## 過山陽有感

黄金散盡不封侯，始信浮生總浪游。漂母祠前芳草暮，淮陰道上白雲秋。帆收遠寺鐘初定，角轉重城水亂流。多少英雄死無處，何如吹笛下揚州。

## 憶環溪草堂託張公子寄雲間沈大參

白苧當年憶勝遊，芳尊早暮共登樓。秋風故國張公子，明月雙溪沈隱侯。花氣尚憐吟處醉，江聲不斷別時愁。吴淞水暖鱖魚美，何日重來泊釣舟。

## 諸公邀登甘露寺留别

天風飄忽苧袍輕，兩度登臨慰客情。疏磬雨催山寺曉，亂帆春放海門晴。江迴鐵甕三吴盡，潮過金陵七澤平。明日别離何處問，斷腸煙樹漫蕪城。

## 京口望揚州懷吴原柏沈肩吾

隋宫梁苑暮雲遮，淮水淮山煙樹斜。隔岸雨晴飛燕子，渡江風暖散楊花。多情季札常爲客，抱病休文未到家。我亦飄蓬無所寄，祇將詩酒報年華。

## 冬日感懷

直北雲天朔氣陰，中原生計幾浮沉。妻孥貧病仍兵革，兄弟存亡絶信音。日暮途窮何所事，江空木落未歸心。少年磅礴今垂老，併作冰霜一醉吟。

## 風雨登郡城

劍倚江天動遠思，江南亂後獨歸遲。滿城風雨收鐙夕，萬户絃歌破賊時。欲採驪珠候潮落，且憑雉堞看雲移。終期買棹滄波上，相喚妻兒理釣絲。

## 過内鄉縣奉懷荆南主人

乍聞人語覺殊方，萬叠山溪出内鄉。夢裏瀟湘雲縹緲，望中函谷樹青蒼。衰年不得爲秦贅，多病猶堪學楚狂。囊底餘金曾賣賦，令人到處説元王。

## 句章里寄城中諸社長

白石江鄉家益貧，聖朝漁父不稱臣。門前江水通三島，谷口人煙雜四民。手種參苓羲世藥，心知鷄犬漢時鄰。却憐淑景浮雲薄，留得風流一季真。

## 齋居寄海豐楊侍郎

蓬島飛來拄杖前，何勞策石遠求仙。一簾雨過空青處，五色霞明大赤天。江水自清漁者話，松濤不響鶴丁眠。閉關正好焚香坐，年老何心續草《玄》。

## 海門雨過同伯川賦

藻煙布地不須芟，雲鳥依人著隱銜。雨歇江干流一篴，風平樹杪没孤帆。冬深蜃島天長黑，潮入漁汀水不鹹。只好釣車聊日計，海門到處鬭巉巖。

## 盧布衣澐一十六首

澐字潤之，鄞人。自號月漁處士。與丰存叔、沈嘉則同時倡和。

### 夜坐

清露濕衣袂，空庭夜正深。蟲聲緣砌久，螢火落墻陰。静憶爲童事，悲生向老心。誰堪共明月，坐聽美人琴。

### 新秋漫興二首

短髮經秋下，衰顔藉酒紅。小窗新得月，落葉静鳴風。多病惟高枕，無營任屢空。自憐吟獨苦，仍值寂寥中。

地僻秋先到，門幽客不經。蛩聲共吟韻，霄色入丹青。古樹斜留月，遥空静落星。坐驚衣袂濕，湛露滿中庭。

## 蘭溪舟中

客路蘭溪上，孤舟五月餘。波迴石骨迴，沙響竹根虚。腥触鸕鷀起，香傳菡萏初。東歸書一紙，細語欲何如。

## 田家吟

最是農家樂，收成十月天。春耕餘穀種，秋税了官錢。兒女團朝日，鷄豚散野田。鄰翁相見處，凶稔説明年。

## 夏日即事次豐吏部

晝寂雙扉掩，無人共酒杯。睡嫌雛燕語，吟惜藕花開。郊雨不能作，池風時復來。還期問字去，載月夜遲回。

## 書懷

入相何人問趣裝，馬蹄空笑十年忙。貧嫌舍北無蓮館，病喜風前有竹牀。蝸趁苔痕升雨壁，螢依月色度昏墻。題詩欲寄高僧去，似覺身心與世忘。

## 江上送别

潮生月亦上，月白見潮青。不知潮月落，君去幾長亭。

## 西亭同朱近臣送沈嘉則口號

送君江上雨，未及梅根渚。雨急天欲昏，不盡别時語。

## 貧家吟

風雪下茅簷，出門無去所。凄凄兒女啼，日晡猶未煮。

## 訪友

訪友入南山，扣門不聞語。欲數青琅玕，錯錯知幾許。

## 偶成二首

江頭春水生，江上春水長。十日不出門，魚苗大如掌。
科頭不出門，歲月已忘記。燕銜花片來，知是春歸去。

## 從軍行

朔風吹雪遍南州，未見寒衣到北陬。却憶當年别家語，誰知頭白未封侯。

## 宮詞

暖風吹雨點宫衣，又見桃花滿樹飛。憶昨未央春睡裏，桑園蠶屋夢家歸。

## 春日睡起次嘉則

深巷無人静掩扉，桃花香暖午風微。小窗睡起支頤坐，閒看營巢燕子飛。

# 李布衣瑋七首

瑋字偉卿，鄞縣人。萬曆初年隱士。

## 田舍

廣陌度秋風，田家門巷同。藤花金一色，豆筴箸雙紅。穮蔉存生理，篝車見歲功。茅柴新釀得，逼社醉南翁。

## 客至

客至方城頮，閒來醉未消。任貧烹折項，新穫飯長腰。蠓蠛天將吹，蜂衙海欲潮。相憐幽興熟，情至廢招邀。

## 野興

彌望東皋上，青山亦未遐。煙嵐深邃谷，林薄兩三家。戲聚沙成塔，清環水學巴。美人湖一曲，吾欲採瑶華。

## 凉夜書懷

萬里瑶天界白河，夜深清景坐來多。水雲寬窄疑樓望，蓮葉東西窗棹歌。暗閣生苔懷曲宴，畫屏留月冷秋羅。人生聚散原如夢，莫把傷心恨緑波。

## 入圃

入圃細雨餘，荷鋤情不惡。山妻愛木綿，慚余種紅藥。

## 清江閘聞雁

數聲江滸三更雁，孤影霜天萬里身。新冷猶如先避雪，南來應笑北行人。

# 王江寧同軌四首

同軌字行父，黄岡人，稚欽之從孫也。以貢生爲江寧令。嘗從吴明卿出遊，與王弇州、李雲杜善。作詩不多，自有風格，不欲寄諸公籬下。撰前後《耳談》，纂集異聞，亦洪氏《夷堅》之流也。

## 行山中

雨餘林氣静，山晚日光斜。野店依孤樹，村橋卧斷楂。馬嘶遥澗水，犬吠隔籬花。白首鋤雲者，春風自一家。

## 宫怨

永巷葳蕤鎖，殘燈黯淡花。閒吹玉窣窣，送月過窗紗。

## 過山家

群峰何岌岌，繞屋風篁泣。雲來亞地飛，不雨林光濕。

## 虎丘舟中見楊花撩亂飛入幕内感而賦之

來時門前柳芽吐，到日窣地條如許。裊娜全傾掌上腰，纖長故鬬機中縷。垂條百尺任毵毵，亂絮何緣飛滿天。認是雪花霑不濕，唤爲梅片却成團。畫舸�簾遮不着，美人紈扇撲半落。罥從蛛網又揚來，墮向蜂須飛復脱。樓頭少婦方孤寢，懷人起對妝臺冷。莫惹春愁上剪刀，休縈别恨歸衾枕。縈恨惹愁飛轉賒，紛紛逐我北還槎。還時已化浮萍草，應對池塘憶柳花。

## 鄭山人若庸二首

若庸字中伯，崑山人。早歲以詩名吴下，趙康王聞其名，走幣聘入鄴。客王父子間，王父子親逢迎接席，與交賓主之禮。於是海内遊士争擔簦而之趙，以中伯與謝榛故也。中伯在鄴，王爲庀供張，予宫女及女樂數輩。中伯乃爲著書，採掇古文，奇累千卷，名曰《類雋》。康王薨，去趙，居清源，年八十餘始卒。詩名《蛣蜣集》。又善度曲，有《玉玦傳奇》行世，或曰滎陽生其自寓也。

## 贈鄭十二草書

鄭虔一吸三斗酒，雪毫灑墨鬼運肘。驚猿鬥飑出深藪，忽上微綃争欲走。誰向高臺歌大風，吹折萬木千山中。睢水圍開兵甲亂，海波起立飛蛟龍。怒欲相攻喜若舞，蟲迹蝸涎遍環堵。美人凝妝花滿鏡，俠客探丸電交吐。五行十行筆不停，百丈峭壁懸枯藤。長林蕭蕭日將暮，落葉已去蛛絲縈。公孫劍術如轉燭，張顛墓草幾回緑。就中三昧子自解，優孟未亡猶楚叔。酒酣擲筆氣奪虹，雲夢八九吞胸中。如何化作龍蛇陣，一掃胡塵萬里空。

## 代人寄遠

病骨經秋强自持，寒條飛葉費相思。可憐陌上垂楊樹，不似君來繫馬時。

## 陸徵士弼〔一〕一十四首

弼字無從，江都人。老爲學官弟子。自髫齔至老，治博士家言，伊吾與吟哦，併日分夜不少廢。又好博涉，多所選述。廣陵爲南北孔道，請絶賓客，結納賢豪長者，其聲籍甚。嘗爲詩曰：「匣有魚腸堪借客，世無狗監莫論才。」何元朗激賞之。趙蘭谿當事，議修正史，請徵故知縣王一鳴、故通判魏學禮、太學生王稚登、生員陸弼入史館，與纂修，未上而罷。年七十餘乃卒。無從稱詩起嘉靖末年，推尊王弇州，幾欲鑄金頂禮。弇州叙平生文字四十餘人。顧不及無從。久之，海内争抨擊王、李，無從亦心動，悔其少作，而迄不能改也。有《正始堂集》二十餘卷，王承甫評之曰：「戊辰以後，多染時調。乙未以後，乃爲陸無從。」詩人謂承甫前評爲確，而後評未必允也。自嘉靖末迄今八十餘年，「七子」之風聲浸淫海内，熏習之深淪膚易髓，愛慕者固甘寄其藩籬，而抨擊者亦暗墮其窠臼。無從而後，若俞羨長、何無咎、梅禹金、潘景升，才調故自斐然，皆不免淪胥以没，可嘆也！余於王承甫、沈嘉則之詩，論之詳矣。

〔一〕「徵士」，原刻卷首目録作「山人」。

## 雨後登虎丘宿梅花樓僧房

高閣藤蘿外，扁舟暮雨殘。鐘聲知客到，山色入門看。月出千松静，雲披片石寒。支公擅名理，終夕奉清歡。

## 仲春廿日發瓜渚同顧使君益卿赴閩粤郭次甫吴孝甫吴叔原送余京口是日值余初度記此留别

寶劍柳枝春，翩翩向七閩。青山問丁戊，白髮念庚寅。大雅千年起，窮交數子真。平生弧矢在，豈是戀風塵。

## 謁于肅愍公墓

荒墳鄰近鄂王宫，異代孤臣伏臘同。北狩忽聞哀痛詔，中興多仗保釐功。百年天地回元氣，五夜松杉度烈風。聖主只今恢廟略，玉門聞已罷和戎。

## 入閩關

群巒馬上俯崔嵬，海色遥臨睥睨回。萬里職方周地盡，千秋風氣漢時開。危峰春晚常吹雪①，急峽天晴忽起雷。聞道粤南猶列戍，將軍誰是伏波才。

① 原注：「雪峰山最高，六月猶有積雪。」

## 大安道

薄遊歷吴楚，忽忽更南征。春色關門草，年光過客情。山銜紆路轉，水劃峭崖鳴。一被風塵誤，空多世上名。

## 弩臺

百戰餘荒臺，南歸士無幾。草木向人啼，或是六朝鬼。

## 螢苑

西苑無人歸，秋色揚州早。傷心輦路傍，依舊多腐草。

## 禪智寺送月上人歸黄山

長蘆初問法，歸去暢玄宗。一衲空山裏，孤雲何處逢。寒潭獨夜月，秋雨舊房松。回首茱萸路，相思隔暮鐘。

## 無題

珠簾寂寞網流塵，舞歇歌殘已十春。惟有香魂消不得，至今猶作夢中人。

## 送李季常遊白下兼寄俞公臨

三月殘鶯唤客遊，秣陵山色滿吴鈎。青蓮自負名家業，玉樹常關異代愁。花外烏衣迷夕照，帆前白鷺隱春流。新詩處處堪乘興，況得羊何好倡酬。

## 送丁南羽還休陽

歲抄孤裝出廣陵，醉來絲竹易沾膺。敝裘冷犯山城雪，短笮昏投水店燈。酒及屠蘇堪奉母，經將貝葉獨依僧。紫霄巖畔好明月，後夜思君第幾層？

## 宿句曲山中酒家

襆被向天涯，蕭條寄酒家。青山仙宅近，黄葉客途賒。夜塔飄鈴語，風窗墮燭花。匣中雄劍在，那敢負張華。

## 贈金陵馬姬

杏花屋角響春鳩，沉水香殘懶下樓。剪得石榴新樣子，不教人見玉雙鈎。

## 贈吴姬薛素素

纓絶鈿遺漏欲分，留髠送客意何勤。酒闌明月生瓊樹，坐久流螢點繡裙。子夜歌來猶是夏，巫山夢去總爲雲。羞將錦字傳哀怨，清磬長依貝葉文。

## 秋日懷龐學博

蕭蕭一徑入秋苔，束帶時愁長吏催。旅食又看鴻雁至，家書常共荔枝來。花邊小几聽禽坐，竹裏孤琴候客開。千載賦成傷不遇，白頭誰惜董生才。

# 黄山人克晦四十一首

克晦字孔昭，惠安人。少好學，善畫，或謂之曰：「君工畫，不能使畫重，而工詩則畫重。」乃發憤學詩，遂以詩名閩中。出遊匡廬、嵩嶽，縱觀江、河、泰岱之勝，徘徊二京，遂與沈嘉則、王伯穀相上下。其殁也，晋江黄克纘刻其詩於聊城，凡六卷。

## 經居鄛范增故里

風雨過居鄛，野水流活活。亞父故時居，蒼莽煙中闊。項氏起江東，力過萬人絶。幕下雖無人，君豈負三傑。鴻門會且歸，玉斗碎如雪。天授人何爲，徒勞三示玦。茫茫天地間，王霸幾衰歇。何事往來人，爲君重嗚咽。

## 登鼓山絶頂懷林公濟

天路蒼蒼色，風泉鸕鸕聲。未驚人境絶，已覺客懷清。轉石生江海，分林隔雨晴。故人期不至，雙眼落秋城。

## 挽俞都督

駟馬悲鳴日，非熊卜獵年。陰符藏鬼谷，玄甲築祁連。痛哭餘孤憤，艱危息兩肩。惟應麟閣上，遺像儼生前。

## 破山寺

禪宫消歇盡，曲徑故來幽。日落亂松影，風迴清澗流。歸禽棲入暝，古佛坐深秋。徙倚堪昏黑，諸天不可留。

## 桃溪夜泊

清霜夜落武陵溪，水上蒼煙十丈齊。野爨冷燒紅葉火，村舂寒接五更鷄。不眠枕上多新得，所過山中有舊題。起問昨宵沽酒處，人家只在小橋西。

## 玄宫除夕

寒色蒼蒼落日斜，空庭獨立數歸鴉。石人此際方無淚，羽客今宵亦有家。已判離愁消竹葉，誰堪詩句頌椒花。明朝攬鏡休憐色，未入新年鬢已華。

## 惠陽傷亂

東粤重來倍黯然，荒村古堡暗蒼淚。山中故老無歸業，水上新民未種田。江燕春深巢樹腹，野狐日落吠溪邊。東風那管亂離事，草色藤花似往年。

## 八月初三夜月

纖月西樓已可望，雁聲斷處一痕霜。微紛露葉光猶淡，初上風簾氣自涼。羌笛漫教悲舊曲，蛾眉空與妒新妝。只將今夕娟娟影，預卜中秋一夜長。

## 李中主讀書臺

旁有龍池。龍至，水騰涌，謂之洗潭。下有墨池。

自築書臺讀五車，錦屏千叠護殘霞。何年雲雨池中物，終古河山客裏家。松下巖泉猶帶墨，風前木筆漫生花。夕陽無限遲回意，空對高僧問《法華》。

## 同焦叔度宿清凉寺

高樓夜伴山中宿，清磬寥寥百草芬。巢鳥近人飛始覺，巖僧隔竹語相聞。坐深四嶺渾無月，衣冷蒼松半是雲。故里不堪歸夢繞，何是衾枕更隨君。

## 暮至餘干用劉隨州韻

楊葉青青柳葉齊，煙村渺渺楚江西。湖邊芳草連天緑，馬上春禽盡日啼。渡水暝雲千片落，到城新月一痕低。遊人元自耽風景，翻向黄昏憶故蹊。

## 送范卿後馬上值雨作

天涯雙鬢易成絲，何處凄凉可淚垂。花下一樽相送後，雨中匹馬獨歸時。逐臣離恨迷芳草，滯客愁心掛柳枝。明發西山風日好，道房禪榻與誰期。

## 同顔范卿遊海天寺時先秋五日

湖上虚亭江上樓，一樽隨意俯滄流。朱旻正伏三庚火，緑樹先函五日秋。雲盡匡盧開九叠，天長夢澤入孤舟。黄昏歸棹煙中發，漁唱村鐙滿渡頭。

## 水上虛舟得開字

小艇浮浮定復開，鳺鶘鵁鶄共徘徊。亂餘野渡行人少，雨暗江村釣者回。煙浦風多如落葉，沙汀水淺似膠杯。莊生同是身無繫，浪迹漂摇兩度來。

## 登道樓懷石山公

緑髮稱生今禿翁，道樓猶自故時雄。傷心十載論交地，極目千峰灑淚中。碧海還生杯底月，青山不斷筆頭風。通家幸汝諸賢在，慚愧知音負乃公。

## 太　清　閣

山下看山半在天，山巔高閣更堪憐。四更海日生檐瓦，六月林風颯綺筵。空外白飛何處雨，掌中緑繞半城煙。當時同此開窗坐，一鶴翛翛若箇邊。

## 和黄後溪翁七夕月下聞笛

絳河垂地七襄迴，弦月無雲半壁開。何處笛聲傳《折柳》，滿庭秋氣颯蒼苔。遥疑靈鵲橋邊落，暗度穿針席上來。莫遣天孫聞此曲，歡情離恨正難裁。

## 夜宿陳爾昭竹溪山館得西字

回磴斷橋山日西，高楓葉赤飛滿蹊。一家村巷到始覺，千樹花源行轉迷。野夫期虎度林黑，沙鳥避人穿竹低。欲移衾枕抱雲宿，月白天鷄空裏啼。

## 汲江亭中秋得江字

雲雨黄昏無處所，虛亭凉色滿空江。客中良夜秋三五，水底青天月一雙。露氣凝珠依玉樹，桂花飛霰落銀缸。相看況有同心在，弄影酣歌坐竹窗。

## 奉和霜降祀陵

金城西北萬山頭，翠積雲蒸碧水流。千古幽燕開白日，九朝陵寢絙清秋。星辰影動祠官入，霜露寒生帝子愁。廣樂無聲班欲定，似聞仙蹕出松楸。

## 聽話西苑得鈎字

雷殿清虛太液秋，至尊多在望仙樓。樹深宫闕東西合，月出星河上下流。麟圃紫芝春曄曄，兎園白鹿曉呦呦。軒轅鼎在龍髯斷，露箔風簾不上鈎。

## 西城晚眺

薄暮登城暑氣微，風含睥睨欲沾衣。青山滿目慚高隱，白髮盈頭愛落暉。水帶平蕪雙鳥下，雲連遠寺一僧歸。深杯未覺黄昏盡，漁火遥生垂釣磯。

## 嵩陽宫三將軍柏

人間柏大此全稀，老幹寧論四十圍。蓋偃曾傾天子葆，露寒應覆侍臣衣。猶看連影容千騎，那識何枝繫六飛。惆悵茂陵無限樹，荒丘殘隴草菲菲。

## 題畫三首

江樹何霏微，遥山蒼翠裏。秋風吹裳衣，人影橋下水。

欲溯大江流，泊舟楊柳岸。潮上柳風吹，渡江天未旦。

江草引行路，水風吹渡橋。故人家咫尺，門外是春潮。

## 送翁武舉出塞赴陳中丞幕

欲繫單于頸，長繩鐵縷絲。出塞人應笑，入關世始知。

## 狼山歸道中作

前山無夕陽，猶問夕陽洞。天寒人不行，山僧出相送。

## 樵歌貽盧子明

採薪入深林，唱歌出幽谷。樵歌非無辭，辭古不可讀。

## 太平水閣寫畫

遠影亂歸帆，孤烟發殘磬。垂綸岸岸移，楊柳遞相映。

## 後出塞送陳季立防秋

朔風邊月薊門秋，畫角嗚嗚百尺樓。自著戎衣頻上策，三年不起别家愁。

## 出塞行四首送郭建初歸戚都護幕中三首

鎖甲摇華鐵戟寒，弢弓插羽上雕鞍。班超自有封侯骨，世業寧論是史官。

風拂胡沙雪作塵，樓頭吹角月華新。夜分莫作還鄉夢，塞上悲歌半越人。

當時都護静倭奴，將校功高錦繞軀。今日軍中思一戰，年年馬市款單于。
薊門白日塞煙開，記室翩翩草檄才。衛霍空教尊貴甚，當年投筆有誰來。

## 少年行 原六首，散佚一首。

調笑胡姬夜不歸，日高春酒不停揮。下樓忽聽中山獵，白馬煙中一點飛。
渡頭相送一沾衣，日暮相思不下幃。潮水莫言還有信，渡船兩日一回歸。
苦竹渡邊苦竹枝，常思嶺下常思誰。奴自不言誰得會，江風江雨自應知。
雲起南臺墨未濃，俄然一雨暗千峰。篙師解説當年事，臺下分明有白龍。
越王城里九山分，只見三山翠入雲。山下有山看不得，奴從何處可逢君。

## 康州圖

亂山無徑不通樵，漁舍陰陰映緑蕉。樹杪泥乾江水落，村邊沙白瘴煙消。

## 康山人從理九首

從理字裕卿，永嘉人。好客任俠，倭寇起海上，偕劉將軍子高入吴，間關兵革間，瀕死者數四。

子高謝裕卿，裕卿終不肯去。子高拜大將，建纛毗陵，幕下士日衆，裕卿乃辭歸金陵。子高病，思見裕卿，裕卿馳赴與永訣，經紀後事，扶其柩至武林，遠近皆義之。故人朱海峰遠宦病革，屬纊猶張目視裕卿，裕卿撫之曰：「君勿憂，遠道歸櫬，此吾事也。」乃瞑。裕卿跋涉水陸，以其喪歸，同里王叔杲赴弔，相向慟哭，再拜謝焉。裕卿居長安數年，依叔杲南還，買山珠浦，病卒。叔杲以治木殮之，伐石表之曰「康處士之墓」。裕卿詩多散佚，太倉曹子念其死友也，往哭其墓，刻其詩曰《二雁山人集》。

## 江行有懷社中諸友

扁舟投落日，遥夜楚江隅。月上寒潮静，燈依野岸孤。驅馳悲斷雁，牢落愧棲烏。一灑并州淚，東流入舊都。

## 歲暮泛彭蠡

曠望極平川，遥心自黯然。空煙疑有地，遠浪不分天。暮色孤帆外，寒聲落雁邊。年催長路客，歸思倍堪憐。

## 舟中哭朱海峰

旅食悲妻子，孤裝執挽行。諸曾然夙昔，心豈隔幽明。角傍寒城語，濤兼夜雨聲。間關千里道，君見死生情。

## 觀音閣

古寺夕陽邊，憑虚思渺然。江聲猶楚恨，山色自吴年。宿鳥回清磬，孤舟逗野煙。長廊燈影寂，徐步禮金仙。

## 再至京口有懷金焦舊遊

層城舒遠目，迢遞送歸鴻。歲月更新曆，江山憶舊蹤。鐘聲春浪静，燈影暮流空。愧有東林約，無因問遠公。

## 曲池草堂和韻爲項思堯賦

地臨滄海勝，門向謝山偏。養晦非亡世，銷年祇尚玄。松寒延月早，花艷得春先。且謾論高卧，知君在吕虔。

## 黄河夜泊

燕雲朔雪路千重，飛藿關河歲暮踪。日落帆檣隨雁鶩，夜寒衾枕傍魚龍。鄉書寂寞天涯淚，客鬢蕭騷鏡裏容。斷岸蒹葭風雨急，一燈孤影聽疏鐘。

## 吴門逢吴孝甫

握手天涯問釣磯，别情歸思兩依依。年華共老芙蓉劍，生事孤憐薜荔衣。雁外清砧侵坐急，霜邊殘葉傍愁飛。十年歧路懷君意，一入青山會轉稀。

# 鄔公子佐卿三首

佐卿字汝翼，丹徒人。按察使紳之子。天性樸雅，不事奔競。楷書臨《黄庭經》詩工唐律，不與人争長，用自娱悦而已。少爲貴公子，喜遊狹斜，富於才調，集外有艷詩十卷，題曰《纏頭集》，佳句麗情，可歌可詠。如「笛中舊恨留金谷，天上新愁問玉巵」、「江柳眉梢雙鎖恨，海棠春盡獨銷魂」、「寶鏡夜寒鸞顧影，畫梁春暖燕歸樓」、「妝粉曉沾蝴蝶草，啼紅春染杜鵑枝」、「鬢梳蟬影分雙翼，衣剪靈綃學六銖」、「小閣閒情緘豆蔻，空庭微步出蓮花」、「樓前彩鳳隨仙史，陌上銀箏誤使君」、「春回漢水思捐珮，月滿秦宫照卷衣」、「玉樹經霜凝屈戌，垂楊新月掛鞦韆」、「《楊柳》調翻歌扇月，《柘枝》香度舞裙風」、「翡翠香籠絛脱暖，梧桐聲轉轆轤寒」、「明月小樓闌盼盼，垂楊深院李師師」，義山《無題》之後不多見也。

## 西津別妓

立馬江皋問暮潮，片帆西人路迢迢。人將碧草新晴去，魂對青山暮雨銷。雲色自依桃葉渡，月明淒斷鳳凰簫。樓頭濁酒春堪醉，還訪秦淮舊板橋。

## 宫　詞

復道傳呼御輦過，遥聞仙樂動雲和。黄金縱買《長門賦》，逝水終慚太液波。

## 艷　曲

碧樹映紅樓，佳人是莫愁。竹枝看引鳳，花色笑牽牛。舞罷月初落，歌殘雲欲流。何妨十日酒，醉殺秣陵秋。

# 茅布衣榛三首

榛字平仲，丹徒人。幼好學，不求聞達，閉户著書，有《韵譜本義》行於世。詩不攻應酬，與鄔佐卿輩唱和，以布衣老於鄉。

## 遼西歌

裨將分屯三十營，營營火炮震天鳴。縱教胡馬如征雁，不敢銜蘆過北平。

## 汪司馬東巡歌

曉渡滹沱雪滿河，轅門鼙鼓雜《鐃歌》。爲傳今日新司馬，原是南征舊伏波。

## 葉山人之芳 六首

之芳字茂長，無錫人。以能詩出遊人間，好使酒罵坐，鄒彦吉與之同里，繆相延重，而心殊苦之，知其人亦豪士也。

### 觀海

海碧何冥冥，空光連太清。白雲飛不過，紅日落還生。去鳥難分影，遥山安可名。何當借鰲背，載我向東行。

## 入新安溪

可怪新安水，舟從石上行。不風秋暮冷，無月夜深明。古本何年偃，危湍幾處驚。千尋猶見底，曾數越江清。

## 宿景光父

白露下疏牖，蕭條秋夜凉。入門君未寢，明月在藜牀。貧賤元同病，飄零只獨傷。不堪聞蟋蟀，久已怨離鄉。

## 别楚生二首

同君楚水别，獨向晉陵歸。秋葉霜中盡，寒帆海上稀。城荒衰草遍，山遠夕陽微。最是添愁處，天邊一雁飛。

歸人南國去，鄉路入江煙。遠樹低山郭，寒潮没渚田。長風飄薄暮，短日傍殘年。蕭索難爲别，惟應故舊憐。

## 暮春送別卷爲韓八題 韓，蜀人，自楚還蜀中。

河梁日暮罷離尊，送爾西遊去故園。湘渚月明春飲馬，巴江花落夜猿聞。青山易墮天涯淚，芳草空銷遠客魂。何事不歸長寄食，路旁誰更惜王孫。

# 顧山人聖少一首

聖少字季狂，吴郡南宫里人。少無鄉曲之譽，陷於縲紲，徉狂去鄉里。年四十始稱詩，遊燕、趙、齊、魯間，客諸王邸中，死於閩。王元美贈詩云：「季狂爲諸生，避讎中夜走。自詑傖頰雄，不操吴音久。頗鮮鱗甲腹，僅餘雌黄口。」

## 送李汝學還上黨

傾蓋同爲客，攜樽復送君。悲凉誰作賦，南北此離群。坂没羊腸雪，山横熊耳雲。相思豈無雁，可待九秋聞。

# 莫山人叔明 四首

叔明字公遠，長洲人，徙居武林。僻好爲詩，苦思險詣，務出於人所不經道，高自標置，每謂人：「近日出語太易，人得無以岑嘉州目我乎？」群少年皆目笑之。數見譏困，貧亦益甚。遊燕、齊及楚，返，葬於武林，自伐石爲之表曰「明詩人莫公遠之墓」。

## 宿佩上人房

支公不相馬，夜向窗前閑。釀酒醉佳客，燒燈對靈山。庖厨竹樹下，巾舄桃花間。一宿又何意，題詩重愁顔。

## 送秦馬平表弟入京

翩翩白馬只横行，楊柳秋風去客程。仗劍好言甥似舅，開樽莫爲弟辭兄。簷藏緑幘衣邊暗，樹隱蒼峰肘後明。聞道陽春唱高曲，大都不是别離聲。

## 季冬章少參見訪不值

欲知何事不逢君，閒向青山與鶴群。安得玉缸香是酒，但看青案字成文。天寒竹葉翻重翠，歲晚松枝起片雲。户牖阿誰嫌寂寞，自然人語絶相聞。

## 贈　别

年少辭家不畏勞，山間緑樹戍樓高。桃花不合渾如淚，和雨紛紛上客袍。

# 朱太學邦憲四首

邦憲字察卿，上海人。父豹，字子文，官至福州太守。邦憲性慷慨，通輕俠，急人之難甚於己。耻爲紈袴子弟及儒衣冠，呼盧挾妓，舉觥輒數十不醉，意豁如也。福州故吏官雲間者，思報稱太守，爲邦憲買田宅，固辭不肯。邑令雅重邦憲，日造請其廬歡飲，欲請間爲邦憲壽，終不敢發言。令死，邦憲經紀其喪，千里還葬。趙尚書文華督師江南，下教邑令：「故人子朱生安在？其母太夫人無恙乎？爲我好致之。」邑令一日三及門，具樓船趣行，邦憲自棹扁舟，褐衣詣督府。尚書歡甚，握手相勞苦，酒酣從容爲言：「丈夫當乘時射取功名，多顧金錢，庀母夫人甘毳，何用硜硜守匹夫之節乎？」言之再，至于三，邦憲三辭之。尚書嘆息曰：「福州有子，我所不逮也。」尚書敗，人無敢名爲尚書客者，邦憲爲人語尚書，輒拊膺流涕，人以此益多之。邦憲好讀書稱詩，多長者之遊，數千里内，信使趾屬于道。所最厚善爲四明沈明臣、吴門王穉登。邦憲没，明臣哭之，過時而悲，且與穉登並爲立傳。其殁也，四明余寅移書邵御史，請祀諸瞽宗。

## 會稽獄中訪徐文長

廿載神交意氣同，相逢有淚灑陰風。篨輿擬作五經笥，圜室今爲一畝宫。獄吏未能書牘背，俠徒那得載車中。天王何日封三府，不使沉冤射白虹？

## 荆　軻

匕首無功壯士醜，函封可惜將軍首。秦庭一死謝田光，社稷何曾計存否。不知秦王環柱時，舞陽在前何所爲。當時太子不早遣，待客俱來應未知。

## 寒夜集家兄園居有懷唐光禄三丈

騎馬衝寒共出城，一尊宵宴愜歡情。棋聲到樹烏不定，池影入窗人倒行。林滿清霜山更瘦，地留殘雪月逾明。天涯忽憶離群客，長樂聞鐘夢未成。

## 張左虞燕京惠詩却寄

迅風激高雲，朔雁正南翔。良友在長安，寄我詩數行。恍聞漸離筑，忽灑燕山霜。肝膽兩相照，然諾安然忘。結轡爾優游，塊處吾傍徨。久挾三千牘，不共侏儒囊。空射箭頭書，無益聊城亡。嗟嗟竟白頭，蓬蒿淚霑裳。丈夫抱遠略，策名在疆埸。不知漢天子，曾復問馮唐。

# 朱監事正初 一首

正初字在明，靖江人。嘉隆間，官光禄監事。家富好客，沈嘉則、王伯穀諸人皆客其家。

## 無　題

長於車馬少年同，此夕翻疑似夢中。楊柳有聲吹作笛，梅花無數落隨風。春山尚鬬顰間翠，夜月都消枕上紅。惆悵當時歌舞處，夕陽猶照小橋東。

## 潘舍人緯三十一首

緯字仲文，一字象安，歙縣人。垂髫能詩。家于白嶽之下，隱居誦讀，不妄交與。興化李文定公在政地，延致門下凡十年，蕭然布素，無所干請。興化去國，試鎖院不中，入貲爲武英殿中書舍人。萬曆中致仕歸。王仲房曰：「仲文年少攻詩，不甘常調。雖羽翼方翔，而風力知厚負矣。」余觀仲文詩，攻苦精思，擺落凡近，如秋水芙蓉，亭亭自遠。仲房亟稱其「郭外關河遠，樽前歲臘殘」、「旅館午寒閉，江城秋雪飛」，未足蔽仲文也。隆、萬間，䠶中主盟，白榆結社，腥醲肥厚之詞熏灼海内，仲文厚自拂拭，翛然自遠，視一時才筆之士，殆如獨鶴之在鷄群，而時人或未之知也，當與具眼人共推之耳。

### 送友人北遊

樽酒慰行軒，交深敢贈言。經過鄭莊驛，好問孟嘗門。一諾休輕許，千金未是恩。年來長送客，此意不曾論。

### 簡方際明

昨暮登樓處，雨收溪上村。此時見新漲，直到君家門。舊岸集漁網，高齋藏釣綸。嘉魚坐可辦，好約同開樽。

## 夏月過佘松泉先生溪園

花榭竹爲垣，幽陰坐處繁。遥疑原上日，不到水邊村。山雨帶雲集，松濤清晝翻。往來三徑裏，何地有囂煩。

## 寄題方山人陵陽别業

方干有舊業，本在青溪東。近卜陵陽隱，因懷龐德風。百年耕隴上，八口寄庵中。獨羡漁樵侣，能將出處同。

## 冬夜奉懷從兄汝和時在江西

予行江水北，君行江水西。兩鄉千里隔，一夢幾迴迷。雨雪連天遠，梅花落月低。所思何處在，殘夜聽鳴鷄。

## 答方僉憲定之先生

時違長棄置，身賤寡交親。方學漁樵業，甘爲農圃鄰。坐愁生白髮，出畏染緇塵。十載攻詞賦，無媒只舊貧。

## 賦得雙佩劍送方生趨幕府

延津雙玉虹，神物合雌雄。易用千金購，難爲一割功。塵埋餘斗氣，歲遠結陰風。感激封侯去，龍鳴出匣中。

## 春日憶山中書隱

及兹農事候，令予歸不閒。本無西疇耕，爲趁東風還。舊廬在林莽，樹石繁其間。時春方雨餘，好鳥聲關關。門柳媚柔條，蘿徑滋苔斑。澗鳴始流泉，座對初青山。寓目但成景，偃仰多歡顏。此鄉能似否，寧不思迴飈。

## 過蔣南泠翁大參休園喜鴻臚諸昆載酒留集

蔣生風雅存，異代馥蘭蓀。修竹仍三徑，垂楊自一村。啼鶯呼過客，幽草映閒門。舊識求羊侶，重憐載酒樽。

## 邗江逢歐楨伯學博余昨過廣陵以夜半渡關失訪後移官偶遇賦贈

廣陵關外路，夜半夢中過。騎鶴人逢晚，聽鷄客誤多。去來同雨雪，吏隱各煙波。攜得新詩別，相思日日歌。

## 官莊春暝

一徑掩蒿蓬，孤村煙靄中。鳴蛙出水曲，宿鳥隱花叢。高樹留殘照，遥山映暮空。無人伴幽興，招月聽絲桐。

## 春日官莊

幽居近喜卜東溪，遠市依依隔水西。堤柳漸迷來客駕，山花自發野人蹊。游魚晴戲陂塘暖，雊雉朝飛壟麥齊。更好林鶯聽不盡，雙柑斗酒日勞攜。

## 官莊晚霽

平原眺晚霽，百里見蒼山。鳥帶浮雲去，人從暮靄還。村童過雨集，野老到秋閒。倚杖逍遥者，聽蟬竹徑間。

## 山中贈友人

西園獨偃息，伏枕連朝昏。送客偶出户，看雲還倚門。田蕪没平野，木落見前村。憐爾幽懷者，時來相與論。

## 夏日溪堂

村居無廣厦，松竹自成陰。長日林中卧，風枝落布衾。時憐野漁唱，復愛幽蟬吟。孤酌還乘興，臨流理素琴。

## 宿白嶽社山中

白社負幽期，青山寄空宅。偶攜林中友，重卧巖下石。雲歸忽閉關，月出更留客。不着塵夢還，潺湲響終夕。

## 送徐汝搏還三衢

憐君遽爲别，風色敝裘寒。郭外關河遠，樽前歲臘殘。人歸姑蔑國，帆過子陵灘。夾岸梅花發，相思好奈看。

## 鑾江秋暮

家遠信音稀，懷歸未得歸。途窮劍空在，性懶念多違。旅館午寒閉，江城秋雪飛。還慚京兆客，何事泣牛衣。

## 過方别駕市上園

久爲絃歌出，仍無三徑資。還山種松菊，傍舍葺園池。門閉喧能隔，庭閒鳥亦知。一樽時自醉，猶笑異官遲。

## 蠶婦吟

采桑復采桑，無嗟爲蠶饑。食君筐中葉，還君機上絲。還君絲，織君綺。貧女養蠶不得着，惜爾抽絲爲人死。

## 初夏同王應鳳佘日章汪以仁以敬過佘子玉園居

背市園居寂，到門芳草深。呼童出貰酒，留客坐鳴琴。鳥作辭春語，松生入夏陰。求羊無夙約，開徑自相尋。

## 上渡

渡頭風雨急，橋斷夜來水。時有喚舟人，招招者誰子。

## 松石臺

倚松踞磐石，無伴坐亦好。不信石無塵，松風與灑掃。

## 聖駕九日天壽山登高獻三閣下

仙輿九日駐郊圻，清蹕傳呼上翠微。朔塞秋聲連畫角，陵園霜色雜朱旂。千官馬逐層巖轉，萬乘龍隨蹬道飛。欲記明良遊豫盛，野人終愧賦才非。

## 出郊與黄吉父言别

策蹇出都俱莫問，笑彈長劍對銀缸。虚傳郭隗臺千尺，誰賜虞卿璧一雙。林下放歌俱白首，門前把釣有滄江。也知西掖還東閣，且趁南風卧北窗。

## 應制賦禁中柳絮

日暖長楊露乍晞，樓臺無處不霏霏。才隨漢苑春風起，忽作梁園暮雪飛。案上花生供奉筆，墀頭影落侍臣衣。不因賦質輕微甚，那得吹噓到禁闈。

## 漂母祠

曾謂千金意，能酬一飯恩。往來人下拜，猶是爲王孫。

## 瑞蓮應制二首　蓮生慈寧宮奉大士盆中，九華五色。

盆作金龍百寶裝，波心常現玉毫光。新秋一朵青蓮涌，三十六宮聞妙香。

瑶池浪説千年藕，玉井虛傳十丈花。争似九莖開五色，西天瑞現帝王家。

## 漢宮詞

棄置長門鬢欲華，後宮又道選良家。君恩好似三春雨，半爲開花半落花。

## 過友人園題壁

垂柳柴門傍水開，啾啾野雀啄莓苔。園林日午花争發，主不歸來客自來。

# 田廣文藝蘅九首

藝蘅字子秇，錢塘人。學憲叔禾之子也。十歲從其父過采石，賦詩云：「白玉樓成招太白，青山相對憶青蓮。寥寥采石江頭月，曾照仙人宫錦船。」性放曠不羈，好酒任俠，善爲南曲小令。晚歲以貢爲新安博士，罷歸。常衣絳衣，挾二鬟，遊湖上，逢好友則令小鬟進酒，促膝談謔。時時挾内人遍遊諸山，偶日暮，不得巾車，覓得一驢，與内人共跨入城。有《留青日札》在小説家。

## 山　中

避俗非遺世，無材合背時。獨居如我僻，幽事與心宜。暮雨喧茶臼，秋山落研池。臨風聞伐木，猶自動遐思。

## 遊三茅山訪鄭煉師

小隱居城市，悠然寄一丘。青山同入定，黄葉自悲秋。湖影摇晴榻，鐘聲度暝樓。丹砂何日就，期爾在玄洲。

## 夜投禪院

暝暝溪路轉，初月隱林間。孤燈在深竹，清流影前山。倚樹露欲滴，扣門僧正閒。宿好雅相得，明發何能還。

## 雨中感懷寄諸故人

三十年來尚轉蓬，學書學劍兩無功。數椽茅屋寒江上，一樹梅花細雨中。聞雁忽驚時序晚，對山不覺酒船空。高陽舊侣能相念，冰底雙魚尺素通。

## 塞下曲

黑風卷沙平太行，轅門列戟飛秋霜。敲冰飲馬萬蹄裂，旄頭白日寒無光。胡笳叫屈角聲死，短兵戰過交河水。不恤身爲塞下燐，孤光還照長城裏。

## 戎政府

大將新開戎政府，門外列校如狼虎。團營十二坐指揮，此生焉能與噲伍。咸寧旗偃虜騎來，咸寧旗出虜騎回。九廟震驚本兵死，帳中歌舞方行杯。寵錫如山印如斗，君恩愈深臣愈負。兔窟深藏屠酤兒，駝幃屢納單于婦。平頭奴子腰盡黄，不獨秦宫花底狂。内家珠玉耀權室，錦衣目側旋中傷。猿鷄飛去癰疽潰①，曾公夏公來作祟②。西湖一莊不忍捐，帶礪山河片言墜。劈棺僇尸梟九邊，嬌妻稚子藁街懸。誓書未及傳三葉，血食寧知絶九淵。郿塢空爲萬年計，落花滿地朱門閉。鷄鳴狗吠散如煙，寵姬給配功臣第。就裏尤誇俞七兒，新人重事尚嬌痴。鬧裝寶束今何許，玉帶曾勞柘柳枝③。

① 原注：「鸞病疽發時，室中有物如白猿、白鷄，飛向西北去，謂是其夫婦生肖也。」

② 原注：「疾革時，自言見兩公來索對，若漢武安侯事。」

③ 原注：「七兒姓俞氏，家奴洪定女也。争繫玉帶圍其嫡，洪不與，乃自製七寶鬧裝金束，其值蓋巨萬計云。」

## 錢塘門

雒陽曾聞北邙道，浙江今見錢塘門。朝朝五鼓靈輀發，若雨悲風愁斷魂。西湖山中白楊樹，今人古人幾丘土。撅人白骨築新墳，何遽今人不成古。世人有死亦有生，依然冠蓋滿杭城。妖童艷妾不可保，何况槐第連蒿塋。湖上笙歌引紈縠，一半歡娱一半哭。狐狸銜出夜臺衣，烏鴉亂攫春盤肉。丈夫處世求樂多，有身耐埋金叵羅。雷霆不使人醉耳，忍聽城門《薤露》歌。

### 西湖題小桃王氏別館

柳外朱樓絢彩霞，阿誰湖上浣春紗。留人燕子初命子①，映面桃花恰始花②。輕薄未應來鄴下，呢喃多是怨王家。東風頻駐青驄馬，無那橋西酒旆斜。

①原注：「命讀作名，燕鳴以語雛也。見樂府。」

②原注：「始讀作試。」

### 月夜即席示座客

雲散江城玉漏遥，月華浮動可憐宵。停歌不飲君何待，試問當年李玉簫①。

①原注：「玉簫，蜀宫人，愛唱王衍《宫詞》『月華如水浸宫殿，有酒不醉真痴人』之句。」

## 丘柳城雲霄〔一〕六首

雲霄字凌漢，崇安人。嘉靖十七年貢士，官南京國子監典簿，遷廣西柳城知縣，歸隱於武夷。嘗輯《武夷志》。

〔一〕「柳城」，原刻卷首目録作「知縣」。

## 思家

木落愁遠山，鄉心夜來絶。不見渡溪人，但見渡頭月。高堂憶遠征，妻孥望天末。舞衣生輕塵，自貽此契闊。白雲起江頭，直向武夷没。

## 吉溪

遊子悲無褐，寒風吹短楂。問魚沽酒路，隨犬到田家。茅屋依山静，溪橋逐水斜。逢人皆荷蓧，相笑失生涯。

## 錢塘

天隨望落低低鳥，海欲潮生細細風。裘戀客邊春夜冷，夢依天末翠微重。雲深碧樹渾經濕，日落清江半染紅。愁倚西樓芳草合，吴山越水暮煙中。

## 北固山江望

偶來結束成登眺，獨立蒼茫散暮愁。地入秦淮千嶂出，天分南北一江流。潮隨返照衝長島，鳥入深雲是故丘。自信久無蕉鹿夢，浮名應愧釣魚舟。

春盡次淮上

南關何處日孤征，歸夢先春幾百程。今日送春猶是客，孤城寒雨不勝情。

殘　花

昨日看花花滿枝，今朝爛漫點青池。無情莫抱東風恨，作意開時是謝時。

王舉人樂善二首

樂善字存甫，霸州人。萬曆乙卯鄉舉。有《扣角集》，多自傷不遇之意。

春宫曲二首

燕語花飛正斷魂，黄金枉費賦《長門》。凄凉莫恨嬋娟誤，不嫁呼韓即主恩。

楊花風散滿池塘，倚檻看來暗自傷。紅粉争如風裏絮，化萍猶得傍鴛鴦。

## 張　祐一首

詩見李子田《藝圃集》。唐張承吉名祜，而此君名祐，字義迴別，俗人以爲同姓名，可資一噱。

### 閒　詠

池上新荷緑，風清白鷺飛。採蓮人已去，水面落紅衣。

## 葉山人權三首

權字時中，休寧人。其《巫山高》詩云：「月下人嗟夜夜樓，江邊花發年年樹。」爲時人所稱。

### 感　遇

花暗重門燕繞梁，珠簾高捲鬱金堂。香雲縹緲來青瑣，初日玲瓏照寶妝。蜀錦畫長鋪翡翠，吴綾春暖卧鴛鴦。含情飲恨風流盡，笑殺羅敷自採桑。

## 燕

何幸棲君玳瑁梁，薔薇花下趁餘香。願教春色年年在，不惜雙飛日日忙。

## 聽查八十琵琶

查曾應詔教内人，如唐之賀老。晚年流落江湖，人多題贈，亦如開元之感也。

新聲不及鬱輪袍，空撥皮絃掛錦縧。獨向月明彈一曲，白頭雙淚落秋濤。

# 汪山人鉞二首

鉞字伯耳，安徽人。豪宕自命。聊城傅光宅爲御史，交厚，出入其門，致有煩言。光宅左遷，耳伯下詔獄。光宅抗疏自理，有云：「臣爲友累，不過貶官；友爲臣累，幾至畢命。相提而論，孰重孰輕？」時論韙之。

## 寄伍雲

龍荒驅虜逐輕車，麟閣論功鬢已華。月照夜愁飛漢苑，風吹寒夢落胡笳。年光祇見天連水，春色空餘雪作花。獨向窮邊留滯久，青門閑殺故侯瓜。

## 待柴荆

朝尋白雲去，暮將白雲歸。寥寥窮巷中，懸燈未掩扉。

# 王貢士應辰四首

應辰□□，永嘉人。嘉靖中貢士。與陳海樵、沈青門善。侯一元序其詩。

## 夜遊曲

燕舞起香塵，鶯歌出絳唇。直須滅銀燭，恐有絶纓人。

## 諸將二首

元戎授鉞爲防邊，斥堠傳烽未息煙。盡道長驅如衛霍，何人起冢象祁連。

群盗縱横藉將才，紛紛白骨葬黄埃。阿誰騰上胡兒騎，却引殘軍入塞來。

## 中秋新月戲簡須彌仙

入牖方嗟攬不盈，步櫓始覺映前榮。□摧豈是同胡騎，陣偃由來學漢兵。灧灧影分金鏡彩，纖纖形帶漢鈎明。多情天上張京兆，何事雙蛾畫不成。

# 張儒士金三首

金字伯堅，江都人。

## 雨中泊太倉州

太倉城河潮水生，石橋西下官鼓鳴。客子思家孤夢遠，舟人刺船雙櫓輕。横風倒海浪作勢，急雨過山雲不行。暫時繫纜小港口，城門擊柝聞初更。

## 仙居吟

尋常不到山前路，洞口閒雲盡日封。時有聽經童子至，不知身是石潭龍。

## 古塘即事

布穀聲中日又斜，石橋流水兩三家。鄉村春色無人管，開盡棠梨幾樹花。

# 田四科一首

四科字子哲，江都人。

## 旅館

旅館清尊日復斜，鷓鴣啼處客思家。晚來墻角胭脂雨，落盡山桃滿樹花。

# 陳秀才公綸六首

公綸字涣中，臨海人。自稱天台玉室道人。有《采碧集》，其自叙以爲本東野農夫，因徙郡城，誦讀爲章。逢行，跡不出其鄉，獨六客錢塘。平生好詩歌，恥趨謁，自禁諛語。以玉室名其詩，不欲著其姓字云。

## 白雲樓閒居

世事惟尊酒，清狂寄海東。濯纓千澗里，步屧萬花中。放杖留青草，將衣挂碧松。西林雲寂寂，到晚自鳴鐘。

## 曉發剡山

曉發剡山路，東方白尚微。張燈沽酒店，帶月旅人衣。水遠孤舟渡，煙空一雁飛。及秋歸未得，徒自憶山扉。

## 秋日

落日驚衰柳，西風倒病花。物華推小院，歲序轉枯槎。野徑隨流曲，山籬帶雨斜。幾回同逸侶，乞酒到鄰家。

## 山寺作

近郭叢林邃，山環徑轉微。溪光分石髮，厓色亂苔衣。樹密雲能度，風閑鳥便飛。短黎看未足，時傍夕陽歸。

## 江上

雙鷗如有約，同泛越江風。極浦迴波勢，修林襲岸容。孤帆春雨外，短笛暮烟中。坐久渾無事，江頭數亂峰。

## 夜坐

小坐欲更闌，齋虚神自閒。風開檐際幕，月度水南山。寒角城雲滿，夜漁江火還。一尊如有待，聞雁獨凴闌。

# 高爐一首

爐字洪父，揚州人。

## 月明橋

何處月明橋，花宮對浦潮。即今明月夜，時有客吹簫。

## 張秀才文介二首

文介字惟守，龍游諸生。王元美序其詩。

### 吴江舟中

向夕問舟人，吴江將至否？須傍微月中，繫船好沽酒。

### 醉醒口號

夜分醉微醒，山樓半銜月。閨人猶未眠，月底看蠶葉。

## 鄭惟勉二首

惟勉字時成，未詳邑人。出金陵人《明詩日抄》。有短歌云：「志士冥棲多苦辛，懷書十上未聞秦。」蓋亦高才生而不遇者。

## 寄衣曲

秋風動邊塞，木葉下庭幃。織就機中素，裁爲萬里衣。憂沉絲緒短，淚漬綫痕稀。君體應如昔，妾容今已非。

## 春怨

玉砌繡青苔，花落香泥濕。下簾奏雲和，春風復吹入。

# 王秀才瑞一首

瑞字□□，陝州新城人。爲人豐頤雄辯，氣岸豪舉。年五十，尚困諸生。有《課餘集》，自爲之序。

## 春閨詞

十二闌干繞玉樓，珠簾垂影控金鈎。多情最是梁間燕，泥軟花香去復留。

# 列朝詩集丁集第十

## 沈經歷煉一十二首

煉字純甫，會稽人。嘉靖戊戌進士，知溧陽、茌平、清豐三縣，入爲錦衣衛經歷。庚戌歲，虜薄城下，廷議乞貢事，群臣畏嚴氏，莫敢發言。純甫越階抗論，當從趙司業貞吉議，拒貢却虜。明日，上疏請得二萬騎，護陵寢，通餉道，合勤王之旅，擊其惰歸，俾隻輪不返。疏報聞，朝廷壯之。明年正月，抗疏劾相嵩父子，請誅之以謝天下，杖四十，謫田保安州。當是時，虜數入塞，邊臣擁兵坐視，楊順督宣、大，虜大破應州堡塞，俟其退，割戰士及路人之馘以獻功。純甫心傷之，賦詩飛書，指切其事。邊人士好從純甫遊，争相與唾罵相嵩，爲偶人三，象林甫、檜及嵩，耦而射之。而純甫在邊，日夜從俠少年結死士，思用間破虜。虜入又散金募土人爲城守，順捃拾其狀告變，嵩父子捕白蓮妖黨，竄純甫名籍中，坐以通虜，嵩從中下其事，僇純甫於邊。逮其子襄將殺之，而嵩、順相繼敗，得釋。隆慶初，復原官，贈光禄寺少卿。純甫雄於文，下筆輒萬言，作《籌邊賦》、弔死戰諸將文及紀事諸詩，尤憤懣悲壯。順既殺純甫，榜示邊塞，有藏沈氏遺文片紙按捕抵罪。諸生武崇文斂純甫遺稾，將火之，忽中惡仆地，恍忽見純甫峨冠緋衣，手劍叱之，懼而瘞之後圃。事白後，穴地出之，以授其子，今所傳《鳴劍集》、兵書赤牘諸編也。純甫與陳鳴野、徐文長爲意氣之交，故余録諸人之詩，以純甫爲首。

## 得應職方書以詩答之

郎署飛符日，題書問謫居。自因鄉使到，翻覺舊交疏。風月塵沙裏，邊風鼓角餘。誰知遷客夢，夜夜繞鑾輿。

## 寄馮敬叔

同作他鄉客，嗟余更滯留。關山明月夜，邊塞白雲秋。漢闕孤臣夢，胡笳萬里愁。桑乾河水近，知是憶并州。

## 送張司丞有功北上

北風吹動寶刀初，短别江城念有餘。知己不因長會面，論心祇欲屢題書。征帆未及春先到，鄉夢須教歲併除。君若逢人談姓字，知余京國舊交疏。

## 贈李將軍

當年海上揚塵日，獨有將軍劍戟馳。刁斗祇令諸校集，羽書不使侍臣知。時將落葉供書草，自遣飛花入酒卮。勳業定知長劍在，徒嗟李廣未逢時。

## 秋懷

風雨摇秋濕不開，紛林殘葉逐人來。塞雲作陣江關暝，粉堞遥傳鼓角哀。直北朱旗真下淚，淮陰冰色未登臺。玉堂金閣雙龍管，亂落梅花正舉杯。

## 秋夜感懷

颯颯西風日夜吹，將軍出塞又空回。不知白骨堆沙岸，猶自紅妝送酒杯。諸葛已無籌筆驛，李陵偏築望鄉臺。悲歌莫厭傷心曲，不是忠臣定不哀。

## 答陳鳴野社友

十年赤縣頻爲吏，一疏中朝便落官。勞寄音書知夢在，細籌世路念歸難。馬蹄最識邊沙塞，雁影猶驚苦月寒。詞客幸能憐旅況，玉門應爲賦生還。

送朱子南還

十年辛苦在京華，夢裏何時不見家。一到若耶溪畔月，始知楊柳隔天涯。

寄張有功二首

邊城楊柳路傍垂，折取長條欲贈誰。不若寄將明鏡去，爲曾照我鬢如絲。

桑乾河曲水潺潺，好送征人雙淚還。帶葉隨風千里去，又愁隔斷萬重山。

聞角

誰將清角月中吹，格調分明出塞迴。莫遣胡兒聞此曲，翻嫌漢將不窮追。

感懷

割生獻馘古來無，解道功成萬骨枯。白草黃沙風雨夜，冤魂多少覓頭顱。

# 海樵山人陳鶴 五十六首

鶴字鳴野，一字九皋，山陰人。穎悟絶倫，年十餘，已知好古，置奇帙名帖，窮日夜誦覽。十七，襲其祖軍功，官得百户。欝欝負奇疾，自學醫爲診藥七年而病愈。棄其所授官，著山人服，神宇奇秀，對客論説，凌跨恢弘，足以撼當世學士。而其所作爲古詩文，若騷賦詞曲，草書圖畫，能盡效諸名家，間出己意，工贍絶倫。其所自娱戲，瑣至吴歈越曲，緑章釋梵，巫史祝咒，棹歌菱唱，伐木挽石，薤詞儺逐，侏儒伶倡，萬舞偶劇，投壺博戲，酒政鬮籌，稗官小説，與一切四方語言，樂師矇瞍口誦而手奏者，一遇興至，靡不窮態極調。於是四方之人無不向慕。軒蓋造訪，卧未起，或時就榻見之，相與心醉氣折，内交而去。如是者三十年。客金陵四載，卒於邸舍。徐渭文長表其墓，以爲山人氣雄邁，跨諸貴遊似東方朔，才敏似劉穆之，其爲瑣屑藝劇，忽整衣幘，談理道，辨世務，又大類曹植見許淳事。山人卒於嘉靖壬申，又六年乙丑而文長表其墓，蓋文長初謝諸生，病易釘耳之歲也。

## 麗人篇

雲爲蟬鬢霞爲裳，文軒繡户逞新妝。白蓮未作風中色，丹桂先移月裏香。洛川立處花横水，楚館歌時聲在梁。傷心半倚同心扇，留客雙飛並蒂觴。楊柳垂絲空繫念，蛺蝶聯群祇斷腸。欲把芳心託縑素，錦書雜淚不成行。

## 桃花美人行

鸞幃鴛閣戀無因，珠鏡牙牀久自塵。相逢柳絮心還亂，相見桃花意轉新。聊作逍遥步，獨立可憐春。春日春花復可憐，春心飄蕩詎能前。自知顔色非春色，自惜今年異昔年。眉凋難學柳，步弱不成蓮。臂褪珊瑚釧，鬢謝鳳凰鈿。行隨雙蝶偏羞寡，坐同孤月却憎圓。羞寡憎圓兩意深，桃花桃葉一般新。但識花心非妾性，不將折取寄離人。

## 相逢行贈孔員外

白馬綰青絲，華鞭控錦羈。蹀躞黄金陌，照耀緑楊枝。來自鄞江道，還過越溪水。相逢碧荷畔，共入花間語。

## 太倉除夕席上呈友人

頻年愜遠遊，歲晚獨牽愁。底事故鄉淚，偏當今夜流。柔風將報柳，殘燭更明樓。君醉且休別，同予送曉籌。

## 泊京口望金山寺

南徐一片石，千古柱中流。繞樹開僧舍，緣空結梵樓。疏燈明水底，落月掛潮頭。向晚禪鐘起，風吹到客舟。

## 夜坐見白髮寄别朱仲開張甌江

坐久北風起，江聲帶遠沙。客愁初到鬢，鄉夢不離家。林静無殘葉，燈寒有落花。懷君夜難寐，别緒轉如麻。

## 過唐荆川太史隱居

惟君愛嘉遁，結屋向江村。遠月長隨棹，殘潮自到門。心無時事累，家有古風存。已得川中樂，都忘河上言。

## 與沈使君風雨泊河橋夜半使君先發余沿路追尋不及賦詩見懷

相逢驛西路，交深難别離。市橋同水泊，風雨獨何之。江黑一帆没，夜寒孤夢遲。仙蹤無處覓，推枕益凄其。

## 送朱東武北上

落日照湖水，殘杯催別離。常年分手處，寒柳半無枝。才老宦方達，時清貧正宜。君當謝南畝，休與白雲期。

## 送袁節推奏績北上

斜日半帆明，西江浪正平。風雲雙闕路，吴越兩鄉情。樹緑沉山影，天空落雁聲。孤舟漁浦夜，共語一燈清。

## 題楊法部容閒閣

閣傍江城外，窗開雲水間。祇因塵境遠，自覺主人閒。日落見歸鳥，月明看遠山。移船候潮至，相送野僧還。

## 戚龍淵過山中

闕路幾年别，秋霜兩鬢多。高談卑世態，遠涉識風波。藝絶惟名在，身貧奈壯何。爲君沽斗酒，聊復慰蹉跎。

## 送周雨山還金陵

戚戚在歧路，煢煢歸鄴都。病多雙鬢换，天遠一身孤。晚飯到吴市，秋吟向野蕪。扁舟今夜月，難遣客愁無。

## 寄金子坤

思君不可見，漸覺歲年過。世事猶如此，生涯近若何。天長紅樹没，雨後亂山多。何日金陵道，相攜一和歌。

## 送施虎泉北上

看君上馬負長戈，北去關山路幾何。世變文人輕武甚，時平國士向邊多。西河未可淹吴起，南海終須遣伏波。明主憐才此推轂，莫因霜鬢嘆蹉跎。

## 金子坤話别

驛路孤亭含落暉，緑蕪風暖燕頻飛。城頭潮上酒初歇，江畔月明人獨歸。才滯莫疑天道遠，路貧方覺世情非。凄凉十二年來事，惟有臨歧淚染衣。

## 曹娥江寄京口諸友人

曹娥江上浪如花，數幅蒲帆過浦斜。煙際亂山明落日，樹中古廟帶殘霞。乾坤故舊勞魂夢，客路星霜換歲華。鳴雁滿天無信息，相思一夜遍天涯。

## 卧病雙溪山館見月寄張有功

溪邊桑柘映雙流，病裏蕭條賦四愁。坐雨幾宵方見月，别君一日已成秋。山深倦鵲猶依樹，風静飛螢自上樓。託跡文園須共遣，莫因鄉國嘆羈留。

## 武林答張文東見過

雨餘落日滿臨安，病况逢君得暫寬。抱玉已經三獻後，還家又值一春殘。時違自覺君恩遠，客久方知世路難。國事於今用長劍，鏡中緑髮未須看。

## 宿莫水部官署答蔣南泠張甌江見過

北風吹雪滿征鞍，西度關門歲欲殘。越國雲山千里夢，官亭花竹幾迴看。天連海上明河没，霜白城頭片月寒。深夜逢君論世事，酒酣重把劍珠彈。

## 古意

千家砧杵亂城頭，新月微明江水流。牀外蛩鳴偏出夜，風前白苧不宜秋。愁連天漢無鴻雁，夢到關山見戍樓。芳草不青蓮子落，征夫何事好長遊。

## 春暮入蕪城過真州感賦呈蔣南泠諸公

兩月蕪城醉酒尊，逃炎復入海西村。去年芳草又重緑，舊日故交無半存。風景秖添江郭柳，月華還認旅人門。逢君且誦别來句，時事到今難盡論。

## 武林送章僉憲之廣西

憲節翩翩向法臺，遐荒萬里瘴煙開。聖王化久文身盡，粤服人和白雉來。膏嶺日寒風似雪，牂牁雨過水如苔。斷腸極目他鄉外，簪珮何年返上臺。

## 題贈陶氏覲湖村居

摇波修樹玉同清，隔樹虚樓水共成。桂楫蘭橈穿鏡出，春歌暮管傍花行。月如彭蠡湖中掛，雲似瀟湘浦上生。但得長年怡杖屨，那論此地勝蓬瀛。

## 除夕前一日與駱行簡吕南夫張侯中沈純甫蟾山晚宴有作

巖邊樹色隱丹扉，日下仙輿度翠微。水落盡如雷電過，山迴俱作鳳凰飛。星臺似結仙人掌，雲路疑通織女機。幽賞不殊椒酒會，合歡須並月驂歸。

## 戚龍淵遊閩八載歸乃移家武林冒暑過越訪予山中因留半月別去

八載遊閩今始歸，形容半是語全非。萍蹤已有妻孥託，旅食猶憐故舊稀。睡去衣裳孤月滿，醉來圖畫亂雲飛。與君山閣逃炎熱，臨別還留壁上題。

## 炎居苦俗因入蕭山養病張子成郊園

炎天病起厭逢迎，借爾深山且避名。偶對野翁忘出處，暫隨農侶話陰晴。林猿乞果時穿木，海月窺人夜過城。賴有流泉能灌圃，隔窗時見藥苗生。

## 旅館病起奉寄近山白崖諸公

新橋客舍俯横塘，柳色千門路轉長。却病且須辭酒伴，習閑還欲借僧房。日高花氣蒸書案，風過潮聲到石牀。巷陌春深芳草緑，故人車馬在何方。

## 楊二檀聞人北江二臬副過山中值余他出乃自移二石坐竹下待之少頃余還鄒草陵亦至遂開樽相話日盡而別

海上初乘李郭舟，東來又作北山遊。自憐散跡隨雲出，却喜閒身爲竹留。日轉菊籬花未吐，江寒梧樹葉先流。廿年歲月交遊在，共對清樽半白頭。

## 隱跡吴市答謝諸友

往來吴市且藏名，乞食空門學野僧。曉泛獨先湖口日，夜歸長傍酒家燈。時危有夢依山谷，身病無書問友朋。世路茫茫何處是，關河西望涕重增。

## 風雨夢金陵諸舊社

亂離漂泊滯天涯，託跡空門不當家。病裏音書非故舊，夜深風雨夢京華。褰裳覓句行南陌，并馬看春過狹斜。睡醒蒲團寒漏斷，半庭蕉葉雜江沙。

## 吹笛因懷友人

玉笛横吹入夜分，中天華月度流雲。苕川兩岸春風起，飛盡梅花不見君。

## 池上聽陳老琵琶

夜深池上弄琵琶，萬里銀河月在沙。莫向樽前彈《出塞》，祇今邊將未還家。

## 送張伯純還關中

憐君獨棹渡黄河，西北山川入雍多。料得到家春未至，馬蹄半在雪中過。

## 送張舍人還永嘉

幾年相憶在京畿，一遇吴門便拂衣。君似舟前夜潮水，才臨江口又西歸。

## 真州訪譚子羽

海上尋君路半迷，畫船如入武陵溪。橋迴流出桃花水，應有人家在樹西。

## 宿沈漂陽沙棠舟中

風迴城闕夜聞笳，水轉南橋萬柳斜。忽見沙棠舟上月，却令遊子怨離家。

## 送王龍皐諫議北上

東去春潮到驛門，半江風雨近黄昏。自來知己難爲别，不是殷勤戀酒樽。

## 詠　梅

黄沙萬里塞雲閒，臘盡交河戍未還。但見梅花飛落盡，不知羌笛滿關山。

## 題謝汝湖家宰美人卷次金太史韻

隔花翻曲月臨墻，欲覓知音懶鬭妝。撥盡相思不成調，御溝流水亂人腸。

## 登　金　山

瓜州霜落雁初飛，鐵甕城寒樹漸稀。南國興亡在何處，金山殘月夜潮歸。

## 春日寄懷吴受齋史元登龔應峰三子

一住長安信漸稀，離心付與雁同飛。出門愁見垂楊樹，長盡新條尚未歸。

寄孫石雲

緑樹青霞畫不分，水邊書閣净迎曛。知君正在山中住，雨過長生石上雲。

郊行漫興

山橋野店酒盈巵，拄杖無錢欲典衣。日暮楊花太無緒，隨風却自渡江飛。

雨中寄吴珠川使君

池上花香酒欲醒，雨添草色上中庭。與君未踏湖西路，幾夜春山入夢青。

送人還蜀

久遊江國草萋萋，萬里家山落日迷。幸有歸心似明月，今宵先度蜀川西。

宿潤州半月再入金陵留别姚麓居道紀

半月齋居道士家，碧桃千樹吐春霞。今朝送别江邊市，馬上停鞭看落花。

## 遊無相寺

玉輦曾經野寺中，宸書猶在翠華空。斷碑世遠無人識，落日鶯啼古殿風。

## 送袁山人還廣陵

月出潮生江倒流，别離無奈又逢秋。吴江楓葉紅千樹，一夜隨風滿客舟。

## 飲秋澗隱居夜歸值雪有作

獨行長路儼如僧，水滴簷牙半是冰。歸到空園人已盡，雪花穿户打殘燈。

## 寄杏臺郎

杏花臺上月華新，見月長思花下人。今夜莫孤花月意，明朝風雨又殘春。

## 送秦子登入金陵

日暮逢君在路歧，短藜臨水立斯須。休言江上相思否，今夜月明君自知。

### 題項秀溪半華山房

溪上道人幽思長，堂開東郭引青陽。日斜開户看山色，十里泉聲半在牀。

### 題畫

飯牛歸去趁東風，柳色山光緑映紅。世事興亡在何處，夕陽江畔笛聲中。

### 題荷寄施虎泉

三秋湖舫話離群，百里還家傍海雲。今日耶溪秋信至，抽殘荷葉未逢君。

### 花間雜詠

流雲影亂欲凝空，楊柳絲柔不曳風。調入春林人不見，乳鶯啼出萬花中。

## 李從事奎七首

奎字伯文，錢塘人。起家刀筆，繇布政司吏再考，從事錦衣。雅善詩，跌宕自豪，從齊人謝榛遊，傾動諸公卿。陸太保炳掌錦衣，不敢以從事史遇之，引爲上客。而錦衣經歷沈煉，文章忠義士也，兩人深相結納調護。一時諫臣論劾執政，先後下詔獄者，人皆歸功於炳，而不知伯文與煉陰爲之地也。煉具疏將劾相嵩父子，舉酒屬伯文以後事，伯文口雖不言，已心許之。已而下獄，嵩父子力購置之死，伯文傾身庇之，得末減田塞上。世蕃詗知之，欲中以奇禍，乃脱身歸里中，與方太守九叙、沈山人仕結社湖山之間。年八十餘卒，葬西湖之上，歸安茅坤伐石而表之曰「詩人李珠山之墓」。

## 遊天竺寺有懷謝康樂

秋光澹巖岫，入谷聞晨鐘。白雲嵌紫芝，峰朵開芙蓉。林香晝自結，夾道羅長松。沙廣草煙薄，溪深花露濃。梵嶺鬱飛鷲，咒潭降毒龍。閒禽互交語，道侶時相從。久矣悟空寂，齋心禮金容。精廬隱暮色，蔬食修珍供。還憩崖亭上，永懷高人蹤。

## 西湖舟中

春半出門春可憐，黄鸝隔岸啼春煙。壚頭沽酒飲不醉，更向西湖呼酒船。葡萄荔枝酒色紅，銀缸金碗須臾空。但令一醉卧明月，莫使醒眼看春風。鳳凰山頭春草緑，金牛湖上花成簇。日落歌聲水面來，畫欄笑倚人如玉。

## 古柏行

虞山古柏幾千歲，根盤節錯羅星文。靈氣常懸白日雨，疏枝亂灑青天雲。霜柯露幹了不識，半是蒼苔半成石。石上猶存古鏡光，青萍未拭芙蓉色。我來八月秋氣濃，月明滿地蟠虬龍。赤脚大叫不忍去，長風吹落虞山鐘。天生異物詎可測，呵護常聞鬼神泣。岩壑寧教無此材，歲寒然後知松柏。

## 陽春曲

三月江南春草芳，水邊柳絲百尺長。流鶯乍囀千金堰，紫燕雙棲文杏梁。家家曲裏調鸚鵡，處處簫聲引鳳凰。鳳凰臺上花爭發，翡翠樓前鳥並翔。別有藍橋通蕙渚，更憐斜狹接横塘。横塘女兒多艷妝，錦琴瑶瑟爲誰張。能歌《白雪》留人醉，不管春陽斷客腸。

## 湖上

錦帳開桃岸，蘭橈繫柳津。鳥歌如勸酒，花笑欲留人。鐘磬千山夕，樓臺十里春。回看香霧裏，羅綺六橋新。

## 與客遊北山偶過普福寺尋葛洪丹井

古寺隨緣到，雲霞晚自閒。僧房開竹裏，仙路入花間。斜日明秋水，薄煙凝暮山。偶探勾漏跡，惆悵欲忘還。

## 詠湖上新柳

依依弱柳不勝春，裊裊垂條向水濱。奈可輕盈愁少婦，豈堪攀折贈離人。煙消翡翠眠初起，風折鵝黄舞乍新。猶喜芳心未成絮，肯將眉黛向人顰。

# 周博士東田 二首

東田，松陽人。由歲貢生分教江右。以討賊功，擢南京國子博士。

## 入峽源庵中讀書

擾擾倦行邁，復此秋氣闌。寒流深峽路，落木曉霜山。乞火鄰煙遠，讀書孤嶼閒。相求有幽鳥，飛入短楹間。

棄置仍爲客，言歸久未能。素枝霜樹月，獨夜草蟲燈。河漢秋來圻，關山夢到曾。明朝對青鏡，應見鬢絲增。

## 客夜

## 十嶽山人王寅 一十二首

寅字仲房，歙縣人。父賈淮北，生仲房于淮，小字淮孺。少年俶儻自負，具文武才，以高才爲諸生祭酒，輒棄去不顧。北走大梁，問詩於李獻吉，不遇。聞少林僧扁囤習兵杖最精，則之少林，授其術，什得五六。歸而盡破其産，辭家遠遊。南歷海隅，北走沙漠，周遊吴、楚、閩、越名山，求異人，冀得不死之藥，然卒無驗，而家益貧。海上用兵，客胡尚書督府，幕客率諂事督府，仲房嶽嶽，多所匡正，督府不能盡用，竟以敗。仲房西入歙，鄰省賊起，土人匿不以聞。仲房馳告有司，屬郡從事縣簿部民兵往，賊且近，按兵不行，仲房入軍中讓曰：「公等不扼賊於險，逗遛里中，脱賊逾嶺長驅，他日簿責公等，其將何辭？第勒兵鼓行，賊且望風却矣。」我兵乃乘連嶺，賊果引去，浙兵追及之殲焉。里人語曰：「生自負知兵，字仲房，果不愧子房也。」中年習禪，事古峰禪師。峰曰：「吾遍遊海内五嶽者三，今將遍歷海外五嶽，而後出世。」仲房聞而説之，因自號十嶽山人。

## 箭月歌

誰剪海犀革，一尺如月圓。錦緣掛東壁，時或生紫煙。上畫胡奴馳鐵騎，白草經霜枯滿地，貂襖回頭臂兩弓，遠望雙飛皂雕至。此物懷當弱冠年，高插廬子城東邊。射罷周瑜冢頭坐，常澆緑酒呼重泉。抱書十度金陵走，丈夫蹭蹬終不偶。没羽徒夸射虎人，毛錐負却穿楊手。摩挲此物敝埃塵，感慨從前一愴神。道旁裋褐成衰醜，誰識飛揚跋扈人。

## 關山月

落日收風色，邊城望月華。年年隨漢將，夜夜到胡沙。貂帳流光冷，龍旂捲影斜。此時正愁絶，那忍更聞笳。

## 送鄭信之遊大梁

南客辭鄉邑，遥隨北雁歸。春風寒似臘，吹雪濕征衣。書劍過淮水，關山望宋畿。銅駝舊遊路，花柳正芳菲。

## 燕市酒壚曲

白髮嗤多事，狂遊入上都。敢懷執轡者，可有賣漿徒。何處容彈鋏，常來獨倚壚。悲歌稀酒伴，不是一錢無。

## 宿喜峰口墩樓

萬里秋風暮，華夷到此分。幾年望紫塞，今日宿黄雲。片月臨關見，孤軍擊柝聞。燕歌争勸酒，强飲不成醺。

## 高光州方承天童侍御劉秀才邀予泛舟西湖

湖面玻璃生素煙，薰人暖日小春天。芙蓉將近霜前淡，臺館誰添亂後妍。荒草欲尋蘇小墓，斜陽半載米家船。傷心時事猶難料，且拚新豐買酒錢。

## 春社前三日送兄惟明之淮南

山村賽社濁醪醇，分取餘觴勸醉頻。弱柳初黄難繫馬，嬌鶯新囀似留人。去程姑蒲逢寒食，到日雷塘屬暮春。故舊相知如有問，長竿今已學垂綸。

## 答金在衡訊歸

秣陵宫樹葉初飛，客路何人爲授衣。我亦驚秋同海燕，故鄉端在社前歸。

## 舟過陸州謝鄉人余五郎送酒

新醪香艷石榴花，贈得雙樽不用賒。爲謝客愁消得盡，殘年一路醉還家。

## 過休陽訪查八十不遇二首

桃李山城未落花，懷君來訪聽琵琶。定隨年少青錢伴，何處妖姬賣酒家。

年來匹馬走燕雲，聽盡琵琶盡讓君。白髮紫檀須自惜，稀教彈與世人聞。

## 送李文仲遊燕

苕霅君休戀故鄉，北遊早控紫絲韁。如今燕趙雖非舊，終是英雄結客場。

## 附見　江秀才瓘二首

瓘字廷瑩，歙人。王寅曰：「廷瑩早歲明經，本爲用世之具，抱痾廢棄，放情於詩。九邊有論，過余有書，猶未忘用世之志。若五君詠，輯史諧音，辭意暢融，可謂能上窺晋、魏矣。」

### 詠史五首録二

隴西李都尉，驍勇稱將材。提師淩稽山，一鼓單于摧。步卒五千人，轉戰昏陰霾。道窮矢亦盡，惜哉勇弗裁。捐軀誠獨難，大義豈不乖。得當縱報漢，二心安可懷。迢迢五原關，思歸隔天涯。遂使鐵石心，化爲土與埃。終然没胡沙，竟爲百世哀。

曼倩滑稽雄，闐闔能叫嘯。一言紿侏儒，金門始待詔。懷肉雖不恭，九重翻一笑。倡優恣詼諧，諫苑中機要。庭議斬董君，宣室不得召。玩世依朝隱，贍詞亦微妙。高詠衛簡篇，斯人可同調。

## 張布衣名由八首

名由初名凡，字公路，嘉定人。通古今學，好奇計。家在安亭，有田數百畝，僮僕數十人，一旦盡棄去爲貧人，人皆笑之。已而徭役繁數，里中中人之家，或嬰縲紲，老死囹圄，而公路坐環堵中讀書談道，足跡不至縣庭，向之笑者皆嘆慕焉。平居好論兵，其於古人勝敗之數，必求其所以然。北歷燕、趙、齊、魏之郊，登眺山川形勢，問昔人城郭營陣之處，往往悲歌慷慨，恨不馳驅其間。萬曆甲辰，年七十有九，嘔血屬疾，以其詩四百餘篇，屬同里唐叔達序之。公路同時有張應武茂仁、丘集子成，皆宿學老儒。茂仁好談經濟，以龐德公司馬德操自命。而子成精於《三禮》，古今郊廟朝祭之禮，指掌畫圖，若能以身出其間。皆歸熙甫之門人，傳道其流風遺書者也。二君詩皆無傳，故附識於此。

## 夏日田家四首

風過林花落，雨餘溪水渾。飛雲停不去，低回戀幽軒。夕陽下平楚，遠樹見漁村。奄忽夏已徂，憂懷紆且煩。四體弗能勤，興言愧鹿門。吁嗟劉景升，車騎枉山樊。

獨酌冷風前，遂至於忘己。而況人與世，枯槐聚玄蟻。昔夢嬰塵紛，宰割咼吾旨。金枝綴翠旗，魚服交象弭。駁馬偏朱蹄，縵車齊一軌。既覺更何有，太息繹所履。真幻定難分，色空諒在此。四相不能滅，卮酒良可喜。吾將逃曲蘗，衆妄亦云已。

蓐食茅茨下，鳴鷄尚蕭蕭。褰衣涉遠道，負耒正逍遥。種豆不成頃，陰曀不終朝。飄忽風雨至，歸農趣危橋。其雨復其雨，豆稀草萋萋。叢林戴勝降，女桑多長條。

每恨獨不遇，一無以自見。終身談仁義，垂老常貧賤。翩翩思吾黨，才美何絢練。既蒙國士知，鞅掌隔異縣。落月在屋梁，暮雲緬吴甸。慊慊不能忘，令人心目眀。乃覺離懷殷，反悟遇否窮。羡廬坐嘆息，素絲彯短弁。

## 秋興

爲漁江上去，便與雲水親。瑶空遠迢遞，緑波渺無塵。遼絶人間世，安知世間人。扣舷馴白鷗，收綸採青蘋。鈎直溪茅晚，琴鳴壇杏春。扁舟足傲睨，聊復有此身。

## 行至徐方行

扁舟溯修阻，行行至徐方。岸昃衡山轉，城孤背水藏。河廣日滔滔，誰云一葦航。怫鬱魚龍怒，沮洳鹿豕場。泠風迢遞宇，落日參差檣。杏壇既寥寥，石室亦茫茫。漢唐事干戈，雄長恃金湯。挽輸餉燕雲，控馭帶淮揚。險巇惟一綫，絡繹周八荒。危亭尚崔巍，雙鶴無翱翔。此意不可得，吾詞慨以慷。

## 空堂

秋蟲響空堂，纖月下幽渚。鳥驚風外林，花落庭中樹。羈棲興遠懷，城阿隔秋雨。耿耿良不寐，脈脈以無語。

## 秋晚

迢迢幽溪上，寂寂野人居。泠泠風入樹，嘐嘐鷄鳴墟。白日三杯酒，清秋一草廬。閒花階下笑，謂我意何如。

# 破瓢道人吴孺子 四十七首

孺子字少君，蘭谿人。家故饒貲，中歲妻子死，盡棄其産，購古法書名畫，遊江湖間。僻好山水，遇一水一石有奇致，坐對累日不肯去。性最巧，所規制必精絶。搜抉珍怪，陵斷谿絶壑，以必致爲快。遊鴈蕩絶糧，取啖蘆菔，四十日不返。逾天台石梁採萬歲藤，屢犯虎豹，製爲曲杌，可憑而寐。以數缣市一大瓢，摩挲鑢錫，暗室發光，過荆溪，盗發其篋，怒而碎之，抱而泣者累日。王元美作《破瓢道人歌》。所至僦居僧寺，自炊一銅竈，飯不足則哺麋，日買兩錢菜，又異幹葉蘁爲羹，語人曰：「免我低眉向人，覺飽逾粱肉耳。」遊虞山，善趙汝師、孫齊之。齊之有違言，襆被不别而去，終身呼其名而不字也。晚爲梁谿孫少宰所重，遂死其家。少君家蘭谿，城東有腴田頃許，盡易磽瘦，鑿溝引山泉，繞入玉雪厨銅池，以此破其家。所居焚香掃地，名僧韻士樂爲談對。客去閉門，藉虎皮危坐移日。人問之，曰：「我尋味好客話言，折除對俗夫時耳。」好潔，不畏寒，遇泉水清冷，雖盛冬便解衣赴濯。樹蘭百本，花時閉室以護香氣，有索看者，窗中捉鼻作兒女聲拒之。長於鑒古，尤識舊圖器款識。胡孝甫藏唐人畫《金縢圖》，後有李陽冰篆書數十百字，何長卿不能辨，少君一見知之。遇俗人輒云：「我不識一字。」口占詩，使人代寫。善畫鷄鶩、水鳥、芙渠、蘆藻，歲不過一二紙，求之輒不可得。篋中藏一劍，自言得煉劍秘法，戒人勿令觸近干犯光怪。酒半，撫鐵如意，欲盡碎天下負心人首。或聞人詬誶，若爲不聞而去之。自言少時多猛氣，卒暴相加，不勝忍，輒以指銼幄中，不覺忽然仆地，用是二十年抹搬其不平。其强力忍詬皆此類也。爲兒時，父不用經史課習，獨授杜詩一編。長好孟襄陽、韋蘇州，讀《離騷》、《老》、《莊》、《爾雅》、《茶經》諸書，略涉大旨。自言曾得「落葉識心酸」一語，三年不得上句，客泰州，寒甚，得「寒風知絮敗」足成之。生平所贈遺卷軸甚富，獨喜京口陳從訓「僻意少人會，好懷多自憐」二語，以爲真賞。其殁也，錫山鄒彦吉誌其墓，滿紙塵俗，余嘗戲論此亦少君好潔少可之報也。

范司馬東溟先生憐僕羈孤客旅邀僕觀白鷴鵡復飲之以美酒僕金華賤人也懷恩感意報之以詩

夫子憐飄泊，相邀過草堂。尊浮桑落酒，鳥出雪衣娘。石色寒侵户，苔香細入牀。醉來如意舞，容得舊疏狂。

## 早春郊外

坐入年華淺，行將春色遲。柳條辭白雪，梅蕊讓青枝。沽酒沙村在，吟詩竹杖移。交頭無數過，何處有新知。

## 貽石公

石公菩薩性，憐我在羈旅。前者衝雨來，援止此避暑。祇尺僦西鄰，兩家聞細語。日漸枕席清，閉門自楚楚。豈敢稱高卧，無才當獨處。閒傍夕陰移，瘦骨臨江渚。或就廬山隱，孰能棄爾汝。

## 佛慧寺

亂竹閉僧院，長松護法堂。坐憐新月上，行愛落花香。破壁流燈影，懸厓掛夕陽。支公閒懶處，暫此禮空王。

## 霽後作

雨前風更急，霽後夕流昏。雲擁蒼厓樹，花明白水村。饑寒誰比數，老病我猶存。萬事俱寥落，歸來但掩門。

## 雪罪詩呈土使君

憶在廣陵初，移船問相識。君騎白馬天上來，手把銅章好顔色。東風裊裊吹落花，下馬邀予入酒家。珊瑚寶玦不當事，箜篌錦瑟又琵琶。掀髯嘖嘖愛我詩，三年與我閩中期。是時我尚有妻子，到家不肯輕別離。遂使君心長荆棘，老我至今有所失。望君恕我如醉人，白頭江上入骨貧。殘杯冷炙度朝夕，東鄰西舍誰爲親。感君常反仄，仰天徒嘆息。君當扣我脛，不死是爲賊。

## 送張丹石遊維揚

張公別我去，去去到揚州。若見陸無從，新詩不用求。僦居秋葉黄，莫近城南樓。樓高思故鄉，終日多離憂。江北苦寒地，必須得重裘。重裘若不暖，請君上酒樓。酒樓東水關，有女似莫愁。十指玉削成，好彈古箜篌。三日醉不起，改作張丹丘。

## 訪天聖寺長老

吴興天聖寺，長老有餘工。種藥寒雲外，分泉沓靄中。看心孤月滿，照影萬緣空。我是陶元亮，常來訪遠公。

## 贈關中王解元圖

山中一相見，知汝是秦人。愛月鄉心減，迷花客路新。雲霄豈盡意，詩賦不無神。異日還家去，長安正早春。

## 江上逢故人

江上高樓花欲然，南鄰酒伴西鄰眠。夕陽未下逢君好，還有一百青銅錢。

## 歲　暮

越客好遊當歲暮，草堂習静自情親。閉門覓句留殘臘，倚杖看山待早春。鳥雀入林知有我，煙霞爲伴若無身。何當别去西湖上，萬樹梅花刺眼新。

## 郊行贈趙汝師先生

學生行春日，陽和處處同。鶯啼千嶂外，人醉百花中。彩服迎官舍，丹書出漢宫。相如辭賦裏，深有太平功。

## 移居 一作《病起移居王元美小祇園》。

宿愁未許拋衾枕，抱病移居江上村。忙裏提攜知藥餌，閒來點檢失琴尊。南簷愛月先安榻，北牖嫌風即閉軒。且是主人能好客，黄魚白飯早過門。

## 贈僧月滄

孤雲不知處，野雪見行蹤。一飯飽時少，隨緣滄海東。香牀通水月，清磬出花宫。欲結廬山社，誰能問遠公。

## 春日大醉再寄孫七政七政每駡我

旬日江村外，香醪困死人。眼隨他是甚，心與我何親。駡有官人口，閒多處士身。交交黄鳥亂，無賴十分春。

## 將歸溪上留别李將軍兼呈何太史元朗

説謊定推何太史，相嘲無奈李將軍。桃花細雨且歸去，江上吹簫弄彩雲。

## 江　上

新月淡煙霏，江花冷照衣。無人山犬吠，隔竹掩荆扉。

## 玉泓館送沈嘉則歸越得微字

江上青草出，與君俱未歸。相看盡客淚，明日捲征衣。細雨鈞舟濕，亂山樵路微。異時能裸葬，白首定相依①。

① 原注：「余欲裸葬。」

## 飲錢大花樹下

平堤水漫小紅香，醉後風來花滿牀。無奈黄鸝仍勸酒，數聲飛過竹邊墻。

## 獨生寄三弟

愁來何所作，咄咄但書空。梁燕親衰白，林花與暫紅。無家不占夢，有弟恨飄蓬。寂寞滄江上，茅齋細雨中。

## 病起別黄淳父

病起心魂冷，行吟古殿驚。江湖留客地，歲月見君情。厭聽邊鴻度，愁看春草生。孤舟今又别，何處是歸程。

## 殘燈

欲滅寒猶耿，頻挑焰不修。祇緣膏已盡，便覺亮含羞。映雪光逾冷，囊螢影暫流。片時隨短燼，蠹蝕且埋頭。

## 題畫

玉露淩寒萬壑空，洞庭秋水醉芙蓉。小舟不放尋詩夢，撑入村南卧晚風。

## 十二月二十七日作

三日半存何必戀，一年去盡不知留。春風祇在虞山外，裊裊將來笑白頭。

## 秋雨將至新凉滿户忽有故園桑梓之念因寄東齋文石禪師

好雨望即至，輕雷遠層城。新凉滿庭户，灑然有餘情。故園蘭溪上，稻獲秋已成。弟侄共我長，會能學耦耕。如何江海間，惜此一浮名。吾師住東齋，早晚寄鐘聲。下階春草長，閉户秋蟬鳴。欣將解後緣，遂令薄世營。

## 胡生過上方寺言别

日暮憐君至，相看鬢欲絲。佛燈欣上早，僧飯喜過遲。同病悲前事，連牀問後期。可憐霜霰近，疲馬向京師。

## 望西山

西山像佛頭，又如抹青黛。常疑路不通，遥遥削天外。白鶴飛去杳不雙，明霞潑天紅映江。春風幾點桃花雨，欲渡前溪問小艭。

## 覽鏡

十載成飄泊，三年失所親。今朝試覽鏡，如見意中人。

## 長春道院後樓

危樓迥木末，千里暮雲開。細雨長江去，斜陽孤鳥來。客鬢愁中换，鄉心病後催。一聲何處笛，故故向人哀。

## 江上逢王九歸武林

江上逢王九，孤舟日已斜。紅妝惱春夜，白髮醉誰家。斷岸深無柳，荒村半有花。武林山水地，歸路勿云賒。

## 少年行

挾彈飛霜醉落花，歌兒笑引入倡家。歸來萬樹垂楊下，一路驕行白鼻騧。

## 張長輿刻虞山遊稿命予附後語孫七政前序予遂不敢以詩答長輿

昔在虞山下，嘗爲孫楚輕。叱予當客面，羨汝有才名。巖瀑侵衣濕，湖波接眼明。新詩酬勝地，近喜得張平。

## 姚太史自錢塘移天目松一株舟中無事索賦

相公送客過錢塘，移得蒼松數尺長。枝帶故山寒雨色，根分新壤茯苓香。舟中偃蓋幢幢勢，眼底凌雲寂寂芳。歸去琴書堂上坐，種來無處不生凉。

## 晚歸海虞

逆浪捨舟湖水闊，入林跨馬棧橋通。陰厓剩雪一分白，古殿殘陽半壁紅。

## 寄王舜華

夫子祇高卧，世人空自忙。讀書一萬卷，過目不能忘。曲澗浮春水，孤村集衆芳。此時猶未起，紅日到山房。

## 閒居

積雨暗空林，濕雲飛不起。日暮鳥鵲喧，幽人不得語。

## 晚歸

水國春無際，陰霾晚始晴。醉邀花共笑，歸與月同行。啟户鄰姬問，排舟稚子迎。人家欲燈火，猶有隔林鶯。

## 醉歸

風磴雲梯手自扶，飛花如意引歸途。莫教水氣醒餘醉，寧使兒童厭再沽。

## 别周生

庭柯何事報秋聲，江路迢迢幾日程。我去你留俱寂寞，月明他夜最關情。

## 答里中兒

僕本金華人，少小親耒耜。三十始讀書，一命期强仕。褊性病疏狂，怪辭來哆侈。一年復一年，世事難料理。面垢臭無紋，短髮被兩耳。濩落在江湖，飢寒皮肉死。寄謝里中兒，無勞問歷履。閒來澤畔行，顧影還自喜。夜深魍魎啼，遥拜來相倚。躡電樹雨幢，促我不能止。駕之驂白螭，群從來何愧。下視塵寰中，茫茫若螻蟻。

## 投項子京

湖上梅花出短墻，一開半落湖水香。春陽羞澀杏花細，桃花李花亦不忙。君家有酒藏牀頭，可憐花月未肯遊。願君醉我君亦醉，花前慎勿嗔莫愁。房櫳窈窕嬌欲留，懊恨歸來纖月流。不知此景誰能酬，空將好句爲君投。

## 泰州詩

小時不識數，兩手道十五。醉來學騎馬，墮馬亦不苦。日暮狂歌草澤中，月出東墻那怕虎。一年兩年復兩年，短髮蕭蕭鬢可數。千重饑寒傍泰州，日出日没坐一樓。風簾不動杏花雨，冒雨衝花問客舟。舟泊平沙天喜晴，誰家樓上踏歌聲。探囊沽酒不盡醉，醉死溪山鬼亦清。

## 獨立

獨立沙邊路，因傷旅客單。嚴風知絮敗，落葉識心酸。肝膽猶年少，頭顱莫歲殘。東家有寶劍，欲奪醉中看。

## 曉發

嚴城角初斷，稍稍曉鴉啼。風急偏催馬，天寒不應鷄。隨山欲渡海，失路却尋溪。鄉國遥千里，三年斗柄西。

## 寄王元美

日暮歸鴉遍，鄉心可奈何。病隨新月長，愁比落花多。細雨亂階草，微風起夕波。西鄰有嚴武，不必淚懸河。

## 宿學公房

僧齋閉秋草，無事應朝眠。改座番逢客，收書誤觸絃。情高雲上鳥，心定夜初禪。不盡江花意，還將處處船。

## 倚杖

貧病吾將老，江湖度歲華。艱難惟有淚，飄泊更無家。倚杖慚歸鳥，臨池惜落花。秋風何太早，瑟瑟向蒹葭。

# 鵝池生宋登春六十八首

嘉定徐學謨《鵝池生傳》曰：「登春字應元，趙郡新河人。壯歲髮白，自號海翁。晚居江陵天鵝池，更號鵝池生。家累高貲，少失父母，以無呰省家，益貧。性嗜酒慕俠，能挽强馳騎。時發憤讀古人書，爲小詩，畫師吴偉，皆不肯竟學，里中呼爲狂生。年三十，一歲間妻子女五人皆死，遂棄家室，囊書遠遊，留博陵故人所二年，去，之京師。布衣謝榛詩籍甚公卿間，生得而唾之曰：「此以聲律傭丐者也，何詩之爲？」去遊齊、魯，還居長白山廢寺，出所攜漢、魏及三唐詩，閉關揣摩三年而大就。又去而浮淮渡江，涉吴會，已復走徐、青，出居庸，循太行而西，窮關、陝、澤、潞諸邊塞，敝衣苴履，瓶無儲粟，所至逆旅人厭賤之。間爲小畫長句，傾動市賈，賈人以脱粟鮮衣爲贈，輒推以「予逆旅人」，大笑而去。已由棧道入西川，遊峨眉，溯巫、巴下荆鄂，迂雲夢而北走大梁。鈞州党中丞見所題酒肆詩，留之數月。復自宛涉襄，過京山，所跨驢蹶於唐氏之滹，唐氏見生曝囊中書，異之，留之卒歲，爲刻其詩，傳荆郢間。生數年前嘗至江陵，故遼王奇其詩，召謁便殿，一夕遁去。至是復來，感昔賢流寓之跡，買田天鵝池，家焉。歲穫菽十斛，雜米而炊，晝夜哦詩不絶口。吴人徐學謨爲荆州守，自往物色之，至再始見。明日，戴紫揮冠，衣皂繒衫，報謁，踞上坐，隸人皆竊罵之。守爲授室城中，約移居日往訪，屬有參謁，日旰往，生鍵扉卧，不内守。守令人穴垣入，生方科跣席一藁，僵卧壁下，守强起之，索酒盡歡而罷。守罹景藩之難，赴逮江夏，生送至岳陽而返。後數年，守坐廢家居，生爲道士裝，持一鉢，裹敗衲，行乞三千里，訪守海上，居三月别歸。後二年，遼王廢爲庶人，生久在庶人所，絶不與用事者比。庶人每召遊别宫，聲妓滿前，端坐竟日夜，即大醉，目不流眄，以故庶人客無一脱者，獨不及生。自庶人廢，生悒悒不樂，去江陵浪遊七澤間。石首豪張氏浮慕生，與結詩社，生面毁其詩。張氏伺生醉，伏奴狙擊之，賄縣令械而出諸境，他少年憐生者破其械而佚之。乃自童髮爲頭陀，徒跣乞食。守起家巡襄上武當，遇之三天門，與一月糧别去，不知其所之。」濮陽李先芳《清平閣唱和序引》曰：「歲癸酉，鵜池山人至自荆州，能詩畫，性嗜酒作狂，高貴之族，非造門不見。嘗著僧帽，啖犬肉，讀《楞伽經》。今隱嶧山，間寄山中之作。」臨邑邢侗《弔宋叟詩序》曰：「叟自江陵歸，時時從濮上李少卿遊。後二十年，徐公以大宗伯致政，叟從新河過余，舉杯慷慨，言：『將訪徐公吴中，尋錢塘，弄江濤，脱屣江干，乘潮解去。』子願君視宋登春，豈杉柏四周中人？』余時被酒，笑駡：『唉，老虜！燕、趙士自昔死魚腸龍雀，不聞死潮。』時甲申寒食日也。居數年，新安余生從江南來，道叟詣徐公，公禮敬有加，時時風主人：『家僮慢我。』主人榜家僮謝過，叟佹謂：『杖從青衣上拂，奈何惜一便了，不以謝王子淵乎？』一旦懊惱辭去，徐公爲買艇子庀酒脯，餞别城外，叟强一舉白，趣呼榜人：『勿誤我潮信！』掉頭别去。亂流抵海口，四十餘里，不知昏曉，徑跳白波逝矣。余爲詩弔之，復叙次其事。」徐宗伯《歸有園集》云：「唐叔達自白下傳邢子願《弔宋山人詩叙》，山人死甚怪，云得之新安余生。往歲余生嘗至吾家，問山人蹤跡，故子願得聞鞭奴餞行事頗實。至謂去吾家四十里，跳白波而逝。此中何無一人言之也？是時山人病脾劇，泄穢狼籍，蒼頭俱走避，獨壽奴與同寢處，笞罵撞擊，幾無停晷，風主人鞭之而不見血，則又自裸而鞭之。時時愲然大叫：『主人殺我，何不置一舟送我東海上，令我速死。』主人方憂不知所出，會其甥趙慷自新河來，因以山人託慷，俾還新河，飲之酒而津遣之，贈之詩曰：「蹈海難成魯仲連，西歸仍是再生天。」山人覽詩，搖首曰：『不好，不好。』遂不左右顧，去而登舟。計今已三年，絶無音耗，山人死生未可知也。即死，決不在吾家四十里内。如其果然，其中必有所恨，則吾負山人多矣。當覓往時舟子，訪得其真，以報子願，姑識其梗概如此。」《嘉定縣流寓志》云：「徐學謨再起爲宗伯，登春來京師，勸以早退，且曰：『公第歸，吾終就公，蹈東海死。』學謨既謝事，登春果來。居二年，呼舟欲踐前約。學謨與其子弟固挽之，終不聽，乃爲詩送之。登春徑去，躍入錢塘以死。子願記山人之死，以爲死於吴淞，而宗伯力辨其不然。」《嘉定志》出唐叔達之手，叔達於宗伯爲親串，其言足徵，則謂山人死錢塘者信也。宗伯記事在萬曆己丑六月，而志作於庚子，又十二年，豈宗伯所謂「覓往時舟子訪得其真」者，已信而有徵，而叔達據實書之乎？山人死事，流聞互異，余故詳列之。山人詩名《鵝池集》，文名《燕石集》，宗伯嘗刻之郢中。齊州盧世㴶德水過信都，訪遺稿於族人家，始盡傳於世。德水曰：「海翁傲睨一世，每慨今人無詩。有難之者，謂翁但工五言，寂寥短章，如才力易詘何？翁曰：『吾幸以才力詘，故得以沈思苦吟，審於性情之正，以求歸於温厚和平。彼才力横駕揮霍弄兀者，方傷於所恃，能無窮大而失其居乎？』著《詩禪瑣評》一卷，其言曰：『文中子謂北山黄公善醫，先寢膳而後針藥；汾陰侯生善筮，先人事而後卦説。余未善詩，先性情而後文辭。寢膳人事，性情也；針藥卦説，文辭也。』」丙戌歲，余寓杜亭浹旬，與德水談詩甚快。德水曰：「公之論詩，謂當解駁形相，披露性情，何其言之似海翁也。」屬并著之於此。

## 秋夜鵝池侍宴應教

車馬荒村夜，流螢水面多。野雲停几席，江月引笙歌。樽湛淮南酒，池添道士鵝。白頭漸受簡，休問賦如何。

## 薊門

桑柘兵殘後，人家夕照中。天秋沙雁滅，月冷戍樓空。選將燕山北，擒胡遼海東。城南餘戰地，燐火夜深紅。

## 荆州雜詩

問藥過城府，兒童晚未回。雲深宋玉宅，雪暗楚王臺。花發春猶淺，樓高賦轉哀。家家湘酒緑，誰爲一尊開。

## 送句吴豪士重遊大梁三首

魏王臺上草紛紛，落日中原低暮雲。匹馬浪遊孤劍在，酬恩誰説信陵君。
汴水東流接大河，曾經帝里問銅駝。春風三月旗亭酒，落日夷門一放歌。
沙塵風起晝冥冥，二月黄河尚帶冰。桑柘夕陽村店路，同誰走馬弔韓陵。

## 秋日上黨道中懷故鄉知舊

白髮生青鏡，黄花吐素秋。家書無雁足，客路一羊裘。海燕辭鄉社，山猿傍酒樓。誰堪回首處，千里暮雲稠。

## 再示鯨

客夢苦難成，鳴鷄又及晨。燕鴻驚歲晚，越鳥對愁新。九月催寒葉，孤琴伴旅人。相看正牢落，非爾復誰親。

## 越溪女

越溪素足女，婉笑青眉揚。泛水采芙蓉，歸來衣更香。

## 山樓秋夜有所懷

旅宿燕關暮，天寒霜葉稀。涼風生夜榻，客淚下秋衣。路遠鄉雲斷，山深邊草肥。堪淒珠樹鶴，何日故林飛。

## 晉陽山中元日

野老憐時序，壺漿慰客情。春盤鄰女送，曉樹隴禽鳴。寒塢驚花色，窮邊聽角聲。他鄉逢一笑，更覺旅魂驚。

## 春日遊太原黄巖寺

拂衣坐盤石，度水聽疏鐘。古殿依巖碧，山花拂砌紅。晴峰輝旭日，春燕浴條風。欲共巢松客，安禪老化宫。

## 擬宫中行樂詞四首

小紅亭子白闌干，入道宫娥玉作冠。袖出青梅彈鸂鶒，銀瓶滿注蔗漿寒。

碧殿春深瑶草肥，美人對月舞羅衣。夜來不作青鸞夢，化作彩雲何處飛。

玉輦春游夜未央，紫衣侍史謾焚香。黄金鎖合鴛鴦殿，無限春風到海棠。
琉璃硯水黄金瓶，十樣鸞箋寫道經。太乙紫壇朝帝罷，蕊珠深殿彩花馨。

## 老僧

手中撚着白菩提，拄杖過頭眉下垂。石上曬經茶未熟，花間童子進雙梨。

## 春郊即事

春風裊裊夕陽西，芳草菲菲楊柳堤。行盡溪山有茅屋，青林深處一鳩啼。

## 宫詞

自從十五晝雙眉，記得新裁《白苧》詞。袖裏青梅大如豆，石榴枝上打黄鸝。

## 聞京東有警

暮雨催秋館，長風冷菊枝。坐中蛩窣窣，燈下鬢絲絲。四海尋戈日，百年爲客時。燕山新戰後，鄉信到應遲。

## 荆州公饋酒二首

菱葉青青水荇齊，繞籬黄蝶菜苗肥。夕陽誰送山人醉，坐看兒童跨犢歸。
秋風裊裊熟黄粱，池上鵝肥酒更香。醉裏不妨學楚語，《竹枝》歌好和漁郎。

## 雨中烹鷄有作

避地豈真隱，謀生未有方。晨煙熟鷄黍，墟里澹柴桑。雨過豆花赤，風高柿葉黄。鄰家不相識，何處覓壺觴。

## 十五夜郡齋小集

校書罷芸閣，移尊趁晚衙。莓苔宜小簟，蠟燭隱輕紗。稚子能馴鴿，翻階啄落花。微風坐醒酒，明月共分瓜。

## 宿郡齋

燭盡憐紅影，詩成掉白頭。吴歌小榻夜，楚雨虚堂秋。殘夢醒餘瀝，輕寒仗敝裘。鮒魚甘涸轍，吾亦笑莊周。

## 江閣晚望呈荆州公

幾處蒹葭連岸白，數村煙火隔江明。無家自合依劉表，有賦誰能薦長卿。巫峽去帆江樹隱，衡陽歸雁暮雲平。黄金已盡還爲客，湘漢長歌萬古情。

## 郡東廳晏坐

晝刻分香短，風簾簇影移。天清聞墮羽，院静見遊絲。往事閒堪憶，長貧老不疑。黄金未可就，瀛海竟難期。

## 洞庭送徐荆州投劾東歸

秋來爲客易霑巾，又向瀟湘送逐臣。煙草斷雲横楚塞，夕陽落雁度江津。天涯白髮無知己，湖上青山有故人。回首吴關空悵望，何年滄海共垂綸。

## 自沙津江行舟次岳陽送徐荆州

漠漠晴沙江水流，褰衣同上木蘭舟。白蘋風起洞庭暮，碧樹雲横楚塞秋。羈客懷鄉何限淚，孤臣去國不堪愁。夕陽帆影臨空盡，誰念天涯獨倚樓。

## 石首阻風寄懷徐荆州

別後相思夢屢真，秋來誰寄短書頻。孤舟風雨偏愁客，萬里江湘對逐臣。莊舃苦吟終適越，仲宣欲賦未歸秦。十年零落黄金盡，一夜長歌獨愴神。

## 新春堂成寄懷所知

老去還杯酒，春來自草堂。揮金曾有志，煮石竟無方。岸水浮鸂鶒，林花宿麝香。故人江漢少，念子意何長。

## 自公安縣夜歸鵝池莊風雨驟至有作

候雁迷寒渚，昏鴉集驛亭。故人江上别，風雨返柴荆。楚些秋能賦，《巴歈》夜懶聽。蓬窗小兒女，相待一燈青。

## 九月三日方别駕攜酒殽見過因懷徐荆州

客淚秋能下，人情老自知。塞寒鴻雁早，江暖鞠華遲。對酒憐吴語，聞歌憶《楚辭》。明年誰更健，重把紫萸枝。

## 江村寒食

白鳥忘機久，青山吾道存。興來從杖履，老去愛鷄豚。楊柳橋邊市，桃華江上村。童兒沽酒至，風雨閉柴門。

## 寒食西郊望八嶺山作

寒食孤村外，春山遠寺鐘。登臨風候異，祭掃歲時同。芳樹諸王墓，浮雲舊楚宮。天涯對衰鬢，寂寞意無窮。

## 秋日登嶮覽樓

遠客不宜秋，況登江上樓。心隨胡雁滅，身爲楚雲留。漢廣饒菰米，湘清聚白鷗。寒砧何處發，落日動鄉愁。

## 雨中呈王郎

黄金臺下見君顔，今日蕭條入楚關。一顧那知添白髮，十年何事老青山。鄉愁多在煙雲外，客思偏生風雨間。我已無家問消息，開畦種藥不須還。

## 俠客

賭擲賽劉琨，家奴過孟賁。千金不肯顧，一劍爲酬恩。趙瑟停凰柱，燕姬促象尊。平生款段馬，羞入孟嘗門。

## 秋日待家書不至感賦此詩

澤國寒風木葉稀，悲歌昨夜賦《無衣》。自添白髮年華異，用盡黄金生事微。易水似憐湘月遠，燕鴻還共楚雲飛。魚書錦字無消息，秋草閒門又夕暉。

## 春日寓徐公西園

筍出過闌見，桃香度水聞。樹深連海色，洞午散江雲。石上抛書卷，花間數鶴群。春愁如碧草，隨處亂紛紛。

## 海上寒食

風雨臨寒食，偏驚流浪情。梅花鄉信遠，芳草客愁生。青眼故人少，白頭世事輕。還餘一尊酒，東海弔田横。

## 雪後

石徑留冰雪，松門鎖薜蘿。地幽身自得，機息鳥常過。芳草春愁少，梅花客醉多。《竹枝》辭更好，還愛楚人歌。

## 賞雪侍宴應教

狐白暖蒙茸，當歌集上公。春藏金屋裏，仙隱玉壺中。送酒青樓妓，焚香白玉童。錦屏寒不入，祇許隔簾櫳。

## 春辭二首

南浦誰家薦緑蘋，野堂又發楚山春。滿城芳草煙和雨，江燕飛來似識人。

廣陌青樓楊柳新，鶯花時節可憐人。至今漢上多遊女，笑折疏麻贈所親。

## 踏青楊林洲

驊騮蹀躞上芳洲，楊柳青青楚水流。日暮東風摇百草，不知何處是昭丘。

## 飲酒

城上秋風動薜蘿，十年江客意如何。酒腸方大黄金盡，世事才知白髮多。月冷却憐孤鶴怨，天寒誰聽飯牛歌。平生還愛於陵子，用拙爲園老一蓑。

## 秋興

江上形容老，山中薜荔秋。鶴鳴竹院静，狙嘯蓽門幽。愛樹收黄葉，憐生洗白頭。室無萊子婦，誰共卧雲丘。

## 楚童

京山唐氏贈二童子，呼爲赤砂、白石。

白皙楚童清，雙鬟挈酒瓶。灌花晨汲井，學字夜囊螢。竹院晴時掃，柴門客去扃。弱軀偏惜汝，饑渴屢曾經。

## 遼府草亭贈朱孔昭

平原門下似君稀，猶着前春舊布衣。况我不如君數倍，食魚何敢望輕肥。

## 連日風雨驟生薄寒分甘哺孫賦詩自娱園蔬時醪亦足養老

江城風雨夕，茅屋短長吟。歷歷秋花發，脩脩落葉深。老憑孫暖眼，客用酒寬心。欲買羅含宅，曾無作賦金。

## 雨後移竹

童僕饑時懶，家貧願一金。暄寒惟短褐，風雨屢長吟。江闊秋生蚤，城高霧隱深。從來愛幽意，移竹間花林。

## 抱孫乞食市中

何室炊紅粟，誰家具緑尊。頻游雙屨弊，生計一瓢存。任爾呼牛馬，隨予愛犬豚。絶交書未上，爲客老荆門。

## 秋日野望 是年戊辰大水。

聽鳥中林性，看雲故國心。地卑湘漢闊，天遠洞庭深。老馬空知道，窮猿豈擇林。十年書劍客，寂寞到如今。

## 飲酒三首

福端吾不爲,盛名豈敢居。列子老鄭圃,何異凡民愚。六用俱可廢,一真良自如。百年此形容,泡影現斯須。有生胡不樂,安有再來軀。箕踞竹林中,酌酒焚枯魚。

睫常在目前,如何目不見。死常隨我身,如何我不患。好高窮遠深,至近反忽慢。誰知衽席間,而乃即天漢。萬古亦非遥,一息長無算。老彭與殤子,壽夭相等看。静觀蜉蝣羽,可同白石爛。

怒則乖天和,喜亦傷大雅。喜怒同使臣,胸臆若傳舍。來去本無端,不乘車與馬。一氣自起滅,萬形非真假。十年會此理,欲辯言愈寡。中心久藏之,當告知音者。

## 襄陽懷古

襄陽白面兒,慣唱《銅鞮》歌。漢水東流去,英雄可奈何。

## 春寒睡起口號

白髮白於絲,春眠起較遲。即看芳草變,又過杏花時。短褐寒先覺,長吟趣自知。誰云魯酒薄,猶免越人思。

## 久雨小晴即事

海色常含雨，山雲薄帶寒。曦微占暮鵲，芳意結春蘭。對酒看長劍，低頭試小冠。孟嘗空好士，白髮老馮驩。

## 同襄陽阮舉人遊楚山田家遇雨

携酒依場圃，班荆共老農。樓臺一水外，風雨萬山中。田葉浮逾緑，溪花濕更紅。百年耕鑿計，吾愧鹿門公。

## 泗上贈吕俠士

南遊不得意，來問魯朱家。生澀青樓妓，凋零白鼻騧。防胡過雁塞，較獵度龍沙。剩有縵纓帶，時時拂劍花。

## 九日夜集李北山園亭賞菊觀妓

白酒映尊空，黄華裛露濃。徵歌來衛女，扶醉有巴童。香霧沉蘭圃，晴煙駐桂叢。海風吹月上，移席小闌東。

## 會臺觀賽

霸業古臺荒，天寒野日黄。鷄豚秋社酒，籬落水雲鄉。對舞青谿女，齊歌白石郎。家家扶醉去，海月照枯桑。

## 和贈李少卿

桂樹冬榮覆院幽，護寒鸚鵡傍青油。小姬對月偷教舞，少婦鳴箏不下樓。

# 集外詩二首

## 自題畫老子圖

函谷關西幾度遊，至今紫氣未全收。青牛老子頭如雪，莫怪山人浪白頭。

## 清　明

寒食東風草色新，累累高冢卧麒麟。可憐泉下千年骨，曾作提壺拜掃人。

江盈科曰：「海翁方面大耳，身長七尺，鬚眉皓然。寓桃源半載，居恒無宿舂。值糧盡，則值紙繪古人圖像，易米爲炊，饋遺一金以上皆不受。」二詩皆寓桃自題其畫者也。

## 白雲先生陳昂六十二首

昂字雲仲，自號白雲先生。竟陵鍾惺傳曰：「白雲先生陳昂者，福建莆田黄石街人也。所居所至，人皆不知何許人。自隱于詩，性命以之。獨與馬公子用昭善，先生詩所謂『自天亡我友』者，即其人也。莆田中倭城破，領妻子奔豫章，織草屨爲日，不給，繼之以卜。泛彭蠡，憩匡廬山。已入楚，由江陵入蜀，附僧舟傭爨以往，至亦輒傭於僧，遂徧歷三峽、劍門之勝。登峨眉焉，所傭僧輒死，反自蜀，寓江陵、松滋、公安、巴陵諸處。至金陵，姚太守稍客之，給居食。久之姚太守亦死，無所依，賣卜秦淮，或自榜片紙於扉，爲人傭作詩文，巷中人有小小慶弔，持百錢斗米與之，隨所求以應，無則又賣卜，或雜以織屨。而林古度與其兄楙者，閩人，寓居金陵，一日過其門，見所榜片紙於扉，突入其室，問知爲莆田人，頗述其平生，一扉之内，席牀缶竈，敗紙退筆，錯處其中，檢其詩誦之，是時古度雖年少，頗曉其大意，稱之。每稱其一詩，輒反面向壁流涕嗚咽，至於失聲。其後每過門，輒袖餅餌，食之輒喜，復出其詩，泣如前。居數年，竟窮以死。其子倉皇出覓棺衣，舁之中野。古度兄弟急走索其集，無所得，得手書五言今體一帙。其自序略云：『昂壯夫時尤嗜五言，第家貧無多古書，得王右丞即誦讀右丞，得杜工部即誦讀工部，間取其所中規中矩者，時或一周旋之，又時或一折旋之，含筆腐毫，研精殫思。』今觀其五言律七百首，則先生所學所得盡此數言矣。」其云末一卷爲排律，亦不存。謝兆申云：「有集十六卷，在江浦族人家。」論曰：「近有徐渭、宋登春，皆以窮而顯晦於詩，然未有如昂之窮者也。予嘗默思公織屨賣卜傭釁傭書時，胸中皆作何想，其視世人紛紛藉藉過乎其前者，眼中皆以爲何物，求其意象所在而不得。」吾友張慎言曰：「自今入市門，見賣菜傭，皆宜物色之，恐有如白雲先生其人者。」甚矣！有激乎其言之也。

## 宿江邊閣

暝色江邊閣，行吟易斷魂。風前兩岸葉，月下一聲猿。夜哭誰家婦，寒號何處村。洞庭春水動，雇艇去荆門。

## 城破領老妻逃入仙遊胡嶺二首

喪亂餘生在，饑寒何所投。晝逃聞鬼哭，夜竄望仙遊。有徑風先慘，無山鳥肯留。老妻向天問，盗賊幾時休。

觸目驚猶故，逢茅伏自遮。扶行衣盡莿，衰削面如瓜。橋斷深宜厲，途昏曲恐差。斜風飄細雨，啼殺未棲鴉。

## 聞戚將軍將至領老妻從萬山中往鐔州賦二首

未必妖星墜，應憐瘴嶺迷。支撐尋鳥道，曲折步漁溪。時事多無據，音書少有題。十年群盗劇，竄伏淚長啼。

元帥聞將至，七閩徯後秋。欲回上帝怒，先復匹夫仇。獻馘鯨波上，招魂劍水頭。殘生留眼看，平復舊神州。

## 江　溢

江溢風難静，關頭嵐尚迷。天河明一雁，鼓角亂群鷄。飛將今安在，妖星久未低。偷生垂老日，身世寄塗泥。

## 閩南登樓

切莫憑樓望，令人更慘凄。戰場多鬼哭，息壤聚烏啼。黄霧埋城郭，寒風死鼓鼙。深林巢燕子，來往亦銜泥。

## 移居巴陵

此即巴丘戍，相傳魯肅城。古今餘往事，兵火剩殘生。楚水爲漁便，湘湄賴舌耕。地靈如獲託，亦足寄遐情。

## 進雲安

漸失烏蠻瘴，新逢白帝寒。霜催沙磧奮，風弄葉聲乾。峰渺孤煙直，江空落日團。布帆報無恙，今夜進雲安。

## 泊雲安

短褐絲絲斷，爲冬不亦難。蘆花裝被暖，楓葉受霜乾。溪日恩終厚，山風勢未寒。此間多美酒，生計卜雲安。

## 沙市

此鄉如地肺，一望渺無山。春在樓臺裏，江浮花鳥間。荆州不願識，王粲未能還。漁釣堪糊口，柴扉晝亦關。

## 秋上白帝城登白帝樓

石壁將天壓，山樓反不奇。英雄雲散後，煙靄日斜時。碧澗秋光老，青林鳥夢宜。樽前多感慨，衰柳已先知。

## 風色

風色一以變，林光反不禁。黄姑依淡月，白帝動清砧。萬里無家客，孤燈獨坐心。予行濡且滯，舟楫豈難尋。

## 暮春題瀼西新賃草堂

峽口聯江口，山鄉亦水鄉。春來容膝屋，雲倚及肩墻。旅食亦求静，偷生且善藏。瀼西居頗適，好賦反《騷》章。

## 日暮遣悶

欲盡西傾日，全低東去天。雪峰沉萬籟，監井淡孤煙。故國兵戈後，他鄉凍餒年。寥寥今夜客，道自洞庭邊。

## 貴忘

野橋亦淺促，朝徙水雲鄉。浦近尋魚腹，山佳問麝香。仗龜行度口，養鶴畏分糧。莫把愁腸結，衰年在貴忘。

## 過涪州

寥落一涪州，驚心幾度遊。屢更新地主，不改舊沙鷗。片月穿仙嶺，微雲止戍樓。山山寒氣甚，夜半擁重裘。

## 還家晚坐

最厭長爲客，還家秋雨中。饑容嘆妻子，敗葉理梧桐。俗覺今時換，人憐前輩空。青青一雙眼，落日送冥鴻。

## 湖面

湖面初秋色，清如鏡裏清。潮來飛白鷺，煙至織黄鶯。虹學美人出，風爲少女行。此間塵不到，身世兩忘情。

## 一路

一路頗幽閒，行行又幾灣。微茫聽竹籟，次第較花顔。林壑千層瀑，茅堂四面山。卜居如得此，日日閉柴關。

## 吴中春暮寄友

勞矣條風力，吹成萬緑稠。楊花銜小燕，荇帶曳輕鷗。別後多鄉夢，貧深悲旅愁。東吴三月路，破碎黑貂裘。

## 有令賦殘荷遂口占

萬木方零落，荷先葉自傷。既圓應有破，久翠漸多黄。蓋或隨波蕩，莖猶惹露香。蓴收無賴日，惱殺兩鴛鴦。

## 白帝城月下在路

馬體汗如雨，余應有苦辛。獨支天外路，易困斗南人。乳虎遊斜日，蒼猿聒暮春。那期故國月，白帝照懸鶉。

## 雨後天晴放舟下峽

雨後虹方掛，晴來霧始收。風光明翠岫，江色淡新秋。返照薰殘濕，寒潮踏急流。放舟下三峽，定醉仲宣樓。

## 初歸躍馬澗招長干忠公

萬事不如意，方知無事閒。傍墻分暖日，移榻就春山。黄鳥飛初下，清泉汲正還。題書寄開士，帶月掩柴關。

## 行至楊子縣寄茅山道士

我行楊子縣，此路有誰同。堤上時時雨，帆邊颯颯風。金從結客盡，詩爲落花窮。句曲雲何白，看雲悵望空。

## 鏡中

鏡中雙鬢雪，相見更相憐。偃蹇居牛後，敲推敢馬前。一家寒露葉，萬事暮秋蟬。開口不曾笑，人間八九年。

## 白雲巖晚歸道中

一得高僧論，歸途落日中。鳩笻迎霽月，漁笛喚凉風。是象漸欲暝，有生能不空。迷心如可悟，身世付秋蓬。

## 夏日東林寺

欲尋神運殿，一徑盡莓苔。鐘響日先落，溪荒月少來。大都身後事，難免劫餘灰。千載相逢晚，白蓮不再開。

## 暑夜與葛九惟善步信州浮橋

與子立河麋，於時暑漸歇。一鳴峰杪鐘，遂見沙頭月。村火射偏紅，螢燈飛欲没。安得緒風凉，凉風吹濯髮。

## 冬日雙林寺 時予家於豫章。

可見無人境，門前與世分。鐘聲停半壑，水面湛孤雲。宿火灰中陷，鄰舂雨外勤。豫章二百里，消息不相聞。

## 坐法藥寺樓

棲居固所好，安可對斜陽。天外連芳草，雲邊望故鄉。雙星分四野，一雁應初霜。滿目蘋風起，扁舟意敢忘。

## 宿雙溪鋪

不有雙溪宿，能知孤客情。山川沉月色，天地變秋聲。華髮明殘燭，疏星滯五更。出門純鳥道，肯信馬蹄輕。

## 過陳州宿小庵

一雨荒精舍，孤吟見早霜。禽寒移密樹，螢濕定疏篁。入洛空擕賦，過陳易絶糧。不眠數更點，二十五聲長。

## 坐久

一生既錯料，萬事遂飄零。妻子動相謫，詩書竟不靈。哀哀何處雁，脈脈隔溪螢。坐久西風急，寒天尚未青。

## 羈旅無聊自嘲

世態久方見，人生已浪過。長鳴學蜀帝，善淚像湘娥。雨掩春山重，江埋宿霧多。紫貂裘敝盡，季子不歸何。

## 濠州道中

清晨迷野渡，春水正茫然。淮泗如浮地，荆塗欲擋天。風花林外舞，客夢馬頭圓。匹鳥能高擧，雲端故不旋。

## 閒居春閒二首

世爲滄海客，安有野鷗嗔。開户來新月，留花答暮春。青山歌送鳥，白眼醉看人。此外生涯事，君其問水濱。

春水倚天長，春雲入徑香。梨花銜燕子，荇蔕戲鴛鴦。白苧朝初試，清言世易忘。冠纓如可濯，一笑過滄浪。

## 郊原

郊原方落日，千里轉玲瓏。小阜浮波上，遥天覆鏡中。葑田齊晚稻，甓社下新鴻。誰染淮南景，秋汀蓼盡紅。

## 客中春暮

不見春和候，開門失翠微。鶯聲悲凍在，花氣怨春稀。地遠誰修禊，山深未試衣。故園憐久别，合眼即能歸。

## 初冬夢燕子磯

霜來風遂慘，西谷凍殘暉。漢水魚將聚，洞庭柑漸肥。他鄉愁易結，寒夜夢先歸。稍待江平隱，舟尋燕子磯。

## 掛帆

掛帆雨霽後，風亦息顛狂。去鳥銜煙白，歸雲壓日黄。闌憑懸楚岫，柁轉失潯陽。九派滔滔急，朝宗意頗長。

## 二十七日立秋夜作

是夜秋相見，律歸夷則中。草心蒙白露，衣領受涼風。舞覺蜻蜓爽，聲添蟋蟀工。吾其先散髮，作賦答天公。

## 少出

少出無乃癖，因之不覺非。紛華歸世界，天地散春暉。飛翠膠鶯坐，遊絲繫燕歸。楊朱歧路際，南北易霑衣。

## 黄山早行

客心懸遠路，四鼓出重關。古廟神燈入，虚巖鬼火閒。有煙迷白屋，將雨失青山。不覺涼飆起，飛螢漸漸還。

## 歸舟月下寄友

萬里南歸客，風前五兩鳴。荻苗沛秋水，霜信急前程。流落憐妻子，饑寒仗友生。遥遥天上月，此夕最關情。

## 遊山歸途口占

山固飛黄葉，回途秋灑然。禽聲留落日，驢背穩衰年。寒瀑纓林谷，晴溪鏡水天。何人吹鐵笛，隨我過前川。

## 贈葉秀才

壯老貧猶故，斯愁不易捐。賣文聊旦旦，僦屋且年年。酒負今生債，詩留異代緣。夜長如不曉，切莫怨蒼天。

## 不離西閣

雨餘無一事，雖午户猶關。低榦禽多睡，殘書蠹不閒。推窗又見日，散髮且看山。閣外談生計，應須老友還。

## 夕陽道上

宇宙一搔道，秋殘未暇論。天涯款段馬，雨後夕陽村。葉抱初霜病，鴉招半菽魂。渡頭燈火起，此際賴匏樽。

## 野望

信步失幽徑，凝眸起苦吟。天孤邀曠野，林密引淪陰。病葉因風落，空山欲雨沉。昏鴉何作怪，勉强噪寒林。

## 行歌偶成

岸漲潮初起，帆開風正匀。偷生今老耄，避地久吴秦。留眼看明世，行歌混逸民。遠師陶靖節，漉酒用烏巾。

## 天問

春光從到後，物物露春情。雨養枯泉活，煙醫病草生。梁間添乳燕，柳外囀新鶯。一飽將天問，何時願可成。

## 闕吾道

物物闕吾道，予情即若情。泥銜飛燕去，花抱仰蜂行。浪染秋沙白，雲妝晚巘明。衰年賴釀黍，方法似生成。

## 愁坐

兀坐愁何事，方方八節灘。孤村浮水上，一雁叫江干。誰掛仰天瓦，空扳下坂丸。鄰家來冀北，翹首問長安。

## 入清流山宿雲庵訪忠公

雖愧許玄度，遠尋支道林。溪光圍浄室，山色證禪心。落日飛黄葉，寒風定遠禽。對牀兩知己，十載悵分襟。

## 江南旅情

日落青溪柵，潮平白鷺洲。林深常似雨，江静易生秋。凉月來天外，明河俯渡頭。飛飛鴻雁影，不見尺書留。

## 殘秋落日

敗葉如相約，時時競遠飛。露濃秋欲去，寒急市先稀。天變揚滄海，山昏失翠微。鳴鴉千百點，爲我送將歸。

## 早發

亦知掛席便，遂聽棹歌行。病葉星前色，新蟬露裏聲。稍分山影出，遥見海潮明。舟子呼同侣，潮頭漸漸生。

## 小至

天涯除客子，何者却飄蓬。病待微陽起，詩憐小至窮。峰陰分鬼火，溪北斷漁筒。悶坐梅花下，吹來釀雪風。

## 歲暮書所見

老蒼到此際，無意作冬天。山凍顔先活，冰懸腹不堅。雪飛勾細雨，春近逼殘年。若與梅花隔，斯愁未坦然。

# 玄陽山人王逢年一十七首

逢年字舜華，初名治，字明佐，崑山人。故司業同祖之子也。少爲諸生，試經義，多入古文奇字，爲有司所黜。往謁袁文榮公於政府，文榮以故人子厚遇之，曰：「天子方修祠祀，新禮樂，生幸從我遊，事筆扎，承明著作之庭，可接武也。」文榮令草應制文字，有所更竄，退而上書閣下：「以時文取科，以青詞拜相，惡知天下有古文哉？」不辭而去。文榮遣騎追之，不得。及渡淮，困於旅人。淮陰人魯道者，少從李空同學詩，徒步追舜華於逆旅，資之以歸，輯其詩曰《海岱集》。王元美爲序，盛相推挹。舜華顧時時指摘王、李詩，嗤爲俗調。元美怒而排之。舜華益自負，作《五敵》詩，謂慢世敵嵇康，綴文敵馬遷，賦詩敵阮籍，述騷敵屈宋，書法敵二王。著書一編，曰《天禄閣外史》，妄男子輯東漢文，誤入之，益自喜，以爲當吾世得追配古人也。盡斥其田産，市古器物。得古琴曰焦尾，謂真蔡中郎故物也，晚年持過王敬美，曰：「老病無聊，願以此贖城南數頃爲饘粥計。」敬美唯唯受之，數日出謂曰：「焦尾果神物也，昨宵風清月白，焚香撫操，二玄鶴從空下，飛鳴盤舞，挾之而上，少選不知所之矣。其可奈何？」舜華俯首曰：「固宜有是。」所知甚之，曰：「焦尾無恙乎？」曰：「去矣。」年八十，無疾端居，欠伸取所書《金剛經》，捧持而逝，翛然若坐脱者。舜華與先宫保善，余兒時猶及見之。先宫保言其生平如是。舜華詩集甚富，余從其家鈔得之，亂後失去，今從先宫保遺篋中搜得若干首。

## 送盛仲交還秣陵

盛生東出關，白下桃花滿。相逢南陽田，目寄孤雲遠。君歸江國正鳴鳩，草緑空磯燕子愁。與爾期登雨花閣，六朝何處楚江流。

## 金陵詠懷

奕奕鍾山紫氣開，壯遊彈鋏鳳皇臺。上林曙色迎黄鳥，古殿晴陰鎖緑苔。馳道久虚清蹕度，近臣猶似早朝回。當年定鼎尊臨日，玉帛曾聞萬國來。

## 夏日草堂漫興

閒庭碧梧澄素陰，南山結廬幽意深。將浣未浣溪畔女，欲鳴不鳴枝上禽。臨觴坐嘯還咄咄，岸幘遠望何森森。黄雲澹蕩落日冥，一派菱歌煙水潯。

## 秋曉聞鴻

斗轉砧稀秋夜闌，朔雲遥度雁聲寒。夢回旅館燈初落，書寄衡陽葉正殘。隱隱斷行迷極浦，蒼蒼斜月帶長安。湘南塞北關情遠，人倚青樓幾處看。

## 情　詩

美人臨高樓，青蛾眄來久。何許繫相思，一帶横塘柳。横塘柳初齊，梁燕築巢棲。雙雙飛不去，莫蹴柳花迷。柳花拂羅袖，脈脈銷清晝。離恨幾回腸，獨援瑶琴奏。瑶琴奏還歇，燕掠樓中月。似夢昭陽宫，心將露苔結。

## 夜行郎二首擬古樂府寄所思

長寄相思明月樓，夜行郎在海西頭。月光若共郎行遠，那得當窗照妾愁。

昔看明月不如郎，同照菱花伴曉妝。別後郎情寧似月，瑶階隨影度孤房。

## 築楚門枝巢隱居

卜築楚門下，一巢聊自棲。夜同蟬沐露，春與燕分泥。秦苑樓臺没，吴宫日月低。浮生已殘夢，何事落磻溪。

## 海上歲朝

海國春初轉，還開臘社筵。世情回舊曆，衰病入新年。往事鷄聲盡，閒愁柳色偏。從兹復朝暮，蘇晉浪逃禪。

## 漢宫篇

雲蟠象魏接長楊，日擁龍顏坐未央。吾道欲興周禮樂，聖朝空老漢文章。九重推轂邊人淚，雜珮分花輦路香。誰薦《子虛》金馬外，汾陰春雨夜蒼蒼。

## 薊門城樓玩月

黄塵向晚薊門深，白石行歌無好音。萬里登樓今夜月，三秋落木半河砧。山空嬴女吹簫淚，天遠梁鴻去國心。世路不如依漂母，且投書劍釣淮陰。

## 梅花落

朔風凄凄洮水陰，羌聲半咽清夜沉。征人隴頭寄春心，月寒落盡關山深。少婦相思攬離色，夢驚鷄塞秦雲白。

## 折楊柳

邊樓夜笛吹霜月，玉門楊柳邊人折。長條短條繫相思，故園東風鶯囀枝。鴛鴦機上腸應斷，緑滿天涯人未歸。

## 虎山橋問渡入五湖

野水平蕪霸跡消，蒼茫萬頃亂飛濤。參差三弄醉遠客，七十二峰迎畫橈。細雨鳩鳴玄墓樹，夕陽僧過虎山橋。武陵源口秦人路，莫向浮雲問市朝。

## 南徐暮泊登江上樓

煙波如眺武昌樓，宿鷺遥疑鸚鵡洲。把酒江山遺事在，側身天地此生浮。中流落照金陵繞，斷壘空城鐵甕秋。亦是湘南哀郢客，兵戈垂老未歸舟。

## 登瓜州酒樓留别

楓樹清霜戀客杯，日高京口曙煙開。帆飛細逐通州下，江影青浮北固來。擊楫關心鴻不到，登樓何事角頻哀。秋風黄葉平原裏，此去遥應首重迴。

## 海上歲朝作

落魄平生誤計然，春歸無恙杖藜邊。梅花雪塢留殘臘，澤國砧聲帶舊年。滄海魚麗空戰艦，烏衣燕子過烽煙。五陵冠佩追趨日，野老如持漢節偏。

# 王秀才伯稠二十六首

伯稠字世周，其先常熟人，移家崑山。父冕，字元肅，多長者之交。王雅宜《白雀帖》所謂「元肅參軍有精廬在虞山下，去白雀不遠」者也。世周少謝博士弟子，肆力於歌詩，閉門擁被，悉取晋、唐以下諸家吟咀諷詠。稍閒則棲止花宫蘭若，或留連狹斜，旬月不知所之。對客不問姓字，無寒暄語，遇酒炙放箸大嚼，喉吻間時作囁嚅聲，竟坐或不交一言。晚年嘗過余，投所著樂府古詩一帙，蠅頭細字，塗乙删改，旁行側出，如蛛絲蚊翼，非定睛諦視不能詳也。其苦心於斯道如此。王舜華爲中表兄弟，其依隱傲世，略相似焉。

## 子夜四時歌二首

月寒蟋蟀鳴，獨向空庭步。金井雙梧桐，花上有清露。

北風昨夜來，大雪忽三尺。不愁送儂寒，但愁斷歡跡。

## 西烏夜飛

何處驚棲烏，撲速忽飛去。儂家樹自好，烏那不肯住。

## 長干曲

月出江頭白鷺飛，江花采罷濕羅衣。儂家住在長干裏，自唱蓮歌伴月歸。

## 長安道

白日照馳道，高天雙闕開。黄金丞相閣，清吹五侯臺。馬蹴香塵起，花藏翠幰來。新豐白首客，彈鋏夜歌哀。

## 大堤曲

清江出明月，月白江花寒。微風吹儂歌，懊惱愁殺歡。

## 莫愁樂

春風吹石城，日日喚花開。可憐花上月，不喚莫愁來。

## 蘭若即事

興來時野眺，小立倚柴扉。一雨清波動，雙林片月歸。山鼯藏竹語，水鳥出花飛。不覺空煙暮，蒙蒙翠溼衣。

## 和　韻

春風千里憶佳期，鏡裏空憐玉樹姿。驚夢暗憎鸚鵡唤，避人偷寄伯勞詞。月窺翠幌愁相語，花入珠簾恨自知。争信文園憔悴客，漸寬腰帶鬢如絲。

## 清明日風雨過士登齋中小飲得花字

清明蕭瑟送春華，短屐欣過仲蔚家。小語輕寒來燕子，半含微雨出桃花。蝶飛幻夢何須較，蟻盡深杯可再賒。澆却北邙墳草溼，白楊愁鬼哭煙沙。

## 秋日過子問郊居二首

葉舠百轉入幽溪，灌木蒼藤夾岸迷。一縷炊煙小犬吠，柴門忽出竹叢西。

映竹緣溪三兩家，陰陰樹影日將斜。翩翩黄蝶穿疏蓼，唧唧秋蟲語豆花。

## 聽沈二彈北曲

燕歌撩亂夜絃鳴，訴盡青樓恨别情。四十年前明月夜，夢迴曾聽斷腸聲。

## 薄暮步溪上見茅舍前桃花盛開

嬌靨枝枝破淺紅，暮寒無語向春風。誰來花底多情立，白髮如絲一病翁。

## 周子居幽居不遇

寂寂柴門深自關，幽禽相唤語青山。墻頭含雨桃花色，半出青葱春樹間。

## 贈歌者

盡説青樓碧玉家，舞風歌月鬭鉛華。自從誤識櫻桃後，懶看閶門路畔花。

## 青樓曲

日長深院小榴開，懶鬭紅妝傍鏡臺。偏愛雙雙飛燕語，自開珠箔放歸來。

## 凉生豆花

豆花初放晚凉凄，碧葉陰中絡緯啼。貪與鄰翁棚底話，不知新月照清溪。

## 追昔感事八首 出世周手稿，集本不載。

秋風九塞静狼煙，鐵騎千營夜醉眠。大奏鈞天酬上帝，君王法駕在祈年。
西内詞臣和柏梁，天書飛動賞輝光。誰憐一鋏新豐邸，彈盡秋風白髮長。
紛紛遊客似雕翻，一技俱能獵異恩。牛飲總污丞相席，沐猴争戲五侯門。
欲醉胡姬耐笑看，駝酥千盞不辭乾。忽雷抱向青樓月，撥出《凉州》夜雪寒。
燕山自古接胡沙，大有胡風入漢家。小婦拍鞍能走馬，兒童捲葉學吹笳。
玉蝀金鰲跨夕陽，風清海子碧波長。荷花千頃無人採，落盡仙姬鏡裏妝。
射虎屠龍意氣豪，縱横年少見吾曹。老來夢斷長安事，落日撈蝦傍小舠。
高枕青山計未貧，空林幽鳥伴吟身。誰能更抱齊門瑟，老覓長安解聽人。

## 朱秀才陽仲九首

陽仲以字行，失其名，遂寧人。七歲能屬文，刻意騷雅。嘉靖甲午，以試解死武林之逆旅。其友侍御黄中輯其遺集。

## 楊花篇

江南二三月，楊花競芳華。寂寞長條攀折盡，緑絲飛來千片花。千片飛飛西復東，白雪晴雲晝溟濛。風吹滿空翳白日，散入千家池館中。池館樓臺媚春晝，珠箔重重散花柳。白玉筵中拂畫衣，琉璃杯裏沽春酒。落日千家春酒闌，飛花拂拂玉闌干。高處餘風常不定，低邊日氣轉猶寒。秦女樓中妝鏡寂，王孫道上相思憶。詎將春色報深閨，還惹遊絲度南陌。南陌深閨兩地情，惜此飄揚花性輕。焉知落地爲香土，更憐入水作浮萍。香土浮萍那堪數，虚令春色年年度。今年已見柳花殘，明年復見楊花吐。愁殺龍沙千萬山，春來春去損朱顔。祇被楊花惱妾睡，不教清夢到燕關。

## 寒食行

誰家墓頭作寒食，野棠離離間古柏。香轂轔轔拜掃歸，日暮風吹紙錢白。紙錢不到黄泉路，歲歲化爲墳上土。人生若樂百年中，笑殺荒山石羊虎。西家女兒哭未休，城東又作踏青遊。滿地花枝鬬芳草，還嫌落日催歸早。待得明年寒食時，又來掛紙一霑衣。

## 雙溪曲

脈脈溪路遥，泛泛落花嬌。人心不如水，相隨下河橋。

## 西湖採蓮曲二首

五月芙容浦，花開勝若耶。若將湖作鏡，應照妾如花。

玉腕揺輕楫，紅蓮暗緑波。花深欲無語，棹轉忽聞歌。

## 楊柳枝辭

廣陵楊花辭故枝，各自空條雨後垂。羌笛不知春自去，分明一曲月中吹。

## 出塞曲

雪盡洮河月滿營，胡兒羌笛奏邊聲。春風不到單于塞，何事梅花夜夜生。

## 長門怨

春盡長門鳳輦稀，宫鶯百囀繞薔薇。落花千片如紅雪，飛入昭陽作燕泥。

## 長干曲

美人家住漢水濱，夫婿從軍久向秦。江口寄書無便使，客中多是洛陽人。

## 王舉人養端四首

養端字茂成，遂昌人。八歲能詩賦。嘉靖乙卯，舉於北闈，遊燕中，與一時名士稱詩，李伯承、皇甫子循皆亟稱之。同里何鏜曰：「括之詩人，自劉文成後，有青田陳太鶴洛夫刻意振奇，遂昌朱青城陽仲專工風調。後出與陳、朱抗行者，茂成也。茂成有遂昌三賦，賦家稱之。」

### 都臺紀事四首

九五黄宫八百姬，臣工拜舞賀昌期。春回靈囿時頒曆，香藹瑶壇夜受釐。河渭吐吞秦日月，岱華掃蕩漢旌旗。清平樂事何由識，柳暗花明出鎖遲。

二月皇州春事稀，玉堤瓊樹盡芳菲。農官夜候醃䤈降，苑監朝供苜蓿肥。寶蓋拂雲雙鳳集，衮衣浮日六龍飛。山人無路將芹曝，擬傍臺階頌紫微。

彩霧氤氲覆禁城，西山旭日始分明。大官入捧綵綸旨，女史來收館閣評。白鳳青霞開寶宇，金盤玉碗散朱櫻。南郊昨介清和節，遍賜蓮花報化生①。

翰墨初呈金馬門，群賢此日荷宸恩。細封紫蠟傳仙仗，高矗紅雲儼帝垣。麟閣曉浮花氣暝，虎幃春動日華喧。臺官忽奏文昌見，天子親臨策士軒。

① 原注：「此詩誤傳爲李尚書默作。」

## 蔡廣文宗堯四首

宗堯字□□，臨海人。自號東郭子。嘉靖丁酉，舉於鄉，謁選司，教松溪。松溪諸生刻其文曰《龜陵集》。多識古文奇字，詰曲取裁，殆亦圭峰之流亞，出於嘉靖中年，故知其蔑視李、王矣。老死青氈，世不復知其氏名，可感也。集凡二十卷，詩止樂府一卷。

### 麗情曲

蘭房過雨蕙徑空，緑雲藹藹懷春風。欹枕牙牀睡初醒，胭脂汗濕羅衣紅。鴛鴦牽繡絲未歇，軟瘦香肌倦如雪。玉麟墮地渾不知，流蘇夜暖斜明月。珠簾半捲春日高，海棠飛起雙蝴蝶。

### 河套 以下皆集外詩。

胡虜昔何在，遥聞將士訛。何曾親吉甫，遽欲奪蓬婆。浪議輕癰潰，成功幸石磨。未知廊廟計，終始果如何。

## 秋思二首

長莎肥馬映征軒，飛騎邊頭入報喧。衹見煙塵從遠磧，不知胡虜獵平垣。殘兵破鼓傷遼水，絕塞悲笳泣楚猿。最是書生猶將略，屬鏤賜後竟誰言。

斷雲殘柳接狼煙，極目氛埃自黯然。紫塞蒼茫能立幟，黄河容易可投鞭。須知據險人持戟，莫使衝風馬避氈。勝算終摧高闕聳，遥藩荒破犬羊天。

## 感詠

海國凉生吹雨花，西門十里即天涯。山銜落日孤雲細，林着疏風翠篠斜。湖海壯心驚白首，廟堂清議屬烏紗。洛陽年少空前席，賓客梁王憶漢家。

## 張指揮元凱七十一首

元凱字左虞，吴縣人。以世弁管蘇州衛事，再督漕北上，有功不得叙，自免歸。左虞少受《毛氏詩》，折節讀書，改而從戎，非其志也。既膺世爵，屬櫜鞬挽强躍馬，顧盼自喜，冀馳騖功名之會，以洗紈袴之辱，而卒不得一當。督漕之役，出徐淮達燕冀，縱觀古英雄戰爭都會之地，前迎後却，貰酒高歌，入長安覽觀宫闕苑囿，親見齋宫醮壇之盛，作《西苑》詩，竊比諷諫之義。歸而悒悒不得志，遊於酒人以自放。酒間談説天下事，慷慨風發，意有所不可，使酒駡坐，坐客皆亡去，意自如也。善王長公兄弟暨其甥曹子念，每過弇山園，鯨吸牛飲，推爲酒人之雄。長公叙其詩，以沈始興、曹竟陵爲比，左虞夷然不屑也。左虞没，長公伏日曝書，得其行卷，嘆其知之未盡，爲詩一章，屬其子孟孺酹而焚之殯宫。有《伐檀詩集》十二卷。孟孺亦能詩。

## 雜擬詩二首

少小結遊俠，長大慕豪英。六郡已脱籍，三輔乃有聲。藏活以百數，脱死常獨行。風沙撲馬首，關月候鷄鳴。將軍言郭解，公子拜侯嬴。彼非有一命，權可當專城。所以奇節士，慷慨説捐生。大笑東家兒，殺人隱姓名。

有客住吴國，贈我以莫邪。提攜未出匣，隨手生霜花。或恐是神物，吞吐虹光斜。不惜黄金裝，横在白鼻騧。邊烽昨夜至，飛符度流沙。秋月照長城，胡騎紛如麻。按劍左右盼，目已無渾邪。丈夫爲天下，安能復顧家。

## 漁　父

溪橋轉山徑，湖水碧於苔。漁舟柳陰下，舉網得四腮。樵薪猶未至，新醅業已開。團欒坐妻孥，不簪亦言言傷我懷。

不鞋。欲要采菱人，西風吹船回。蔌蔌蘆葉響，月上潮正來。波濤非云險，夢寐良不乖。向逢楚大夫，

## 樵父

偃樹春不起，繁條秋彌叢。長鑱入空谷，歷歷摧枯蓬。形骸肖山鬼，趫捷輕狙公。玄熊夕相避，猛虎晝不逢。素履往無咎，險阻窮能通。有時不歸來，高卧山之東。積薪擬待價，沽酒明月中。桎梏軒冕者，終焉愧此翁。

## 閨詞四首

擣衣聲不亂，擣衣情自深。秋風一夕起，閨中同此音。妾擣君不聞，天涯自有砧。也應如妾擣，爲妾擣君心。

憶昔初嫁君，明珠照緑雲。今日君離別，飛蓬亂不結。忘我久食貧，遊趙復遊秦。秦人未逐客，安能反鄉國。

夫婿乍封侯，尚爾玉關遊。欲繡一端錦，寄耀千貔貅。行褰池上柳，夫渠摘纖手。顏色比不差，銜在天吴口。

琴瑟昔在御，莫不静而好。自君久別離，房櫳生青草。彈琴無知音，調瑟多苦心。絃繁曲亦亂，月落花

陰陰。

## 邊詞五首

結束良家子，翩翩居帳下。從軍不數年，節鉞安可假。耻隨五校後，單騎走朔野。龍劍躍且鳴，奪得胡名馬。

匈奴約和親，邊烽晝不舉。士卒漸忘戰，軍中罷超距。槃跚弄胡兒，拍手學蠻語。草間騎羝羊，引弓射鳥鼠。

秋風試鳴鏑，忽見孤飛雁。一矢綴其羽，遥墮前山澗。衆謂南來鳥，足有帛書綰。策馬往視之，野火新燒棧。

九月未授衣，十月邊霜凛。士卒夜苦寒，獨抱雕戈寢。欲訴霍嫖姚，無奈生貴甚。穿域正蹋鞠，陽春生獸錦。

久隸行伍間，尚在偏裨下。寒霜生鐵衣，秋風勁弓弝。執鞭乃吾分，窘辱何須訝。衛青亦人奴，敢遽辭笞駡。

## 採菱詞

菱角何纖纖，菱葉何田田。鴛鴦與鸂鶒，對對浮清川。採菱白晳郎，蕩槳後復前。偶逢西家妹，隔浦來採蓮。嬌容入花亂，素腕隨荇牽。要住語綢繆，風動裙帶偏。採採忘採角，但採菓在船。贈我雙蓮子，庶幾不空還。

## 圌山朱都尉過訪留宿草堂中夜不寐情見乎詞

有客江上來，柳下住雙槳。身白儼如瓠，巨口仍廣顙。相見懶長揖，落魄高陽黨。呼兒且沽酒，把臂坐草莽。十年交自傾，片言心覺爽。明霞四散飛，長庚獨先朗。蝙蝠撲簷間，熠耀行草上。凉風西南來，刺刺枝頭響。下榻不能寐，空庭共俯仰。慷慨醉中言，何時起李廣？

## 志　別

祖道一尊酒，凉風江上生。楓林一葉丹，秋動千山聲。星離越溪水，雨散吴王城。我昔遊燕趙，居人送我行。今我亦送客，酒盡淚欲傾。乃知送我者，掩袂多至情。

## 汶上阻雪

我行阻徐方，日夕望吴國。積雪覆皋原，千里同一色。門前偃柵横，屋際孤煙直。黄河冰正堅，芒碭雲來黑。狡兔潛以伏，饑鷹竟何食。客子煨枯蓬，主人舂殘稷。何日見朝陽，肅彼南歸翼。

## 匣劍行

生長夫差國，家住專諸里。鍛煉昆吾成，一匣明秋水。秋水冷冷聲繞扉，淒清中夜蛟龍歸。空廬獨抱朗月卧，高天颯動霜華飛。提攜神物無人覺，何來白虹常在握。鋒芒衛霍耀天山，精靈荆聶傾河嶽。結客紛紛向五陵，呼盧博采且浮沉。寧輸百萬留三尺，懸在腰間酬寸心。鶤鵝新淬光如彗，照見人間不平事。玉玦令環日日閒，匣中一掬明珠淚。嚴城吹角秋夜清，風淒月肅鄰鷄鳴。攬衣起舞欲拔劍，無乃歲久青苔生。莫牙空老無人齒，世人共寶鉛刀耳。幕南塞北行路難，酬恩報怨竟誰是。淪落沉埋一蒯緱，耻將彈鋏動諸侯。豐城不掩干霄氣，越石何嗟繞指柔。

## 東覽篇

出門鮮徒侶，看山過東越。身披荷芰衣，來渡琅玕筏。會稽之郡藏雲中，海嶽靈區第幾峰。千巖萬壑望不盡，一一秀出青芙蓉。溪流嗽石噴晴雪，山水清音相映發。林間吹落蘭亭風，松下飛來鏡湖月。石暗花迷夷，失去津禽魚。鳥獸能相親，峥泓蕭瑟不可測。此中疑有箕山人，蒼旻爲棟雲爲幕。禹穴幽奇可棲託，絶壁巑岏嘯夜猿。逍遥夢見騎黄鶴，清晨晞髮凌高臺。風吹飛花去復來，旭日如珠走滄海，赤霞爲駕驅天台。方丈蓬萊今可至，居然便有凌雲思。金宫銀闕何必求，一丘一壑隨吾志。君不見東山高卧支許從，揮麈玄言若可終。又不見芳辰祓禊臨清池，茂林修竹堪忘饑。謝公勉爲蒼生出，十年閒却登山屐。右軍自失王藍田，歸來誓墓意惘然。二賢信是人中龍，霖雨當時仰望同。考槃一室已千載，至今林下生清風。偶然得失未忘念，令人却羡雙冥鴻。

## 寒食限韻作

闔閭風土不禁火，緑水城邊碧油舸。屢逢蹴踘踏花茵，時見鞦韆亂雲朵。金蓮點點步底生，鴛鴦彩彩纏頭嚲。越女曾爲吴館娃，周郎衹合留江左。前溪桃樹隔垂楊，仿佛紅妝隱青瑣。

## 楓橋與送者别

楓橋秋水緑無涯，飄葉滿樹紅於花。萬里之行才十里，闔閭城頭尚堪指。遊子尊前淚濕衣，離心已逐片帆飛。酒酣不識身爲客，意欲元同送者歸。

## 揚州春眺即事

紫萸村邊楊子灣，黄公壚頭使者關。舟楫遠通淮北水，樓臺近見江南山。高岡百尺臨官渡，浮煙不盡斜陽暮。前朝楊柳幾株存，寒鴉飛盡蕪城路。

## 客堂秋夕

高梧百尺入雲凉，清水一池生月光。秋夜初長客不寐，坐聽砧聲思故鄉。明河展轉天欲曙，寒蛩唧唧猶自語。挈衣起寫故鄉書，明日關河雁南去。

## 新豐主人

新豐主人邯鄲婦，依然賣酒三河口。芬芳芍藥氣如蘭，瀲灧葡萄緑於柳。東風日日飛輕塵，遊子年年祇問津。遲迴立馬門前客，曾是壚頭醉卧人。

## 春日遊西苑

宣室臨西苑，靈臺對籍田。宮鶯迷緑雨，厩馬飲清川。柳引金堤直，松含玉殿圓。先皇受釐處，寂寞鎖春煙。

## 大明門春望

太和盈宇宙，燁燁遍光華。美麗都人綺，芳菲輦道沙。紫騮銜禁草，黄鳥卧宮花。一望千重殿，常生五色霞。

## 子夜

花柳發韶年，妝成子夜妍。弄簫成艷曲，調瑟豈哀絃。翡翠巢金埒，鴛鴦撲錦纏。不將銀燭滅，看取玉人憐。

## 湖上歸

野寺垂楊外，湖陂亂葦間。翠含千樹雨，青露一痕山。果熟喧童口，桑稠礙女鬟。漁舟小如葉，載我洞庭還。

## 潞河中秋初度 壬申。

桂影青天滿，桑乾白水斜。公車不待詔，客舍祇思家。報主雌雄劍，謀生子母瓜。去年今夜酒，吴市聽琵琶。

## 長安春望

芝房桂殿暮氤氲，霄漢歸來鵷鷺群。月出修眉懸碧樹，露擎高掌拂朱雲。宫鶯入柳飛難見，厩馬迷花嘶不聞。盡説宸遊多睿藻，遠臣唯有誦横汾。

## 西　苑

曲房宣室自逶迤，聖主中宵正受釐。湛露曉凝千片玉，甘泉春長九莖芝。鳥棲御宿啼偏早，花近朝陽落故遲。自識萬機宵旰切，望仙臺下草離離。

## 索　居

自憐多病强加餐，里巷浮湛罷據鞍。懷舊十年蓬鬢改，傷春三月落花寒。志酬投筆元非易，事到持杯便不難。敢謂閉門深避世，亦知門外有波瀾。

## 戲簡幼元

處無善策出無才，待罪行間事事乖。犢鼻着來堪滌器，魚腸脱却與椎埋。殢人春色真如酒，悦世禽言總是俳。試問首陽甘餓者，何如金馬漫詼諧。

## 唐觀察招飲洪尚書園亭

名園樓閣散春晴，飛蓋初停黄鳥鳴。叠石爲山開緑野，鑿池引水接滄瀛。露花靚女臨妝色，風籜尚書曳履聲。獨訝主人渾不見，翻令過客易含情。

## 西湖即事二首

十里長堤柳色新，六橋凝碧水潾潾。桃花似妒青樓女，楊柳如思白舍人。鶯語風前猶自澀，山容雨後尚含顰。武陵舊日通來往，不向漁郎數問津。

錢塘蘇小茜羅衣，短棹穿花過釣磯。望帝聲中怨離別，夢兒亭下惜芳菲。微風吹藻鱗鱗浪，落日銜山樹樹暉。最是碧雲隨處合，美人乘興夜忘歸。

## 越溪逢袁生飲

范蠡湖邊一棹回，偶逢袁紹最深杯。浮萍散雨涼風至，高樹排雲明月來。浮白且謀今夜醉，栖烏不問故宫哀。相將共選溪頭石，乍可披裘作釣臺。

## 江上遇蔡都尉

同是窮途嘆數奇，鷃冠凋敝不勝悲。孤蓬夜雨天涯淚，老驥秋風塞外思。去國一身渾似夢，歸家雙鬢各成絲。長安記得相逢日，正是桃花飲馬時。

## 贈建平潘子會

潘郎星鬢尚朱顔，爲卜郊居已賦閒。爾汝孔融多緑酒，比鄰謝朓有青山。濯纓水上游魚過，高枕花間宿鳥還。敢向宦途論巧拙，清時唯有閉柴關。

## 靈谷寺

十里長松入杳冥，殿前功德水泠泠。氣因定鼎千林紫，山託傳燈萬古青。群鹿避人過隧道，寒花迎客媚空庭。草堂蕙帳今餘幾，笑誦楣間舊勒銘。

## 長安逢塞上班師友人有作漫和

盛秋胡騎若雲屯，奏捷飛書入雁門。浪説單于刑白馬，羞稱公主嫁烏孫。班師節鉞歸三殿，款塞旌旗過五原。幕府獻功方飲至，撰成鐃曲侑金樽。

## 西苑宫詞二十四首有序

夫古之帝王，登封降禪，類帝禋宗，詩書之所稱述者，未墜於地。恭惟世廟中葉，端居西齋宫者，垂三十年，良由睿智天縱，妙應萬幾，時適乂安，休徵協瑞，日夕望祀蓬萊，受釐宣室，莫非祈禱長生，願言久治，蓋不出九重之内，能福億兆蒼生，豈秦皇、漢武梯山航海，騁欲以罷民哉！草莽遠臣，頻遊都邑，聞之客座，焕焉可紀。乃撰《西苑宫詞》若干首，雖未嘗與聞閟宫之玄妙，庶幾不誣閶闔之頌説而已。

肅將上帝祀明堂，寶鼎昭回日月光。九獻不須歌舊曲，詞臣昨已撰《芝房》。
秋殿清齋正受釐，迎和門外立諸姬。大官不進麒麟脯，御饌唯供五色芝。
陳詞瘞玉奏鈞天，西苑宫墻近籍田。水旱恐煩祠后土，未央深處好祈年。
宫女如花滿道場，時聞雜珮響琳琅。玉龍蟠釧擎仙表，金鳳鈎鞋踏斗罡。
鳳閣傳呼魚鑰開，中官賫捧御題來。直廬夜照青藜火，銀筆如椽徹曉裁。
方嶽分符百道飛，四時禋類萬靈歸。休徵勒石盈青壁，瑞應成圖進紫微。
一株沉水萬金裝，篆刻蛟龍縷鳳凰。工巧敢言歆上帝，精誠唯許格君王。
夕烽千里照甘泉，一紙降魔敕已傳。急遣六丁乘羽駕，火輪金甲净幽燕。
靈藥金壺百和珍，仙家玉液字長春。朱衣擎出高玄殿，先賜分宜白髮臣。
寶箓金籤燦幾筵，子雲正是草《玄》年。石渠天禄如林士，同校宣和道藏編。
千雲裘擁五雷冠，祈雪霄開太乙壇。符鶴未回金闕静，燭龍獨照玉宸寒。
金壺漏水響丁丁，直宿宫娥坐月明。潛聽象牀龍睡穩，玉階低演步虚聲。
通天臺上接三台，景命重臨清醮開。拜舞不同郊社禮，科儀一一聖人裁。
香臺紫氣藹晴空，靈貺神休集聖躬。垂拱萬年如一日，禮臣何必議青宫。

内宫新製玉清符，獨賜親臣道允孚。何事官家頻顧問，宰公冠上戴曾無。
真人方術鬼神愁，出入金鑾駕玉虬。濟北少翁曾賜爵，膠東欒大已封侯。
金符寶笈護雲英，鸞鶴銜將入上清。拜受玉霄龍鳳簡，元陽象一字分明。
聖朝臣庶洽垂裳，慟哭非時祇自傷。竟日天威無霽色，容城年少有封章。
仙真異迹豈無因，海嶽靈區合有人。夜殿焚香親製草，詰朝分遣内臺臣。
蓬萊方丈可梯航，勾漏丹砂近寄將。昨鑄銀山高幾許，試持玉尺殿中量。
瑞氣祥雲薄海濱，遠藩齊獻百千春。進來白鹿高於馬，馴擾金階不畏人。
頌美揚休錦繡香，柘黄新帕蓋青箱。内中書法人間别，壽字能兼數字長。
君王常在集靈臺，正殿葳蕤鎖翠苔。縱是明良不相見，虞廷庶事轉康哉。
方士如雲泛海槎，采真元不爲丹砂。萬金煉就壺中藥，愁殺仙人蕚緑華。

## 明　妃

白龍堆裏塞雲昏，黄鶴歌殘馬上論。自恨良家充内選，也同公主嫁烏孫。

## 飛　燕

三千宫女廢昭臺，飛燕雄心尚忌猜。乍報殿成名合德，悔教小妹入宫來。

### 春日花下飲

春風青鬢未成絲，放浪江湖祗酒巵。二十年來真落魄，不曾醒眼看花枝。

### 廣陵逢陳郎

《竹枝》歌罷説離情，草緑揚州水上城。憶汝怕逢顔色似，杏花開處不曾行。

### 題桃花畫扇

碧桃樹底醉流霞，記得當年翠袖遮。今日漂零歌扇在，令人腸斷故園花。

### 阻風

西風吹浪不能平，又阻歸舟一日程。正是關河愁絶處，柳條無數作秋聲。

## 李千户元昭七首

元昭字用晦，杭州人。世襲千户，棄去不就。與童侍御南衡、方職方十州輩結社西湖，其詩皆明農習隱之言。又好煉丹服食，自詭能度世，所居曰岣嶁山房。詞客過者，多爲詩弔之。

## 新昌蓮峰吕山人夜携魚酒過訪丘中因有此作

日入林壑晦，乳犬吠簷隙。下榻爇蘭膏，邂逅滄浪客。菰條貫溪魴，瓦瓶挈村醪。傲睨不作禮，蒼霞飄短掖。班坐肆吟笑，河漢倚寒席。墟落交廣風，松篁自相戛。優遊塵外懷，秉此杯中適。第覺五情爽，冥然會玄默。

## 送周虚巖歸吴門

返棹歲將晏，離亭酒亦深。島雲寒没影，江日凍生陰。莫惜飄蓬跡，應傷折柳心。丘中誰共調，徒自理鳴琴。

## 春雨閒居

簾幕陰將放，圖書潤未收。水埋高渚脊，雲透遠峰頭。緑重草容悦，紅輕花態愁。閒居對妻子，燕笑撫茶甌。

## 結襪子

世態人情薄如紙，平原倏忽風波起。那知筵上絶纓客，匹馬横戈爲君死。

## 山中秋夜

萬壑秋潭静，千巖夜色新。山中花作妓，海上月爲賓。酒泛丹丘桂，羹傳碧澗蓴。暖雲凝石榻，高卧傍南宸。

## 過吴判官村居

殘虹明遠浦，片雨洗平疇。户敞從雲度，階空任水流。醉因花影勸，歡爲鳥聲留。日暮渾忘返，高眠傍斗牛。

## 樓卧寄濱上人

肥遁偏宜林壑幽，夢魂常在閬風遊。白生窗裏星河曉，紅落階前木葉秋。僕懶衹堪操藥竈，兒閒時得薦茶甌。浮雲不薄清虚客，終日相從卧石樓。

## 張參將如蘭五首

如蘭字德馨。南京羽林衛，世襲指揮使。中武舉第一人，官至淮徐漕運參將。以子可大功，贈特進榮禄大夫、右都督。博極群書，譚古今事如指諸掌。凡陪京大利弊興革，靡不條議，見諸用。督漕治河，所至有聲跡。好學勵行，動準古人，人擬爲杜元凱、羊叔子之流。有《文章兵法譜》十卷、詩文集三十卷。可大以大帥死節，自有集。次子文峙，有才名，集録明詩，别裁風雅，於余之采詩有助焉。

### 淮陰祠二首

劍鍔模糊洗血痕，頹垣如見舊精魂。誰知廖廓無雙士，猶自徘徊一飯恩。咳唾河山歸赤帝，解推衣食誤王孫。吁嗟此意空千古，淮水凄凉白日昏。

天心草草用英雄，把釣應難比夢熊。宰肉有謀偏躡足，分羹可忍況藏弓。謀臣無計留高鳥，猛士空勞詠《大風》。蒯徹佯狂欒布少，何人哭向未央宮。

## 過管夷吾三歸臺

微管勛名賁草萊，齊原東望起高臺。當時直向前車死，此地應須左衽來。九合既能扶日轂，三歸何礙倚雲堆。有人衰草長堤下，幾度西風感嘆迴。

## 吴門夜泊

夜暗歸雲繞柁牙，江涵星影雁團沙。行人悵望蘇臺柳，曾與吴王掃落花。

## 步虚詞天妃宫作

春入仙宫放碧桃，月華一點映初潮。夜中斗柄方移轉，雲外仙童弄玉簫。

## 張都督可大五首

可大字觀甫，參將如蘭之子。幼警敏，善騎射，讀諸家兵法，有立功萬里之志。萬曆辛丑，舉武進士，受知於蕭宗伯雲舉，歷官都司參遊晋寧紹副總兵，所至敬禮賢士大夫，投壺雅歌，咸以爲俞、戚再見。奉敕以右都督鎮守山東，率師勤王，解圍都城，先帝嘉嘆，領專敕平島帥劉興治内移爲南左正，已得代。聞兵亂，歸登州爲戰守計，值登陷，衣冠登城樓，北向拜，手刃二妾，壁端題「某年月日登萊總兵官張可大死王難處」，遂投繯。事聞，贈太子少傅，予祭葬，立祠名旌忠，謚莊節。生平孝友淳重，博學好古，與時賢相贈答，皆海内通人勝流。有《馭雪齋》諸集，蓋古之儒將，而以忠烈特聞，尤足重也。

## 書邊事四首

無端小草出登壇，壯士徒歌易水寒。枉把全師輕一擲，遂將宿將盡三韓。腐儒誤國由房琯，野老吞聲恨賀蘭。豈是胡人開殺運，祇因中國自摧殘。

去年此日戰渾河，敗北頻仍蹙境多。未見北塵先解甲，若逢胡騎便投戈。出關已絶生還夢，應募惟聞浪死歌。一自上都重失後，人心汹汹奈如何。

未得君王丈二殳，人人能説掃穹廬。防邊誰上方城略，籌國曾無平準書。四出徵兵飛赤白，再言加賦算錙銖。東夷未靖中原動，祇恐殷憂不易除。

邊臣失計款呼延，遼左於今困右賢。招討使承斬馬劍，從征軍賜大官錢。神京未可稱高枕，孤塞應須策萬全。將相共和文武濟，勿令烽火照甘泉。

## 泛海

到處啼鶯倚棹歌，客懷偏向布帆多。黄雲飛盡天如洗，鰲背山前萬頃波。

## 童書賈珮 三十四首

珮字子鳴，一字少瑜，龍游人。從其父以鬻書爲業，往來吴越間。少不能從師塾，從其父挾筴問字，輒能通曉意義。買一舫，不能直項，帆檣下皆貯書，讀之窮日夜不休。已而能爲詩，清俊可誦。嘗遊崑山，執經於歸太僕。風暮往錫山寓舍，太僕爲贈序，道其依依問學之意。久之，詩益有聲。又善考證書畫金石彝敦之屬。太保朱忠僖與其兄恭靖王遣人邀至京師，愛而欲客之，一夕遁去，弗顧。嘗與高淳、韓邦憲定交逆旅，邦憲守衢，過其家龍丘山塢中，序布衣兄弟之誼。太守下教邑綱紀龍丘逸民，前萇後珮，其樹綽楔左閭以風在野，子鳴固辭，請爲祠以祀龍丘先生。邦憲卒於官，徒步送其喪，逾嶺病憊，夢太守邀與並駕，以婚嫁未畢，辭不可，病寢劇而卒，年五十四。子鳴藏書萬卷，皆手自勘讎。面峻削骨立，語吶吶不出口，篤於交誼，有所期雖千里不爽。薄田數十畝，割其租以創村塾。俗三男一女捐羡粟以給舉女者，其制行士大夫弗逮也。余竊取子厚吏商之義，題之曰書賈云。王伯穀曰：「子鳴詩皆性靈，讀之蕭蕭有雲氣。往歲遊燕山，燕山詞客如雲，所至必分曹命簡，聽漏畫燭，争晷刻之捷。子鳴方危坐匡牀，目瞪不出聲，比誦一篇，風調敻絶，群客氣色沮喪，子鳴退然不敢當。性喜閉户，必妻易而後出，出則使人彈射，往往未愜，并其稿削之，不存一字，存者又漫置牀頭，魚蠹鼠嚙之略盡，以是所存益無幾也。」今所存《童子鳴集》，有詩四卷、文二卷。子鳴師歸太僕，得其指授。王元美爲子鳴作傳，詳叙其生平師友，不及太僕，伯穀之志亦然。太僕之問學非時賢所知，亦可見矣。

## 白苧辭

秋風起，白露垂。天涯客子夜索衣，篋中惟有江南苧，一片銀絲萬行淚。猶是前年暮春寄，寄時不爲秋風寒，此夜却同秋月看。

## 人日病

下帷巾櫛廢，人日病匡牀。逆旅春難到，山城日自長。問年尋舊曆，裹藥製新囊。却怪梅花訊，無端發路旁。

## 夜過黄一之齋中

徵君家陋巷，緗素對匡牀。門外半城月，鄰家幾樹霜。劍留寒卧壁，竹影瘦過墻。不以貧爲累，高歌自慨慷。

## 賦得劍并送湯憲副

寶劍曾留此，千年尚有名。星辰片雲識，風雨半江生。煉想古人跡，功知烈士成。張華在當路，寧使久延平。

## 上巳日齋居對雨懷管建初

門外無遊女，匡牀祇自憐。家園逢上巳，客路類前年。風雨花枝上，山川笠子邊。因懷京洛士，誰送水衡錢。

## 于山平遠臺

無諸行樂後，黛色屬禪宫。不藉空王力，何知伯者功。高城隔海氣，古木雜山風。未到人先説，金鰲萬井中。

## 除夕

閉門寒滿榻，長鋏共蕭然。數口客千里，一家人兩天。歲華流水上，心事暮鐘前。誰謂春風近，三更是隔年。

## 送盛朝用讀書方山

靈巘華陽並，松杉遠世氛。藥多前代草，香是隔山雲。花氣惟春識，書聲祇鶴聞。傳經君獨往，弟子候河汾。

## 題王伯穀半偈庵

石牀當几席，香氣入花枝。偈學高僧課，人將大士師。禽聲隔樹好，日影過墻遲。却怪時名滿，文章漢主知。

## 善卷洞

小洞玉淙淙，琳琅石幾重。花枝自流出，芒屩覓無蹤。怪氣時衝壁，泉聲或亂鐘。人言風雨日，咫尺有蛟龍。

## 大姚寺

江國何年刹，村人説大姚。波濤學孤島，棟宇似南朝。水闊烏巢少，天寒祇樹凋。客來黄葉裏，風色共蕭蕭。

## 感懷

兵火東南暗，隨人泣路歧。有家千里外，多病一身危。寒氣生殘夜，西風凋敝衣。休論啼帶血，雙鬢幾莖絲。

## 過顧徵士陽山别業

繡壁盤空下，春深花氣寒。瓊瑶學島嶼，靈秀走岡巒。賦向青山課，琴隨流水彈。還因畏塵染，自剪籜爲冠。

## 夏日避兵西山有感

家國遭多難，干戈道路將。深山獨流落，長夏亦凄凉。飯拾空林橡，炊依廢寺香。時愁豹虎到，落日掩門荒。

## 重過顧氏别業

雲重泉仍急，陰濃池覺深。閒禽知舊客，啼樹悦初心。鐘度生山月，風過響竹林。偶因流水思，一試抱來琴。

## 碧雲寺

障子學芙容，僧歸雲幾重。西來留白馬，東去拱蒼龍。松鎖千林翠，山藏滿寺鐘。却嫌香積水，流出世人逢。

## 送何子壽赴薊遼幕中

長遊歌激烈，不問歲華非。匕首雪花落，馬頭霜葉飛。星隨渡河客，秋滿出關衣。獻節春風裏，知君草檄歸。

## 大慧寺

寺裏藏雲氣，丹青引客過。春山一墻隔，啼鳥四時多。列石成巖穴，閉門生薜蘿。逃禪恰宜此，歸奈馬蹄何。

## 夜渡湘水

若爲乘夜渡，貪涉此山川。水自三湘合，雲知七澤連。蛩聲暗秋色，雁語雜寒煙。莫問黃陵廟，門前斷客船。

## 觀音巖贈僧

問道祝融東，逢僧是遠公。林間孤殿破，石下半潭空。雲影戀苔緑，山光借樹紅。翻經對靈鷲，日日鳥聲中。

## 雪中早渡錢塘

江上衝寒發，傷心歲事凋。亂山三面雪，孤棹五更潮。來往换新鬢，寒暄老黑貂。誰云到家近，翻使旅魂消。

## 溪行二首

川原呈伎倆，窈窕鬬春晴。溪轉日頻换，窗中山自生。牙檣增水麗，霞氣壓船輕。小鳥何爲者，無端是處鳴。

古諺船胥口，無風亦自行。雲來山覺潤，魚見水知清。烏石關誰鑿，桐君廬幾楹。襄陽少耆舊，誰爲續圖經。

## 贈葉山人

雲染衣裾水染心，狂遊寧復計迷津。他鄉作客花爲伴，午夜長歌月是鄰。自有青山囊裏賣，何妨白髮旅中新。新詩莫説無人繼，爲報藍田兆已真。

## 寄陸子和博士

樹裏看雲遠更濃，與君祇隔幾山松。論交未即眉間色，識面難將病後容。春盡黄鸝啼處處，雨深青嶂濕重重。陸機孫楚官相似，倘肯來尋石竹蹤。

## 懷譚思重太常

東望相思淚欲流，尺書緘就寄無由。詩當窮巷何人辨，業有殘篇祇自讎。一片青山寒屋上，半村紅杏老枝頭。五湖城外陶家柳，雨後新巢幾個鳩。

## 答錢山人惟實

論交不是路歧情，青眼争隨楊柳生。故國年華花一樹，貧家尊俎酒三行。石邊流水原無味，門外青山豈必名。却恐君歸近城郭，倘將詩句落公卿。

## 寄秦汝立

思君無那路重重，何處山形是九龍。蔣詡門前三徑竹，陶潛宅裏一株松。汲泉釀酒添新甕，留客裁詩入暮鐘。今夜闌干掛春月，清光可似别時濃。

## 積　雨

塢中積雨蘚痕青，門外流泉枕上聽。漢客年華消渴病，越人生事養魚經。居山已識龍蛇氣，灌藥聊資水石形。更喜濕雲能悟道，林間夜護少微星。

## 無　題

紅蠟吹風冷洞房，絳綃渾滅舊時香。階前細雨愁千縷，帳裏梅花瘦半牀。身入黄昏同朔漠，魂疑咫尺近瀟湘。尊前怕檢《高唐賦》，眼底無人是楚王。

## 雨中還家與兄夜話

作客歸來水滿囊，謝家生事轉凄凉。紫荆樹樹都含雨，青鬢人人半染霜。異代狹邪逢處少，他鄉山水過來忘。庭前獨賴蘭荃草，花氣雖微較自香。

## 惠山寺再送王伯穀

祖席重開酒近泉，驪駒再唱侶爲仙。攀將柳色青前度，挹取山光緑隔年。滿路冰消春在水，半池雲净日當天。無論溪上東風好，旅客相看意惘然。

## 宿上封寺 南嶽。

上封林處磴千盤，爲訝高雲凝竹冠。晴氣滿空還似雨，秋光未半忽生寒。客來石上占星聚，僧住巖前作鳥看。一榻偶然金磬側，誰將銀漢掛闌干。

## 顧懋儉約看青墩荷花不得往

群玉峰西一片霞，遊人爲説是蓮花。可憐不得同船採，今夜秋江月自華。

## 程伯陽 四首

王寅曰："師道家貧，賣藥自給，詩多漫興，而沈思者自入法評。懷許仙則風韻幽閒，過雄路則意象悲壯。惜哉混跡塵市，故其詩道未光。"

## 園居

籬落帶疏林，園居一徑深。隔鄰分果樹，傍户掃花陰。不賣成都卜，長爲《梁父吟》。翻嫌桔槔者，抱甕百年心。

## 過南山懷許宣平

仙人去已久，我來經南山。丹竈今已没，白雲長自閒。風吹桂枝緑，雨落桃花斑。空傳負薪句，沽酒何時還。

## 都門逢族人

白髮都門道，相逢意自親。即傾竹葉酒，共醉楊花春。漂泊任孤旅，疏狂異衆人。還思汉口上，歸去好垂綸。

## 過雄路

孤村兵火後，小店閉斜曛。斷鏃人猶拾，陰磷鬼自焚。寒花猶笑日，倦馬故嘶雲。野老逢相問，停鞭不忍聞。

# 孫友篪三首

王寅曰：「伯諧好神仙，山居獨行，洞簫在佩，不顧俗誚，飄然自怡，故其詩任性放吟，懶於祖述，間有合作，便越凡情。若『行看水流去，坐期雲飛還』、『我家老梅花，開到第幾樹』、『行人欲問前朝事，翁仲無言對夕陽』，皆稱佳句。」

## 避喧

喧避苦城市，習靜愛溪山。行看水流去，坐期雲飛還。援琴發真趣，採藥延頹顔。終歲無車馬，孤吟常閉關。

## 逢鄉人

爾從山中來，今喜江上遇。我家老梅花，開到第幾樹。

## 過程學士墓

野水空山拜墓堂，松風濕翠灑衣裳。行人欲問前朝事，翁仲無言對夕陽。

## 袁卜士景休一首

景休字孟逸，吴人。讀經史，喜爲歌詩。芒鞋竹笠，遍遊吴越山川，歸而受一廛於吴市，以賣卜終老。劉子威以海内文章自負，吴人推服之無敢後，景休每向人抉摘其字句，鈎棘文義紕繆者，以爲姗笑。子威聞之，大怒，訴之於郡尉，攝而笞之。尉數之曰：「若敢復姗笑劉侍御文章耶？」景休仰而對曰：「民寧更受笞數十，不能改口沓舌，妄諛劉侍御也。」尉笑而遣之。吴人用是益嗤子威。孟逸死，無子，夫婦寄棺於法水寺之旁，上雨旁風，暴露者十年，林若撫草疏告哀，莫有應者。閩人林古度寓法水寺，弔而悲之，取一摺扇畫兩棺貯敗室中，極荒凉慘淡之狀，而題詩其上曰：「兩柩荒荒墻翣存，雨淋日炙傍頽垣。君平善卜自不料，伯道無兒誰與言。倘仗詩篇埋白骨，猶憑風雨閱黄昏。何時墓上真行殯，千古山松共姓袁。」以扇授僧牧庵，俾爲募葬。新安程月樵見而慨然出錢，以庀窀穸，乃得葬於袁氏祖山，而古度書其碣。景休爲詩多口誦，不屬草，其於吴門詩人多所嗤點，而獨好林若撫。今其遺詩二百餘首，皆若撫口授也。

### 兼送沈嘉則遊中原兼訪戚將軍

中原此去欲如何，把酒聞君慷慨歌。道上霜寒逢白雁，馬前木落見黄河。五陵煙雨秋難盡，三輔風雲氣尚多。記得少年曾學劍，壯心猶自憶廉頗。

## 唐瞽者汝詢二首

汝詢字仲言，雲間人。五歲而瞽，父兄抱膝上，授以《三百篇》及唐詩，無不成誦。旁通經史，能爲諸體詩。箋注唐詩，援據該博，亦近代一異人也。嘗過余山中，酒間誦《子虛》、《上林》諸賦、杜、白諸長篇，鏘金戛玉，琅琅不遺一字。留校杜詩，時有新義，如解「溝壑疏放」之句云：「出於向秀賦：『嵇志遠而疏，吕心放而曠。』」亦前人所未及也。仲言之兄汝諤，篤嗜王、李之學，仲言童而習之，故其於詩未能超詣，蓋亦雲間流派如此。

### 夜別陸長倩得青字

悵別高樓酒易醒，坐聞落葉滿沙汀。春來倘憶同遊地，無限垂楊夢裏青。

### 折楊柳

昔攀垂柳唱《陽關》，柳復垂絲君未還。惟有楊花易飄蕩，隨風吹得到陰山。

## 顧公子斗英三首

斗英字仲韓，上海人。少有儁才，磊落不羈。窮服饌，娱聲色，選伎徵歌，座客常滿，日費萬錢不吝。每出，輒載與俱。畫舫旅棲，盆卉圖書古尊罍畢具，竟以此傾父貲，鬱鬱貧病以死。仲韓初與華亭莫廷韓皆秦川貴公子，風流文彩，人稱「雲間二韓」。廷韓詩名滿天下，而仲韓僅有傳者，晉江黄居中録而存之。士之身後名，亦有遇不遇如是，可嘆也。仲韓詩如「樹翻先客醉，山欲借烟奇」、「苔青山作黛，沙白水爲衣」、「窗暗刑花雨，池酣織柳煙」、「山從斷處教雲補，橋向欹來仗石扶」、「欲延月意窗從破，恐礙荷香麝罷焚」、「白髮憐人看未滿，青蚨問我剩還無」諸聯，皆新警秀發，使入廷韓集中，得其一二便堪壓卷。

### 花間有贈

十五畫新蛾，紗窗乍學歌。纖腰微約素，美睞暗迴波。遇賞春愁少，逢歡夜態多。名花非不艷，解語奈卿何。

## 殘柳如新柳

西風蕭瑟柳條輕，翻似依依乍向城。看去尚含南浦恨，折來俱是故園情。楓林解點桃花色，杜宇能爲黄鳥聲。留得舊時餘影在，秋江一路月扶行。

## 秦淮小姬

一片春山乍學描，纏頭初試紫霞綃。章臺無數青青柳，最惹東風是嫩條。

# 嵇公子元夫二首

元夫字長卿，吴興人。少起貴介，放跡不羈，爲鄉曲所中，坐法下獄。既釋，厚自濯勵，若心爲詩，有《白鶴園集》。《都門送新鄭》一篇，感激磊落，翩翩然俠氣在目也。

## 立秋日盧溝送新鄭少師相公

單車去國路悠悠，緑樹鳴蟬又早秋。燕市傷心供帳薄，鳳城回首暮雲浮。徒聞後騎宣乘傳，不見群公疏請留。三載布衣門下客，送君垂淚過盧溝①。

①原注：「新鄭乘牛車去國，次日乃有乘驛後命，故詩記之。」

## 刈稻夜歸

西莊刈稻夜半歸，明月皎皎當柴扉。櫓聲隔岸人語近，斗柄插江霜氣微。木葉蕭蕭覆林屋，蘆花茫茫藏釣磯。兒童村南酒家去，野夫獨立風吹衣。

## 費秀才元禄〔一〕四首

元禄字無學，鉛山人。南太僕卿堯年之子也。費爲故相家，又貴公子，而無學折節讀書，爲歌詩，落筆數千言，藴義生風，傾慕賢士大夫，如恐不及。刻《甲秀園集》，侑以好賄問遺海内名士，輪蹄舟楫交錯吴會閩楚間，史稱鄭莊置驛，殆無以過。屠長卿報詩云：「相思累寄蘼蕪草，見面難於優鉢花。」其推重如此。余爲書生時，無學致束脩之問，數郵書相聞，居數年，無學以病廢且死，猶以不得東下相就爲恨，可念也。太僕病革入冥，見馮祭酒開之主東嶽，舉以自代。無學卒，亦有異夢如李長吉白玉樓事，江右人能道之。

〔一〕「秀才」，原刻卷首目録作「公子」。

# 金陵詠懷古跡四首

## 含章殿

煙沉弱柳隔晴沙，窈窕香臺憶主家。綺樹遊絲留曉色，雕窗粉蝶戀清華。鏡邊月暈連城璧，陌上塵埋七寶車。點額新妝招不起，黄鸝銜出舊時花。

## 善泉池

一名九曲池，昭明太子所鑿。

滄池漭沆鑿昭明，前代風煙九曲平。錦纜不收菱葉爛，紅亭半嚙浪痕生。沙環鳧渚邀垂釣，花積魚牀隱濯纓。客醉何勞歌《桂樹》，就中山水自忘情。

## 勞勞亭

八月金陵天氣凉，勞勞亭畔雨花香。誰家别淚霑紅粉，幾處秋風起白楊。沽酒城邊頻繫馬，聞歌道上總思鄉。古今無恙東流水，多少行人爲斷腸。

## 新亭

過江形勝感宗臣，暇日登臨以雒濱。風景凄凉空舉目，神州凋敝屬何人。棠花自發青蕪沓，燕子初歸白屋貧。况是經過王謝宅，不堪衰草更霑巾。

## 林秀才世璧四首

世璧字天瑞，閩人。尚書康懿公之冢孫也。生而善病，高才傲世，醉後揮灑，千言立就。嘗遊鼓山，賦詩云：「眼前滄海小，衣上白雲多。」鼓掌狂笑，失足墮厓而死，年三十六。有《彤雲集》六卷。

### 擣衣篇

西風白晝已漫漫，玉露凄清玉漏殘。冰簟銀牀秋弄色，翠幃羅幕夜生寒。年年秋夜何蕭索，幾度芙蓉楚江落。閨閣佳人團扇悲，關山戍客征衣薄。閨閣關山片月明，相思不盡擣衣情。欲知此夕凄凉思，請聽終宵斷續聲。凄凉斷續愁將暮，爲捲珠簾散香霧。翡翠樓邊旅雁過，鴛鴦沼上流螢度。流螢旅雁爲誰飛，飛去飛來淚滿衣。敢惜河顔凋寶鏡，還將清夢繞金微。金微白雪三千里，寶鏡空懸照秋水。啼鳥飛花怨管絃，青苔緑蘚生羅綺。羅綺絃歌他自愁，春來秋去幾時休。盈盈巫峽悲雲雨，皎皎星紅見女牛。星河巫峽傷心絶，天上人間有時别。寶幄空浮蘇合香，羅衣尚掩同心結。此時憔悴令人嗟，摘盡秋霜木槿花。擣得寒衣向西寄，不知何日到龍沙。

## 秋雲篇贈别郭東皋

雲氣亘四時，未覺縈懷抱。如何才及秋，黯黯滿蒼昊。梧桐一葉從風起，蕭颯秋聲已盈耳。秋雲片片更堪憐，遥逐秋風度秋水。秋風偏促愁懷惡，世情况比秋雲薄。人生蹤跡本難期，還與秋雲共飄泊。與君相别動經秋，握手俄驚大火流。誰知楚澤搴蘺日，復軫青門折柳愁。此時惆悵看秋雲，一帶秋山送落曛。别後懸悲秋月裏，數聲秋雁不堪聞。

## 折楊柳

榆塞年年别，蘭閨空復春。東風不相識，楊柳滿河濱。弄色黄金嫩，飄花白雪新。折來雙淚落，遥寄玉關人。

## 秋宫詞

碧天凉月湛悠悠，獨上高樓望女牛。昨夜西風何處起，宫中無樹不知秋。

# 林舉人章〔一〕二十二首

章字初文，福清人。七歲能詩，塾師試題群羊，應聲而就，落句云：「曾從北海風霜裏，伴過蘇卿十九年。」又題韓文公像云：「獨立藍關雪，回看秦嶺雲。非干馬不進，步步戀明君。」塾師嘆曰：「此子他日必忠而苦節者也。」世宗末，倭寇犯閩，年十三，上書督府，求自試行間。萬曆元年，以《春秋》舉於鄉，累上不第。嘗走塞上，從戚大將軍游，座上作《灤陽宴別序》，酒未三巡，詩序並就。將軍持千金爲壽，緣手散去，挈家僑寓金陵。性好公正發憤，南曹曲法斷梗陽之獄，奮臂直之，坐繫金陵獄。三年出獄，旅燕京十年。關白之亂，兩上書請出海上用奇兵剿賊，報聞而已。戊戌己亥間，礦税四出，逮繫相望，初文謂大工軍興，縣官仰屋，不當以空言聒噪，徒激明主之禍，抗疏請止礦税，兼陳立兵行鹽之策。上感動，下内閣票擬舉行，四明相承，中人指閣其事，密揭請逮治，望闕長嘆，憤懑撫膺，即日下獄，暴病而死，天下惜之。初文爲人，經奇奡兀，抗志經濟，謂天下事數着可了，而功名富貴可以契戾，致骯髒忤俗，動與禍會，約略似南宋陳同甫。葉適有言，使用甫晚不登進士第，則亦爲狼疾人而已矣，豈不然哉？初文二子，君遷古度，皆能詩。古度與余好，居金陵市中，家徒四壁，架上多謝皋羽、鄭所南殘書，婆娑撫玩，流涕漬濕，亦初文之遺忠也。古度屬鄉人徐興公爲初文立傳，而曹能始叙其詩，皆傳于世。能始拈初文佳句，如「客情似春草，無處不堪生」、「春風與柳樹，年年是故人」、「無家逢寺好，多病見僧親」、「春好年年晚，月寒夜夜秋」，皆酸楚寥落，可詠可傳。吾謂閩中詩派宗子羽而禰善夫，以摹仿蹈襲爲能事，初文才情跌宕，於唐人格律時欲跳而去之，要能不爲閩派所羈紲，可謂傑出者也。其詩《蛾眉篇》最著，在《晉安風雅》中，不具録。

〔一〕「舉人」，原刻卷首目録作「孝廉」。

## 秋閨二首

秋月何娟娟，一輪冰鏡冷。人心照不見，照見人孤影。

秋雨何瀟瀟，五更滴紅葉。滴滴葉間紅，可以比啼頰。

## 秋思四首

不知秋何如，明月照人寢。上照鳳凰琴，下照鴛鴦枕。

不知秋何如，朝雲一片白。半是巫山魂，半是湘江魄。

不知秋何如，花開盡清絶。蘋花白於脂，蓼花紅於血。

不知秋何如，鳴蟲先解意。長聲擣衣篇，短聲織錦字。

## 少年行

君不見長安俠少年，酒底高歌花底眠。鬬鷄走馬千金散，何曾盜个官家錢。一朝忽報邊烽起，從軍不待别妻子。但言割地與和親，不愁戰死愁羞死。

## 姊妹行

與姊别時啼，頭比姊肩低。幾年不見姊，眉與姊夫齊。春蘭秋菊各芳澤，花蚤花遲總堪惜。生憎一對似花人，惱殺十年花下客。花時能幾何，客恨不勝多。翻作相思樹，纏絲復繞蘿。鴛鴦宿海底，好夢落風波。空有青衫淚，雙彈向翠蛾。寂寂楊花塢，迢迢桃葉渡。長江南北頭，總是相思路。新人本非新，故人應是故。祇道相憐親上親，那識相思苦中苦。憶故如望月，望圓復愁缺。憐新若轉絃，一轉一纏綿。纏綿復綣繾，見妹如姊面。年年春風時，那作雙飛燕。姊應山上采蘼蕪，妹莫尊前唱鷓鴣。昨日書來無别話，爲儂珍重大姨夫。

## 白雲觀秋夜

俯仰成何事，浮沉寄此身。無家逢寺好，多病見僧親。夜久霜欺客，庭空月礙人。西風數相過，不掃化衣塵。

## 春日送别

春風自多思，奈與客情違。楊柳頻催别，蘼蕪不送歸。千山獨上馬，一曲兩霑衣。回首河橋道，迢迢看落暉。

## 居庸關見阻示同行

怪得關前逐客頻，匈奴早晚欲和親。無繻應不空還漢，有舌何須定説秦。雨氣千峰營幕曉，梨花三月塞門春。憑君斗酒城頭話，猶勝新豐店裏人。

## 暮春登燕子磯懷古

揚子江南燕子磯，楊花燕子一時飛。六朝人物空流水，兩晉山川盡落暉。草色遠迷瓜步去，潮聲暗打石頭歸。倚闌天際春三月，悵惘東風動客衣。

## 登黄鶴樓作有序

余被趙氏之冤，幸脱禰生之禍，因感二子，過此弔之。嗟乎！今世不可知矣，千載之下，亦復有弔林章者乎？

望裏山川是楚鄉，美人何處水茫茫。禰衡作客留江夏，趙壹辭家出漢陽。鶴去未知芳草暗，雁來先覺白雲涼。倚樓無限西風意，堪與千秋一斷腸。

## 酒舍

壚頭竹葉千杯有，扇底桃花四月無。且放歌聲滿天地，莫開醒眼向江湖。南人不復憐鸚鵡，北客何須悵鷓鴣。芳草斜陽看不盡，春明門外獨躊躇。

## 吴門秋日送族人南還

百花洲畔木蘭船，杯酒西風思黯然。客似長卿游已倦，人如小謝别堪憐。江城暮色初回月，野樹秋聲盡入蟬。明日姑蘇臺上望，片帆落處是南天。

## 潛山送友還閩

草草相逢楚澤西，紅亭緑酒又分攜。人生底事憐鷄肋，客路長教怨馬蹄。舒子州前樫葉暗，越王城裏荔枝齊。十年歸夢如流水，一夜隨君下建溪。

## 都下送林容江文學南還

春明門外半離亭，風雨時時送客經。十載故人應是夢，一尊别酒不堪醒。吴江向楚茫茫緑，漢草連胡黯黯青。愁滿關山歸未得，天涯何處暮雲停。

## 夜度恨這關

楚水東邊别路多，秋風夜半動離歌。迢迢恨這關前月，獨照行人過汴河。

## 無　題

曾從洞口送胡麻，一隔山門即海涯。自是仙郎忘舊路，桃花流水不曾差。

## 代妓送别

春情又爲别離牽，舊恨新愁總自憐。莫問歸期何日是，安排腸斷緑窗前。

## 贈王中軍

將軍意氣似平原，三十年間客滿門。爲道報恩須國士，得來衹是一壺飡。

## 爲文西寄情

教成歌舞也風流，曾學西家得似不。今日眉顰非是病，爲郎鎖下一春愁。

## 崔季鶯

怕教雪落歌應懶，愁作雲飛舞不輕。偷向東風啼柳畔，一行花雨一聲鶯。

### 爲宋洛雲寄林大合

春江拾翠日徘徊，留枕曾鄰子建才。不信多情歸賦後，更無一夢此中來。

## 鄭布衣琰一十六首

琰字翰卿，閩縣人。豪於布衣，任俠遨遊閩中。詞館諸公争延致之。高文典册，多出其手。每閉閤不聽出，翰卿笑曰：「吾具有鬚眉，安能作三日新婦，悒悒悶死？」遂跳之金陵。新安富人吴生延居幸舍，以上客禮之，翰卿醉輒唾駡主人，呼爲錢虜。吴與其兄構訟，疑翰卿泄其陰事，文致捕置京兆獄，竟瘐死獄中。徐興公《榕陰詩話》云：「鄭翰卿工七言，少遊邊疆，集中多悲壯語，如『馬邑吹笳烽子急，雁門獵火健兒歸』、『霜色欲將關樹折，河聲如帶戍樓奔』、『馬行空磧聞嘶斷，人度殘冰過語喧』、『沙磧到天歸馬小，朔雲連海遠鴻低』、『劍戟已消兵後火，髑髏猶泣戰時瘡』、『回中曉竈炊霜飯，磧裏宵衣踏月行』、『磧上陰雲連塞黑，關前落日帶沙黄』、『亂山獨馬嘶殘月，遠磧離鴻叫曙霜』、

『胡騎分營來漢冢，蕃河流水到秦川』等句，令人讀之有封狼居胥之志。若陳幼孺之『雕飛塞日翻胡影，馬飲流泉咽漢聲』、馬季聲之『馬勒桃花銜苜蓿，笳吹蘆葉度榆林』、謝在杭之『風吹紫塞草欲盡，馬蹴黄河冰未殘』，亦不減鄭生高韻。」

## 半生行

余垂髫與徐興公交莫逆，萬曆庚寅，浪遊南北，音問杳然。乙未臘月，遇興公於武林，已而復別。別後十年，乙巳秋，興公有新都之遊，訪余豐溪草堂，杯酒道故，悲喜交集。因以余年來踪跡，寫爲長歌，以當浩嘆謝少連，題爲《半生行》。

刺促復刺促，哀歌不成曲。試聽征人歌一聲，切切烏烏淚相續。吾祖卜地三山麓，世業繁華稱鼎族。七葉盛文儒，八代承章服。仙郎群從十三魁，司寇諸昆十一牧。青蚨無貫潤高門，白蠹有編堆破屋。我家鳳池東復東，我生白皙炯雙瞳。九歲氣食牛，十歲工雕蟲。十二容華推宋玉，十三詞藻學揚雄。春早姣童初奠雁，秋來快婿已乘龍。自憐妾髮初覆額，自信君才非落魄。乳燕雙栖合卺釵，文鴛並著交歡舃。定情爲雨更爲雲，燕婉春朝復秋夕。百和香薰翡翠衾，九微燈照芙蓉席。桃葉須臾野繭黄，草根倏忽哀螢碧。哀螢野繭兩悠悠，玉粉香胭不少留。珠箔塵迷羞拂鏡，雕梁泥落悵登樓。石榴裙暗鬼何處，金錯刀斑淚不收。烏影打霜啼滑滑，鬼燈吹雨夜啾啾。管停孤鳳難成調，絃到離鸞祇聽愁。孤鳳離鸞顔色故，春鴻社燕流年度。一旦飄零委逝波，五年骨肉同朝露。仰首悲旻天，俯首看墟墓。

雨餘寒蝶泣虚堂，日暮饑鼯嚙庭樹。弔影摧心肝，風雲乖所遇。洛陽季子更無錐，蜀道長卿空有賦。結得韋郎再世緣，續將秦女已離絃。雙雌繡出茱萸枕，四牡迎來琥珀韉。涼月更尋巫峽夢，落花重泛武陵船。青雲無媒日復日，白髮有根年復年。丈夫壯志已如許，不願低頭守兒女。長歌問天天爲愁，出門拔劍驅車去。遊子空悲櫪上駒，畸人寧效倉中鼠。不草治安趨帝闕，便斬樓蘭獻當寧。匹馬辭家客路塵，馬頭明月幾回新。昭王臺下猶懷古，督亢亭前早問津。年比士龍初入洛，才如五羖便歸秦。雲邊鳷鵲聯青瑣，日下鵷鸞拜紫宸。詞客盡叨三館禄，酒人争買九衢春。泥塗不復知鴻寶，草莽無緣問小臣。青草霸圖寧買骨，白衣祖道未歸輪。盧龍戍老千牛衛，涿鹿天空萬騎屯。獻策馬周終不達，干時曲逆莫辭貧。鶯遷苑路如隨馬，燕掠宫墻不見人。蟋蟀啼來惟閉户，蘼蕪多處正霑巾。蟋蟀蘼蕪生又滅，感遇傷時兼恨别。凄凄歲暮望眼枯，綿綿遠道中腸結。老奴夜號衣裳單，瘦馬晝眠芻粟竭。炙硯不融指如墮，暖罩無權面欲裂。繡虎含毫業似椽，神龍出匣終非鐵。魚困涔涔目是珠，驥服鹽車汗成血。以兹感嘆歲華更，又逐征夫更北征。天劃故關無雁度，雲連衰草斷人行。元戎盡錫飛魚服，黠虜皆堅市馬盟。虎帳曉愁沙磧雨，龍荒暮慘濁河聲。黄花較獵安西卒，玄菟高烽海北營。雪捲牙旗朝草檄，月高鈴閣夜談兵。射雕原上雲初净，散馬回中草漸平。叠鼓椎牛威遠堡，登陴饗士受降城。髑髏天黑呼群泣，磷火秋深逐隊明。從古請纓非浪子，由來談劍屬書生。書生任俠空馳逐，蕩子從軍非碌碌。前年靈武全軍覆，昨日遼陽新鬼哭。惟聞螭陛發邊糇，不見虎頭飛食肉。腰間寶刀悔未試，篋裏陰符懶將讀。黑貂盡敝卧牛衣，白龍不遇空魚服。幾年滄海變桑田，何日陽春回黍谷。萬事升沉笑棘猴，一朝得失同蕉鹿。著書無計學虞卿，去國有袍憐范叔。虞卿雙璧委蒿萊，范叔一寒如此哉。歲歲白扉題鳳字，年年華髮困龍堆。笛中楊柳愁難寫，曲裏關山恨未裁。漠漠秋煙生筆冢，萋萋春草上琴臺。冰因腹冷終難解，木爲心堅更不灰。萬里橋邊題柱過，一丸關外棄繻回。蕭蕭隴樹蕭蕭淚，續續胡笳續續悲。白眼風塵羞故土，汴水漳河復東魯。鄴下荒臺鳥雀悲，靈光廢殿牛羊聚。龜蒙山勢到平原，馬頰河聲通覆釜。逆旅誰憐似楚囚，羈人翻笑爲秦虜。長淮東下且停橈，五兩邗江廿四橋。瓜步北來猶有渡，廣陵南去不通潮。石頭波浪連三楚，京口帆檣問六朝。柳帶盡將牽別思，榆錢都把買宮腰。風風雨雨千重恨，燕燕鶯鶯百倍嬌。鶯鶯若有情，燕燕還多態。過馬或遺鞭，逢郎應解佩。採蓮若嘗蓮子心，摘菱莫笑菱花背。詞賦客如雲，風流花作隊。買棹發吴謳，對酒論興廢。蘇小門前粉黛銷，西施苑内琉璃碎。垂楊十里萬條斜，珠勒羅衣問狹邪。夜月家家寒食酒，春風處處斷腸花。王孫客路愁芳草，遊女深閨正破瓜。眉翠新妝月顔朱，欲襯霞檀口半遮。歌宛轉玉纖，無力送琵琶。琵琶聲已變，宛轉歌初囀。萬古鍾情不似崔，一夜離魂應比倩。願作蠶上絲，纏綿同一綫。願作鸞邊鏡，團圞同一面。鏡將比儂貌，持來歲歲光。綫將比郎意，牽來縷縷長。羞看倚門笑，焚却舞衣裳。君才學鸚鵡，妾願學鴛鴦。懷書去國無人識，賣劍移家非故鄉。鄖嶺千重高似掌，豐溪百轉曲如腸。親知隔絶疑天遠，桂玉艱難恐歲荒。雛出鳳巢皆有彩，駒名驥子定稱良。甫因潦倒留夔府，白也漂零困夜郎。世路亂山多坎坷，人情衰草易凄凉。已拚涸水資蛟蟄，亦有卑栖侮鳳凰。寧不感恩終按劍，豈無知己但空囊。嚴霜摵摵啼征雁，小雨瀟瀟泣夜蛩。此時思婦腸堪斷，此際空閨坐愁嘆。君邊青鏡風光好，妾處紅顔歲華晏。尺素寥寥雙鯉遲，明河耿耿三星爛。海上雲生歸夢懸，溪南草長春思亂。一年一度燕都歸，飛去飛來雲不散。金鴨灰寒寶篆銷，玉魚帳冷銀屏暗。鵜鴂何心春去留，杜鵑無主花羞看。人知妾有夫，棄妾不如無。秋荷捧朝露，難將紉作明月珠。秋林落晚霞，難將剪作紅羅襦。潮水尚遥猶有信，月圓雖好祇須臾。菤葹到死心難折，楊柳逢春眼不枯。楊柳結深愁，菤葹發心愴。鄉國路悠悠，鄉關雲莽莽。鄉夢偏驚欹枕時，鄉心怕到高樓上。趨來鄉語暫爲歡，摇落鄉園花不賞。故里偏思鄉信歸，故山祇送鄉人往。到門有客問沈淪，同調相憐意倍親。似我盤跚非故步，逢人巧笑效初顰。巴渝九折終歸海，越絶千峰盡向閩。百感故人燈下淚，十年羈旅夢中身。殘冬對酒還今夕，除夜題詩又此辰。憶昔題詩兼對酒，舊事談來堪白首。一半交知埋草根，幾家池館餘衰柳。碌碌生涯且莫悲，悠悠書劍今何有。斷鴻天遠消息稀，少婦春寒别離久。郎今莫怨山下山，妾處願爲口中口。閉門小隱是鷄棲，天馬峰前歙水西。菰米葉乾秋水盡，木綿花落夕陽低。河流灣到三三盡，雲雨峰迷六六齊。何處關山何處月，一行征雁一行啼。歸來兮採芑，家人兮色喜。一圍新竹鳳池邊，數畝荒田虎丘趾。歸來兮採薇，野人兮息機。鰲峰臺畔三椽屋，螺女江頭一釣磯。矢高海闊路行難，一事無成淚不乾。爲語妻孥休嘆息，筆花猶在劍光寒。

## 春日即事

荇葉田田柳葉齊，女郎何處唱《銅鞮》。春衣隊遇頻嘶馬，社酒人歸盡鬬鷄。二月杏花三日雨，千山杜宇一聲啼。年華漸逐東風去，腸斷紅橋小苑西。

## 再送陸四

別酒重開上驛樓，驪歌聲裏看吴鈎。種魚有術龍君老，相馬無經驥子羞。疏雨過城槐葉暗，夕陽連水木奴秋。還家記與猿公語，不見書生萬户侯。

## 哭李大將軍

十萬旌旗染血丹，招魂夜夜哭桑乾。殘兵來拾中郎印，野鳥飛登上將壇。金獸鎖門嚴鼓角，石麟窺冢葬衣冠。至今唵答騎胡馬，猶是將軍舊戰鞍。

## 江懋忠七十從軍之燕

千金紫馬百金裝，白首窮邊烈士腸。一雁正來君又去，二毛雖短劍還長。燕臺馬死崩寒日，易水魂歸哭夕陽。筋力尚堪三百戰，牙旗秋捲塞雲黄。

## 贈寵西達將軍

十載屯田塞下聞，虬須燕頷氣如雲。帳留猛士皆降虜，劍是痴龍亦報君。銀夏至今勞使者，玉門終古老將軍。高秋較獵歸殘照，衰草黄榆散馬群。

## 寄范伯修兵憲

吹角營門擁大旗，白猿黄石佐兵機。燕支月冷啼金鏃，鸊鵜泉清洗鐵衣。戰馬到秋分陣牧，獵人穿燒射生歸。郅都尚作雲中守，衰草連天無雁飛。

## 春日詹長卿兄弟邀同喻宣仲何主臣東山觀伎并爲宣仲贈别

少年何地不淹留，載酒斜陽陌上遊。鳥向尊前窺豆蔻，客從花外聽箜篌。離顔對酒人寧醉，别恨關春柳亦愁。明日亂山江上路，鷓鴣聲裏繫孤舟。

## 輓鄭都護

中興功業更誰論，萬里摧殘百戰身。寵虎舊衣分愛卒，麒麟新冢哭佳人。金羈盡蝕燕支血，寶劍從吹鸊鵜塵。塞外長星沉碧海，五原西望淚霑巾。

## 贈顧小侯

甲第連雲瞰帝城，畫簾繡箔照朱甍。新開馳道千金埒，舊領團營七較兵。方士房中龍虎鼎，侍兒花底鳳凰笙。燕山二月春初好，玉勒朝朝待曉鶯。

## 寄人

分袂當年待曉鷄，典欄橋外錦堂西。蔅吞蓮子房房苦，蟬抱楊枝樹樹啼。深竹夢歸神女婿，暮花傷别阮郎妻。至今腸斷春風候，豆蔻初生槿葉齊。

## 寄黄山隱者

傳聞軒帝有仙蹤，古洞無扉對亂松。半讓石牀供蟋蟀，細裁雲葉補芙蓉。分將月夜三千里，買斷秋煙七十峰。尚憶我留湯口寺，隔林疏雨聽殘鐘。

## 贈林純卿

十載看花入醉鄉，燕姬招隱白雲莊。罷官卜宅思栽柳，垂老將身學賣漿。夜月邀僧同鷁首，春湖供客典魚腸。孤山萬樹梅花發，剪燭裁詩夜未央。

## 春日西湖即事

蘇小門前柳帶煙，暖沙晴日水如天。杏糜供作宜春酒，榆莢分爲買笑錢。垂柳緑遮騎馬路，落花紅襯釣魚船。杜鵑不解遊人意，催盡韶光又一年。

## 奉和張司諫左掖夜直

漢殿秋生禁柳黄，露融仙掌色蒼蒼。銅龍水咽鷄人漏，金象煙銷鳥篆香。雲度鐘聲浮苑樹，月臨花影上宫墻。夜聞待詔傳天語，法駕明朝幸建章。

## 春曉望闕

魚藻門前曉角殘，月斜鳷鵲露華漙。金輿欲動宣宫使，銀鎖初開擁侍官。遼左羽書東海沸，秦京烽火隴雲寒。漢庭何日無封事，不許書生策治安。

## 寄薛素

野草城邊油壁車，海棠開盡燕飛初。愁深司馬舟中淚，夢逐蕭娘錦上書。一水雲陰桃葉渡，四橋春暗浣花居。傷心南陌垂楊月，夜夜香塵滿客裾。

## 黄山道中

微霜風物色凄凄，路入黄山是五谿。帝子不歸汾水上，行人愁過穆陵西。荒原曉露銅駝泣，古驛秋風鐵馬嘶。獨客傷神家萬里，斜陽征雁楚天低。

## 逢徐興公話舊

天涯離别九迴腸，今日逢君復異鄉。潞水聞猿雙涕夜，黑山歸馬五年霜。兵戈消息何須問，弟妹漂零且自傷。此會匆匆又分手，暮雲衰草更凄凉。

## 江頭别

江風今夜寒，郎且江邊住。拂曉上樓看，郎船不知處。

## 宫詞

莫將離别恨猶深，一歲相逢一夜心。空宫尚有如霜鬢，不識君王直到今。

# 何俠士璧七首

璧字玉長，福清人。魁岸類河朔壯士，跅跑放跡，使酒縱博，聚里黨輕俠少年陰爲部署，植竿關壯繆祠下，有事一呼而集。上官聞而捕之，逾城夜走，亡匿清流王若家，盡讀其藏書。依其鄉人林古度、曹能始於金陵，携能始書遊新安，無所遇。聞邑令張濤楚人，好奇士，爲詩四章，投匭以撼之。濤大驚，延爲上客，贈以千金。濤開府於遼，璧往從之。濤將疏薦，以布衣拜大將，會濤罷鎮而止。璧因此諳曉遼事，談夷漢情形如指掌：「如有用我，黑山白水可克日而定也。」璧求用甚亟，酒間奮臂抵掌，人皆目笑之，殊不自得。濤死，入楚哭之，遂以病死。濤門人胡汝淳榷關荆州，買棺葬之沙市，爲石表曰「閩俠士何璧墓」。或曰玉長臨終念佛坐化，藏塔在袁石公蘭若之右，秣陵艾容入荆，有詩弔之。

## 西湖尋曹能始

垂楊漠漠荇田田，何處春風十四絃。放鶴僧歸天竺雨，聽鶯人過六橋煙。詩尋蘿薜誰邊寺，酒載桃花第幾船。遊子天涯魂易斷，非關春樹有啼鵑。

## 逢陳當時

湖海年年氣尚横，相逢一笑蓋初傾。悔因任俠輕妻子，恨不從軍結弟兄。客裏賣文難得價，市中説劍畏知名。燈前喜共猿公語，聞道遼陽正請兵。

## 金陵寄沈千秋

挾策干時任轉蓬，壯夫曾悔學雕蟲。荒年有客愁炊桂，薄俗何人惜爨桐。士到出山誰不賤，術惟遊世最難工。長安官道原如髮，衹有狂生嘆路窮。

## 鄭翰卿自新安移家金陵詩以訊之

南北飄零逐燕飛，營巢今復傍烏衣。家移白下原爲客，夢到黄山不是歸。廿載看花憐並蒂，半生種柳嘆成圍。江天處處皆新水，好向垂綸燕子磯。

## 秋日過能始民部署中

爲郎無一事，客到但行吟。落葉滿官舍，此中秋更深。庭虚聞咽潦，門冷集寒禽。一自黄花對，轉懷頭上簪。

## 廣陵送王太古還白下

我有秦淮夢，雖還不是家。送君隋苑上，惆悵柳條斜。歸客趁新燕，遊人嘆落花。傷春兼惜别，况復在天涯。

## 早春寄東謝宇中

古寺門前新柳垂，思君先訂聽黄鸝。倡樓雪滿催歌扇，僧舍春寒憶酒旗。月到秦淮皆似面，山如鍾阜始爲眉。東風九十尋芳急，不是看花莫杖藜。

# 趙舉人崡四首

崡字子函，一字屏國，盩厔人。萬曆己酉領鄉薦，不第。家有傲山樓，藏書萬卷，所居近周、秦、漢、唐故都，古金石名書多在焉。西安類宫碑林爲最，時跨一蹇，挂偏提，拓工攜楮墨以從。每遇片石隻字，坐卧其下，親爲拭洗，椎拓裝黄，復爲疏記。其後援據考證，略彷歐陽公、趙明誠、洪丞相三家，名曰《石墨鐫華》，自謂窮三十年之力，多都玄敬、楊用修所未見也。遊終南、九嵕、城南，作訪古遊記三篇。三輔、五陵、長楊、下杜遺文故事，歷歷如指掌。萬曆戊午去今才三十年，關中再經兵燹，趙氏金石古文皆蕩爲劫灰，而三記宛然敝簏中，每爲喟然太息。華州有郭宗昌胤伯，汲古多藏，與子函相上下，其爲人尤奇。

## 園居

不是夔龍侣，偏宜鹿豕群。自題招隱字，誰續絶交文。鑿壁來山雨，編籬帶野雲。還思接輿子，遺世不如君。

## 茂陵

黄山歷盡見孤城，城上樓高眼倍明。芳樹寢園今北望，暮雲宫闕舊西京。芙蓉晝冷仙翁露，苜蓿春閒宛馬聲。回首長楊捲獵地，何人得似子雲名？

## 己亥初夏

漢室誰高第，寥寥數趙張。繭絲天下計，兔窟百年藏。春草生金谷，秋風冷未央。朅來憂國意，清淚不成行。

## 莊河村主人

落日牛羊嶺上村，誰開三徑召王孫。山容似黛斜侵檻，水字如巴曲到門。野客行藏無揖讓，田家賓主有盤樽。欲將谷口煙霞色，並向桃源洞裏論。

# 崔秀才子忠二首

子忠字道貫，萊陽人，僑居都門。形容清古，言辭簡質，望之不似今人。畫亦法古，規摹顧、陸、閻、吴遺跡，關、范以下，不復措手。居京師闤闠中，逢蒿翳然，凝塵滿席，蒔花養魚，杳然遺世。興至則解衣盤礴，一妻二女，皆能點染設色，相與摩娑指示，共相娱説，間出以詒知己。若庸夫俗子用金帛相購請，雖窮餓，掉頭弗顧也。少爲諸生，師事萊人宋繼登，宋諸子及群從皆與同學，而玫及應亨尤厚善。應亨署銓曹，屬一選人以千金爲崔君壽，道貫笑曰：「若念我貧，不出橐中裝詒我，而使我居間受選人金，同學少年尚不識崔子忠何等面目耶？」應亨愧謝而已。玫居諫垣，數求其畫，不予，誘而致之邸舍，謂曰：「更浹月不聽出，則子之盎魚盆樹且立槁矣。子將若何？」道貫不得已，乃與畫，畫成别去，坐鄰舍，使僮往取其畫曰：「有樹石簡略處，須增潤數筆。」玫欣然與之，立碎之而去。其孤峭絶俗皆此類也。崇禎戊寅，余匏繫都城，道貫因漳浦劉履丁見余。履丁寓方閣老園池，去余寓一牛鳴地，有疏桐古木，前臨雉堞，道貫喜其蕭閒，履丁去，遂徙居焉。晨夕過從者凡兩月。余放歸，道貫及華州郭宗昌送余報國寺古松下，余笑謂詞館諸公：「公等多玉筍門生，亦有如崔、郭兩生者乎？」郭亦秦中博雅奇士也。丙戌入燕，訪問道貫所在，或曰道貫尚在，或曰亡矣。已而知道貫亂後依友人以居，家人尚數口，友人力不能供而未忍言也，道貫微知之，固辭而去，竟窮餓以死。是歲，郭亦辟闖賊之招，入華山，今尚在。

## 西山滴水巖二首

入不知高下，山春水似秋。星河平地看，鷄犬半天遊。洞腹藏元氣，山根養洑流。白雲朝出宿，知是繞神州。

石似當空立，巖疑急就成。雨花山廟濕，雷樹羽宫晴。絶壁洪荒在，陰疇晦朔并。古潭龍夜語，徐戛應泉聲。

## 郭布衣天中一首

天中字聖僕，先世莆田人，其祖以避寇徙秣陵。母誕聖僕時，夢一道人，雙髻曳杖，從山巔下，直入其室。其生也頂髮截分，以徵異焉。聖僕以五日生，早失父，性至孝，孤情絶照，迥出流俗。購畜古法書名畫，不事生産，專精篆隸之學，窮厓斷碑，搜訪摹拓，閉户冥搜，寢食都廢。晚年隸書益進，師法秦、漢，最爲逼古。母没，權厝於城東郊，僦居其側，風雨蕭然，終不肯去。人欲爲卜居，以僻耽山水爲辭，竟不欲明言廬墓以市名也。故人泰和楊嘉祚守維揚，延致聖僕，贈遺數千金，斥以買歌姬數人，購書畫古物，并散給諸貧交，緣手而盡。嘉祚嘆曰：「此吾所以友聖僕也。」諸姬中有朱玉耶，工山水，師董北苑；李柁那，工水仙，直逼趙子固。疏窗棐几，菜羹疏食，談諧既暢，出二姬清歌以娱客。或邀高人程孟陽輩，流覽點染，指授筆法。鍾伯敬贈詩曰：「姬妾道人侣，敦彝貧士家。」亦實録也。聖僕卒，無子，墓在雨花臺之旁。聖僕平生無所造請，常偕孟陽訪余虞山，信宿而去，至今想其面目，清冷古色，猶足昭人也。

## 石鼓詩

鼓非石賁者星，文非鼓勒者銘。焚外書，删外經。經雅頌，書典刑。隸秦漢，徑睒庭。篆龍鳥，藍洩青。臼謝杵，春戳停。嵌辭金，波畫零。我拜手，神之聽。

# 列朝詩集丁集第十一

## 嚴少師嵩一十七首

嵩字惟中，分宜人。弘治乙丑進士，選翰林庶吉士，授編修，歷官兩都，閲數階，拜禮部尚書。故事宰相得燕見天子，少師爲宗伯，勤敏捷給，當上意，數入召見，與幸相比。壬寅九月，召入直武英殿，得君專政凡二十餘年。久之，其貪横日甚，上心厭之，移其眷於華亭，言者得間攻之，上震怒，削籍遣歸，僇其子世蕃於西市，籍没其家。年七十餘，窮老寄食以死。萬曆初，江陵枋國下教，屬分宜令葬焉。少師初入詞垣，負才名。謁告還里，居鈐山之東堂，讀書屏居者七年，而又能傾心折節，要結勝流，若崔子鍾、楊用修、王允寧輩，相與引合名譽，天下以公望歸之。已而憑藉主眷，驕子用事，誅夷忠良，隤敗綱紀，遂爲近代權奸之首，至今兒童婦人皆能指其姓名，戟手唾駡，萬眉山以後所僅見也。少師在鈐山，有詩贈日者云：「原無蔡澤輕肥念，不向唐生更問年。」爲通人所稱。其詩名《鈐山集》者，清麗婉弱，不乏風人之致。直廬應制之作，篇章庸猥，都無可稱。王元美爲郎時，譏評其詩，以爲不能復唱渭城者也。余録其詩，冠於嘉靖中年以來將相之首，使讀者論其世，知其人，庶幾有考焉，亦有戒焉云爾。世傳少師當國時，江西士紳以生辰致賀，少師長身聳立，諸公俯躬趨謁，高新鄭旁睨而笑，少師問其故，新鄭曰：「偶思韓昌黎《鬭鷄》詩：『大鷄昂然來，小鷄竦而待。』是以失笑耳。」京師市語謂江西人爲鷄，相與鬨堂而散。先輩風流雅謔，政府詞林，形跡無間，此亦近世館閣中嘉話也

## 山塘

山塘深且廣，邐迤抱山麓。隔浦見人家，依依桑柘緑。日落煙水寒，繞塘飛屬玉。

## 仰山

石磴盤秋蘿，危亭出峰樹，行人上山道，望望雲飛處。洞口曉鐘聲，林僧獨歸去。

## 東堂新成二首

種樹成陰闢沼漁，數椽聊此卜幽居。諸峰稍識嵐霏外，三徑新鋤灌莽餘。窮巷頗迴高士轍，藜牀時讀古人書。欲因蘿薜辭簪弁，慚愧天恩在玉除。

無端世路繞羊腸，偶以疏慵得自藏。種竹旋添馴鶴徑，買山聊起讀書堂。開窗古木蕭蕭籟，隱几寒花寂寂香。莫笑野人生計少，濯纓隨處有滄浪。

## 奉命視牲

觀闕層城峻，郊宫複道開。市煙當樹合，炬火逐塵來。牲帖犧人報，騶聲騎士催。夜歸題笏記，候曉奏蓬萊。

## 賜衣

宫衣錦段新，宣賜遍臣鄰。繡紋盤虎豹，金彩織麒麟。詔向龍沙遠，頒從玉陛均。拜登齊闕謝，愧省獨墻循。士節論辭受，君恩愛笑顰。禮看超等級，勞豈效涓塵。荷德乾坤大，糜財府庫貧。先朝題歲月，諸道貢奇珍。貂座儀章濫，鵜梁諷諭陳。縉紳皆用武，輦輅尚留巡。暗憶垂裳治，虚慚挾纊仁。日占青海使，寒望翠華春。未厭干戈役，私嗟章甫身。

## 揚州

觀憶瓊花色，橋憐萬柳陰。蕪城今夜月，懷古一悲吟。勝跡那堪問，長江獨至今。波間飾龍艦，早晚翠華臨。

## 暮次靈川懷寄師舜天益二鄉丈

天南歲晚更依依，朔雪寒雲繞樹飛。投館驚看風土異，臨觴悵憶故人違。情同灕水仍西注，身似春鴻向北歸。想見郵亭頻駐馬，獨吟千嶂已斜暉。

## 全州歲夜

殊俗聊相值，空堂誰與同。燈明深雪裏，歲盡漏聲中。野暗孤城柝，庭高古樹風。頻年遠爲客，此夕意何窮。

## 蕭子卜居梅林賦贈

溪上梅花玉作林，溪邊茅屋苦寒侵。孤山倚棹逢詩興，潁水移家見客心。日暖漁歌來浦溆，雪晴花色上衣襟。風塵擁傳勞爲郡，時向滄洲寄一吟。

## 寄壽少傅邃翁先生

累朝望重經綸地，五畝怡情水竹間。天下正須安石起，雒中猶放涑翁閒。詩尋丁卯橋邊宅，舟放金焦寺裏山。球馬燁如尊俎勝，隱園高會渺難攀。

## 見用修贈張生詩和以寄之

文酒高懷强自寬，風煙異域若爲歡。哀歌漫引馮驩鋏，感遇空彈貢禹冠。梁月漸低回遠夢，塞鴻初至得新翰。春愁衹恐銷容鬢，莫向天涯重倚欄。

## 蚤入承天門見鴉次韻

喧鴉争入帝城飛，映霧翻林颺曙暉。宫女乍聞驚夢起，省郎紛逐散朝歸。聲傳萬井含鐘杳，影落千門帶月稀。還向昭陽自來去，緑窗凝望重依依。

## 無逸殿直舍和少師夏公韻

燈燭通宵晃禁廬，霧窗雲閣近宸居。瑞煙入座香浮苑，寒影窺簾月到除。緱嶺乍聞丹鳳吹，穀城先訪赤松書。歸來未向人間説，天語親承燕對餘。

## 贈盧睿卿司業

南舟遥問秣陵程，北客初諳作宦情。海近雲霞連北固，宫深鐘漏隱西清。才名早已儲三館，形勝真堪賦兩京。自昔成均師道重，諸生今喜得陽城。

## 賜太液乘舟

蘭舟演漾水雲空，花葉田田島嶼風。棹入瓊波最深處，玉樓金殿影西東。

## 恭扈聖駕幸承天發京作

禁城鐘動啟金扉，鳳輦時巡出帝畿。黄紙特頒都護敕，緋羅齊賜侍臣衣。祥雲捧日浮仙仗，芳樹和煙隱翠微。遥想湘江歡父老，漢皇今睹沛中歸。

# 夏少師言六首

言字公謹，貴溪人。正德丁丑進士，授行人。歷吏部都給事中，膺世廟特簡，改翰林侍讀，入直内閣，官至少師、吏部尚書、華蓋殿大學士。嘉靖三十七年，論斬西市。隆慶初，復官，賜謚文愍。少師賦才敏捷，奏對應制倚待立辦，以此爲人主所知。喜爲長短句，在南宫與屬吏虞山楊儀夢羽唱和，今所傳元相桂翁詞及《鷗園新曲》，皆夢羽序而行之。少師得君專政，聲勢烜赫，詩餘小令草藁未削，已流布都下，互相傳唱。歿後未百年，黯然無聞，《花間》、《草堂》之集無有及貴溪氏名者，求如前代所謂曲子相公亦不可得，可一慨也。夢羽記一事云：「少師嘗祈夢九鯉仙，得『問舟子』三字。及罷相再起，泊舟淮上，與夢羽賦詩贈别，取孟浩然詩探韻，拈得《問舟子》詩云：『向夕問舟子，前程没幾多，灘頭正好泊，淮裏足風波。』悵然不樂，罷酒而别。」此事亦可入《前定録》也。

## 雪夜召詣高玄殿

迎和門外據雕鞍，玉蝀橋頭度石欄。琪樹瓊林春色静，瑶臺銀闕夜光寒。爐香縹緲高玄殿，宫燭熒煌太乙壇。白首豈期天上景，朱衣仍得雪中看。

## 苑中寓直記事四首

水風清透芰荷香，會景庭中捧御牀。朱箔黄簾垂四面，銀燈寶炬列千行。

湧玉亭前夜放舟，碧荷香静雨初收。遥看北岸紅煙裏，水殿珠簾盡上鈎。

黄金盤子爇龍涎，波面風來香滿船。銀燭光摇簾影細，水晶宫裏夜朝天。

新賜文舟泛碧瀾，扣舷容與得奇觀。菱篙簇簇團花錦，荷蓋亭亭翠玉盤。

## 侍上奉聖母觀九龍池

駐蹕靈湫上，依巖帳殿開。雨從龍洞作，雲擁鳳輿來。玉竇春鳴溜，金潭晝殷雷。翠華清樾下，天語賜徘徊。

## 徐少師階八首

階字子升，華亭人。嘉靖癸未進士，廷試第三人。爲史官，抗疏論孔子廟制，斥爲延平推官。稍遷浙江、江西提學副使，召拜司經局洗馬。歷陞禮部尚書，撰述稱旨，入直無逸殿殿廬。尋入東閣辦事，累官少師、建極殿大學士。隆慶二年請老，年八十一而卒，謚文貞。少師負物望，膺主眷，當分宜驕汰之日，以精敏自持，陽柔附分宜而陰傾之。分宜敗後，盡反其秕政，卒爲名相，事在國史，不具録。嘉靖中，閣臣如華亭、新鄭之流，皆以文翰起家，而志在經世，不求工於聲律。若初年張、桂諸公以議禮登庸者，本非詞臣，又勿論也。

### 夜行安山道中

木落境蕭蕭，殘燈照寂寥。病驚時日暮，愁厭客途遥。急澗聽逾響，荒村語不囂。月明如有意，深夜伴歸橈。

### 瓜洲風雨不克渡江

未遂歸來願，空驚歲月奔。布帆三日雨，茅屋數家村。山氣遥連海，江聲近在門。無緣得飛渡，東望欲消魂。

## 廣信阻雨有懷子明弟

山國夏多雨，冥冥氣不分。石田寒貯水，松徑濕蒸雲。灑密愁仍見，聲微醒故聞。西堂何處所，知共惜離群。

## 夏日遊通惠河

頗憶三江遠，乘流意若何。水深秋氣入，竹密雨聲多。熟果當尊落，驚禽拂棹過。柳陰催繫纜，欹枕聽漁歌。

## 次張龍湖吏侍院中觀蓮

曲徑方池列館東，荷開殊勝昔年紅。虛瞻玉井青冥上，似睹金蓮紫禁中。佳實豫知深雨露，苦心原自耐霜風。亭亭獨立煙波冷，肯羨春華在漢宫。

## 兩崖中丞和予觀蓮詩有欲借爲裳之句次韻贈答

積雨紅芳落漸多，玉堂清曉獨來過。日華幸尚臨朱檻，雲氣愁仍繞絳河。寂寞芝蘭同晚歲，浮沉萍藻自秋波。聞君近有紉裳興，刀尺寒生欲奈何。

### 三月十二日文華殿朝賀東宫紀事册立之次日也

春霄霧散日華明①，版轎西來輦路平②。簾捲朱絲瞻日表③，扇分翠羽見龍行④。千官繞仗容常泰⑤，三字開編誦已成⑥。連荷睿音垂勞問⑦，老臣歡戴豈勝情。

①原注：「是日擇以巳時出受賀，曉霧甚濃，至辰漸散。」

②原注：「轎出寶善門，由文華殿西折而東。」

③原注：「東宫睿姿，廣額豐下，印堂甚闊，兩顴俱高聳，色瑩如玉。」

④原注：「轎將至御道西，下轎步行，自文華左門入。凝重安詳，見者咸悚。」

⑤原注：「時朝賀及執事者幾萬人，顧盼了無怖色。」

⑥原注：「睿旨諭階云：『我讀了《三字經》了。』」

⑦原注：「初諭階等，云『先生每辛苦』者三，後云『先生每請回』者再，又諭六卿云：『衆先生每回。』」

## 袁少傅煒二首

煒字懋中，慈谿人。嘉靖戊戌會元，廷試第三人。歷編修侍講，用資序推南掌院，上疏願留，當上意，擢侍講學士、禮部右侍郎。六年之中，進宫保、禮部尚書，越五日召入直，前此未有也。分宜敗命，同華亭擬票。新造建極殿，敕加少傅兼太子太傅、建極殿大學士。乙丑三月病亟，予告，抵安山驛而卒，贈少師，謚文榮。少傅少讀書，一過輒成誦。登第二十年，撰文膺寵，驟致臺鼎，意氣籠罩華亭，直出其上，朝士争趨其門。會久病失上歡，請急，道死。華亭修前郄，予中謚，盡削其所撰著，朝士無敢仞慈谿客矣。少傅貴倨鮮洪，自負知文，館閣士出其門者，詞文不當意，矢口嫚罵，其門人皆心銜之。而獨折節於王稺登，遇以國士。人謂少傅風流近李長沙，其才命皆弗如也。

## 冬夜院中齋宿

玉堂清接禁城陰，庭樹蕭蕭夜氣森。院静風迴霜柝近，簷虚星映雪階深。窗含殘燭摇空影，鳥警寒枝雜衆音。咫尺天南雲縹緲，瑶壇應候翠華臨。

## 冬日過朝天宫

蕭瑟嚴宫萬木稀，下方爐定凍煙微。風將雲磬隨行佩，松漏冰花著羽衣。北市無喧知地迥，西山漸染覺春歸。老年數欲尋玄理，不但朝儀叩此扉。

## 趙宫保貞吉三十五首

貞吉字孟静，内江人。嘉靖乙未進士，選庶吉士，授編修，遷春坊中允，管司業。庚戌秋，虜薄都城，嫚書要貢，集百官會議，日中莫敢發一言，公獨奮袖大言曰：「城下之盟，《春秋》所耻。且既許貢，虜必入城，入城而要索不已，即内外夾攻，胡以御之？爲今日計，請上出御正殿，下詔罪己。録周尚文之功以厲邊帥，釋沈煉之獄以開言路，敕文武有司嚴飭城守，遣官宣諭諸將，監督力戰，虜可一鼓而退也。」上偵知其言，手詔嘉奬，陞春坊諭德兼監察御史，領敕宣諭。分宜惡之，敕書不及督戰字樣，以輕其權，兵部不與一護卒，單騎出入萬虜中。宣諭畢復命，上怒，謂銜命督兵，一無所措置，第爲尚文、煉游説，下獄拜杖，落職，降廣西荔波典史。久之，量移徽州府判，由南吏部主事六遷至户部侍郎。又用分宜黨論劾，罷官。隆慶初，起吏部侍郎，掌詹事府，屢遷禮部尚書，入直文淵閣。公感上知遇，睹時政刓敝，兵衛單弱，思改弦易轍，大有建置，多與新鄭相左。新鄭出掌吏部，公亦掌都察院，有旨考察科道，諍論不相下，抗章相攻，不能勝，引疾乞歸。歸五年而卒，年六十有九，贈少保，謚文肅。公剛忠英偉，稱其氣貌，議論慷慨，有孔文舉、蘇子瞻之風。身任天下之重，百折不回。以宰輔忤時去國，入五臺山參禪趺坐，與老禪和扣擊宗旨，久之而後去。著《經世通》、《出世通》二書，未就而卒。公與其弟孝廉蒙吉初生時，太夫人皆夢緇衣比丘來借居。生五六歲，坐沙地偶語，皆論出世事，家人咸莫能曉。東越周汝登有詩贊公畫像曰：「百官頭上論兵事，羡爾緇衣小比丘。」蓋記其事也。公爲詩駿發，突兀自放，一洗臺閣嬋媛鋪陳之習。其文章尤爲雄快，殆千古豪傑之士，讀之猶想見其眉宇云。

## 寶鷄縣張仙洞中長歌行次壁間謝高泉韻

去國何遲遲，青山一丈攜。春風已三月，逐虎桃花蹊。既聞糞金牛，又傳化寶鷄。仰首笑碧落，拂袖凌丹梯。左虬右文豹，穩駕無人擠。如何牧馬濱，尚有問津迷。勞因豚往賀，詭從禽遇奚。惜哉昆吾鋒，徒有斫溝泥。所以衡門士，折矢釋孤麛。上岡抱黄犢，樞户衣韍犁。中心藏皓潔，面上蒙黝黧。家有黄口兒，倚户饑苦啼。掉頭去不顧，吾道無憂棲。邈哉大雅初，高征供蒸黎。淳風逝不處，去水無迴低。因思駐吾顏，刀圭丸粉提。身輕騎八駿，聯三十二蹄。仙人五城樓，玄圃岌而躋。玉匣簡隱訣，金書擷幽題。誓斷區中緣，豈云藏會稽。九州黑子耳，千載誰能傒。忽然俯宗國，脊局心予凄。我有峨嵋家，結茅聊可棲。且當彌遠駕，樂志西山西。

## 和劉怡溪觀漲韻酬鄧子高龔進甫三首

結髮與君遊，去作墨卿子。官况貧更貧，天機指非指。有時興一慟，化作長歌矣。羊裘舴艋舟，聽者如環蟻。今成兩雪翁，坐看秋潦水。

潮急汐亦及，習見惟舟子。朝津白馬封，暮峽青牛指。來訏急湍者，復喜迴瀾矣。山僮歡若蜂，市女散如蟻。獨有舟居仙，著論名觀水。河上有丈人，習水如抱子。視身如虛空，觀物比駢指。持念入平等，會物爲己矣。丈人視吾儂，奚啻小螻蟻。能嗤埅中海，來哂矜秋水。

## 澠池會盟臺

天弧夜射青麟死，天下諸侯慶牛耳。完璧城邊走趙人，擊缶臺畔聞秦聲。池中夜浸一片月，年年草緑春風發。猛將鞬腰取豹韜，牧童扣角來狐窟。

## 魏公草堂

有才不到青雲前，無以常傍白雲邊。白雲青雲若流水，魏公草堂今在此。嵐空煙斷鳥飛遲，雪裏溪寒客路迷。庭前忽見幽香草，揚袂臨風折一枝。

## 春日遊華山

望華山，迢迢千仞不可攀。青蓮削玉浮雲外，白雪堆鹽翠靄間。翠靄浮雲度飛鳥，黄塵青鏡春風曉。銀甲彈箏芳草傍，金槽壓酒垂楊道。垂楊近拂枝，芳草遠生滋。夢登天姥爲金粟，醒入西山採玉芝。

玉芝玉女洗頭邊，金粟金仙印掌前。人從槎上新浮去，舟載瀛東竟未旋。雲臺裊裊緑蘿裏，中有一人談不死。花外紅泉度晋人，松間華髮爲秦語。晉人秦語幾恬喧，萬壑千崖老睡魂。龍争虎鬬無窮恨，狗盗鷄鳴不足言。雲歸廢時如流水，塵起巖關一千里。髑髏臺上蝴蝶飛，蘼蕪澗底鴛鴦起。乍聞歌動雉朝飛，同遊數子立斜暉。待予暫解邯鄲急，黄鵠騎來住翠微。

## 臨洮院後半壁古城歌

君不見秦城萬里如遊龍，首接洮河尾遼海。三堵龍頭勢隱轔，至今不共山河改。何時山外起新陴，圍繞古城當户楣。相逢若識桃源叟，應憶當時征戍兒。

## 臨洮院後較射亭放歌行

東風吹泉作酒香，洮水射河河水黄。落日正掛崑崙傍，手彎勁羽欺垂楊。借君厩上三飛驌，葱海蹴踏葡萄漿。黄鵠高高摩青蒼，彈來一曲堪斷腸，有女肯嫁烏孫王。

## 沔縣武侯祠

定軍山前逢故老，百年誰識荒山道。青驄結蓋重問津，一來弔古一傷神。時乖不動蛟龍氣，野曠空令鳥鵲馴。白馬綸巾墮清漢，星光夜入銀河爛。玉立烏橋一羽毛，締觀塵世如秋毫。向時聚沙聊戲劇，今古悠悠俱辟易。玄菟長護戰旗翻，山鬼深藏馬行跖。襄陽耆舊盡凋殘，蔡水東流不忍觀。椒漿若下雲中奠，應記從軍舊鄉縣。㮉雨羌雲滿笛風，三聲猿落鬱林東。蒼涼薄暮無所見，遥想當時龐德公。

## 雲中太守歌　爲孟津陸載題。

雲中太守何翩翩，歸來但掃落花眠。落花壇臨孟津口，白岸蒼波稱釣叟。門前車馬又紛紛，此翁惟視南天雲。雲裏高臺已如掃，風前冶苑徒空間。空聞金埒隨山溜，復道豐阡成野堠。已令饑鶴調中悲，不放斯獒草頭走。洛中勝事先自知，塞上風煙那復爲。冷泉澆竹離披長，聽與檀郎寫《楚辭》。

## 江上三峰歌

白龍夭矯鮫綃薄，鰲呿夜掣東溟若。海上仙人醉露桃，夢翻三點嵐光落。珊瑚支拄魚眼紅，皺波髻挽淋漓風。琅縹島藏翠寒滴，鶴翎灑影青圜中。嵌空倒鏡扶桑户，錦扈嘶春香玉莊。石上曾孫開竹書，菱花飄入晴空雨。曾孫釣海深濡踝，嘆世酸眸葉黄簌。書中伯玉術不朽，回首綸竿繫左肘。

## 南津公館

南津嘔啞聞秋語，濕簟黄蕉掩幽處。關門夜開稻花香，瀾河曉洗流雲杼。蘆笙含風滿篁花，出門葮菼川麻麻。嬌猩葉舞一蝶墮，似惜清翅浣花餓。

## 夜飲郭宅分韻得寂字

土龍填湖小波寂，星收闌聲光歷歷。白鳥睡驚柘寒滴，葛輕公子巧中的。蔗漿洗襟盈淅瀝，青苧畦中坐東皙，城上割風學吹笛。

## 華陰祠居柬縣令

新作王門使，來依茂宰居。煙花松社屐，風雨竹牀書。寂寂春將暮，綿綿思有餘。愁深仍向夕，户影嶽蓮虚。

## 過孟津次先己酉韻

迴御指滄浪，吾家沱水傍。苾蒻香座穩，平仲野陰凉。卜世傳關朗，交鄰託仲光。續經猶畏老，無力賦《長楊》。

## 贈真定劉中丞

中丞開府握兵權，威輔聲名霄漢懸。萑澤新收屠狗後，陣圖重改卧龍前。左車去塞陘中井，西豹來耕鄴下田。玳瑁筵開春騎出，幕中留客待三千。

## 白雲觀

一丘堪枕白雲邊，古塔高懸紫柏前。到此心澄思出世，何年丹熟學登仙。花神幾度供鋪錦，榆影更番佐數錢。誰道屢經瀟灑地，絶勝長駐艷陽天。

## 王喬洞

柯爛人歸古木寒，紺崖靈壑野雲團。騎來黄鶴丹砂頂，飛去青天白玉棺。流水調中春欲半，洞簫聲裏夜將闌。思輕塵骨超千劫，願遇金童捧一丸。

## 宿關山

隴雲低合水分流，羌笛高吹月滿樓。乍客關山生遠夢，自憐旌節到邊州。雪消長坂黄昏度，水浸幽汀緑草抽。聞説此方泉作酒，寧將駐馬勸箜篌。

## 桃川懷古次韻

周時人掩漢時關，秦代衣冠晉代山。亡社鳥來歌滑滑，戰場雲度伴閒閒。空傳緱嶺吹簫去，不識遼東戴帽還。五百年逢一漁父，三三今傍緑溪灣。

## 枝江紫山懷古

赤甲青江天半垂，紫山黄葉正離披。高鴻已託長風翼，下澤誰聽短笛吹。地接山迴秦避路，雲頹天迴漢留祠。周郎陸弟名空在，細雨荒臺獵罷時。

## 黄埧驛次壁間余方池韻

太白峰回指大峨，遥看錦水帶金波。宜男草緑沉犀浦，織女星寒抱珥河。老去玄經知尚少，歸來易卜買應多。春風舊著荷衣在，但乞山間薜荔阿。

## 和嚴介谿贈西還詩

别公猶是見公時，回望華陽黑水垂。萬里一身愁作客，十年兩逐愧臨歧。孤臣去國名難潔，棄婦思家步易遲。珍重臺衡尚憐惜，直廬中夜起吟詩。

## 柘湖何子卜築金陵園居次韻

買得新廛住舊京，灌園時汲後溪清。簾鈎謝老懷山意，藥蒔王郎誓墓情。泯泯槐陰分陣蟻，惺惺花外數聲鶯。春風又度芊綿處，誰伴巾車出石城。

## 酬馬宜泉幽居之作

雨洗池荷浄有餘，聞君池上草爲廬。避喧人浣桃花水，聞道僧留貝葉書。雲裊鶴巢松蓋濕，機忘魚笄槿籬疏。門生幾度慚秋水，猶自淵冲退若虚。

## 送張少渠給舍赴萊守任

一麾何事海東行，萬里三山蜃氣横。宦處有仙應肯度，水中成市不須驚。向來憂國青衫淚，此去全身皂帽情。安得同心常不别，斜陽空倚石頭城。

## 送侍御張龍坪領東沂兵憲

手握兵符下魯中，指揮諸將尚乘驄。密收海上酬恩士，漸散山南挾彈雄。春日勸耕滕壤外，秋風較獵許田東。儒家自有匡時略，何必橋邊拜石公。

## 邵　窩

萬叠青山百道泉，一蓑煙雨老先天。如何尚有英雄氣，暗著皇王帝伯篇。

## 夜宿蘇長公洗墨池亭戲作

江空草緑酒旗風，半醉黄州煙雨中。五百年前曾洗墨，依稀猶記雪堂東。

## 初至伏牛山

終南捷徑不須猜，少日追名老大回。辨得七松行道處，歸遲猶勝未歸來。

## 訪蘇門

帝遣巫陽與舊魂，又騎羸馬訪蘇門。雖逢高士不相顧，猶勝浮湘哀屈原。

## 釣漁臺

醉骨煙雲艇慢開，半竿風雨上漁臺。無人知是寒山子，明月玉簫呼未回。

## 春望

杖藜到處立蒼茫，兩脚青山老法幢。飛去白雲何處住，一蓑煙雨下吴江。

## 張太師居正二首

居正字時大，江陵人。嘉靖丁未進士，改翰林庶吉士，由編修歷宫坊掌院。隆慶初，以禮部侍郎召入内閣。穆廟崩，受遺枋政，光輔幼君，尊主權，强國勢，有古重臣之風。官至太師左柱國、吏部尚書、中極殿大學士。萬曆壬午，卒於位，謚文忠。追論削籍。崇禎中，有詔追復。公志在經國，文求通達，奏封之稿，鑿鑿乎如五穀之療饑，藥石之治病，不爲枝葉靡曼之詞。聲律之道，非其所先，故不多録焉。

### 恭題文皇四駿圖四首録二首

**龍駒**鄭村壩大戰，胸堂着一箭，都指揮丑丑拔箭。

天馬徠，翼飛龍。蹄削玉，耳垂筒。碧月懸雙頰，明星貫兩瞳。文皇將士盡羆虎，復有龍駒助神武。流矢當胸戰不休，汗溝血點桃花雨。壩上摧鋒第一功，策勳何必減元戎。君不見虎士標形麟閣裏，龍駒亦入畫圖中。

**棗騮**小河大戰，胸當一箭，後兩曲池一箭，安順侯脱火赤拔箭。

紫騮馬，金絡月。朝刷燕，晡秣越。俶儻精權奇，超驤走滅没。當年萬馬盡騰空，就中紫騮尤最雄。戰罷不知身着箭，飛來衹覺足生風。北風獵獵吹原野，長河水澌血流赭。誰言百萬倒戈中，猶有彎弧射鈎者。

## 戚少保繼光一十四首

繼光字元敬，登州人。世襲登州衛千户。以參軍備倭浙東，練處、紹、義烏兵，制鴛鴦陣，大破倭於台州。以副總兵鎮福建，大破倭於平海衛，復興化，鏖同安，殲漳浦，閩寇悉平。以都督同知召理戎政，出爲薊鎮總兵，築墻堡，立車營，增募南兵，東西虜不敢入犯。江陵當國，遣右司馬行邊，大閱薊門，上功狀，進左都督，加秩少保。江陵歿，人言波及，移鎮南粤。逾二年，得請還登州，卒於家。萬曆末，賜謚武毅。少保少折節爲儒，通曉經術，軍中篝燈讀書，每至夜分。戎事少閒，登山臨海，緩帶賦詩。罷鎮歸，過吴門，角巾布袍，偕二三文士，攜手徒步，人莫知爲故將軍也。王夫人悍而無子，養子於別室，長子殤，夫人括其所畜，輦而歸諸王氏。少保病，至不能庀醫藥，頗頷而卒。結髮從戎，間關百戰，綏靖閩浙，功在東南。掌京營日，建議更制練兵，長驅出塞，踵文皇三犁之績，收百世撻伐之利。出鎮之後，當事者掣其肘，不得行。在薊修築之功甫就，中道齟齬，卒以罪廢。生平方略，欲自見於西北者，十未展其一二，故其詩多感激用壯、抑塞償張之詞，君子讀而悲其志焉。少保詩文，有《止止堂集》。其在浙則有《紀效新書》，在薊則有《練兵實紀》，兵家奉爲金科玉條，可以垂之百世者也。連江陳第者，少保之部將也。少保既没，扼腕疆事，作《塞外燒荒行》，其序曰：「薊自嘉靖庚戌虜大舉入犯，至隆慶丁卯一十八年，歲苦蹂躪，總兵凡十五易。自隆慶戊辰南塘戚公實來薊，時總督者二華譚公也。至萬曆壬午一十五年，胡塵不聳，民享生全極矣。乃論戚者，謂不宜於北，竟徙嶺南。嗟夫！宜與不宜，豈難辨哉！作《燒荒行》以寄於悒。」詩多，不具載。嗚呼！江陵枋國，譚、戚在邊，邊防修舉，北虜帖服，此何時也。江陵殁，譚、戚敗，邊防隤廢，日甚一日，而國勢亦從之魚爛瓦解，馴致今日，繼江陵而爲政者，豈能不任其責乎？第詩有云：「譚今已死戚復南，邊境危疑慮叵測。論者不引今昔觀，紛紛搜摘臣滋惑。」第徒慨嘆於搜摘之多口，而未及循本於政地，殆亦知之而不敢言也。嗚呼悕矣！

## 盤山絶頂

霜角一聲草木哀，雲頭對起石門開。朔風虜酒不成醉，落葉歸鴉無數來。但使玄戈銷殺氣，未妨白髮老邊才。勒名峰上吾誰與，故李將軍舞劍臺。

## 三屯新城工成志喜

受降新築壯三屯，燈火遥連十萬村。障燧層巒秦作塞，風雲大陸薊爲門。東迴地軸山河固，西擁天關宫闕尊。百二城邊過質子，千秋同戴漢家恩。

## 客　館

酒散寒江月，空齋夜宿時。風如萬里鬭，人似一鷄棲。生事甘吾拙，流年任物移。邊愁頻入眼，俯仰愧心期。

## 出塞二首

夏四月，單騎閱險，行二十里外，水縈山抱，魚泳鳥鳴，何啻江南，憶昔有作。

鬱葱千里緑陰肥，澗水縈紆一徑微。魚爲驚鈎聞鼓動，鳥因避幟傍人飛。江南塞北何相似，并郡桑乾總未歸。惆悵十年成底事，獨將羸馬立斜暉。

石壁凌虚萬木齊，依稀疑是武陵溪。長城舊飲紛胡騎，大漠初驚過漢鼙。國士死來今已盡，邊機愁絶劍空攜。天山聞説尤佳勝，欲乞君恩試馬蹄。

## 伏龍寺

梵宇蕭條隱翠微，丹楓白石静雙扉。曾於山下揮長戟，重向尊前醉落暉。衰草尚迷遊鹿徑，秋雲空鎖伏龍磯。遥看滄海舒孤嘯，百尺仙橋一振衣。

## 登石門驛新城眺望

萬壑千山到此寬，邊城極目望長安。平生自許捐軀易，遥制從來報國難。尚有二毛驚歲變，偶聞百舌送春寒。廟堂祇恐開邊釁，疏草空教午夜看。

## 塞外觀音巖

朔庭喜見戰塵收，石洞思從大士遊。不道受降唐節度，何如奉使漢通侯。天垂臺觀三千里，雪染顛毛四十秋。短劍蕭森心尚赤，班超獨倚玉門愁。

## 督兵過潮州渡

汗血炎方七見春，又隨殘月渡江津。行藏莫遣沙鷗識，一片浮雲是此身。

## 望闕臺

十載驅馳海色寒，孤臣於此望宸鑾。繁霜盡是心頭血，灑向千峰木葉丹。

## 馬上作

南北驅馳報主情，江花邊月笑平生。一年三百六十日，多是横戈馬上行。

## 行邊

花事蹉跎候雁催，江南三月送春回。薊門桃李應何限，歲歲不知春去來。

## 宿石門驛聞馬嘶

伏軾長嘶動石門，時艱滿目幾消魂。非干冀北空群久，羈靮年來苦漸繁。

## 辛未除夕

四指迴杓猶障塞，顛毛如許怯簪冠。驚心歲月愁仍在，回首風塵夢已闌。百戰勞銷千口集，萬金散盡幾人歡。燕然北望空彈劍，馬革尋常片石難。

## 俞都督大猷一首

大猷字志輔，晋江人。其先鳳陽人，世爲泉州百户。家酷貧，日不再食，誦讀不輟。父卒，襲官，學騎射，輒命中，從李良欽學劍，盡其術。嘉靖中，舉武進士。以都司破安南叛人於欽廉，以副總兵破倭於平望。落職再起，剿倭於舟山。争王直誘降事，忤胡總制，下獄戍邊。再起，加副總兵，控制江、湖、閩、廣四道兵，殲倭於興化，移鎮湖廣，破雲溪賊巢，三郡六縣妖逆次第鏟平。以都督同知佩征蠻將軍印，征古田，進右都督。改鎮福建，不候代，免官。召爲後軍都督府僉書，復爲都督同知。老疾乞歸，卒於家，贈左都督，謚武襄。公毁家遊長安，以策干樞管，上破虜安邊長久之計，當事者迂之，不得用，以爲南將不宜在北，移鎮東南，大小百十餘戰，掃除積寇，功在社稷，一下獄，再落職，艱難坎壈，懂而得死牖下。一時大將，武襄、武毅，並建旗鼓，皆爲文法吏所阨，不獲行其志，亦皆窮困以死，絆騏驥之足而責以千里，此平世之通患也。公之學，深於《易》，而精於兵。有《正氣堂集》。其論兵多參用儒家言，閩人李杜序其書，以爲其學莫非兵，而其論兵莫非《易》。杜亦奇士，知兵者也。

### 短歌行贈武河湯將軍擢鎮狼山

蛟川見君蚩然喜，虎鬚猿臂一男子。三尺雕弓丈八矛，目底倭奴若蚍蟻。一笑遂爲莫逆交，剖心相示寄生死。君戰蛟川北，我戰東海東。君騎五龍馬，我控連錢驄。時時戈艇載左馘，歲歲獻俘滿千百。功高身危古則然，讒口真能變白黑。赭衣關木爲君冤，君自從容如宿昔。顧我無幾亦對簿，獄中悲喜見顏色。君相聖明日月懸，讒者亦顧傍人言。貸勳使過盛世事，威弧依舊上戎軒。君今耀鎮狼山曲，雲龍何處更相逐。春風離樽不可攜，短歌遥贈亦自勗。與君墮地豈偶然，許大乾坤着兩足。一度男兒無兩身，擔荷綱常憂覆餗。皓首期君共努力，秋棋勝着在殘局。燕然山上石巖巖，堪嗟近代無人鑱。與君相期瀚海間，回看北斗在南關。功成拂袖謝明主，不然帶礪侯王亦等閒。

# 陳將軍第四十九首

第字季立，連江人。爲學官弟子，教授清漳，生徒雲集。俞都督大猷召致幕下，教以古今兵法、南北戰守方略，盡得其指要，勸以武功自見，曰：「子當爲名將，非一書生也。」爲言於譚襄毅綸，譚一見亦奇之，曰：「俞、戚之流亞也。」起家京營，出守古北，歷游擊將軍，居薊鎮者十年。薊鎮自隆慶初譚、戚爲督鎮，修舉邊政，胡塵不聳十有五年。而季立爲譚所知，又與戚論兵，抵掌相得，慨然有長驅遠略之志。已而俞死戚罷，邊事隤廢，督府私人行賈塞下，侵冒互市金錢。季立力持之，督府恚，將中以文法，嘆曰：「吾投筆從戎，頭鬚盡白，思傾灑一腔熱血爲國家定封疆大計，而今不可爲矣！吾仍爲老書生耳。」遂拂袖歸里，角巾蕭寺，遍閱佛藏，入羅浮，遊西樵，弔宋故宮於崖山，窮蒼梧、桂林諸勝。聞焦狀元弱侯老而好學，裹糧來白門，離經析疑，扣擊累年，弱候嘆服，以爲弗如。撰著甚富，《毛詩古音考》其一也。已復遊嵩山而返，久之乃卒。季立不得繼俞、戚之後登壇爲名將，卒爲名儒以終。其學通五經，尤長于《詩》、《易》，論兵學，論文章，皆鑿鑿有根據。萬曆辛亥，年七十有一，匯其四言五言古詩爲一帙，命曰《寄心集》。《感古》之作，其在萬曆中年儲危政黷之時乎？昔人有言：千載而下，難以情測也。

## 感古十四首

楚莊入陳，爲靈討賊。戎首孔儀，云胡弗殛。子蠻之妹，尤物善惑。施於通衢，孽妖斯息。留貽巫臣，竊逃異域。竟通勾吴，奔命日逼。越及昭王，遂大喪國。蚡冒若敖，幾餒弗食。哀哉禍水，流殃靡極。

誰謂婦柔，糾如徽纆。察若日星，可使昏黑。蠱厥心志，剪厥羽翼。溺墮深淵，拯之罔得。我思成湯，弗邇聲色。

昔人事主，彌礪厥心。豈無過動，終不愧人。先軫慢唾，鬻拳兵臨。箕役致命，伯宫自刑。英英風烈，丹青古今。去之千古，肅肅我欽。

楚昭反國，説反屠羊。犒師存國，弦高鄭商。居處卑賤，陳義匪常。誰謂草澤，而乏貞良。嗟嗟貴仕，名利膏肓。視彼二子，冥鴻天翔。

魯有臧堅，矯矯男子。戰獲齊侯，唁使無死。其誰實來，夙沙衛氏。事近刑臣，義烈所耻。君命祗辱，曷禮於士。抉傷而亡，懦者興起。安得若人，砥此頹靡。

大夫立嫡，周魯之綱。無嫡以長，國有典常。云胡武仲，欲亂舊章。取媚季武，成厥稚狂。絜尊旅獻，遽易大行。悼子既定，已則奔防。幾廢二勛，致蔡徬徨。竟列盟首，丹書不忘。事不恕施，智也曷臧。

楚共將歿，求厲若靈。宋元遺命，楄柎示刑。君也知過，臣也守經。千載而下，並仰德馨。孰與迷復，至死弗醒。

楚昭達理，曷罹喪殃。股肱讒慝，令尹子常。賊虐鄧宛，奪民之良。蔡以裘佩，唐以驌驦。三年淹恤，寵賂莫章。柏舉戰敗，於鄭遁藏。曷磔其體，曷斧其吭。斯人逃罪，國無紀綱。所貴哲後，區別奸良。瓦也是庸，何怪奔亡。

宋之子罕，不貪爲心。人獻人玉，吾守吾琛。利之靡溺，物孰能侵。寶各不喪，昭哉德音。嗚呼天王，求車求金。

魏有農夫，耕獲美璧。以示其鄰，誑謂怪石。歸置廡下，光照一室。疑是怪徵，棄諸遠陌。夫苟弗知，至寶輕擲。世多若人，賢聖滅跡。

子期聞磬，覺有深悲。召而問諸，母子仳離。殺人者死，父怨匪追。母輸官釀，三年於斯。量所以贖，貧莫爲貲。身又公役，曷遂我私。悠悠長夜，痛結肝脾。心固非臂，臂非木椎。悲存乎心，木石應之。奈何一氣，形隔而虧。忿生衷隱，漸至交夷。有親靡孝，有子弗慈。招讒維本，召弑實基。明明恩紀，忍底淪澌。側聞是事，如何弗思。

楚申子培，奪王隨兕。冒代不祥，三月獲死。誰其徵之，厥有故史。其弟請賞，王亟發視。亡身殉君，穆行乃爾。胡今之臣，徒知其己。

用兵之道，憖先治心。執榼攝飲，踞轉鼓琴。整而且暇，將斯能任。方寸一亂，冰炭交侵。若用以戰，遺敵之禽。

前古有聖，後世之師。後世有聖，前古之資。維楚文王，申侯是悦。當身放逐，早絶佞櫱。奔走置力，耿耿莧嘻，矯以義禮。亟錫之爵，寧其忤己。彼恐將來，有達者生。非我用舍，喪厥令名。大哉聖哲，預爲之更。默運法程。

古之大雅，剛柔迭居。伊誰實似，藺氏相如。秦王鼓缶，廉頗避車。挺挺其勁，揖揖其虚。展轉變化，一龍一魚。去之千載，英風若初。云何鄙士，强吐弱茹。於私則急，於國則疏。

## 詠懷十首

西谷有一士，蕩然無所求。問君何爲者，神閒道自休。上無求於帝，壽夭等浮漚。中無求於世，人呼任馬牛。下無求於子，苟以嗣春秋。三者既無求，長歌何所憂。

丈夫生世間，如彼長江水。瀦則淵渟渟，流則浩彌彌。建業與立言，隨時任所履。何足芥胸懷，行藏判憂喜。吾觀古聖賢，欲爲蒼生起。枘鑿苦不投，皇皇未肯止。下以舒屯蒙，上以存燮理。天命苟有涯，歷聘徒勞只。不見稷契墳，空山亦土壘。

火用在得薪，才用在識真。隨宜作蟄躍，龍德乃全身。偉哉嵇叔夜，濁世清粼粼。凶尤竟不免，好善而闇人。闇人動有累，幽憤何由申。哲愚亦惟戾，千載爲悲辛。蘇門先發蔀，見幾如入神。

千里乃咫尺，生賢如比肩。千載乃頃刻，聖起如踵連。古今何寥泬，援琴扣商絃。南山有瓊芝，五色含雲煙。采之思所貽，歲暮徒潸然。

至言本難言，真得何所得。以意示者深，以詞教者嗇。宣尼述天行，伏羲垂卦面。忽當蜚遁時，踪跡杳莫測。孫登鳳凰嘯，仲長瘖啞默。通人自曉了，嚚俗任疑惑。何必白區區，衷腸恐藏匿。惜哉鵝湖辨，愠怒見顏色。雅士慕渾淪，所希實玄德。

吾聞陰子春，數年一洗足。又聞何佟之，一日十數浴。兩者倘相逢，微言逝難告。鶴長非所斷，鳧短非所續。道義即深明，啟發因流俗。嗟哉極高言，至死藏心曲。尋流溯江漢，矯首望河汾。惠風靄四野，上有洙泗雲。慷慨眷懷慕，曠世不可群。歸來長嘆息，篝燈理遺文。亦有二三策，末由播清芬。高山徒仰止，微言竟誰聞。

均斯大塊氣，落地有雄雌。故此同類人，因心別崇卑。營道日以智，徇欲日以痴。微哉舜跖關，君子辨其幾。

水風偶相遇，綺文自炳煥。草木花實敷，燁燁光且爛。暖姝者何人，劬力彌昏旦。秦漢錯雜陳，摽綴成篇翰。試以道眼觀，臨流再三嘆①。

清寧育萬品，種種成形色。桃李本繁華，松柏挺孤直。鷦鷯老一枝，鵬奮垂天翼。小大各有宜，修短稟物則。君子履吾常，何入不自得。嗟彼冥行人，貪天爲己力。擔石慕千鍾，下僚營要職。畔羨轉相尋，惸惸如糾纏。鳥飛高戾天，人心于何極。所以老氏書，止足昭玄式。

① 原注：「季立嘗云：『李濟南出而明文衰矣。』故詩如此。」

## 北征道中四篇

翩翩五兩，載發載遠。沙灘累累，溪流反反。臨此劍津，伊思塞苑。我有所懷，遥展嬿婉①。

秋風拂拂，楊柳淒淒。商羊爲虐，樹杪棲泥。四野蕭颯，幾乏遺黎。羈人夜泊，蟠蟀宵啼。

四望茫茫，原隰膴膴。亂江涉淮，云戾徐土。我授我衣，復越齊魯。家鮮擔儲，憂我父母。

天邊鳴雁，行列麗麗②。伊誰云從，實維我師。我師元老，壯志不萎。過古戰場，愾然嗟思③。

① 原注：「欲往薊門，住戚總里。」

② 原注：「音離。」

③ 原注：「我師俞虛江。」

## 夾溝道

夜過夾溝驛，十里馳車聲。風急四野黑，隸從呼前程。道旁四五屋，起視且復驚。男人秉炬盡，婦女扶燈行。自言旱太甚，枵腹供官征。懷中三歲兒，棄置啼失聲。不忍聞此語，淒淒傷我情。

## 官路傍

槐柳官路傍，華屋如櫛比。烏革及翬飛，丹青光照地。懸額俱生祠，各有豐碑記。就碑讀其詞，嘆息羡且異。德政不一書，豈數漢循吏。父老笑而言，官府自營置。

## 驛舁夫

衢驛有舁夫，仰天長嘆息。嘆息亦奚爲，符傳何太棘。朝饑走送迎，日落忽昏黑。昏黑復奔馳，足繭肩肉蝕。驛吏駡且笞，使客怒作色。典衣兼雇人，妻子無蓐食。泣對妻子言，早祈死路側。跼蹐何所思，江陵張相國①。

① 原注：「張能嚴驛禁。」

## 江漢行

江漢二千里，征輸節節深。估人貧到骨，灑淚赤霑襟。曠野無青草，陰風動緑林。普天財不乏，否泰視民心。

## 述史嘆

無財有至樂，豈不在讀書。朝夕坐展卷，何必論三餘。無位有大權，豈不在作史。上下古今間，褒貶由一己。左氏本彬彬，馬班亦繼起。文采燁以光，直筆垂千紀。云胡魏晉來，祇以飾怒喜。所惡西施媸，所好無鹽美。鑒別昧人倫，傳聞憑口耳。掘井得一人，渡河乃三豕。編簡雖浩繁，君子意所鄙。

## 再送董崇相户部課績

歲昔在乙巳，送君入上京。亂流濟扁棹，兩岸多鶯聲。一別詎能幾，今又送君行。濃談殊未盡，衷曲還憤盈。燕薊正雨雪，胡爲獨北征。行途登泰岱，吴門望正晴。上有無字碑，秦漢銘已傾。秣陵舊都地，守重隔江城。國初宿屯戍，五衛列藩營。自從崩圮後，洲渚坦以平。何當存犄角，識者爲心驚。袖中有短疏，意在扣宸明。遠臣既建白，公輔會相成。願君且静默，造物忌取名。

## 四憶詩四首

憶昔在清漳，帳下多童冠。切磨論至德，餘義及篇翰。别來四十年，凋謝已太半。登高望海水，茫茫無邊岸。欲贈以瓊瑶，踟躕歲復晏。

憶昔在薊門，坐中多劍客。蕭蕭邊馬鳴，風高秋草白。别來三十年，采薇異夙昔。登高望紫塞，朔雪沈幽磧。欲贈以寶刀，徘徊空脈脈。
憶昔在粤東，樽前多漁父。泛海尋仙山，蓬萊若可睹。别來已十年，伊人且塵土。登高望嶺表，浮嵐帶陰雨。欲贈以明珠，惆悵肝腸腐。
憶昔在武當，山中多道侶。冒雪陟危峰，擕筇凌險阻。别來已五年，飄飄一羈旅。登高望漢水，瀟湘迷楚墅。欲贈以金丹，嘆息獨延佇。

## 歲暮客居呈弱侯三篇

仲尼本周流，忽發歸與嘆。意在就六經，匪爲思鄉串。嗟我老無聞，託興遊汗漫。邈想古通人，反側常宵半。秣陵一君子，少小登道岸。嗜學自性成，羲易旦夕玩。近得從之談，恍上中天觀。詩書數千載，立語窮真贋。欣然遂忘家，何知有歲晏。
晨起臨北窗，連陰未朗徹。昔出桃李華，今看霜霰結。爆竹頻有聞，天涯近除節。而我客南都，心跡俱寂滅。外户常反扃，四壁幽以洌。執爨雖一夫，饗飧良靡缺。晏坐展圖書，袪寒親麴蘖。時與達人談，千古共參折。清燈耿前除，談罷自怡説。回首風塵人，遲暮正愁絶。
玄枵日雨雪，羲御如潛匿。庭樹凄以摧，朔風吹不息。晨起擁孤衾。咄嗟已昏黑。蓬徑絶來踪，詠歌寫胸臆。緬想丈人徒，辛勤甘自力。貧老榮啟期，拾穗意亦得。嗟余獨何人，無事坐安食。時與同心朋，一杯論稼穡。

## 豫戒詩寄兒祖念并諸親友

梁鴻終會稽，堯夫老雒陽。生卒異厥處，達人何慨慷。我本遊汗漫，野鶴共翱翔。今年六十九，鬢髮同秋霜。久攃厭世日，隨地爲坎藏。煙雲開翣旐，星月懸燈光。形骸雖壘塊，神氣任徜徉。慎勿泥世俗，啟土攜歸鄉。生既耽五嶽，死豈戀一方。攜歸失我意，泉下徒悲傷。此心常耿耿，鑒之有穹蒼。作詩比遺令，小子永勿忘。

## 後出塞 以下塞上作。

萬里秋風海上生，驅車今復戍檀城。天寒夜渡韋溝水，馬尾凝冰碎有聲。

## 喜峰關

邊日淒淒野色愁，山前流水雪花浮。兒童解唱胡人曲，短笛清笳别様秋。

## 見楊花

燕山三月飛楊花，滿天白雪隨風斜。客子出門已十載，飄零感此思迴家。楊花飛自好，客愁不可道。歲歲楊花飛，飛盡春光老。春光迅速若轉蓬，丈夫建樹難爲功。李廣不侯馬援謗，至今慨嘆傷英雄。

傷英雄，徒拂仰。鬢華忽似楊花色，不如匣劍歸去來，南山之南北山北。

## 奉送戚都護歸田四首

承平日久不知兵，南北征師浪結營。獨有鴛鴦明節制，堂堂中國振先聲①。
轅門遺愛滿幽燕，不見胡塵十六年。誰把旌麾移嶺表，黄童白叟哭天邊。
朔方遼海懷恩信，日本安南識姓名。蓋世勳庸仍不伐，循循裘帶一書生。
黄金散盡結英雄，不負行間尺寸功。却愧十年鞍馬下，捐軀空慕古人風。

① 原注：「鴛鴦，公所制陣名。」

## 萬都督表四首

表字民望，鄞縣人。始祖國珍，首率義兵歸聖祖於淮甸，充萬户，子孫世襲指揮僉事。年十七嗣職。正德庚辰，中武進士，以都指揮起家，爲漕運參將者二，漕鎮總兵掛印者二，以都督同知僉書南京中軍都督府。公於漕政兵事無不洞悉，所至皆建竪。甲寅，海上倭亂，散家財，募死士，奮欲死之。僉書南府，道經姑蘇，與倭遇婁門楊涇橋，率所募及少林僧邀擊，身中流矢，遺書於子曰：「我家世以戰功死王事，我身不任兵，晚年添一箭瘢，不亦美乎！」策倭情洞如指掌，而論北虜尤人所未發，惜乎其不得用也。少嗜玄學，已而精閲内典，披衲入伏牛山，曉行見日昇，忽大悟。歷官四十年，家無餘財，瓶鉢蕭疏，與野衲雜處。嘉靖中，王汝中、羅達夫、唐應德以理學名於時，而公與之頡頏。自號鹿園居士。子達甫，官至廣州參將，孫邦孚，狼山副總兵，皆儒將云。

## 閔黎吟三首有引

浙參政平崖錢公出按四明，會予於舟中，談及征黎事，悲動顔色，且示以閔黎諸詠。惻然傷懷，因而有作。

地何産，楠與速。吾何畜，豖與犢。豖犢盈盤吏反嗔，楠速窮年亦不足。但願黄金滿粵南，寧使黎田不盈粟。粵南金多吏不索，黎田粟少人未哭。刻箭爲約安得銷①，歲歲生當剥吾肉。負戈因拚一命償，嗟嗟黎人誰爾牧？皇章惠爾非爾毒。

虎兕來，猶可奔，狼師一來人無存。大征縱殺玉石焚，昔人雕剿祇一村。雕剿功成賞不厚，大征蔭子還蔭孫。殺一不幸尚勿爲，何况萬骨多冤魂。願君爵賞毋苟貪，但以三槐植爾門。

鑿而飲，耕而食，撫黎何事來相逼②。瘠牛可耕豈不惜，姜水那堪吞滿臆③。遥明燈火忽驚疑，一望旌旗我心惻④。群黎草木豈有知，貪吏朘削無休息。攻掠犯順誰所爲？撫黎毒黎還毒國。南征稍喜平崖公，殲掃惟悲不爲德。

①原注：「黎人借錢無約，刻箭記之。」
②原注：「舊設有撫黎老人。」

③ 原注：「撫黎逼黎人之財，則以姜水灌之。」

④ 原注：「撫黎至黎，則明燈揚旗以往。」

## 山中酬唐太史見訪

山齋寂寞臘初深，披衲朝朝聞梵音。我已出家惟帶髮，君來連榻與同心。天涯避地因多病，幻跡隨緣即故林。明月滿庭殘雪在，那堪孤棹返山陰。

## 申少師時行一十二首

時行字汝默，長洲人。嘉靖壬戌狀元，以修撰歷官詹翰。萬曆戊寅，以吏部左侍郎入直東閣。官至少師、吏部尚書、中極殿大學士，爲元輔九年而歸。歸二十有三年，壽八十，考終於里第。少師當國，承江陵之後，深得主眷，文恬武熙，海内清宴。進退雍容，主眷優渥，三詔存問壽考康强。時時與故人遺老修緑野、香山故事，賦落花及詠物詩，丹鉛筆墨，與少年詞人争强角勝。每歲除夕、元旦，與王伯穀倡酬賦詩二十餘年不闕。吴趨委巷，歌樓僧舍，詞翰流傳，互相矜重。太平宰相，風流弘長，至今追想，以爲盛事。少師七十，福清葉少師爲文稱壽，以爲天之幸人，蓋福清當國，國事物情視萬曆初日變而日難，宜其致美於公，自嘆以爲不如也。余爲書生，好談國政，大廷對策，極訟江陵受遺寄命、尊主强國之功，而後人紹述者盡隳其綜核之政，一切爲頹隤姑息，以取悦於天下，紀綱不振，議論日煩，職此之故也。登朝後，以詞林後輩謁少師於里第，少師語次從容謂曰：「政有政體，閣有閣體，禁近之臣，職在密勿論思，委曲調劑，非可以悻悻建白取名高而已也。王山陰諍留一諫官，掛冠而去，以一閣老易一諫官，朝廷安得有許多閣老？名則高矣，曾何益於國家？閣臣委任重責望深，每事措手不易，公他日當事，應自知之，方謂老夫之言不謬也。」德音琅琅，不聳不茹，實爲余制策狂言而發，迄今猶可思也。少師文藻婉麗，實出同時殿閣之右，有《賜閒堂集》行世。

## 立春日賜百官春餅

紫宸朝罷聽傳餐，玉餌瓊肴出大官。齋日未成三爵禮，早春先試五辛盤。迴風入仗旌旗暖，融雪當筵七箸寒。調鼎十年空伴食，君恩一飯報猶難。

## 應制題扇

群芳爛熳吐春輝，雙燕差池雪羽飛。玳瑁梁間寒色瑩，水晶簾外曙光微。輕翻玉剪穿花過，試舞霓裳帶月歸。一自銜恩金屋裏，年年送喜傍慈闈。

右杏梨白燕。

## 燭淚

風襲簾帷炬色寒，鮫珠錯落瀉銀盤。紅綃半濕金蓮吐，紫焰微銷玉箸殘。傳蠟漢宮春厭浥，絶纓楚館夜闌干。須知歸院承恩日，涓滴還將雨露看。

## 落花八首

銅臺金谷總堪傷，昔日繁華已就荒。香入燕泥添舊壘，影歸鸞鏡作殘妝。簾櫳飛絮隨春老，庭院遊絲共日長。聞説仙葩能不謝，誰從海外覓奇方。

名園佳卉劇堪憐，玉褪香消倍黯然。旖旎不禁含雨墮，輕揚無奈逐風顛。漢宮憔悴悲顔色，韋曲蕭條感歲年。春去春來如有限，試將圓缺問嬋娟。

撲面窺簾故惱人，穠華能得幾回新。漂摇逐浪渾無賴，澹蕩隨風似有因。青鳥銜來霑綺席，紫騮嘶去踏紅塵。呼童掃徑還教住，醉客何妨吐錦茵。

繁華過眼若爲情，獨倚雕欄數落英。朱户月來虚弄影，玉階星隕不聞聲。驚鴻錐浦遊魂遠，飛燕朝陽舞態輕。幾日啼將春色换，教人錯恨樹頭鶯。

剩紫殘紅慘不禁，狂蜂醉蝶杳難尋。閒階半蝕苔痕淺，曲徑全埋草色深。遊子驟驚風雨夢，美人長抱歲時心。枝頭取次成青子，且共攜尊坐緑陰。

香閣繽紛可自由，艷姿狼藉倩誰收。鉛華有恨空辭輦，羅綺無情宛墮樓。流出御溝春脈脈，迷來仙洞水悠悠。風光遞轉尋常事，可奈年年送白頭。

殘英片片入埃塵，芳徑迢迢遍草萊。野鹿銜將溪畔過，杜鵑啼向月中來。偶經別院飄歌扇，忽舞前簷送酒杯。不似無情東逝水，明年還逐艷陽開。

春風吹老夕陽斜，一笑嫣然度歲華。暫與名園敷錦繡，終憐幻質委泥沙。白頭吟罷空相憶，紅頰啼殘轉自嗟。疑是瞿曇新說法，故教天女散空花。

## 陸宮保樹聲二首

樹聲字與吉，華亭人。嘉靖辛丑會試第一人，選庶吉士，授編修。請告還里，即家拜國子司業，晉祭酒，歷遷吏部右侍郎，起掌院教習，皆不赴。即家拜禮部尚書。江陵當國，引禮不少假，抗疏請告，江陵使客以微言妮之，笑曰：「一史官二十年出山，豈有意樹桃李、希揆席耶？」五疏得賜告，年九十七，詔存問者三，無病而逝。贈太子太保，謚文定。公篤清修，堅晚節，清虚恬退，所謂外現儒風，中修梵行者與？公年九十時，以衲衣一襲付慧日院，手書一詩於衲表，又自題其畫像留寺作供，松人以爲美談。弟樹德，子彦章，皆至大官，有聲跡。

## 題衲衣

解組歸來萬事捐，盡將身世付安禪。披來戒衲渾無事，不尚歌姬爲乞緣。

## 題畫像

豈有文章置集賢，也無勳業到凌煙。祗應畫作老居士，留與香山結浄緣。

## 楊宫保巍八首

巍字伯謙，海豐人。嘉靖庚戌進士，知武進縣。召入爲兵科給事中，出爲山西僉事、陽和兵備副使。特旨擢僉都御史，巡撫宣府。再撫陝西，以右都自陝移晋。入爲兵部侍郎，起南京户部尚書。召入北工部，復自户部移吏部。在銓七年，自太子少保晋太保。歸田十五年，年九十二而歿。近世大臣，功名壽考，未有其比。其在銓處茂苑、婁江、新安之間，有壎篪而無枘鑿，亦近世銓臣所未有也。家居卜居桃花嶺下，延致四方文士，詩酒酬和。其詩多俊拔之致，李中麓諸人咸推之。

## 過文山祠

丞相名偏重，遺祠世共尊。乾坤柴市遠，日月蕙樓存。一死消胡運，孤忠報漢恩。中原還正統，辛苦向誰論。

## 讀謝叠山傳

宋鼎沉炎海，叠山起信州。潛龍終見奮，驚鶴自難收。故作君平卜，真懷豫讓憂。遺忠今尚在，常共大江流。

## 北樓口留别許參戎

秋塞難爲别，一尊駐晚暉。悲風嘶去馬，落葉上征衣。野燒臨河斷，寒沙帶雪飛。邊城人不到，此後信應稀。

## 秋雨宿黑石嶺

嶺險藤迷路，山高石作城。片雲何處雨，孤客此時情。茅屋幾家在，秋風半夜生。旅魂愁已絶，况聽鼓鼙聲。

## 早秋登龍門城樓

指點雲州地，真爲漢北門。八城臨大漠，一路向中原。晴日山川映，秋田黍稷繁。文莊經略處，父老至今言。

## 海鄉聞雁

平蕪霜露合，孤雁向南征。影落黄龍渚，聲凄魏豹城。殘雲疑路斷，新月似絃驚。十載關山北，曾傷故國情。

## 答任柏溪韻

身世無端夢亦驚，疏慵到處是愁城。幾年不見漁樵業，垂老仍聞鼓角聲。旅食新從多病減，炎天誰能遠方行。勞君佳句頻相慰，廊廟江湖别有情。

## 過冷泉關次韻

西風落木不勝秋，百雉關門控上游。標柱何人仍破虜，棄繻狂客慢生愁。雲開霍嶽當天出，雨漲汾河拍岸流。到處登臨興感慨，角聲高起夕陽樓。

# 于閣學愼行九十四首

愼行字無垢，東阿人。隆慶戊辰進士，選翰林庶吉士，授編修。萬曆初，江陵起復，具疏請止，桂林阻之，不得上。江陵卒，有詔籍其家，詒書丘司寇蕣，極言江陵母老，諸子覆巢遺卵，宜推明主帷蓋之恩，全大臣簪履之誼，舉朝義之。歷官坊局，拜禮部尚書，力請建儲，不報，自劾乞罷。久而上復思之，丁未六月詔以原官入直東閣，甫拜命，以末疾卧邸中，不旬日而卒，年六十有三。贈太子太保，謚文定。公在史館窮年矻矻，以讀書爲事，每進講唐史，至成敗得失之際，反覆論説，上爲悚聽。講罷分題賦詠，不長於書，詩成倩人書之。上問之，具以實對，上大喜。讀書貫穿經史，通曉掌故，以求爲有用之學。凡所援據駁正，具有源委，皆可施行。謝部事，居穀城山中十有七年，網羅搜抉，藴籍益富，甫大用而遽卒，天下惜之。公于詩文舂容宏麗，一時推大手筆。其論古樂府曰：「唐人不爲古樂府，是知古樂府也。辭聲相雜，既無從辨，音節未會，又難於歌，故不爲爾。然不效其體，而時假其名以達所欲出，斯慕古而託焉者乎？近世一二名家，至乃逐句形模，以追遺響，則唐人所吐棄矣。余間爲郊祀《鐃歌》可數十首，已而視之，頗涉兒戲，亦復不自了然，遂焚棄之。取其音節稍近者，仿其一二，謂之本調。至近體歌行如唐人所假者，不曰樂府，則詩之而已矣。夫唐人能爲而不爲，今人能爲而遂爲之，予奈何不能爲而爲也。」其論五言古詩曰：「魏、晉之於五言，豈非神化，學之則迂矣。何者？意象空洞，樸而不敢雕；軌塗整嚴，制而不敢騁。少則難變，多則易窮。古所謂鸚鵡語，不過數聲爾。原本性靈，極命物態，洪纖明滅，畢究精藴。唐果無五言古詩哉？余既知其解矣，而不能捨魏、晋者，取其可以藏拙，且適所便，非能遂似之也。海内賞真之士有以吾言爲是者，吾詩雖不觀可矣。」公生當慶、曆之世，又爲歷下之鄉人，其所論著皆箴歷下之膏肓，對病而發藥。失惟大雅卓爾不群，其是之謂乎？近代館閣莫盛於戊辰，公與雲杜李本寧才名相並，以詩言之，則大泌瞠乎其後矣。

## 驅車上東門行

驅車上東門，回望咸陽路。鬱鬱五陵間，累累多墟墓。長夜號鼪鼬，秋風走狐兔。牧豎遊且歌，行人四面顧。借問此何誰，昔時董與傅。車馬如流水，第宅通雲霧。富貴一旦空，忽如草間露。閱水日成川，閱世人非故。賢愚共一丘，千載爲旦暮。嗤彼道傍子，營營胡不寤。

## 子夜歌四首

秋月照四壁，絡緯當窗織。徒聞機杼聲，終夜不成匹。

始欲識歡時，願作同心結。絲綫不相逢，裏許暗自别。

枕上看月來，夢中與歡訣。月自不相離，歡心不如月。

儂如水中石，波至亦累累。歡如陌上塵，左右從風吹。

## 子夜春歌二首

朱景帶碧樓，新風吹羅幌。誰能懷春情，不發柔絃響。
金屋燕初飛，長堤草已緑。春蠶不作繭，思子何由續。

## 子夜夏歌二首

何處復無暑，月出湖水邊。泛舟芙蓉裏，分明自取蓮。
含桃初作花，畏恐傍人見。今日食含桃，空條誰復盼。

## 子夜秋歌二首

涼風夜中來，白露凝如玉。不敢拭清砧，搗衣亂心曲。
露井涷銀牀，秋風生桐樹。任吹桐花飛，莫吹梧子去。

## 子夜冬歌二首

萬里覆寒雲，千村飛素雪。此時爲歡愁，心如三伏熱。
華茵倚重爐，璇房捲羅幕。驚見雪花飛，謂是楊花落。

## 讀曲歌

儂作博山爐，雙煙吐不住。郎如飄風吹，但將香引去。

## 感懷

東出長安門，倚馬息道周。上有百年木，下有萬古流。華軒馳廣陌，冠蓋如雲浮。去者日以遠，來者日以遒。朱顏入朝市，皓首將安求。應侯朝上書，蔡澤暮西遊。榮枯在俛仰，譬海浮冰漚。所以赤松徒，屣脱萬户侯。

## 雜詩三首

北登遼陽城，顧望三韓道。大海何蕭條，白骨横野草。下充蛟魚食，上使烏鳶飽。傷哉十萬師，太半塗肝腦。粟米量如沙，金帛積成島。功名誠可爲，封疆在自保。閉關謝遠人，良圖胡不考。

延陵有長劍，寶若千金璧。閉匣泣風雨，開匣干星日。駿馬與名都，羅列終不易。服之適異土，見謂鉛刀質。徐君亦何爲，神襟獨爾識。欲色在不言，心許成莫逆。如何歷聘歸，墓門已有棘。含意竟未伸，涕下空霑臆。宰木集晨風，可以懸三尺。寸心苟不渝，是物何足惜。驅馬去郊原，棄置如遺跡。賢哉貴公子，交情固金石。咄彼市門徒，景行宜自愓。

神龍時未遇，蠖略蟠深淵。不有浮雲藉，何由潤八埏。鵾鵬隨海運，一徙陰重玄。扶摇非有負，羽翮安能旋。遠臣必有主，邇臣必有先。商君因景監，五羖介繆賢。内資富强業，外秉侯王權。功名豈不偉，烈士無稱焉。行藏制在己，升沉制在天。寸尺既可枉，尋丈寧無愆。所以魯連子，抗志青冥間。衹矢三軍解，單辭六國全。萬鍾苟不欲，屣脱如浮煙。諒哉天下士，疇克與比肩。

## 長安道

東山灞陵橋，回望長安道。煙花萬户暖風輕，羅綺千門明月曉。漢家宫闕鬱岧嶢，碧閣珠樓倚絳霄。丞相衣冠蒼玉珮，將軍甲第赤欄橋。平明内殿承顔色，日晏朝迴行紫陌。夾道金羈赭汗流，盈門繡轄朱塵塞。人生得意自輝光，刺謁紛紛滿路旁。一笑看人回禄命，片言酬客腐肝腸。小子勝衣皆受印，蒼頭結綬亦爲郎。貔虎三千陳列第，鴛鴦七十閉東厢。銀牀月瑩流蘇帳，翠幕煙浮玳瑁梁。鐙前北里千金舞，座上宜城九醖觴。年去年來無旦暮，春花秋月依然度。歌吹平連長樂鐘，林園直接新豐樹。只知娱樂不知憂，轉眼榮華逐水流。誰道冰山可永峙，誰言天雨可重收。曾聞上將幽鐘室，曾見元公賜養牛。博陸門前羅鳥雀，平津邸内走鼪鼬。古來世事渾如許，道上垂楊不解語。唯有東陵舊日侯，瓜田看盡青門雨。

## 大堤曲

大堤春盡花如雨，大堤女兒隔花語。揚州估客四角幡，暮泊蘭橈宿江渚。芙容寶帳緑雲鬟，翠篔銀缸夜色寒。倚瑟當壚春酒盡，卷帷望月曉裝殘。石城一曲歌未足，日出天空江水緑。含啼送客更多愁，腸斷煙波萬里秋。

## 上雲樂

東廂食舉百戲作，魚龍曼衍中堂落。華鐘忽駐舞綴停，更進西方《上雲樂》。老胡家世是文康，紫髯深目華蓋方。白巾裹頭大浣細，緑珠作帶韎鞨長。曾從海上栽若木，吹笙更截崑崙竹。朝看阿母鬢成霜，夕見安期顔似玉。却候明時日再中，揭來獻贐玉門東。流沙暮涉三萬里，碣石天開百二重。辟邪師子陳成列，赴曲聲隨簫鼓節。漢苑白麟未足珍，宛城寶馬空稱絶。老胡歌舞奏仙倡，爲祝黄圖日月長。但願百蠻九塞靖烽火，陛下長傾萬歲觴。

## 武定侯墓歌

長安城西銷客魂，故侯墓前雙石門。空梁無風蠨蛸掛，高臺不夜鼯鼠奔。行歌牧豎上隴首，守冢老兵眠樹根。道傍徙倚長嘆息，千古此意誰與論。當時貴寵真無匹，勢倚青天迴白日。驂乘親陪别苑遊，行香日侍齋宮直。元公鐵券大國封，都護金章新樣刻。玉鞭蹀躞内廐馬，雕盤絡繹尚方食。權相交歡亦掃門，徹侯受酒咸避席。此時意氣薄青雲，睇笑看人寵辱分。負郭園池田太尉，重城甲第霍將軍。求仙徧訪燒鉛客，亡命多歸帶劍群。曲閣重樓春自駐，繁絃急管日初曛。自言富貴無銷歇，爭見桑田海亦竭。未央宮前請室開，咸陽道上車塵絶。閒門行馬卧莓苔，舊館罘罳藏雨雪。祇今尺土閉空原，歲歲春啼杜宇血。吁嗟嗟！世皇二寵傾朝廷，前有武定後咸寧。福過俱爲萬人指，法行再見七廟靈。人間榮悴咸可數，古來金谷與郿塢。前車已却後車馳，請君但看北邙土。

## 雙林寺歌

萬曆初，大璫馮保營葬地，造寺曰雙林，即馮之别號也。

道旁佛宮誰者築，珠樓寶殿横山麓。僧徒指點爲予説，此寺方成主人逐。憶昨十載氣薰天，吐納日月揮雲烟。外廷稍引三公勢，内禁親操六璽權。出入鈎陳留管鑰，笑談甲觀走金蟬。建寺平侵貴主第，施僧直請大官錢。輸來多寶堆成塔，輦盡黄金布作田。法宫梵宇何連曼，勝地名區看不斷。墓上林園學九陵，祠前樓閣成雙觀。落成牛酒國親供，建醮香花天女獻。吁嗟此寺獨渺小，赤刀已欲盈千萬。我皇神威符世祖，距脱大奸俯地取。郭家金穴入水衡，鄧氏銅山歸少府。廬兒解玉乞街衢，宅婦懷簪隨卒虜。惟餘此寺在郊原，虹梁綺構誰爲主。蛛網空懸梵鐸風，青苔自鎖瑲琅雨。盛衰轉盼那不有，幾年翻覆看如許。君不見江陵城頭土三尺，若敖餒鬼不來食。一代賢豪此謂何，爾全首領恩亦極。

## 雪後登樓看山歌

昨朝飛雪滿大荒，登樓四顧天茫茫。今朝登樓禁不得，吾與青山頭並白。筠牀呼酒畠宇開，瑶華積作中天臺。對山遥勸一杯酒，平生與君爲素友。君今頭白青有時，奈何吾鬢真成絲。

## 雨中舟行

天闊雨冥冥，孤帆過驛亭。雲吞江樹白，霧失曉峰青。岸鳥迎船濕，河魚出網腥。生涯多少恨，無處異飄萍。

## 題畫

黯淡秋湖色，涵虚望渺然。斷橋横落日，遠水出寒煙。雁向平沙落，鷗依折葦眠。吾家住湖上，閒殺采菱船。

## 應制題畫四首有引

萬歷戊寅正月，上出内府畫册二十六幅，命日講六臣分題奏上，各賜銀豆一包。時同事者，宫詹吴門申公、宫諭信陽何公、宫洗新都許公、宫贊武陵陳公、翰撰南充陳公也。予分得四題如左。

輕綃寒色動，不是月華開。鳥道千巖迥，江光一徑回。虛無分玉樹，仿佛想瑶臺。未擬歌黄竹，陽春遍九垓。

右雪景。

瀟瀟一幅上，秋氣滿楓林。半似隨風引，全疑夾霧陰。遠峰看處暝，疏樹望來深。筆底煙雲色，争知用作霖。

右煙雨。

筆端成大造，海鳥若相忘。暮雨汀莎濕，春風岸芷香。柳邊迷落絮，雲裏帶飛霜。總爲經天藻，長留羽翰光。

右宣廟御筆汀鷺。

渺彼榆枋翼，丹青畫作真。静眠宫草日，閒傍苑花春。顧影驕金距，逢場上錦茵。非同珠樹鳥，獨用羽毛珍。

右鵪鶉。

## 邵伯湖夕泊

日暮倚蘭橈，秋江正寂寥。驛門斜對雨，郡郭遠通潮。急櫓看商舶，寒燈見市橋。隋堤前路近，欲聽月中簫。

## 長干

白門通市裹，傳是古長干。陌柳藏鵶曙，秋潮帶雨寒。横塘歸客斷，子夜舊歌闌。别是繁華地，休將六代看。

## 秦淮

秋月秦淮岸，江聲轉畫橋。市樓臨綺陌，商女駐蘭橈。雲裹青絲騎，花間碧玉簫。不知桃葉水，流恨幾時消。

## 白溝河

西風吹易水，曉飯白溝河。獵騎平原淺，漁舟别渚多。地分燕趙敵，國蹙宋遼和。今日逢全盛，盧龍尚枕戈。

## 贈人爲金吾郎

陌上錦雲連，期門校獵旋。射聲銀作鏑，躡影玉爲鞭。撇草連雙兎，凌空接兩鳶。應憐漢飛將，白首滯窮邊。

## 詠史

十八侍中郎，春深侍建章。呼盧金叵側，蹋鞠玉樓旁。夜賜離宫酒，朝薰異國香。可憐秦殿女，向月卷羅裳。

## 上隔馬嶺舊寺

荒涼經古寺，迢遞出層空。路抱千峰轉，天開一竇通。殘松疏雨後，頹瓦夕陽中。獨有餘僧在，逢迎問轉蓬。

## 秋日南溪閒眺得李宗伯文書

溪閣非無事，秋清日轉長。掃花安鹿柴，帖石補魚梁。高樹留新雨，平波澹夕陽。遠書何意至，三讀素心傷。

## 冬至南郊扈從紀述和陳玉壘太史韻六首

聖后乘乾奉帝禋，日躔南陸協靈辰。九關肅啟天門鑰，萬姓歡隨御輦塵。樓雪初融丹禁曉，葭灰微動玉衡春。虚慚珥筆親文物，實有《甘泉賦》未陳。

玉闌東畔畫簾前，到處常隨豹尾旋。聖代儀文今日盛，儒臣雨露向來偏。琅函賜錦馳中騎，寶鼎分餐出御筵。齋室受釐應有問，朝回猶恐夜深宣。

絳闕陰沉啟秘扃，鑾輿肅穆款真庭。霜凝碧落天衣濕，月上仙壇玉樹青。帝座三重開萬象，雲門六變走群靈。祠臣秉笏香煙裏，時向珠躔望景星。

絳節氤氲上太清，紫煙縹緲冠層城。鵷行不動瑶墀影，鳳幄微聞玉藻聲。律應一陽璇象轉，福凝五位泰階平。禮成回蹕傳行漏，百尺華燈闕下明。

燈火薫天夾路旁，屬車旋處翠華張。非煙擁蓋璇霄麗，若月乘輪御陌長。十里香花連泰畤，千門鼓吹徹昭陽。皇誠已自通天貺，萬祀應知寶祚昌。

紫氣葱葱繞禁廬，南郊迎日履長初。皇王禮樂光前殿，侍從聲華滿後車。漢畤龍麟金匱紀，周臺雲物彩毫書。雄文亦是鄉人似，齊客談天恐不如。

## 館課冬至齋居

緹室灰飛晷欲長，清齋仙館坐焚香。雪殘樓閣虚瓊樹，月出簪裾滿玉堂。筆望五雲迎舜日，心隨一綫入堯裳。明朝負橐趨陪地，祇在瑶壇帝座旁。

## 葛端肅公輓章

少年聲價省郎遊，一節冰霜到白頭。降嶽神生星應昴，濟川功就壑藏舟。朱門舊第公槐影，落日新阡宰樹秋。惟有故時雙鶴在，月寒華表不勝愁。

## 在告書懷柬可大

金門何事轉愁予，日見紅塵上錦裾。衹爲思歸常數雁，幾因多病欲焚魚。鄉心瓦上三更雨，客計牀頭數卷書。幸藉旬休聊閉閣，文園從此卧相如。

## 病中遣懷

三月孤齋斗帳寒，十旬休沐主恩寬。閒翻藥裏呼兒曬，細檢詩筒借客看。千里鄉心芳草緑，一年春色杏花殘。浮蹤去住渾無賴，行路人間信是難。

## 山居自述呈王對南相君

闕下班行舊日分，海邊名姓少人聞。一竿自釣南溪月，五犉親耕阪上雲。竹徑常無猿報客，松關惟有鶴爲群。衹緣不忘平生誼，寒雁來時屢夢君。

## 宿雲樓閒坐

久將心事付山靈，石几焚香對翠屏。萬里秋聲雲外雁，一天寒色雨邊螢。閒來解自燒茶竈，病裏憑誰著酒經。總爲此中堪避地，不教人指少微星。

## 恭聞東宫禮成志喜

午夜前星耀禁林，龍樓紫氣曉來深。當年苦竭愚臣悃，此日真知聖父心。關塞煙銷休戰伐，江湖春至起謳吟。瑶圖億萬高皇統，秖有神靈護至今。

## 新都程君房寄墨數螺道中爲税使所榷戲作志感

客卿聞已渡江涔，烏有何從問藝林。楮國交遊成落莫，松侯封爵付銷沉。思玄但檢張衡賦，守黑空遵老氏箴。爲語中人休錯誤，喻麋原不化黄金。

## 閒居述懷

未老歸隨鹿豕群，十年閲盡北山雲。神全瓦注原非巧，名混金甌久未分。歲晏誰能懷鄧禹，功高自合謝田文。華陽十賚皆君寵，九命何殊闕下聞。

## 紀賜四十首有序　録三十首

皇上登極以來，日御講幄，談經論藝。五六儒臣趨陪近弼，晨朝三接，寵賚便蕃，歲無虚月，即勳貴大臣有不與焉。臣慎行自丙子七月叨侍講讀，至己丑七月進掌春卿而解，計横經玉案前後十有四年，所受特恩賜予，不可數計。迎仞皇上隆儒重道盛心，近世帝王所未嘗有。文史小臣過承豐渥，念雖捐糜無以報稱。歸田閒日，録出歲時賞賚，每事占詩一首，以紀榮遇，且昭聖明初政勤學向道如此，使後之傳聞者有所誦説，以對揚君父之盛美云。其不書年月者，歲歲有之。辛卯臘月，臣慎行頓首記。

### 丙子二月初與經筵進講紀述

延英别殿倚平臺，問道恭承步輦來。講席平依丹地轉，經函近對御筵開。凝旒晬穆聞天語，委佩從容列上臺。聖學方隆恩禮茂，儒臣長此奉康哉。

### 丙子七月初侍日講紀述

内殿雲深啟法筵，隔屏初聽玉音宣。宫臣舉案趨宸幄，閣相垂紳拱細旃。壁影絲絲浮繡綱，籤頭字字指瑶編。冰兢祇懼終無補，未覺身依尺五天。

## 丙子九月工部奏進萬曆制錢式樣賜講官六人各一錠

漢苑新成少府錢，萬年寶曆赤文鐫。青鳧出冶銅官奏，黄紙題名玉署傳。趙壹囊空留暫滿，東方俸薄賜常偏。五侯甲第虚成埒，未擬儒臣受寵年。

## 丁丑三月上親灑宸翰大書責難陳善四字以賜

龍箋一幅日星光，天藻昭垂自尚方。久向横經窺聖藴，還因納誨奉奎章。琅函想見仙毫動，蓬室驚聞御墨香。儒術承恩逢景運，非同常侍漫登牀。

## 丁丑五月大旱雩禱上齋居御講頒賜素蔬一盒

雲漢憂歌歲事艱，桑林虔禱聖心殫。祈年不輟金華講，減膳猶分玉箸飧。始見仙盤疑泛露，却嘗寶饌是調蘭。崇朝膚寸紆宸想，霖雨應騰四野歡。

## 戊寅正月上出内府畫册命講官六人各題四幅分得宣廟御畫二幅詩成奏上各賜銀葉一包

百年壁府護仙葩，奉詔恭題睿覽賒。豈爲丹青懸日月，欲憑翰墨發雲霞。叨榮乍捧銀爲葉，摛藻虚慚筆有花。文學承恩逢盛典，黄金買賦未應誇。

## 戊寅正月上尚巾禮成群臣稱賀賜白金文綺

負扆年來海嶽安，春朝繡幘始勝冠。龍樓拂曙天顔近，玉座垂旒日角寬。九廟神靈應已慰，兩階環珮不勝歡。邇臣幸奉青蒲對，珍賜還看出上闌。

## 戊寅正月進講賜大紅織成段衣一襲

講殿朝朝聖渥頻，賜衣又見出楓宸。織成共識金梭巧，貢到初開錦樣新。色借宫雲紅近日，香浮仙佩暖宜春。垂裳幸值軒唐理，補衮無勞愧許身。

## 元旦賜門神掛屏葫蘆等物歲以爲常

節啟青陽歲籥新，金人十二畫爲神。詔華自合留天府，御氣誰期洽近臣。綵勝仍分仙禁縷，雲屏況借漢宫春。却憐寂寞揚雄宅，門巷恩光接紫宸。

## 端午賜黄金艾葉銀書靈符等物歲以爲常

芙蓉闕下玉書宣，午日恩頒侍從前。寶葉光分仙島月，靈符香綴御爐煙。歲時舊自荆人記，風俗曾經漢史傳。聞道宸遊臨太液，龍舟鳳管畫樓邊。

## 八月十七日萬壽聖節賜白金文幣及鏤金萬壽福禄篆字銀書黄朱靈符等物歲以爲常

華渚祥開禁籞天，恩光每覺近臣偏。函加白璧來天上，錦散紅雲出日邊。裁就靈符華舜旦，鐫成寶畫記堯年。銜恩效祝慚無補，金鑒先侍獻御筵。

## 十一月二十九日聖母萬壽聖節賜金幣鏤金篆字黄朱靈符等物歲以爲常

長樂凝和麥彩光，侍臣霑貺聖恩長。璆琳内苑開銀瓮，雲錦天機隱御香。鳥跡呈書仙算永，龍文紀瑞寶符黄。朝來碧落簫《韶》度，内殿親稱萬壽觴。

## 冬至恭侍慶成大宴

南郊夜燎泰壇煙，内殿朝開大慶筵。兩陛衣冠承湛露，千門鐘鼓震鈞天。親瞻玉几雲霄上，久泛仙杯日月邊。温旨三傳咸已醉，歡聲動地未央前①。

① 原注：「宴中三奉玉音，初云『官人酌酒』，再云『斟滿』，再云『飲乾。』」

## 甲戌七月奏進穆廟實録賜白金文綺宴於南宮

細書金匱愧非才，曾是先朝侍從來。鵷列趨隨蘭檢進，龍衣立待石函開。濡毫每憶攀髯望，珥筆新承賜錦回。大典已成鴻號永，聖心南面尚含哀。

## 賜畫面川扇

九華綵扇貢巴東，午日承恩出漢宮。雲影金泥黄帕解，花開寶繪玉函空。擎來濯錦江頭月，動處披香殿裏風。自是君恩在懷袖，惟將皎潔矢丹衷。

## 賜鮮筍

殊錫光生玉筍班，曾從青簡賦檀欒。蒲筐乍解香盈座，錦籜初分緑滿盤。一飯疑含仙禁雨，三秋猶憶北窗寒。慚無鳳實儀千仞，祝有龍孫長萬竿。

## 賜鮮藕

芙蓉别殿曉風凉，玉井靈根出水香。薦熟方聞開寢廟，賜鮮已見存朝堂。冰絲欲斷鮫人縷，瓊液疑含閬苑霜。憶昨金鰲橋上望，紅衣翠蓋滿銀塘。

## 賜鮮枇杷

嘉名漢苑舊標奇，北客由來自不知。緑萼經春開籠日，黄金滿樹入筐時。江南漫道珍盧橘，西蜀休稱薦荔枝。千里梯航來不易，懷將餘核志恩私。

## 賜鮮桃李

講罷傳宣殿左厢，分將苞品燦盈筐。宫桃剖出丹霞冷，仙李沉來碧玉香。方朔瑶池人汗漫，安仁金谷賦荒凉。懷恩正恐虚秋實，不羨春華吐艷陽。

## 賜鮮鰣魚

六月鰣魚帶雪寒，三千江路到長安。堯厨未進銀刀鱠，漢闕先分玉露盤。賜比群卿恩已重，頒隨元老遇猶難。遲回退食慚無補，仙饌年年領大官。

## 己卯春以病在告上疏乞歸值聖體違和旋即萬福再賜萬喜金字白金文綺於私第拜恩

春朝華祝動仙班，寂寞詞臣尚閉關。七日曾疑遊帝所，一春全未睹天顔。簪符已奉期門送，金帛還從卧閣頒。長使聖躬承昊眖，歸山魂夢亦應閒。

## 癸未甲申三扈聖駕上陵賜大紅織金曳撒鸞帶等物

閣門五夜聽傳呼，受賜先從左闕趨。繡帶平懸金鑿落，鞶囊斜掛錦襜褕。行隨豹尾陪天仗，立傍螭坳夾御爐。却笑甘泉稱侍從，不知原廟似今無。

## 甲申春月扈從車駕奉兩宫聖母閱定壽宫賜綵花文綺等物

鑾輿三駕碧山隈，墨食欣傳福光開。地擁真圖連朔塞，天留紫蓋作軒臺。兩宫供倚璇丘望，萬乘親扶玉輦陪。遥見黄門傳散綵，紅雲朵朵下山來。

## 丙戌廷試讀卷賜宴文華西室遣内監出陪例也

臨軒五度擢英才，品第連朝直帝臺。香案前頭文字進，殿門西畔俎筵開。清班許從元公列，曲宴傳教内監陪。聖代得賢應有頌，遭逢惟祝泰方來。

## 丙戌秋月以皇次子生賜萬喜金字綵花金幣等物

西宫送喜到宸旒，侍從恩隨禁苑優。勝剪雙枝花作采，金鐫萬喜字當頭。他年茅土應藩漢，此日圭璋早頌周。共識昭陵多王氣，年年春色滿龍樓。

## 丙戌冬至南郊扈駕聖母軫念天寒特賜姜蘇杏仁一盒

黄門飛鞚到天壇，傳道東朝賜講官。祇爲甘泉勞扈從，特從温室下盤餐。調蘭欲動先春色，斫桂渾消午夜寒。慈念殷勤知有望，慚無一字罄衷丹。

## 丁亥二月奏進大明會典賜白金文綺宴於南宫仍給三代誥命

九朝謨烈玉書藏，祖德宗功萬祀昌。漢代不須條故事，周家惟用考前王。頒恩内省温綸降，賜宴南宫廣樂張。就里儒臣稱最渥，特煩三錫下龍章。

戊子九月壽宫隨駕步視寶城還於東廊稱賀玉音宣勞賜茶並賚綵花文綺等物

朱樓絳闕冠層霞，玉軑金支駐翠華。元相幄中分御錦，侍臣冠上珥官花。仙基步閱教隨賀，别殿常參命賜茶。可道龍顔多喜豫，萬年福地屬皇家。

己丑六月三品考滿荷蒙聖恩遣内使及門賚賜羊酒寶鈔

典禮南宫侍禁筵，還因奏績荷恩偏。牢尊特遣中涓賜，楮幣親從少府傳。漫擬恩華同八座，猶將名字厠群仙。多慚衮職曾無補，一卷牙籤十四年。

辛卯九月乞休得請欽遣内使賚賜路費寶鈔次日又遣内侍賚賜白金文綺蓋六卿日講各有特恩也

乞休十疏始抽簪，勑使連朝出禁林。備物卿臣元自厚，殊榮講幄舊來深。初衣已卷天機錦，歸橐猶函内殿金。慚負宸慈何以報，惟將丹扆效餘箴。

## 恭謁孝陵有述十二韻

聖跡開玄造，神都奠舊疆。基圖垂萬祀，謨烈冠千王。風雨園陵閉，衣冠寢廟藏。霞標懸絳闕，雲際拱雕梁。勝地盤龍虎，高丘下鳳凰。重闕陳豹旅，濡露集鴛行。扈蹕群靈會，包茅九域將。長江縈閣道，叠嶂列宫墻。禮樂恢函夏，明威肅大方。治成周六典，法畫漢三章。縹緲松楸路，昭回日月光。小臣歌帝則，繩武祝今皇。

## 題忠順夫人畫像四首

燕支山色點平蕪，染出春愁上畫圖。一曲胡笳明月夜，邊聲又度小單于。

邊城新舞《柘枝》辭，降得渾邪罷漢師。不道長安春色少，甘泉宫裏畫閼氏。

天山獵罷雪漫漫，繡襪斜偎七寶鞍。半醉屠蘇雙頰冷，桃花一片殢春寒。

蓮花寶鋏緑雲鬟，不脱襜褕款漢關。枉殺白登城下畫，虜中原自有紅顔。

## 夏日過二兄石淙别業同遊洪範東流用韻四首

十里行歌路欲迷，石橋曲徑過龍溪。村翁底事争相笑，驢背風吹白接䍦。

桃花落盡武陵溪，碧草芊芊岸柳齊。洞口主人今不在，青山如畫鳥空啼。

谷口花深日欲低，水邊村落聽鷄啼。晚山更自多佳氣，一帶寒煙暮雨西。
霸主荒墳俯碧溪，夕陽草樹冷淒淒。山前帶雨聲何急，流到臺前不向西。

## 四月一日曹常侍園看花同馮用韞葛仲明二館丈賦四首

西城仙館侍中家，別苑春深玉洞霞。一曲歌聲聽不散，隨風吹落小桃花。
春紅盡向野亭開，萬緑輕陰鎖碧苔。獨有梨花能似雪，尊前半拂舞衣迴。
垂柳池邊見海棠，一枝寂寞倚殘妝。娉婷可奈移燈看，何處春愁不斷腸。
宮霞半吐玉闌干，春色遲遲上牡丹。不是東風催未得，天香綽約不勝寒。

## 題張學士閒雲館

芙蓉江館閉霏微，江面閒雲擁釣磯。春色不勝芳草緑，萋萋長似待人歸。

## 馮尚書琦三十八首

琦字用韞，臨朐人。曾祖裕，舉進士，官至雲南副使。生四子，皆有才名，惟健、惟敏、惟訥、惟重相繼取科第，而惟重則尚書之祖也。尚書天姿瑰瑋，濡染家學，中萬曆丁丑進士，選翰林庶吉士，年才十九。繇編修歷宫詹，晋陟亞卿，年未四十。早入史館，肆志問學，誦讀講貫，日有程要，尤究心歷聖典謨洎先臣條奏，講求有用之學。謂魏相條上漢故事可爲師法，而奏議論事則陸宣公一人而已。供奉講筵十餘年，所陳説治本亂萌，明白敷暢，比古諷諫。東朝未建，有詔並封三王，國論沸騰，尚書取皇明祖訓一條正告太倉，太倉實主其議，亟上疏引罪，曰：「臣實懵，不考祖訓，左庶子馮琦教臣也。」其爲朝廷取重如此。自詹翰爲吏部侍郎，多建白軍國大事，請建儲，止礦税，草疏剴切，天下誦之。上將舉三慶典，特拜禮部尚書，三日而儀注畢具，司設監以供帳闕乏請改期，户部輸遼餉四萬金，未出都門，便宜止之以畀司設監，遂得成禮，不愆於素。其能幹旋濟變，皆此類也。嘗有疏極論時政，草具未上，易簀之前，氣息支綴，力疾删定，繕寫奏上，以仿古人尸諫之誼。遲明，度疏入而後瞑，年四十有六。謚文敏。隆、萬之間，東阿于文定公博通端雅，表儀詞垣，臨朐于文定爲年家子，繼入史館，聲實相望。臨朐早世，未及爰立。没後五年而東阿始大拜，一登政事堂，未遑秉筆，奄忽不起。人之云亡，君子于二公有深恫焉。于有《穀城集》，馮有《北海集》，並行於世。當時士大夫入史館者，服習舊學，猶以讀書汲古爲能事，學有根柢，詞知典要，二公其卓然者也。丙戌己丑，館選最盛，公安、南充、會稽標新豎義，一掃煩蕪之習，而風氣則已變矣。自時厥後，詞林之學日就踳駁，修飾枝葉者以肥皮厚肉相誇，剥换面目者以牛鬼蛇神自喜，東里、西涯前輩臺閣之體於是乎澌滅殆盡，而氣運亦滔滔不可復反矣。吾於近代館閣之文，有名章徹者，皆抑置而不録，録于、馮兩公集，爲之三嘆，聊引其端如此。

## 送張伯任都諫閲視固原

壯士常慷慨，懦夫多局促。男兒志萬里，取别無躑躅。念從去年秋，虜騎公南牧。關門日以開，胡行一何速。鼓聲鬱不發，將士併殺戮。莽莽洮河間，係虜相隨屬。朝爲漢邊民，暮爲胡地僕。生者長不歸，死者填谿谷。氛祲高逾隴，聲勢遠窺蜀。至尊日憂勞，臣子幸不辱。大臣親行邊，主將新分竹。比聞捷書來，破虜河湟曲。貔貅氣始振，豺狼怒猶蓄。古來忌小勝，兵事多反覆。凱歌未盈耳，瘡痍尚在目。軍有三日糧，民無五月穀。中原疲轉輸，吾意憂心腹。天子命近臣，分道臨荒服。兹行實特簡，何以效芹曝。君看和親事，利害如轉轂。即今邊釁開，安知不爲福。要挾伐虜謀，掎角聯番族。朝議省牽制，文法罷羈束。匈奴斷右臂，漢將窺左足。豈無金城略，當如賈生哭。國耻猶未雪，長歌仍擊筑。

## 送鍾淑濂給諫閲視上谷

晨發青瑣闈，暮出居庸道。長風吹大漠，萬里白浩浩。維時上谷塞，未有匈奴擾。廟略屈群策，邊事藉三表。金繒歲出塞，玄黄日在皂。我寧求宛馬，虜遂厭吴縞。豈不練士卒，豈不築城堡。甲胄不禦冬，樵蘇難宿飽。尖丁及養馬，飲泣無昏曉。請觀郭西田，頗亦宜粳稻。幕府錙如雲，私田跡如掃。胡雛豈甥舅，漢女爲妻嫂。嫁女與漢人，不如與胡好。胡人饒賜予，漢人色枯槁。古來限華夷，爲禁苦不蚤。關西頃澒洞，朝議思征討。王師久不出，此事難草草。蜂蠆亦有毒，長木無不摽。漢過固不先，虜情信難保。武事有聲容，邊吏工文藻。群飛高刺大，兩目視衆鳥。簡書伊可畏，官事未易了。之子匡世姿，風采實矯矯。歸來報明主，一一陳所抱。如有英雄人，無使行間老。

## 壬辰書事贈别鍾淑濂張伯任

世事亦何常，慘舒遞相盪。今日非昨日，回首一惆悵。聖人久在宥，君子始用壯。漫同賈生哭，實恃漢文量。日月豈不照，雷霆未敢抗。其日風塵昏，黄雲自飛颺。侍臣盡改服，緹綺紛持杖。矯矯山陰公，尺牘還内降。庭蓄留侯策，帝厭王陵戇。赤舄將去國，白麻别命相。省垣及選部，一時盡屏放。就中誰最賢，鍾張尤倜儻。兩生軀幹小，氣欲排巒嶂。新從上谷來，膽落臨邊將。豺狼盡已屏，藜藿誰敢傍。古來直節士，大半投炎瘴。至尊多優容，忍使居一障。視汝舌尚在，幸汝身無恙。莫忘國士遇，寧同庶人謗。所惜正士去，滿朝氣凋喪。從兹天厩馬，静立含元仗。居然言路塞，兼虞禍機釀。傳言半疑信，蓄意多觀望。稽首辭九廟，尚欲徼靈貺。國本苟不摇，寧使臣言妄。謇予非諍臣，執經侍帷帳。吏隱類方朔，諫説慕袁盎。威顔尚不接，肝膽終難諒。知無匡世資，三山行將訪。

## 世用索五十詩感時念别言詠斯章并寄直卿伯楨

元化一何速，汝年遂半百。余最小弱弟，頭顱亦已白。身世忽欲老，日月彌堪惜。往時階下樹，歷落數十尺。以兹生感嘆，豈更堪離析。憶昔入詞林，及汝共朝夕。歡言如醇酒，終不廢藥石。中夜尚杯酌，盛夏咸袒裼。驚心問疾病，握手論干鬲。一朝忽分擕，萬事俱陳跡。南浦送客處，儼然遽爲客。往時我送人，衣冠竟長席。今日君送我，雙騎長安陌。昔如滿樹花，萬點臨階赤。今如一片葉，萬里隨流碧。歡敢望當年，别亦非疇昔。音徽雖已遠，往事頗歷歷。曾公陟宫端，王郎爲冏伯。勛業當及時，努力相鞭策。垂天憶大鵬，避風感六鶂。出處不同行，意固各有適。寄言鳳池侣，無羡林間翮。

## 觀燈篇

帝握千秋曆，天開萬國歡。鶯花周正月，燈火漢長安。長安正月旋璣正，萬户陽春布天令。新歲風光屬上元，中原物力方全盛。五都萬寶集燕臺，航海梯山人貢迴。白環銀甕殊方至，翡翠明珠萬里來。薄暮千門凝瑞靄，當天片月流光彩。十二樓臺天不夜，三千世界春如海。萬歲山前望翠華，九光燈裏簇明霞。六宫盡罷魚龍戲，千炬争開菡萏花。六宫千炬紛相似，星橋直接銀河起。赤帝真乘火德符，玉皇端拱紅雲裏。燈煙散入五侯家，炊金饌玉闘驕奢。桂燼蘭膏九微火，珠簾繡幌七香車。長安少年喜賓客，馳騖東城復南陌。百萬縱博輸不辭，十千沽酒貧何惜。夜深縱酒復徵歌，歸路曾無醉尉訶。六街明月吹笙管，十里香風散綺羅。綺羅笙管春如繡，窮檐蔀屋寒如舊。誰家朝突静無煙，誰家夜色明於晝。夜夜都城望月新，年年郡國告災頻。願將聖主光明燭，普照冰天桂海人。

## 古　意

南爲鷄，北爲鷹，側目下視煙光凝。梁間燕雀何足問，鵬雛不敢當風稜。一夜春風春草緑，縱化爲鳩猶帶目。九霄翮鎩氣不折，獨斂霜拳向空谷。炙手自熱君自寒，批鱗容易騎虎難。山中猛虎猶自可，江上短狐射殺我。

## 結交行懷于穀山年伯兼訊侯將軍

嗚呼！結交難結心，無論廊廟及山林。下里浮沉世事淺，中朝出入人情深。二十年來與公厚，倒屣傾筐無不有。亹亹清談曲席前，沉沉夜酌疏鐘後。有時聯騎遊郊衢，誰相從者葛與朱。侯生亦自有俠骨，酒酣擊缶歌嗚嗚。遠從京華望丘壑，迥如樊笯思寥闊。一朝客散長安邸，千林萬點從風落。朱君竄，葛君死，貴陽老將亦歸里。齊魯天青兩少微，並驅中原與公耳。尚書烏，學士魚，歲云暮矣公何如。安得朝廷新事少，漸看社稷舊人疏。公别長安能幾載，故侣心期復誰在。里中何人與同調，公近岱宗僕近海。丈夫豈必長垂紳，羡公有筆如獲麟。城邊黄石應知我，海上青山不負人。問余山中何所有，冶湖一曲竹十畝。有山有水復有酒，公能命駕一來否？

## 燕然行

石粼粼，草斑斑，邊城五月如秋寒。渺渺平沙幾千里，天風吹暗燕然山。燕然山下臨大虜，旁有兩人相對語，握手長嘆淚如雨。一人自言出門時，牀頭妻子牽衣啼。桁上無襦釜無糜，君今早出何時歸。且復揾淚一慰之，投劍仰天自嘆欷。朝役鎮城南，暮抵鎮城下。聞説派尖丁，復道散夷馬。已知饑寒棄原野，倉皇骨肉忍相捨。一人欲語還囁嚅，回頭看有行人無。一從互市不備胡，但備將軍營內呼。營內呼，何時已，君亦大從容，復欲念妻子。奔走無小休，何暇問生死。中夜歸來且自喜，寧知明日復爾爾。丈夫生死會有時，恨不一死驕胡壘。倉卒有語難具陳，不敢久立當通津。夜來同望關山月，應照關前灑淚人。

## 送見素業師南還二首

灞水遥傷别，燕山獨送行。彈珠元自誤，抱玉竟誰明。撫己虚疑夢，逢人怯問名。報書稀不到，霑灑望神京。

别離無復道，天地意如何。愁入征雲暮，心驚飛鳥過。憂來千慮少，歸去一身多。行止皆無策，相寬一放歌。

# 秋夜

天宇澄秋序，涼風夜色微。爲憐明月好，不掩白雲扉。遠火孤村徑，鄰燈寒女機。砧聲欲愁絶，幾處賦《無衣》。

# 送操江張中丞二首

幕府前旌去，王程後命催。六師同擊楫，千隊肅銜枚。練甲含江動，雕戈挽日迴。莫將今日事，更待異時才。

地重能相借，時危敢自安。不辭良會少，漸覺盛名難。對月論肝膽，臨風惜羽翰。由來贈策意，非是爲彈冠。

# 立秋前一日載酒過懋忠

今日良宴會，情深更起愁。追歡還卜夜，戀别不禁秋。螢火含風冷，燈花近雨收。休言尊酒盡，歸及細君謀。

## 送懋忠使秦

相知苦不早，相送已霑襟。雨後初秋色，燈前欲別心。青山經洛遠，紫氣入關深。良會知何日，瑶華好嗣音。

## 送周尚寶以寧夏事謫潮陽尉

鷄肋官仍薄，羊腸路轉難。可憐秦逐客，更遠楚江干。事去空談劍，憂來盡指冠。潮陽碑尚在，寂寞待君看。

## 送楊楚亭太史王柱山侍御外轉閩蜀藩臬

分袂俱千里，同袍尚幾人。非關勞侍從，詎合走風塵。天盡刀州路，雲迷劍水津。莫辭今夕醉，猶對漢宫春。

## 除夕

報國當何日，辭家又一年。薄遊寧足問，微向久茫然。萬事古人後，孤燈新歲前。明朝開左個，假寐待朝天。

## 聞寧夏邊報二首

未戰先行賞，君恩信是多。何時誅僕固，終日憶廉頗。朝士空持槖，邊人自枕戈。争傳萬里外，有詔下西河。

欲問盈庭議，惟當决勝才。願呼驃騎將，早破赫連臺。四野胡笳合，孤城羌笛哀。夜深驚起坐，曾否驛書來。

## 讀楊太宰詩有感二首

近得尚書信，殷勤問聖躬。愧爲香案吏，未覲建章宫。寤寐思明主，安危寄令公。皇儲何日定，應待采芝翁。

拙宦終無補，浮榮空自憐。承明難謁帝，中夜苦憂天。受賞何顔色，蒙恩憶歲年。將辭燕市月，歸向汶陽田。

## 觀暨侍中園

常侍菟裘地，停車試一過。草凄幽砌冷，雲白遠山多。過午移花影，因風聽鳥歌。小塘春水滿，猶是舊恩波。

## 婉兒怨戲柬敬承五首

昨日開金屋，君恩別處新。難將織錦意，去比浣紗人。衹自憐中婦，誰當念下陳。嫁郎何太早，不敢怨前薪。

今夕是何夕，雙星已渡河。人間悲織素，天上悵停梭。春色簾櫳隔，秋風枕席多。恐君疑妾妒，未敢問修蛾。

見説新人好，君心豈舊歡。離愁隨月滿，信誓近秋寒。縑素寧堪問，苕華半已殘。妝成郎未起，寂寞鏡中看。

故劍誰相問，前魚祇自悲。轉因辭寵日，私憶合歡時。隔牖歌桃葉，因風泣柳枝。啼痕還自掩，羞遣侍兒知。

不寐驚秋早，無言坐夜分。已拚成棄妾，未忍便忘君。形影窗前月，悲歡夢裏雲。如能念疇昔，看取舊湘裙。

## 壽于宗伯穀峰先生

南省卿雲近紫微，明光曉奏勸宵衣。自從劍佩歸滄海，不見鸞輿出禁闈。一曲春湖明主賜，十年芳草故人違。莫教綺季山中老，且爲皇儲定是非。

## 題三娘子畫像三首

氍毹春暖鎖芙蓉，争羡胡姬拜漢封。繞膝錦襴珠勒馬，當胸寶襪繡盤龍。
塞北佳人亦自饒，白題胡舞爲誰嬌。青霜已盡邊城草，一片梨花冷不銷。
紅妝一隊陰山下，亂點駝酥醉朔野。塞外争傳娘子軍，邊頭不牧烏孫馬。

## 七夕四首

銀漢清秋萬里遥，月開妝鏡桂雲消。可憐精衛空填海，不及天孫鵲駕橋。
天空露下夜如何，漫道雙星已渡河。見説人間方恤緯，可知天上欲停梭。
一水盈盈會轉稀，敢從天漢問支機。彈冠吾欲趨朝省，聞道君王已曝衣。
月明秋淡曙河微，脈脈新愁理舊機。爲問七襄何日就，西征吾欲賦《無衣》。

## 送公孝與下第東歸三首

萬里蒼煙海氣通，欲從何處望東蒙。斜風細雨長安道，賴得分攜是醉中。
素衣不禁帝京塵，出郭看春已暮春。我自倦遊君未遇，楊花如雪送歸人。
南浦春波照酒卮，謾將離恨託前期。如何命駕能千里，不爲臨歧住少時。

## 沈少師一貫四十首

一貫字肩吾，鄞縣人。隆慶戊辰進士，選翰林庶吉士，授編修。萬曆二十二年，以禮部尚書入直東閣，累加少師左柱國、中極殿。三十四年致仕。卒，謚文定。少師在史館不肯依附江陵，志節耿介，聞於中朝。歷官詹翰，蔚有譽處。在政地日，當儲位危疑，稅使四出，疏揭陳請，敷陳剴切，天子以爲忠勤，眷倚彌切。與宋州同輔政，而門户角立，矻矻不相下。妖書之獄，宋州及郭江夏僅而得免，人謂少師有意齮齕之，海内清流争相指摘，黨論紛呶，從此牢不可破。雒蜀之争，遂與國家相終始，良可爲三嘆也。少師爲嘉則之從子，其於詩學有所指授，風華詞藻與嘉則略相似。戊辰史館大拜者七人，以詞章擅名者，東阿、鄞縣爲最，東阿之學殖優於鄞縣，鄞縣之才筆秀於東阿。若夫相業國是，具在國史，别論可也。

### 白頭吟

兎絲附青松，松高絲亦長。何意秋風來，委蔓隨飛霜。海行無信風，春行無信時。瑶軫曾誤人，勿復欺新知。事君以紅顔，欺我以白頭。有夫莫令客，客心不可柔。

## 朱顔曲

朱顔非自换，良爲篋鏡欺。篋鏡終不發，朱顔終不移。歌罷月在梁，影落闌干垂。感君明月心，不棄秋風姿。猶記覆耳髮，掛君飄纓髭。宛轉結不解，煩君立移時。

## 寄贈俞士行淮上治漕

葡萄邸前春雨多，典客館下牽六騍。將軍抱持貔虎略，且與鼋鼉争水波。江河之決雖天事，支祈安得稱非祟。佽飛劍出江水渾，浪拍芙蓉茜花細。西來一綫垂青天，天下軍輸集似煙。朝廷盡食司空力，大農歲省鐘官錢。淮陰方知治粟尉，高壇何日飛旌旃。

## 四明山歌

我昔長歌《天姥吟》，今來飛越江之深。煙波浩蕩都在眼，蒼蒼白鹿紛可尋。遊足未開意已窘，片雲隱約前村盡。適來縱入丹山赤水之洞天，果爾三百八十芙蓉之峰相鉤連。沸如巨浪排九淵，渴虬饑鰐崩奔前。驚魂褫魄悸不定，乃知世間安得無神仙。際天但有淺黛色，到頂猶窮羽人翼。謝公萬夫鑿不得，支遁欲度空嘆息。黄熊近人白虎怒，杜鵑半染松花碧。青鞋屢穿幾悔來，眼前可即仍徘徊。俄聞竹間響茶臼，寺門正對雙眉開。草根敲冰持滌釜，纖陰近送靈湫雨。劉綱臺榭收紫綃，王交瀑布懸青組。二非三菁宛可拾，東烏西兎紛來舞。篆煙雕霧無時休，一雙白鶴飛何苦。吁嗟乎！劉郎誤入青山圍，不是忘歸不得歸。薜荔滿墻皆可衣，胡麻滿谷何愁饑。赤雲層層團白日，任他渡口桃花飛。百年三萬六千日，古今賢聖皆永畢。何爲容易别青山，空教青山笑不還。誅茅結屋弄流水，溪雲與我長潺湲。

## 送客還山

新荷夜捲梨花雨，青山倒浸琵琶渚。新裁荷服雅稱身，著入池中不知所。牀頭《黄石》讀已盡，尚餘一卷金仙語。施之人間無所用，挾向松林避煩暑。林中月出遲漁郎，嶺上茶生期姹女。鄉音啞啞可憐生，賤却清宫激梁楚。

## 送顧將軍之貴州

漢皇昔事西南夷，蕭然兵甲開羅施。至今殺氣滿崖谷，苦霧四塞陰風吹。十日九日不見日，見日猶應朝飯畢。鬼心鬼面相構爭，跳險緣危如鳥疾。將軍有手能接猱，腰間鸊鵜聲嗷嗷。三代伐盡邛山竹，蜀賈四出聲名高，懸知眼中無若曹。

# 老鶻行

相州浮圖滅素雲，佛徒四散靈光分。有狐綏綏窟其頂，據危布巧張魔軍。公然出入索祭賽，移精屋底驚釵裙。幾村月下捲眠席，驅桃鞭棘喧相聞。平原公子攬遊騎，意氣四來照天地。翩翩從者五陵豪，手指青松暫留憩。聞茲肝腸裂秋色，虎豹縱橫誰耐得。回看韝上老愁胡，好去清霜試風力。愁胡整束盡從容，竦身三躍生剛風。老狐負嵎正眼空，老鷹深目復自雄。不期側翅偶失便，霜毛醉舞桃花紅。道旁觀者色如土，公子生蒙隴西耻。難忘一戰雪曹柯，詎惜千金求郭隗。詰朝載取老鶻來，金眸鐵脛非凡才。一踠四天聲鷫鷫，愁雲慘淡爲之開。心知敵手不易摧，交綏便作旋風回。長鳴飄然向空去，狂魑笑破呼鷹臺。不堪一辱還再辱，三斷金鞭仰天哭。江花片片自飛來，江鳥不飛皆掩目。忽聞群鵶繞相輪，如泣如弔聲狺狺。老狐失驚小狐哭，迷離欲竄無荒榛。未解天公意何者，萬人欲去仍旋馬。東方一道如飛龍，無數奇毛蔽天下。横排鵝鸛吹觱栗，殺聲欲震長平瓦。健翮當前索狐戰，群握飛沙争撲面。風塵入眼青天昏，霹靂一聲滄海變。自餘小怪無煩誅，攢頭亂啄充朝餔。但聞腥風萬縷污，遺腸盡足餐饑烏。心感主人再三呼，激烈綢繆當報珠。吾觀此鶻智勇俱，不數博浪沙中錘，似曾親受黄公符。吁嗟鳥中之丈夫，鳥有丈夫人則無！

## 楊柳歌

青門楊柳一萬株，抽條布枝待馬蹄。柳枝日夜能高低，馬蹄日夜能東西。若教繫馬上林樹，柳枝滅没春風蹊。

## 君房棲玄館

荼蘼曉泛東風騫，青蘿夜入棠梨軒。鶗鴂咽咽相唤去，印破西池碧玉痕。棲玄主人貪晏起，片陰忽墮江城午。吾知桃花終不言，何用欣欣解人語。

## 日出入金門行

昨暮日入我當出，今朝日出我當入。日出入兮無停輪，我甫孤征向人急。轔轔雙履翻數千，天街磨成寶鏡鮮。念欲且息不得息，兩胥掖我高於肩。汝饑不能倩我飽，汝亦劬勞堪自保。世間到處有羊腸，何必唏嘘歌蜀道。當時已恨隔重闈，不道重闈尚有門。玉皇高拱蓬萊殿，一水盈盈碧海尊。

## 觀選淑女

長安女兒巧伺人，手持紈扇窺芳塵。姊妹相私擇佳麗，無過願得金吾婿。如何天闕覓好逑，翻成凌亂奔榛丘。吏符登門如索仇，斧柱破壁怒不休。父母長跪兄嫂哭，願奉千金從吏贖。紛紛寶馬與香車，道旁灑淚成長渠。人間天上隔星漢，天上豈是神仙居。吁嗟！天上豈是神仙居。

## 怨歌行

妾心如秋月，皎如出機練。君心似春雲，斷續斯須變。望夫石上天欲陰，妒女津前波浪深。空雕碧玉爲如意，浪結文綃作繫心。當時陽臺雲復雨，化作秋風淚和土。迎來乍欣白日低，背去安知玉箸啼。

## 採蓮詠

鏡中美人明月光，瓊肌玉腕相芬芳。凌波而往褰素裳，桃李不敢誇朝陽。採蓮歸來還採菱，楫短潮逆嬌不勝。牽浮攬沈亦自矜，槎牙四角生寒冰，南山桂花飛上層。

## 邯鄲詞

妾家在趙十二逵，夫婿遊燕忽若遺。狂如楊柳飛春絮，拙比班鳩守故枝。兒時祇念嫁人好，嫁得春風還自老。春風飛揚大道旁，不惜高樓繡紋巧。絳脂無力淚長流，白蠟能乾香暗收。鳴鳩殷勤相對語，知誰喚晴誰喚雨。

## 楚宮詞

可憐楚宮人，空抱長饑老。楊妃齒語玉魚鮮，衛娘鬢薄金鸞小。不逢一日春風吹，何似村中薺元好。雊雊難爲鳳凰舞，衣深空灑霓裳雨。悔不早嫁前村兒，綵索牽牛打村鼓。

## 送客歸黃山

萬壑擁空岑，孤峰下夕陰。馬歸松影没，人静月華深。黄帝去已遠，白雲留至今。鳴琴幽澗底，獨夜老龍吟。

## 望霽衢田家

海氣日蒸天，居人亦自憐。深春千嶂雨，瘠土一刀田。官税無高下，農時浹歲年。干戈今告罷，漸有幾家煙。

## 送人之雷州

庾嶺去猶賒，居黎半離華。山藏椰子樹，溪落蒟苗花。望月應千嶂，窺天自一涯。微官是何物，秋雨送征車。

## 若士

何來稱若士，泛泛起清風。詩卷留西派，禪心近北宗。花明丹似女，松老秃如翁。前日天台去，辛勤折數笻。

## 本寧談蜀中用兵後和二首

夔子當年國，明妃此夕村。温泉通海窟，石壁鎮江門。野哭知誰氏，年饑守故原。啼烏聲未歇，猶和斷腸猿。

西望岷爲雪，南窺楚作雲。酪奴堪自老，葆旅不成群。叢淺蠶休織，田污鳥罷耘。山川厭腥氣，流水濯巴文。

## 登金山寺

寶界凝三島，雕臺絶四鄉。江心懸法鏡，渡口出慈航。塔鎮龍王藏，龕依雁子堂。濺濤銷畫彩，隱岫濕爐香。夜榜投僧火，春帆引佛光。已聞潮是梵，寧指蜃爲梁。咒食靈鼉喜，齋心老檜凉。望來炎暑薄，歌罷海天蒼。素愛中泠水，兼依大法王。誓當滌塵袂，高卧片雲長。

## 望西城宫殿

蕢殿重開寶曆春，竹宫長鎖屬車塵。煙霞自護祈年閣，星斗曾傳醮夜辰。帳裏流蘇閒甲乙，爐中寒火憶庚申。茂陵松柏蕭蕭老，無復相如賦《大人》。

## 鴻門

巨鹿全軍勢若雷，鴻門單騎亦危哉。玉光三動秋風急，劍氣中分昨夜來。壯士何人猶解飲，英雄誰説不勝杯。蛟龍五彩天方授，虎豹九關空自開。

## 禁中對雨

回風度雨近金鑾，高閣疏簾隱几看。乳燕營巢欣土潤，嬌鶯擲柳怯枝寒。添流欲染方春色，拂座應憐獨冷官。目送餘雲過別殿，不知銀鑰動闌干。

## 訪朱邦肅不值

馬蹄無力過重闉，策蹇前來問隱淪。池水已冰難受月，梅花隔嶺不知春。柴門倒鎖應高卧，草閣斜開豈避人。酒禁近來尤甚緊，從誰顛倒性情真。

## 若耶溪獨往

編竹爲船任所之，高低白石上灘遲。水波不待春生後，山色偏多雪霽時。到處溪邊憐謝客，誰家村裏問西施。小橋野店人争席，縹緲松煙入午炊。

## 沔　南

曾向齊門歌二桃，因從帝子説三刀。兩朝涕泣吹餘燼，五月蹌踉渡不毛。鼎足已知天意定，江心猶隱陣雲高。沔南祠廟終今古，蛇虎縱横護六韜。

## 對月憶家園

月如銀鏡好當臺，酒與金波一色開。乍似水南清磬發，還疑天末故人來。花間香霧蜂堪釀，雨後閒雲燕欲回。蘆笋正生梅子熟，小池連夜長莓苔。

## 送余侍御貶荆門州

漠漠楊花送馬蹄，春風萬里盡堪悲。浮雲忽變清和節，平楚遥連賈誼祠。異日霜雕猶避擊，明時市虎不須疑。郢門流水終朝海，且共交遊覆酒巵。

## 吴苑

破楚門西古墓田，斷崖危石寫流泉。人歌茂苑春風曲，僧拾吴宫夜雨鈿。盡日波濤千里棹，匝溪墟市萬家煙。丹楓翠竹同摇落，最是生公石可憐。

## 觀宫人殯

繡被何時捲合歡，朱絃無語問青鸞。三秋落葉宫中恨，一日殘花道左看。素旆秋風金埒曉，珠襦夜雨玉鈎寒。多情女伴休垂涕，未死深閨欲出難。

## 忽夢遊仙

澤國秋容下鷺湍，流風迴雪舞江干。波生翠羽靈妃濕，露滿冰蠶帝子寒。萬頃芙蓉愁外老，一天葭葦夢中看。憑誰託付西飛翼，高度瑶池也不難。

## 楊王孫

王孫家近樂遊原，一食才須十萬錢。不管北邙山下路，白楊寒雨宿深煙。

## 蹴踘

小桃微雨夜來香，朝入鷄坊暮狗坊。無賴楊花偏解妒，團風先占打毬場。

## 仲冬十八日抵山東尚未冰雪遥憶閨中代作寄遠

雙眉不掃鏡心空，鎮日開窗候北風。聞道征衣猶未薄，曉鐘斜月過山東。

## 代青樓觀内家葬

主恩揮涕濕朝霞，摇落西風素柰花。猶記緑鬟初覆額，相將女伴選良家。

## 哭句章公

從此斯文失主盟，海鷗飛去不留情。可憐櫟社長橋月，曾照詩翁散發行。

## 閨思二首

菱花初日照人空，妝罷臨軒數落紅。不得東風花不發，花飛猶自怨東風。
妾自傷心怨月低，黄鶯何事亦嬌啼。不禁含妒將丸打，定有東風暗向西。

## 葉少師向高三首

向高字道卿，福清人。萬曆癸未進士，選翰林庶吉士，授編修。歷官坊局、南京吏部侍郎。丁未六月，召爲禮部尚書，直東閣。在政地八年，以少傅予告。泰昌元年，再召。天啟四年，以少師、中極殿致仕。崇禎元年，卒於家，謚文忠。公爲人疏通明敏，小心恭順，受神廟特眷，當宫府睽隔黨論紛呶之日，以調停劑和爲能事。啟請藩封，調護國本，應機圓而見事捷，不動聲色，使人主信而從之。再起則椓人爲政，群小闚通，能以智免，善其進退。公去而國事益不可爲矣。公與江夏郭美命同館，以文章互相推許，皆有集行世。公詩文信筆輸寫，長於獻酬流俗，而美命滔莽自運，敢於評量古人，截長補短，則亦魯、衛之政也。

### 題方正學先生祠堂

燕歌一夜滿都城，大内罘罳火徹明。無復看書延侍講，仍傳天語勞先生。兩朝事往君恩在，十族煙銷詔草成。爲問精靈何處是，雨花臺畔子規聲。

## 歌風臺

泗水亭邊御輦過，祇今人説漢山河。風雲獨護興王地，父老争傳擊筑歌。酒散夕陽宫樹冷，臺臨春岸野花多。最憐楚舞情愁絶，遺恨千秋尚不磨。

## 林宗伯見示春曹即事詩依韻奉答

綸扉重入幾星霜，此地相傳有病坊①。中使頻來催擬旨，門官隨到報升堂。虚言政事歸三府，但見文書列兩房②。晝漏已沉初下直，看稱日影下宫墻。

① 原注：「唐人以秘書監爲宰相病坊。又宋人嘲王□云：『誰説調元地，翻爲養病坊。』」

② 原注：「内閣有制敕、誥敕兩房。」

## 附宗伯原詩〔一〕

林堯俞字咨伯，莆田人。萬曆己丑進士，繇庶吉士官至禮部尚書。好學束脩，雅負物望。有詩集二十卷。

〔一〕《小傳》本作「附見林尚書堯俞」。

一別都門十六霜，重來人識老春坊。詞林舊例呼前輩，蘭省新銜進左堂。未覽文移先畫押，才傳雲板便歸房。緑陰清晝支頤坐，時見流鶯出苑墻。

## 吕侍郎坤二首

坤字叔簡，寧陵人。萬曆甲戌進士。官至刑部左侍郎。侍郎揚歷中外，所至有聲跡，講求經濟實學，皆可施行。萬曆中，鄭貴妃方擅寵，撰《女誡》一書，以明德馬后爲首，侍郎序而刻之，坐此爲朝論所嘩，不得大用，君子惜之。生平不求工聲律，新樂府數章記載時事，有古人諷諭之風。

### 靳莊行

長清六月才禾黍，大家小家愁無雨。草根挑盡木如冬，又見探雛啖野鼠。沙中稚子哭欲絶，阿爺卧路不能語。三年長餓一息在，那復餘情念兒女。破屋一叟搗榆皮，我問搗之欲何爲。土性多沉糠性浮，榆末和之可爲糜。極知强活能幾時，暫於腸胃勉撑持。妻子填壑老我存，死者長樂生者饑。慟哭無聲但有淚，瘦骨令人摧肝脾。道旁一廟有神坐，黄金爲身受香火。

## 豫國士

身可漆，炭可吞。啞癩何足辭，難酬國士恩。君頭爲飲器，安用我頭存。橋下厠中誰在此，義士甘心趙襄子。君不見東鄰再嫁妻，能爲後死夫。

# 李尚書三才五首

三才字道甫，臨潼人。萬曆甲戌進士。少負志節，與南樂魏允貞、長垣李化龍以名世相期許。允貞爲郎，抗論時相，不當以甲第私其子，蹈江陵覆轍，切責左官。道甫以户部郎論救，亦譴外，自此聲稱籍甚。屢遷爲提學卿寺，以僉都御史總督漕運，加户部尚書。萬曆中，中人出管礦税，横行恣睢，陳奉在淮，尤無狀。道甫悉心力與之搘拄，家在畿南，不乏奥援，道甫牢籠駕馭，權譎縱横，神廟用其言，撤奉，東南胥得安枕。功高望重，頗見汰色，時論以外僚直内閣如祖宗故事，意在推戴道甫，黨人乘其間交章論劾，道甫盛氣陳辯，不自引去。顧憲成自林居貽書閣部，力爲洗雪，於是言者又乘間並攻東林，物議糾纏，大獄旁午，飛章鈎黨，傾動朝野。從此南北黨論不可復解，而門户之禍移之國家矣。東事亟，經略乏人，中朝復思其才，以户部尚書起用，未上而卒。道甫所與同志者，憲成爲東林黨魁，稱爲名臣；允貞撫晋有聲，其子廣微以附奄，隤其家聲；化龍用治河平播功，晋至宫保，以功名終。化龍字于田，有詩集行世，詩名在道甫之上，醲厚肥腯沿襲嘉靖流波，七言今體深爲胡應麟所重。而余采詩，獨取道甫，登道甫所以黴于田也。

## 秋夜宿直

十載猶郎署，蹉跎愧少年。凉風回樹杪，白露下庭前。漏度三更雨，燈殘五夜煙。由來飛動意，回首欲茫然。

## 吕梁遇仲文留飲志別

潦倒從吾好，飄零見汝心。顔無別後改，交比向來深。船壓魚龍夜，星稀烏鵲林。人情驚反覆，腸斷《白頭吟》。

## 初至金陵酬李吏部于田

飄泊愁誰語，艱難喜爾同。客心秋草外，世事酒杯中。野色侵船黑，江波蕩晚空。相看無限淚，不是泣途窮。

## 初至金陵魏懋忠李于田見過留飲

春風灑涕别長安，此地開樽强笑歡。縱得故人分客恨，更教短鋏對誰彈。秦淮日夜愁中急，漢闕崚嶒夢裏看。聞道薊門新接戰，鄉雲邊月共憑闌。

## 送諸博士壽賢量移過里兼懷顧叔時兄弟時方有洮岷之警

秦關西望壯心驚，風雪梁園送汝行。漢帝有恩前賈席，書生何計請終纓。金繒歲月翻挑虜，宵旰朝廷已論兵。若到江南逢二顧，安危萬里想同情。

# 少師孫文正公承宗二十首

公諱承宗，字稚繩，高陽人。萬曆甲辰進士，廷試唱名第二，除翰林院編修。歷官坊局，以禮部侍郎掌詹事府。天啟二年，拜兵部尚書，入直内閣，兼理部事。奉命督師，出鎮山海，凡四年，予告歸里。崇禎二年，起鎮通州，旋移鎮關門。又三年，復予告歸。歸七年而有閹門殉國之事，年七十有六。公鐵面劍眉，鬚髯戟張，聲如鼓鐘，殷動墻壁，方嚴果毅，嶷如斷山，開誠坦中，譚笑風發，望而知其爲偉人長德。年三十餘爲舉子，仗劍遊塞下，歷亭障，窮阸塞，訪問老將退卒，通知邊事要害。凡史官在禁近者，皆媛媛姝姝，俯躬低聲，涵養相體，謂之女兒官。公獨不然，講筵獻替，務爲激切剴直，以聳動人主。講罷，有軍國大事，大璫傳語問難，閣臣相顧失色，公拂衣奮袖，矯尾厲角，指畫其是非可否，中人各有所挾持，無以奪也。東事日亟，舉朝請以東事累公，遂用是大拜，單車行邊，破七里築城之議，遂自請視師。天子御門臨送，詔書鄭重，以漢葛亮、唐裴度爲比。出鎮之初，關門三十里外，坼堠不設，經營四年，闢地四百里，徙幕逾七百里，樓船鐵騎東巡至醫無閭，將興師大舉禡牙有日矣。逆奄竊枋，畏公興晋陽之甲，垂成而告罷。己巳再起，朝受詔而夕引道。東便門之役，以十八騎横穿萬壘，抵危關，收悍將，手復遵，永四城，以安畿輔。先帝深知公能辦東事，公亦謝絶款議，以恢復爲己任，群小居中用事，掣其肘，絆其足，然後噪而逐之，上亦弗能自主也。高陽失守，入城南老營中，用葦席藉地，望闕扣頭，叱持繯者：「趣縊我！」乃絶。子孫凡十九人，皆力戰從死。事聞，先帝震悼。薛國觀猶蘄其恤典，弗肯予。久之用弘光詔書，追贈太傅，定謚曰文正。先後出鎮事跡，詳在定興鹿善繼兩督師記略及謙益所撰行狀，統在國史。公生長北方，遊學都下，鍾崆峒戴斗之氣，負燕趙悲歌之節，作爲文章，伸紙屬筆，蛟龍屈蟠，江河競注，奏疏書檄，摇筆數千言，灝溔演延，幕下書記多鴻生魁士，莫得而窺其涯涘也。爲詩不問聲病，不事粉澤，卓犖沈塞，元氣鬱盤，説者以爲高陽之詩，信矣。公文集一百卷，兵火之後，苕上茅元儀往弔，得之頹垣敗屋中，南司馬范景文刻之金陵，剞劂甫竟，以乙酉之兵毁焉。謙益之舉南宫也，公爲考官，門墻之附麗，衣鉢之付囑，出於尋常舉主門生不啻百倍。今老且廢矣，愧無以見公地下，録遺詩而存之，何足以逭後死之責哉。

## 賜貂紀事用福清少師韻二首

温綸初下臘全消，百萬同看帝賜貂。鵝鸛陣成青海岸，鷺鵷行對紫宸朝。華顛老盡兜鍪重，甲首歡騰塞馬驕。拜罷明恩還手額，不知何箸借籌遼。

遥向龍亭叩帝閽，威儀争識漢官尊。有韓差可驚西膽，非準應慚壯北門。天覆華夷渾布暖，春回頂踵盡知恩。年來將士無嘩久，爲感絲綸竟日喧。

## 二月聞雁三首

九月邊庭無雁來，關門不逐雁門開。春來塞上希矰繳，花信風前一一回。

數聲嘹唳渡榆關，盡罷虚弦落照間。却訝征鴻偏有膽，又隨春信到天山。

孤鴻幾日過長安，拖得春旗露未乾。應説邊庭花信早，征衣初擬褪春寒。

## 瓶花

高牙風峭戟枝寒，杏蕊新香春未闌。却憶韋家花樹會，關城初向一瓶看。

同閤開府浮檀鹿職方乾岳沈職方彦威杜武庫培亭孫司廳初陽袁山石自如劉關内如綸萬廣寧同予洎三大將軍馬滄淵王敬之尤定宇出寧遠眺首山諸雄要馬上用程幕韻

真個家居好，纖兒自不關。遍尋遺父老，一指舊江山。野寺無僧住，空城有鳥還。潮回應寂寞，胡騎下孱顔。

春懷六首

石門南畔直鷹窩，葆塞紛稱毳幕多。一柱天擎看白塔，兩庭山界擁紅螺。平蕪塵向巢車上，小隊風隨探騎過。辛苦行邊王少傅，暮年撫市遼向河。

邊城燈火凈胡笳，擐甲誰堪問室家。南北汎頭重夾寨，東西河口對浮槎。霜凋木葉清威遠，日壓扶桑映覺華。却羡庭松饒古意，虬枝不下暮棲鴉。

穹廬東徙海波平，大壑魚龍卧不驚。縣古湯泉迷舊壘，臺高望海控新旌。鹺花萬竈歌三月，寶氣千山到五城。何日三韓烽燧息，却從徐福問長生。

獵火千群向曉紅，凌河冰泮未全通。槖鼯有意戡靈武，風鶴無人呼八公。屬國貔弓彎漢月，上林鴻帛繫秋風。如山飛挽填遼海，杼軸誰憐空大東。

一劍三年萬里心，天涯芳草又駸駸。壁圖畫按車攻壘，朝鼓宵傳奏凱音。款市黄金騰戰馬，放衙白髮擁書蟫。春來絶塞寒仍苦，堠火征衣半不禁。

呼吁頻煩扣大庭，漢臣應笑次公醒。襟披海色粘天碧，旆拔山容插地青。萬頃冰花凝曉月，半泓雲葉護殘星。椒盤剩有家園酒，簫鼓那堪塞上聽。

## 幕客云日爲驚蟄節矍然有作

誰負旋乾手，當春起蟄蟲。魚龍驚寂寞，天地喜昭融。墐户身方遠，昂霄意已雄。俗聾誰與破，予欲問豐霳。

## 中右所不寐

滿城鈴柝夜如何，檐馬西風攪夢多。白髮蕭蕭人不寐，半規新月照沙河。

## 壯歌亭

畫角聲中放早牙，弓開弦月劍霜花。最憐怒臂岑牟吏，特試漁陽第一撾。

## 殫忠樓

縹緲憑高百尺頭，籌邊何暇坐銷憂。目窮江樹家千里，笛倚風簷月一鈎。藻井幕天開雁陣，鬘雲結市失龍湫。白山黑水簷楹外，玉帳蕭蕭萬壘秋。

## 閱中右所鹽場

牙旌西駐小沙河，結隊争看碧玉珂。萬竈晴煙雲自滅，六花雄陣雪初多。作鹽漫笑和羹手，拊髀誰揮指日戈。匹馬長鳴應有意，健兒新挽武剛過。

## 閱弓箭手二首

三年又見柳依依，細柳營中剗柳歸。却喜丹臺新燕子，學成白羽水平飛。

三千新練射雕兒，霹靂聲中駿馬嘶。不信虚弦驚孽鳥，雙雕那敢過遼西。

## 中右城得魏道冲信

關山秋盡雁隨陽，雁去人閒不下堂。絶塞貓弓空抱月，孤城畫角自吹霜。青天欲問雲霄遠，白髮還驚歲月長。漫説安危渾注意，可從國手試温凉。

## 趙尚書南星二十三首

南星字夢白，高邑人。萬曆甲戌進士，釋褐爲汝寧府推官，遷户部郎，用清望推擇爲吏部，歷考功郎中。癸巳内計，京朝官佐其長孫恭簡，公扶正抑邪，盡黜當路之私人，執政恨之。奉嚴譴削籍，里居三十年。天啟初，以列卿起廢，拜吏部尚書。坐忤逆奄，切責罷歸，遣戍大同。先帝即位，未及召用，卒於戍所。賜謚忠毅。夢白公忠强直，負意氣，重然諾，有燕、趙節俠悲歌慷慨之風。鄉里後進依附門下，已而奔趨權利相背負，酒後耳熱，戟手唾駡，更爲長歌小詞廋語、吴歌《打棗竿》之類以戲侮之，其人銜之次骨，夢白不知也。南樂魏允貞以節義相期許，允貞之子廣微，媚奄大拜，倨傲偃蹇，凌厲朝士，公獨以故人稚子遇之，垂手側坐，無所加禮。又每詫人曰：「見泉無子！」見泉者，允貞之自號也。廣微恨甚，起楊漣之獄，必欲殺公。廣微逐且死，乃得免。而公在戍所，賦詩飲酒，唾駡笑傲，一如其平時，不以謫居畏禍，少有貶損，人謂寇萊公、蘇子瞻無以過也。夢白抗議竪節，身爲部黨之魁，人以爲門庭高峻，不可梯接，不知其通輕俠，縱詩酒，居然才人俠士文章意氣之儔也。爲詩厭薄七子，刻意濯磨而步趨北地，不能出其窠臼。爲文滔滔莽莽，輸寫塊壘，而起伏頓挫不能稟合於古法，要其雄健磊落，奔軼絶塵，北方之學者未能或之先也。夢白常屬余定其詩文，且以不朽爲託，余雖未及誌其墓，而嘗徇其門人之請，再訂其集，頗有所删改，當有知而傳之者。

## 秋胡行二首

大愚乃精，溷溷可自持。大愚乃精，溷溷可自持。運化推斥，智力難施。舉世爲械，觸之則危。美而無當，何貴玉巵。歌以言志，溷溷可自持。

上古無酒，英雄立以枯。上古無酒，英雄立以枯。欲從王喬，玄鶴長徂。負石蹈海，鄙哉淺夫。蕩滌情志，易盡者軀。歌以言志，無酒英雄枯。

## 獨漉篇

獨漉獨漉，波騰魚伏。魚伏欲起，波騰不已。翩翩孤鴻，徘徊雲漢。我欲折蘆，爲子周患。遠望長林，林木有枝。客子無言，中心則悲。干將繡澀，時時自鳴。宵練在掌，過者不驚。猛虎入邑，其糧以人。勁弩櫜藏，請之鬼神。

## 短歌行

天回地周，時不我留。少壯易老，胡爲多憂。有客盈堂，有酒盈觴。鏗鐘考鼓，聊爲淫荒。中區迫隘，令我心惻。白雲在天，安得羽翼。功名有數，樂當及時。齒髮一暮，雖悔莫追。愁令霜隕，怒感山傾。不如飲酒，可以樂生。維山有阿，維河有潯。嗟今之人，誰知我心。

## 市虎行

市中有虎，白日食人。群狼從之，往來侁侁。有萬斯家，救命於腹。勁弩不射，深藏潛哭。父母謂虎，人性至貴。胡忍殲夷，以充爾胃。虎謂父母，匪人弗甘。爾視則人，我視則餐。父老震恐，間入公府。吁諸大夫，活此耋竪。大夫曰唉，爾食無知。吾方閉門，何救爾爲。父老聞言，涕泗滂沱。有庳奚罪，天地則那。

## 古意二首

錦織雙鴛鴦，還自裁爲衣。恐入他人手，不解惜分飛。

練練松月明，泫泫花露墜。人道是露水，儂道嫦娥淚。

## 子夜歌

美人着新裙，細步不聞聲。風來感芭蕉，綷縩使郎驚。

## 灌園

淳古逝不還，俗士羞田畝。衣食生君臣，忠孝復何有。林居易成懶，素餐畏我友。灌園匪自今，緬懷漢陰叟。轆轤揚清音，寒漿出井口。瀺灂下石牀，浸我葵與韭。翛然自怡悦，嘉蔬日以茂。眷言賞心人，小摘共杯酒。

## 述懷

人生苦繁憂，能哭不能歌。歌既非人情，哭亦將如何。造化浩無心，勞結徒自多。從君斷腸盡，安得神爲呵。愚蒙乃近達，顛顛了無它。萬事本如此，匪云焚其和。酒亦不必飲，澗亦不必邁。虚舟任浮遊，駒隙良易過。

## 聞陳荆山方伯病免

解組亦常言，斯人何其果。才見北來鴻，俄聞南下舸。故人俱還山，酒錢誰寄我。嗟彼四海人，何限不舉火。拯物豈不懷，仕路方坎坷。朱顔俗所輕，空自憐婀娜。同心渺天末，難鼓山陰柁。酌我犀角杯，遥思澆磊砢①。

① 原注：「余曾寄荆山犀杯。」

## 王海峰至

出飲半醉歸，故人在深竹。街前翻我迎，握手淚欲蔌。數載此地别，愁苦長塊鞠。自恨髮早白，而君白亦速。茫茫天地間，我輩皆老禿。感君遠命駕，無論留信宿。腐儒不殺生，窮市惟猪肉。新韭盤中香，尊酒對榮木。白日忽西頽，烏雀相趁逐。入城猶依依，預愁君返轂。

## 春日郡居

乘暇尋幽事，名香手自焚。澆花分細草，玩鳥得孤雲。天擁青山近，風飄白日曛。長歌思隱士，終老謝塵紛。

## 秋日同沈小霞宴何方伯園亭

何沈郎俱妙，長吟興不孤。日俄低對博，天欲笑投壺。流近龍蛇隱，風高鸛鵒呼。酒闌多感慨，起舞向庭蕪。

## 六月來常陰不雨

輕陰散暑無虚日，小雨牽愁每片時。祇爲雲霓常鬬戰，坐令天地有乖離。低飛石燕應旋落，數叫斑鳩亦自疑。禾黍將秋猶未種，百年生計在東菑。

## 六言絶句四首

地僻門無剥啄，林深竹有檀欒。一壺濁酒自飲，竟日蓬頭不冠。
睡起斜陽欲落，信步獨往林皋。舊日曾看釋典，近來懶讀《離騷》。
昨夜雷聲送雨，朝添緑水滿地。船尾新來翡翠，沙邊久立鷺鷥。
合歡雙樹阿那，時有清禽好聲。遮莫雲陰晝晦，由來昏曉分明。

## 堂成漫興四首

結構茅堂低小，地偏夏日亦凉。鄰家幾株高樹，爲送清陰過墻。
懶囀鶯潛密葉，多情蝶訪幽花。城上半規日落，村中一縷煙斜。
年來燕子稀少，不見紅襟可憐。瓦雀喧喧無數，鬬争每墮人前。
却掃何須謝客，閒居每自垂簾。門外不栽五柳，恐人知是陶潛。

## 侍郎徐公良彦四首

良彦字季良，新建人。萬曆戊戌進士，知婺源、溧水二縣。徵拜御史，以年例出參議福建，副使山東。入爲尚寶少卿、大理寺丞，以僉都御史巡撫宣府，以奄黨崔呈秀論劾罷官，遣戍五溪。崇禎初，赦還，召拜南木理卿，陞南工部侍郎，請告，卒於家。萬曆丙午，公以溧水令分考南闈，余爲舉子，相臨爲師弟子，而契分則僑札如也。神廟末，黨論紛起，公與余並有黨魁之目，邅迴仕路者久之。逆奄之難，俱被譴逐，已而俱召起。余以閣訟罷免，公回翔南曹以卒，皆不獲枋用，略相似焉。公爲人公忠明敏，志節如秋霜皎日，饒膽智，善鐫決，所至斧劈理解，具有聲跡。語及於軍國大計，國論人材，條分目列，胸中井如也。高陽少師秤量朝士，少所許可，獨心折於公，曰：「近代人才，此爲眉目矣。」公少讀經世之書，不事聲律，戍五溪日，信筆口占，伸寫志意，遂有詩數百篇，風骨泠然，譬句獨絶，詩人或未之逮也。叔子世溥，字巨源，以詞賦起豫章，海内皆稱之。

## 塞上曲

胡兒爲我歌，胡婦爲我舞。酪酒兩三行，黄塵雜桴鼓。披甲上馬鞍，旁觀色如土。長城陳死人，有力皆如虎。

## 江上聞笛

笛聲入江樓，怨入長江水。悠悠孤光月，寒影沉江底。長笛吹月落，短笛吹月起。無情不解吹，有情爲吹死。因風寄遠心，不知誰家子。

## 落　葉

落葉不上枝，因風亦復起。清風若無私，何因有彼此。一葉隨飄揚，一葉霑泥滓。寄語風前葉，莫墮東流水。多謝三春風，山中多蘭芷。

## 舟　夜

席邊即水底，蓬外是霜天。偶得寒更句，孤舟燭不燃。

# 董侍郎應舉八首

應舉字崇相，閩人。萬曆戊戌進士，除南京國子博士，擢吏部文選郎中，陞南京大理寺丞。歷太常少卿、太僕卿，以工部右侍郎乞歸。年八十餘，卒於家。萬曆間，天下全盛，遼左無恙，崇相居冗散，數移疾屏居，每逢邊人，訪問遼事，嗟咨太息，若不終日。福清當國，崇相遺書極論遼事，謂：「遼左之禍，不出四五年。金人兩道伐宋，以四月舉汴。今之災異不下宣政，今之邊鎮只恃一遼，一旦有事，內虛外弱，何恃而不恐？金再舉而宋虜者，以不聽李綱散遣勤王將帥之故，今可洩洩不早爲之所乎？」又因日中黑氣相蕩，抗疏極論，以爲目前切要之事無如夷虜，人皆知而不言，以甘結勒碑，養成貔虎，使之博噬，今日徵兵索餉，繹騷天下，而前後敗事之人亦無嚴罰，萬一城門晝閉，更有何策。廟堂諱言遼事，福清得書唯唯。疏上，亦報聞而已。天啟元年，遼陽陷没，要袁自如過余邸舍，夜闌酒盡，拍案擊節，殘缸吐焰，朔風獵獵射窗紙，當是時，崇相七十餘矣，耳聾目眵，龍鍾卿寺間，談遼事則目張齒擊，劃然心開，精强少年弗如也。以太僕卿治畿南水田，陞工部侍郎，總督錢務，兼董兩淮鹽課，轉輸鼓鑄。臺臣害其權重，嗾言官奏罷之。崇相去，而國事益不可爲矣。崇相歸田後，以所著文集示余，引丁敬禮對陳思王之語，俾余删定其文。余感其意，不忍辭，朱黄甫竣而崇相没矣。崇相詩不多作，余姑録其什一，而叙其平生大略如此，亦以見余與崇相之相期許不在文墨之間，而余之衰老殘廢，負良友於冥冥爲可愧也。

## 西山來青軒對月

地白鐘聲寂，山秋夜色多。倚闌成雪界，按户即天河。野氣沉平楚，池光轉碧蘿。忽聞清籟發，凄絶獨如何。

## 憩棲霞僧房

昔人卧亦遊，吾今遊亦卧。適來眼底山，知從夢中過。

## 秋日尋孔雀庵涵上人

林深不辨徑，積葉翳寒泉。屋角留殘日，秋階童獨眠。問師何所去，遥指隔江煙。夕磬無人發，林中聞暮蟬。

## 金山作

南條一綫自峨岷，拆楚分吴劃到天。獨有妙高臺上月，不爲南北隔風煙。

## 六十四初度作二首

五歲脱荒亂，中年荷治平。何圖六十四，天下遍徵兵。

老不任干戈，厭説胡塵起。爲問宗汝霖，當時六十幾？

## 送王户部督餉延綏

延綏舊在綏德，控制河套爲易，今在榆林，失險矣。

米珠桂草駱駝城，一綫魚河百萬兵。不信受降終隔虜，可能綏德更移旌。黄沙漠漠笳聲壯，朔氣凄凄鐵騎鳴。誰繼舊時崔少保，直將輸挽作長纓。

## 丙寅聞邊報

出山已辦沙場骨，今日生還亦主恩。忽報遼陽飛騎近，白頭垂泣向江門。

# 附見　丁侍郎起濬一首

起濬字哲初，晋江人。萬曆壬辰進士。歷吏部郎、南京太常少卿、刑部侍郎。歸田以病終。爲人沉默有幹局。崇禎初，余有閣訟，烏程藉上寵勢張甚，鞫治浙闈事，御史郎署莫敢作爰書。侍郎奮筆起草，抉擿其原奏，凛如秋霜，烏程雖咆哮，無以難也。及其入相，謝病歸，遂不復起。哲初初不以詩名，林茂之曰：「亦知哲初有『古驛一燈深』之句乎？」相與徘徊吟咀，求得其全什，附於崇相之後。「楓落吴江冷」，古人以五字傳不朽，余録此詩，亦可以酬哲初於九京矣。

## 良鄉夜宿

古驛一燈深，蕭蕭車馬臨。薄寒添暝色，入夜動鄉心。戒寢預愁夢，喜晴翻暈陰。首塗才此夕，忽漫話家林。

## 范閣學景文五首

景文字夢章，吴橋人。萬曆癸丑進士，除東昌府推官，以清望推擇爲吏部郎。天啟間，北人附逆奄專政，即家起夢章，掌文選事。夢章過余邸中，竊嘆曰：「彼欲厲劍血人而以我爲鏌鋣乎？」未浹月，移疾求去，天下高之。奄黨敗，起太常少卿。以僉都御史巡撫河南，莅事逾月，即提兵入衛。四方勤王之兵先抵城下者，以中州爲首。陞兵部侍郎，鎮昌平。進南京參贊尚書。烏程、武陵、韓城相繼枋國，凡持正不附己者咸指爲虞山之黨，芟除殆盡，夢章回翔中外，自引而南，時相亦無以難也。會武陵起復，國論沸騰，夢章自南率九卿論劾，先帝震怒，除名爲民。已而復思之，特召拜工部尚書。尋入直東閣輔政，受命四十日而都城陷，詣朝房拒門自經，閣吏抱持解之，入僧舍，草遺疏，賦絶命詩，赴演象所投井而死，年四十。弘光詔贈太傅，謚文貞。夢章秀羸文弱，身不勝衣，啜茶品香，論詩顧曲，每以江左風流自命。一旦持大議，抗大節，風采屹然，與高陽、定興並峙，崆峒戴斗，爲之生色，豈偶然哉！夢章就節時，屬其家僮蘭芳曰：「使所善李生、蔣生件繫事狀，乞虞山公誌我。」余深愧其言。

### 賦得花朝遇雨

春陰偏是趁今朝，妒暖餘寒尚自饒。花意如人初中酒，柳容似凍未舒條。踏青遊屐方微濕，聽雨吟魂却暗銷。煙裏空濛飛翠冷，總無紅紫亦堪描。

## 和友人閒居之作

夜裏删詩日看山，縱然忙殺也清閒。從教花落休開徑，除却僧來即閉關。性好積書終是癖，身無小病怕成頑。幽棲未盡聲聞累，鶴舞翻翻鳥語蠻。

## 齋中

頗嫌多事是尊生，但得心閒近道情。長與疏梅耐幽獨，更教瘦鶴伴淒清。掃花欲便親苔坐，删竹當防礙月行。片石頹然無位置，也同老懶畏經營。

## 虞山瞿少潛見過留之味玄堂有作

煙霞片片染衣裳，手拂凝塵坐竹牀。晤對少時如入畫，淹留竟日自生香。杯呈淺笑花浮面，曲度深宵月過廊。寥落一丘堪點染，入林幽事待商量。

## 臨終詩

孤臣空灑淚，天步遂如斯。妖蝕三光暗，心盟九廟知。翠華迷草露，淮水漲煙澌。故國千年恨，忠魂繞玉墀①。

① 原注："時傳先帝狩於江淮，故五六云云。"